셜록 홈즈 전집 9

셜록 홈즈의 사건 수첩

셜록 홈즈 전집 9

셜록 홈즈의 사건 수첩

초판   1쇄 발행 2012년 12월 10일
개정판 1쇄 발행 2020년 6월 1일
            8쇄 발행 2023년 12월 30일

지은이   아서 코난 도일
옮긴이   박상은
펴낸이   한승수
펴낸곳   문예춘추사
편 집   구본영
마케팅   박건원
디자인   박소윤

등록번호 제300-1994-16
등록일자 1994년 1월 24일
주소   서울시 마포구 동교로27길 53 지남빌딩 309호
전화   02-338-0084
팩스   02-338-0087
블로그   moonchusa.blog.me
E-mail moonchusa@naver.com

ISBN   978-89-7604-156-2 04840
         978-89-7604-147-0 (세트)

셜록 홈즈 전집 9

Sherlock Holmes

셜록 홈즈의 사건 수첩

아서 코난 도일 지음 | 박상은 옮김

문예춘추사

일러두기

1. 외래어 표기법에 따르면 홈즈Holmes는 '홈스'로 써야 하나 이 책에서는 독자들에게 익숙한 '홈즈'로 표기하였습니다.

2. 원서에 쓰인 인치, 마일, 야드, 피트, 파운드 등의 단위는 우리에게 익숙한 센티미터, 미터, 킬로미터, 킬로그램, 그램 등으로 환산하여 표기하였습니다.

3. 최대한 원문에 가깝게 번역했으나 우리 정서에 맞지 않는 부분은 문장을 다듬었습니다. 또한 낯선 단어나 해석이 필요한 구절에 역주를 달아 독자들의 이해를 도왔습니다.

4. 다양한 작가의 그림을 실어 보는 재미를 살렸습니다.

서문

  나는 셜록 홈즈가 자기에게 주어진 시간보다 너무 오래 살아남아 아직도 환호를 보내는 청중들에게 고별인사를 되풀이하라는 유혹에 시달리는 인기 절정의 테너 가수처럼 되지 않을까 심히 두렵다. 그래서는 안 되고 홈즈는 실제 세계에서든 상상 속에서든 마땅히 육체의 순리를 따라야 한다. 사람들은 상상에 빠져 사는 아이들을 위한 환상적인 연옥이 있다고 믿고 싶어 한다. 필딩[1]의 아름다운 남자들과 리처드슨[2]의 미녀들이 아직도 사랑을 나누며, 스콧[3]의 영웅들이 여전히 으스대며 거리를 걷고 디킨스[4]의 유쾌한 런던 토박이들이 아직도 사람들에게 웃음을 선사하고, 새커리[5]의 속물들이 부끄러운 짓을 그만두지 않는, 신기하고 있

---

1) Henry Fielding(1707~1754). 영국의 소설가. 인간의 허위를 폭로하고 풍자한 작품을 많이 발표하였다.
2) Samuel Richardson(1689~1761). 영국의 소설가. 연애나 결혼 등을 주제로 한 가정생활을 묘사했고 특히 여성의 심리를 잘 보여 주었다.
3) Sir Walter Scott(1771~1832). 영국의 시인 겸 소설가. 스코틀랜드의 민요와 전설을 취재하여 역사 소설을 썼다.
4) Charles John Huffam Dickens(1812~1870). 영국의 소설가. 가진 자에 대한 풍자와 인간 생활의 애환을 그려 명성을 얻었다.

을 수 없는 장소 말이다. 어쩌면 셜록 홈즈와 그의 친구 왓슨은 북유럽 신화에서 죽은 전사들이 산다는 발할라의 어느 변변찮은 모퉁이에 잠시 머물지도 모른다. 그러면서 이 빈틈없는 탐정은 그보다는 약간 덜 예리한 동료와 함께 자신들이 한동안 비워 두었던 무대를 채울 것이다.[6]

홈즈의 탐정 노릇은 매우 오래되었다. 약간 과장된 것일 수도 있겠지만, 나를 찾아와 홈즈의 모험을 읽으면서 소년 시절을 보냈다고 하는 늙수그레한 신사들이 있다. 그러나 나는 그들이 기대했음 직한 반응을 보여 주지 못한다. 자신의 개인적인 추억에 대해 그렇게 쌀쌀맞게 구는 것을 바라는 사람은 없을 것이다. 사실 홈즈는 각각 1887년과 1889년에 발간된 두 권의 얇은 책《진홍색 연구》와《네 개의 서명》으로 처음 데뷔했다. 그리고 1891년에 〈스트랜드〉에 〈보헤미아의 스캔들〉이 실리면서 오

---

5) William Makepeace Thackeray(1811~1863). 영국의 소설가. 객관적이고 정확하게 묘사했으며 물질생활에 젖은 사람들의 모습을 풍자적으로 그렸다.
6) 당시 셜록 홈즈 이야기는 연극으로 상영되고 있었다.

랫동안 단편 시리즈를 연재하게 되었다. 독자들의 열렬한 성원 덕분에 39년 전 그때부터 중단되기도 하고 다시 연재되기도 하면서 단편 이야기가 56편이나 나오게 되었고 그 이야기들은 《셜록 홈즈의 모험》, 《셜록 홈즈의 회상록》, 《셜록 홈즈의 귀환》, 《셜록 홈즈의 마지막 인사》로 묶여 나왔다. 그리고 지난 몇 년 동안 발표된 이야기 12편은 이번에 《셜록 홈즈의 사건 수첩》이라는 제목으로 출간했다. 홈즈는 빅토리아 시대 후기, 즉 19세기 후반부터 모험을 시작했으며 너무나 짧았던 에드워드 왕정을 거쳐 지금처럼 불안정한 시기에도 자기 자리를 지키고 있다. 그러므로 젊었을 때 그의 모험담을 처음 읽은 사람들이 어른이 되고 나서도, 그 자식들이 커서 똑같은 잡지에서 똑같은 모험담을 계속 읽고 있는 것이다. 이것은 실로 영국 독자들의 뛰어난 참을성과 의리를 보여 주는 사례이다.

　나는 내 문학적 에너지를 외길로만 나아가게 할 수는 없다고 생각하고《셜록 홈즈의 회상록》결말에서 홈즈의 마지막을 장식하기로 굳게 마음먹었다. 그의 창백하면서도 뚜렷한 얼굴과 유연한 몸가짐은 내 머릿속에서 너무나 많은 자리를 차지했다. 나는 결심을 실행에 옮겼지만 다행스럽게도 어느 검시관도 그의 유해를 찾았다는 소식을 발표하지 않았다. 그래서 오랜 공백기가 지나고, 독자들의 절실한 요구에 답하며 내 경거망동을 해명하고 다시 이야기를 풀어내는 것은 어렵지 않았다. 나는 홈즈를 살려낸 행동을 한 번도 후회한 적이 없다. 왜냐하면 그동안의 경험을 통해 이러한 가벼운 단편들이 역사로서의 문학, 시, 역사소설, 심령 연구, 연극 등 다양한 분야에서 내가 스스로 한계를 파악하고 분석하는 것을 방해하지 않는다는 사실을 알았기 때문이다. 홈즈가 존재하지 않았다고 해서 내가 더 많은 일을 한 것은 아니다. 물론 그 탐정이, 좀 더 진지한 나의 문학 작품들이 빛을 발하는 것을 가리는 경향이 있긴 하지만 말이다.

그러니 독자들이여, 이제 셜록 홈즈에게 작별 인사를 고하라! 나는 지난 날 변함없이 보내 준 독자들의 사랑에 감사한다. 생각하건대 '낭만'이라는 요정들의 왕국에서나 삶의 고민을 내려놓고 머리를 식히든지 아니면 생각을 전환하는 자극을 받을 수 있지만, 모쪼록 나는 돌아온 홈즈 덕분에 독자들이 그런 경험을 했기를 바랄 따름이다.

아서 코난 도일 *Arthur Conan Doyle*

Sherlock Holmes

1. 고명한 의뢰인

"이제는 아무에게도 피해가 가지 않겠지."

지난 10년에 걸쳐 그 사건을 공표하게 해 달라고 홈즈에게 열 번이나 부탁한 결과, 마침내 그는 이렇게 말했다. 내 친구의 이력에서 최고로 꼽히는 순간을 기록해도 좋다는 승낙을 드디어 받아낸 것이다.

홈즈와 나는 터키식 목욕탕을 아주 좋아했다. 휴게실에서 파이프를 문채 나른하고 편안한 시간을 즐길 때면 홈즈도 평소보다 훨씬 더 말이 많아져서 어느 정도 인간미를 풍겼다. 노섬버랜드 대로에 있는 터키식 목욕탕 2층 구석자리에는 기다란 의자 두 개가 있었다. 1902년 9월 3일, 그 의자에 우리 둘이 나란히 누워 쉬고 있을 때 그 이야기가 시작되었다. 나는 홈즈에게 무슨 특별한 사건이 없느냐고 물었고, 그러자 홈즈는 덮고 있던 수건 사이로 기다랗고 섬세한 팔을 불쑥 내밀더니 옆에 걸려 있던 상의 주머니를 뒤져 편지 한 통을 꺼냈다.

"별것도 아닌데 괜한 소란을 피우는 건지 아니면 정말로 목숨이 걸린

문제인지는 잘 모르겠네. 내가 아는 사실이라고는 거기에 적혀 있는 게 다일세."

그 편지는 어젯밤에 영국 보수당 본부인 칼턴 클럽에서 보낸 것이었다. 내용은 다음과 같았다.

제임스 데머리 경은 셜록 홈즈 선생님에게 경의를 표하며, 매우 미묘하고 중요한 용건으로 내일 오후 4시 반에 찾아뵙고자 하오니 꼭 만나서 이야기를 들어주시기를 바랍니다. 칼턴 클럽으로 전화를 주셔서 시간이 어떠신지 알려 주시면 감사하겠습니다.

나는 편지를 홈즈에게 돌려주었다.

"왓슨, 나야 물론 알았다고 대답했지. 한데 자네는 이 데머리라는 사람에 대해서 아는 게 있나?"

"글쎄, 사교계에서 아주 유명한 이름이라는 것만 알고 있네."

"그럼 내가 더 잘 아는 셈이로군. 그는 아주 훌륭한 인격자일세. 그래서 신문에 실려서는 안 될 복잡한 사건이 일어나면 당사자들의 부탁을 받아 곧잘 중재하기로 유명하지. 자네가 기억하고 있을지는 모르겠지만, 그는 해머퍼드의 유언장 사건에서 조지 루이스 경과 쉽지 않은 협상을 벌여 사건을 무사히 해결하기도 했어. 인상이 좋고 세상사에 밝은 사람일세. 외교 수완이 뛰어난 거지. 이런 사람이 나와 상의할 일이 있다고 하니 괜한 소란은 아닐 거야. 아주 어려운 사건으로 자기가 감당할 수 없어서 우리 도움을 청하는 것이겠지."

"우리라고?"

"물론 자네도 도와주겠지?"

"바라던 바일세."

"그럼 약속 시간은 기억하겠지? 오늘 4시 반일세. 그때까지 이 일은 깨끗이 잊고 편안히 쉬기로 하세."

그 무렵 나는 오랫동안 살던 베이커 가의 하숙에서 나와 퀸 앤 가로 거처를 옮긴 상태였으므로 조금 일찍 베이커 가로 갔다. 4시 반 정각에 제임스 데머리 대령이 모습을 드러냈다. 많은 사람들이 대령을 알고 있을 테니 그렇게 자세히 설명할 필요는 없으리라. 그는 활통하고 너그러운 성격이었고 목소리는 밝고 부드러워 듣기 좋았다. 커다란 얼굴은 깨끗이 면도해 수염이 없었고, 아일랜드계 특유의 회색 눈은 정직해 보였으며, 언제나 기분이 좋은 듯 생글생글 미소 짓는 입매에서는 유쾌한 인품이 묻어났다. 번쩍거리는 중산모와 짙은 색 프록코트, 검은 새틴 넥타이에 꽂은 진주 박힌 핀, 역시 번쩍번쩍 윤나게 닦은 구두에 연보랏빛

각반을 두른 차림을 보면 그야말로 멋쟁이로 유명한, 빈틈없는 영국 신사의 표본이었다. 그 당당하고 몸집이 큰 귀족이 들어오자 조그만 방이 가득 찼다.

"아, 역시 왓슨 박사님도 같이 계셨군요."

데머리 대령이 크고 울림이 좋은 목소리로 말하며 정중하게 인사를 했다.

"왓슨 박사님도 도와주셔야 합니다. 우리의 상대는 아무렇지도 않게 폭력을 휘두르고 세상에 무서울 것 하나 없는 난폭한 사내니까요. 유럽 전체를 뒤져도 그렇게 위험한 녀석은 없을 겁니다."

데머리 대령의 말을 듣고 홈즈가 빙그레 웃으며 대답했다.

"그런 재미있는 사람이라면 나도 지금까지 꽤 여러 명 상대한 적이 있지요. 그건 그렇고 담배는 어떻습니까? 아, 괜찮으시다고요. 그럼 실례지

만 나는 파이프 담배 좀 피우겠습니다. 이제 그 악당의 이름을 들려주세요. 대령님이 언급하신 그 사람이 죽은 모리어티 교수나 아직 살아 있는 세바스찬 모런 대령보다 더 위험하다면 내가 적으로 삼기에 부족함이 없겠지요."

"홈즈 선생님은 그루너 남작이라는 사람을 알고 계십니까?"

"아아, 그 오스트리아의 살인자 말인가요?"

데머리 대령은 갑자기 웃음을 터뜨리더니 염소 가죽 장갑을 낀 두 손을 번쩍 들었다.

"정말 대단합니다, 홈즈 선생님! 정말 모르시는 것이 없군요. 그렇다면 선생님은 이미 그가 살인범이라고 판단을 내리신 건가요?"

"유럽 전역에서 일어나는 범죄 사건을 자세히 살펴보는 것도 내 일이니까요. 프라하에서 일어난 그 남작 부인 살인사건의 재판 기록을 읽은 사람이라면 누구나 그루너 남작이 벌인 짓이라는 사실을 알 겁니다! 그가 무죄를 선고받은 것은 중요한 증인이 의문의 죽음을 당했고 변호사가 법의 허점을 노렸기 때문이지요. 남작 부인은 슈플뤼겐 고개에서 이른바 '사고'로 죽었다는 결론이 내려졌지만 나는 틀림없이 남작이 저지른 짓이라고 생각합니다. 그래서 남작이 영국으로 건너왔다는 사실을 안 순간부터 나는 그 사람이 언젠가 문제를 일으키겠다는 예감을 받았습니다. 내가 그 남자와 대결을 벌일 때가 반드시 올 것이라고 각오하고 있었지요. 이번에는 그자가 무슨 짓을 저질렀습니까? 예전의 사건이 다시 문제가 된 것은 아니겠지요?"

"네, 물론입니다. 홈즈 선생님, 무릇 범죄라는 것은 나중에 발견해서 범죄자를 처벌하는 것도 중요하지만 사전에 예방하는 것이 더 중요하지 않겠습니까? 커다란 범죄가 지금 제 눈앞에서 일어나려 하고 있고 어떤 결말을 불러올지 뻔히 아는데도 제게는 그것을 막을 방법이 없습니다. 이것보다 더 괴로운 일도 없을 겁니다."

"그렇군요."

"그렇다면 선생님은 저를 대리인으로 내세운 그분에게 힘을 빌려 주실 수 있겠지요?"

"대령님이 대리인이라니 놀랍군요. 그렇다면 이번 일을 의뢰하신 분은 누구입니까?"

"사실 그것만은 말씀드릴 수 없어서 저도 난처합니다. 그분은 매우 유명하시고 지위 높은 분이신데, 저는 그분의 존함을 절대로 밝히지 않겠다고 약속하고 왔습니다. 그분께서는 고귀하고 의로운 마음으로 이번 일을 선생님에게 의뢰해 달라고 부탁하셨지만 자신의 이름이 드러나는 것은 피하고 싶어 하십니다. 하지만 조사하는 데 드는 비용이나 사례비는 걱정하지 않으셔도 됩니다. 또 어떤 방법을 쓰셔도 상관없습니다. 그러니 의뢰인의 존함만은 묻지 말아 주십시오."

"그것 참 안타깝습니다. 나는 수수께끼 하나를 푸는 일에는 익숙하지만, 한 사건에 수수께끼 두 개가 주어지면 당혹스러워하는 사람이니까요. 이번 사건은 맡기 어렵겠습니다, 대령님."

데머리 대령은 당황한 기색이 역력했다. 마음의 동요와 실망을 감추지 못해 그 크고 감정이 풍부한 얼굴이 어두워졌다. 그가 말했다.

"홈즈 선생님, 그 결과 어떤 일이 일어날지 알고 계십니까? 상황이 정말 난처해졌습니다. 물론 저도 사실을 남김없이 이야기하고 싶습니다. 그러면 분명히 선생님은 이번 사건을 맡아 주실 테니까요. 하지만 이야기하지 않겠다고 약속했으니 그럴 수가 없습니다. 그렇다면 제가 존함을 뺀 나머지는 전부 말씀드릴 테니 그것이라도 들어 보시겠습니까?"

"그렇게 하겠습니다. 내가 사건을 맡겠다고 약속하지 않았다는 점은 명심하세요."

"알겠습니다."

데머리 대령이 이야기를 시작했다.

"홈즈 선생님도 드 머빌 장군을 알고 계시겠지요?"

"아프가니스탄 쪽에 있는 카이버 고개에서 명성을 떨친 드 머빌 장군 말인가요? 물론 알고 있습니다."

"장군에게는 젊고 아름다운 따님이 한 분 있습니다. 영리하고 재능 있으며 재산도 많지요. 어디 한 군데 흠잡을 데 없는 아가씨입니다. 실은 우리가 그 악마 같은 사내에게서 지키려는 사람이 바로 그 사랑스럽고 순진한 아가씨, 바이올렛 드 머빌 양입니다."

"그렇다면 그루너 남작이 그 아가씨를 잡아 두고 있나요?"

"여자를 사로잡는 가장 강력한 무기는 사랑입니다. 그렇습니다, 드 머빌 양이 남작을 사랑하게 되었습니다. 선생님도 아시겠지만 그루너 남작은 보기 드문 미남입니다. 세련된 동작이며 부드러운 목소리, 거기에 낭만적이고 신비로운 분위기까지 더해져 여자의 마음을 사로잡을 만한 매력을 가지고 있지요. 그래서 지금까지 많은 여자들이 그에게 속아 괴로움을 맛보았습니다."

"그런 것 같더군요. 그런데 그런 남자가 어떻게 바이올렛 드 머빌 양처럼 신분이 높은 아가씨를 알게 된 겁니까?"

"둘은 지중해 요트 여행에서 만났다고 합니다. 훌륭한 가문 사람들만 승객으로 받는다고 했지만 실상은 경비만 내면 누구나 섞여 들 수 있었던 겁니다. 주최자도 남작이 어떤 사람인지 모르다가 나중에야 그 정체를 알았지만 그때는 이미 늦고 말았습니다. 그루너 남작은 아무것도 모르는 그 아가씨의 주위를 맴돌며 뛰어난 매력으로 여자의 마음을 사로잡았습니다. 드 머빌 양이 얼마나 열을 올리고 있는지는 사랑한다는 말로도 부족할 정도입니다. 지금은 남작에게 홀딱 빠져서 하루 종일 그자 생각만 한답니다. 정말 머리가 어떻게 된 게 아닐까 싶을 성도로요. 그루너 남작의 나쁜 소문은 아예 들으려 하지도 않습니다. 아가씨의 미친 듯한 사랑을 가라앉히려고 할 수 있는 모든 방법을 다 써 보았지만 죄다 헛수고였습니다. 그런데 두 사람은 다음 달에 결혼하려고 합니다. 아가씨는 이미 어른이고, 또 고집불통이기 때문에 한번 마음을 먹으면 말릴 도리가 없습니다."

"흠, 드 머빌 양은 오스트리아에서 일어난 사건을 알고 있나요?"

"그 교활한 남작은 세상에 알려진 자신의 과거를 전부 아가씨에게 고백하면서 자기야말로 진정한 피해자라고 포장했지요. 아가씨는 그의 말을 곧이곧대로 믿고 있어서 다른 사람들의 충고에는 귀를 기울이려 하지도 않습니다."

"세상에나! 쉽지 않은 문제로군요. 하지만 대령님은 의뢰인의 이름을 무심코 흘리고 말았습니다. 아가씨의 아버지인 드 머빌 장군이 맞지요?"

그러자 데머리 대령은 우물쭈물하며 대답했다.

"그렇다고 대답해서 홈즈 선생님을 속일 수도 있겠지요. 하지만 솔직히 말씀드리자면 그렇지 않습니다. 드 머빌 장군은 이제 환자와 다를 바가 없습니다. 그 용감하던 장군도 이번 사건으로 완전히 기력을 잃어 제대로 걷지도 못하는 나약한 노인이 된 데다 마음도 몹시 약해지셨습니다. 전장에서 싸우던 그 기력은 이제 찾아볼 수가 없답니다. 교활함으로 가득하고 기운이 넘쳐나는 그루너 남작을 상대로 싸울 만한 힘이 없어요. 사실 이번 사건을 의뢰해 달라고 부탁한 분은 장군의 오랜 친구로,

어렸을 때부터 드 머빌 양을 자기 딸처럼 귀여워하셨습니다. 그래서 아버지 같은 마음으로 이번 문제를 걱정하고 계십니다. 비극이 벌어질 게 뻔한데 수수방관할 수는 없지요. 하지만 이런 사건에서 런던경찰국은 아무 도움도 되지 않습니다. 이 사건을 선생님에게 맡기자고 한 것도 그분의 생각이죠. 다만 조금 전에도 말씀드렸다시피 그분이 이 사건에 관여하고 있다는 사실은 비밀로 하겠다고 굳게 약속했습니다. 물론 홈즈 선생님의 뛰어난 능력이라면 그분의 존함을 간단히 알아낼 수 있겠지만 제 명예를 걸고 부탁드리건대 제발 그것만은 참아 주십시오."

홈즈는 싱긋, 수수께끼 같은 미소를 띠었다.

"알겠습니다. 그 의뢰인의 정체도 억지로 밝히지 않겠다고 약속하지요. 사건 자체에 흥미가 생기는군요. 그런데 데머리 대령님, 연락은 어떻게 하면 되겠습니까?"

"저는 칼턴 클럽에 있겠습니다. 급한 일이 생기면 'XX.31.'로 전화 주십시오. 바로 통화할 수 있으니까요."

홈즈는 수첩에 전화번호를 적고 무릎 위에 그 페이지를 펼쳐 놓은 채 미소를 지우지 않고 물었다.

"그루너 남작의 현재 주소도 가르쳐 주십시오."

"킹스턴의 바로 옆에 있는 버넌 저택에서 살고 있습니다. 아주 호화스럽고 멋진 저택입니다. 자세히는 몰라도 수상쩍은 투기로 큰돈을 모아서 돈은 넘쳐나는 모양입니다. 그런 만큼 적으로 상대하기에는 아주 어려운 녀석이지요."

"그자는 지금 그 집에 있습니까?"

"네."

"남작에 대해서 더 알고 있는 것은 없나요?"

"글쎄요. 다른 것이라면, 아주 사치스러운 취미를 여럿 가지고 있다는 사실 정도일까요. 한때는 헐링엄 폴로 경기장에서 폴로를 자주 했지만 프라하 사건으로 평판이 나빠져서 지금은 그만두었습니다. 오래된 책이며 그림도 수집하고 예술가로서의 재능도 제법입니다. 중국 도자기라면 모르는 것이 없어서 책을 쓴 적도 있다고 합니다."

"그렇군요. 매우 복잡한 정신세계를 가진 사람입니다. 큰 범죄자 중에는 때때로 뛰어난 예술가의 재능을 가진 사람들이 있지요. 내가 잘 알고 있는 찰리 피스는 바이올린의 명수였고, 웨인라이트는 일류 화가였습니다. 그들 말고도 얼마든지 있습니다. 데머리 대령님, 이제 돌아가셔서 베일 속의 의뢰인에게 내가 이번 사건을 맡았다고 전하세요. 지금은 더 이상 할 말이 없지만 나도 나름대로 정보망이 있으니 문제를 해결할 수 있을 겁니다."

대령이 돌아간 뒤, 홈즈는 의자에 앉은 채 말없이 생각에 잠겼다. 너무 오랫동안 그렇게 있어서 내가 있다는 사실도 잊어버린 것만 같았다. 마침내 홈즈가 생각을 끝냈는지 입을 열었다.

"왓슨, 자네의 생각은 어떤가?"

"글쎄. 우선은 드 머빌 양을 만나 이야기해 보는 게 어떨까 싶은데."

"그건 좋은 방법이 아닐세. 나이 들고 병에 걸린 아버지의 말도 듣지 않는데 만난 적도 없는 우리가 찾아간다고 해서 귀담아들어 줄 것 같은가? 뭐, 다른 방법이 전부 실패로 끝난다면 생각해 볼 여지는 있겠지만. 그래도 나는 다른 쪽부터 시작할 생각이라네. 우선은 신웰 존슨을 만나 봐야겠어."

나는 그동안 홈즈의 후기 사건은 거의 발표하지 않았기 때문에 신웰 존슨에 대해서도 언급할 기회가 없었다. 그는 이번 세기가 시작될 무렵부터 홈즈의 일을 거들고 큰 도움을 주는 사람이었다. 존슨은 원래 위험한 범죄자로 이름을 날리면서 벌써 두 번이나 파크허스트 감옥에 수감되었지만 곧 마음을 다잡아 홈즈와 손을 잡고 함께 일하게 되었다. 그때부터 존슨은 런던의 암흑가로 숨어 들어가 홈즈에게 매우 귀중한 지하세계의 정보를 모아 주었다. 만약 존슨이 경찰의 앞잡이였다면 목숨이 위태로워졌겠지만, 법정으로 가지 않을 만한 사건에서만 활약했기에 동료들이 눈치챌 염려는 전혀 없었다. 또한 그에게는 전과가 있었으므로 런던의 모든 나이트클럽, 싸구려 호텔, 도박장을 제집처럼 드나들 수 있었던 데다가 관찰력이 뛰어나고 머리가 잘 돌아가서 이런 일에는 안성맞춤이었다. 지금 셜록 홈즈가 도움을 청하려고 하는 신웰 존슨은 그런 사람이었다.

하지만 나는 그때 진료를 기다리는 환자들이 있어서 시간을 내지 못해 당장 친구를 따라 함께 행동하지 못했다. 그래서 그날 밤에 심슨 식당에서 만나기로 약속하고 홈즈와 헤어졌다. 내가 그 식당에 도착했을 때, 홈즈는 벌써 거리 쪽으로 난 창가 자리에 앉아 나를 기다리고 있었다. 깊은 생각에 잠긴 듯이 스트랜드 가를 오가는 사람들을 내려다보며 멍한 표정을 짓고 있었다. 내가 앉자 홈즈가 지금까지의 경과를 이야기해 주었다.

"지금 존슨이 열심히 돌아다니고 있어. 암흑가의 구석구석까지 뒤지고 무슨 냄새를 맡아 올 걸세. 그 남작의 약점을 찾아내려면 범죄자들의 소굴로 들어가는 것이 가장 좋을 테니까."

"하지만 홈즈, 생각해 보게. 드 머빌 양은 남작이 지금까지 한 일을 듣고도 믿지 않았어. 자네가 어렵게 새로운 사실을 찾아낸다 해도 과연 그것을 믿어 줄까?"

"그건 모르는 일일세. 남자에게 여자 마음이란 도저히 이해할 수 없는 수수께끼 같은 것이니까. 여자는 남자가 저지른 살인을 용서하거나 이해할 수 있어. 하지만 남자가 훨씬 더 사소한 사건을 저질렀다가 여자에게 영영 용서받지 못하는 경우도 있지. 이것에 대해서 그루너 남작도 같은 말을 했지만……."

"뭐라고? 홈즈, 남작을 만나고 왔나?"

"그러고 보니 자네에게는 아직 내 계획에 대해 말하지 않았군. 나는 처음부터 그럴 생각이었네. 뛰어난 범죄자를 상대하는 일을 아주 좋아하지만, 그럴 때면 직접 만나서 어떤 사람인지 알아 둘 필요가 있지. 그래서 존슨을 만나고 돌아오는 길에 킹스턴으로 마차를 달려서 그를 만나고 왔다네. 남작이 아주 상냥하게 맞아 주더군."

"그도 자네를 알아보던가?"

"아주 간단히 알아차렸지. 내가 미리 명함을 들여보냈거든. 과연 내 적수가 되기에 부족하지 않은 자였어. 얼음처럼 냉정하면서도 자네 같은 일류 의사처럼 품위 있는 목소리로 이야기하는 상냥한 사람이었어. 하지만 그 뒷면에는 코브라처럼 독을 품은 마음이 있었지. 어쨌든 정말로 범죄자들의 귀족일세. 겉으로는 오후의 차를 권하는 것처럼 사근사근하지만 그 속에는 악마처럼 잔혹한 성질이 들어 있거든. 그래, 나는 아델베르트 그루너 남작 같은 범죄자와 맞서게 돼서 참으로 기쁘다네."

"분명히 아주 상냥했다고 했지?"

"쥐를 발견하고 가르랑거리는 고양이 같았네. 어떤 자들의 상냥함은 난폭한 녀석들의 폭력보다 훨씬 더 무서운 법이라네. 우선 처음 인사부터가 만만치 않더군. 그가 다짜고짜 이렇게 말했네.

'조만간 만나게 될 줄 알았습니다, 홈즈 선생님. 틀림없이 드 머빌 장

군의 부탁을 받고 저와 바이올렛의 결혼을 막기 위해 여기까지 오신 거겠지요?'

나는 말없이 고개를 끄덕였어. 그랬더니 남작이 또 말했네.

'하지만 홈즈 선생님이 이번 일에 나선다면 지금까지 쌓은 명성에 흠집만 생길 겁니다. 선생님이 해결할 수 있는 문제가 아니니까요. 분명히 헛수고만 하실 테고 상당히 위험한 상황에 처할 수도 있습니다. 다 선생님을 위해서 하는 말이니 지금 당장 손을 떼시지요.'

그래서 나도 이렇게 맞받아쳤지.

'이거 굉장한 우연이로군. 나도 같은 충고를 하러 온 참입니다. 그루너 남작, 당신의 뛰어난 머리에는 예전부터 감탄하고 있었습니다. 지금 당신의 인간성을 살짝 엿보았지만 어쨌든 당신의 두뇌에 대한 평가에는 변함이 없어요. 그러니 숨김없이 말하겠습니다. 아무도 당신의 과거를 들춰서 곤란하게 하지는 않을 겁니다. 그건 전부 끝난 일이고 남작은 지금 별 탈 없이 잘 살고 있으니까요. 하지만 남작이 기어코 드 머빌 양과 결혼하려 한다면 수많은 사람들을 적으로 돌리게 됩니다. 그들은 남작을 내버려 두지 않을 테고 결국 당신은 영국에 머물 수 없겠지요. 그렇게까지 해서 결혼할 가치가 있을까요? 그러니 드 머빌 양에게서 물러나시오. 남작의 과거가 그 아가씨에게 알려진다면 당신에게도 결코 좋지 않을 테니 말입니다.'

남작은 숱 적은 콧수염을 밀랍으로 단단히 굳혔는데 꼭 곤충 더듬이 같았네. 내 이야기를 듣는 동안 남작은 재미있다는 듯이 콧수염을 바르르 떨었고 급기야 낮은 소리로 쿡쿡거리면서 웃어 버리더군.

'갑자기 웃어서 죄송합니다. 하지만 좋은 패도 없으면서 게임에 달려드는 꼴이 우스워서 견딜 수가 없군요. 물론 그런 연기를 선생님보다 더 잘할 사람은 없겠지만 보기에 참 딱해서 말입니다. 선생님, 판을 뒤엎을 만한 결정적인 패를 가지고 계시기는 합니까? 가장 안 좋은 패라면 몰라도요.'

'정말 그렇게 생각합니까?'

'다 알고 있습니다. 그럼, 분명히 말씀드리죠. 저는 아주 결정적인 패를 가지고 있으니 그 정도는 보여 드려도 상관없습니다. 저는 바이올렛의 사랑을 한 몸에 받는 행운아입니다. 그녀는 제가 과거에 겪은 여러 가지 불행한 사건을 다 알고 있는데도 저와 결혼하겠다고 합니다. 그리고 저는 그녀에게, 어떤 악의적이고 참견하기 좋아하는 사람들이 찾아와서 같잖은 말을 할 테고 그런 사람들을 어떻게 대하면 좋을지 일러 주었습니다. 아, 그 사람이 당신이라고 생각해도 상관없습니다. 선생님도 최면 후 암시[7]라는 말을 알고 계시죠? 그렇다면 당신은 지금부터 그 효과를 직접 맛보게 될 겁니다. 저처럼 뛰어난 사람은 천박하게 손을 움직이거나 한심한 짓을 하지 않아도 최면을 걸 수 있으니까요. 그러니 홈즈 선생님, 바이올렛을 만나고 싶다면 만나러 가세요. 그녀는 아버지의 뜻을 절대로 거스르지 않는 착한 딸이니 분명히 만나 드릴 겁니다. 물론 딱 한 가지, 아주 사소한 일만 빼고요.'

나는 더 이상 이야기해 봐야 소용없다고 생각해서 자리를 떴네. 내가 최대한 냉정하고 품위 있게 방문을 열려고 한 순간, 그루너 남작이 나를 불러 세우더군.

'홈즈 선생님, 혹시 프랑스의 르 브룅이라는 탐정을 알고 계십니까?'

'알고 있습니다.'

---

7) 최면 중에 어떤 명령을 받은 사람이 최면에서 깨어난 다음에 그 명령대로 행동하는 현상.

'그가 최근에 어떤 일을 당했는지도 아시는지요?'

'다 압니다. 파리의 몽마르트 가에서 정체를 알 수 없는 괴한에게 습격을 당해 불구가 되었다고 하더군요.'

'그렇습니다, 홈즈 선생님. 그런데 참으로 공교롭게도 그 사람은 습격을 당하기 일주일 전부터 제 뒤를 캐고 다녔습니다. 그러니 선생님도 그런 어리석은 짓은 하지 마십시오. 나중에 후회하는 사람들이 여럿 있는데 그때는 너무 늦거든요. 마지막으로 드리고 싶은 말씀은, 선생님은 선생님의 길을 가시고 저도 제 길을 가도록 내버려 두라는 겁니다. 그럼, 안녕히 가십시오.'

이렇게 된 걸세, 왓슨. 지금까지는 이렇게 일이 진행되었다네."

"위험한 사람이로구먼."

"그럼, 위험하지. 괜한 협박이 아니야. 물론 그런 말을 들었다고 해서 겁먹을 필요는 없지만 그자는 결코 입으로만 떠들어 대는 녀석이 아니니까. 그 이상의 일을 저지를지도 몰라."

"그런데도 이번 사건을 맡겠다는 건가? 그자와 드 머빌 양이 결혼하는 게 그렇게 큰일인가?"

"물론이지. 그자가 예전에 자기 부인을 살해한 일을 떠올려 보면 드 머빌 양도 어떻게 될지 모르네. 게다가 의뢰인을 생각해 봐! 아니, 그 점은 그냥 넘어가자고. 자네, 어서 커피를 마시고 우리 집으로 가세. 유쾌한 친구 존슨이 정보를 가지고 올 때가 다 되었으니까."

홈즈의 말대로 뚱뚱하고 마치 괴혈병 환자처럼 얼굴이 불그스름한 거구의 사내가 거실에서 기다리고 있었다. 검고 반짝반짝 빛나는 눈만이 그 영악한 마음을 드러내고 있었다. 신웰 존슨은 벌써 자기가 세력을 뻗치는 세계에 다녀온 듯했는데, 거기에서 건져 왔는지 옆에 있는 긴 의자에 어떤 젊은 여자가 앉아 있었다. 불같은 격렬함이 느껴지는 마르고 젊은 여자로, 창백하고 정열적인 얼굴은 이미 범죄와 불행에 찌들어 있었다. 그 모습만으로도 몇 년 동안이나 거친 생활을 했음을 금방 알 수 있었다.

"이쪽은 키티 윈터 양입니다."

신웰 존슨이 살찐 손을 내밀어 우리에게 그 여자를 소개했다.

"홈즈 선생님이 알고 싶어 하는 일이라면 다 알고 있을 겁니다. 선생님의 부탁을 받고 한 시간도 채 지나지 않아서 찾아냈지요. 나머지는 이 아가씨에게 직접 물어보세요."

"나를 찾아내는 건 식은 죽 먹기죠."

젊은 여자가 입을 열었다.

"나는 언제나 런던의 지옥 같은 어둠 속에 처박혀 있으니까요. 이 뚱보 신웰과 같은 둥지에서 살고 있어요. 우리는 오래 전부터 알고 지냈거든요. 뚱보, 당신하고 나 말이야. 그건 그렇고 정말 혐오스러워요! 이 세상에 정의라는 것이 있다면 우리보다 훨씬 더 깊은 지옥 구렁텅이에 떨어져야 할 녀석이 있다고요! 홈즈 선생님, 당신이 쫓고 있는 게 바로 그 사람이죠?"

홈즈가 빙그레 웃으면서 말했다.

"윈터 양, 우리에게 퍽 좋은 말을 해 주시는군요."

"그자를 그에게 어울리는 곳으로 끌어내릴 수만 있다면 무슨 일이든 돕겠어요!"

그녀가 격한 어조로 말했다. 그 하얗고 결의에 찬 얼굴과 불타오르는 눈에서 섬뜩한 증오심이 엿보였다. 그것은 남자에게서는 물론이고 여자에게서도 거의 볼 수 없는 맹렬한 증오심이었다.

"홈즈 선생님, 내 과거를 말할 필요는 없겠죠? 이번 문제하고는 관계없으니까요. 하지만 내가 이렇게 타락한 건 전부 아델베르트 그루너 때문이에요. 내 손으로 그 인간을 파멸시킬 수만 있다면!"

그녀는 광기어린 표정으로 허공에서 주먹을 움켜쥐면서 말을 이었다.

"아, 그놈이 지금까지 수많은 사람을 떨어뜨린 그 지옥의 구덩이로 녀석을 끌어내릴 수만 있다면!"

"그런데 이번 일에 관한 이야기는 들었나요?"

"네, 뚱보 신웰에게 들었어요. 녀석이 또 어딘가의 가엾은 바보의 뒤꽁무니를 쫓아다니고 있다면서요? 게다가 이번에는 결혼할 작정이라던데요. 선생님은 그걸 막으려고 하고요. 그 악마에 대해서 알 만큼 아니까 정신 멀쩡한 상류층 아가씨가 그자와 결혼하려는 걸 막으려고 하는 게 아닌가요?"

"그 아가씨 정신은 멀쩡하지 않습니다. 사랑에 눈이 어두워졌어요. 그 남자의 과거를 전부 알면서도 전혀 신경 쓰지 않습니다."

"자기 부인을 죽인 일도 들었나요?"

"물론입니다."

"세상에, 정말 머리가 어떻게 됐나 봐요!"

"무슨 말을 해도 험담이라며 믿으려 하지 않습니다."

"그럼 증거를 보여 주면 정신을 차리겠죠."

"그래서 당신의 도움이 필요합니다."

"내가 증거가 되면 되잖아요? 내가 직접 그 아가씨를 만나서 그놈에게 얼마나 지독한 일을 당했는지 이야기하면⋯⋯."

"그렇게 해 줄 수 있습니까?"

"그렇게 하겠느냐고요? 물론이죠!"

홈즈가 고개를 끄덕였다.

"흠, 틀림없이 시도할 만한 가치가 있어. 하지만 그루너 남작은 자기가 저지른 죄 대부분을 그 아가씨에게 이야기했고 용서를 받았습니다. 이제 와서 그런 말을 해 봤자 받아들이지 않을 거예요."

홈즈의 말을 듣고 윈터 양이 대답했다.

"녀석이 아직 다 털어놓지는 않았을 거예요! 난 그 큰 문제가 된 사건 말고도 그자가 한두 명쯤 더 죽였다는 사실을 어렴풋이나마 알고 있어요. 녀석은 겉으로는 부드러워 보이지만 왠지 섬뜩한 말투로 다른 사람 이야기를 꺼내고는 했어요. 그러다가 정말 차분한 눈으로 나를 빤히 쳐다보면서 말했죠.

'그 녀석은 한 달 안에 죽을 거야.'

그런 말을 하면서도 하나 흥분한 것 같지가 않았어요. 그래서 나는 그런 일에는 신경도 쓰지 않았죠. 아시겠지만 그때는 그 인간에게 푹 빠져 있었으니까요. 나도 그 가엾은 바보처럼 그 인간이 무슨 짓을 하든 상관없었어요. 그런데 얼마 뒤에 나는 엄청난 것을 보고 말았어요. 아, 제기랄! 녀석이 그것을 보여 줬을 때 내가 받은 충격은 지금도 잊을 수가 없어요. 맞아요! 그 녀석이 추잡한 혓바닥으로 달콤한 거짓부렁을 쏟아 내며 나를 달래지만 않았더라면 그날 밤에 당장 달아났을 텐데! 그자에게는 일기장이 있어요. 갈색 가죽 표지 일기장인데 열쇠로 잠글 수 있어요. 표지에는 금박으로 녀석의 문장이 새겨져 있고요. 그날 녀석은 약간 취해 있었던 것 같아요. 그렇지 않았다면 나한테 그런 걸 보여 줬을 리가 없으니까요."

"도대체 어떤 일기장입니까?"

"그러니까 홈즈 선생님, 녀석은 여자를 수집하고 그것을 무척 자랑스럽게 여기고 있어요. 사람들이 나방이나 나비를 수집하는 것처럼 말이에요. 그 일기장에 자기 수집품들을 기록해 두었죠. 스냅사진을 붙이고 이름부터 여러 가지 자잘한 신상 정보까지 온갖 것들을 다 적어 놓아요. 정말 추잡한 일기예요! 아무리 더러운 세상에서 굴러먹던 녀석이라도 그런 건 못 만들 걸요? 어쨌든 아델베르트 그루너는 그 일기장을 만들어서 가지고 있어요. 굳이 제목을 붙이자면 〈내가 타락시킨 영혼들의 기록〉쯤 되겠죠? 하지만 이런 건 아무 상관없는 이야기예요. 그 일기장이 선생님에게 도움이 되지도 않을 거고, 만에 하나 도움이 된다 해도 손에 넣지는 못할 테니까요."

"그 일기장은 어디에 있습니까?"

"그게 지금 어디에 있는지 내가 어떻게 알겠어요? 그자와 헤어진 지

1년이 넘었는데 말예요. 하지만 그 당시엔 어디에 두었는지 알고 있어요. 그자는 늘 깔끔하고 정돈된 것을 좋아하니 어쩌면 지금도 안쪽 서재에 있는 낡은 책상 선반에 둘지도 모르지요. 그런데 그 인간의 집은 알고 계시나요?"

여자의 말을 듣고 홈즈가 대답했다.

"서재에 들어간 적이 있습니다."

"벌써요? 오늘 아침부터 일을 시작하셨다니 일처리가 느린 편은 아니네요. 아델베르트도 이번에는 임자를 제대로 만났군요. 바깥쪽 서재에는 중국 도자기를 갖다 놓았어요. 창문과 창문 사이에 있는 커다란 유리 찬장 안에 넣어두었죠. 그 방의 책상 뒤쪽에는 안쪽 서재로 통하는 문이 있어요. 작은 방이지만 거기에 서류며 여러 가지 것들이 들어 있어요."

"그가 도둑이 들까 봐 걱정하지는 않습니까?"

"아델베르트는 겁쟁이가 아니에요. 아무리 녀석을 싫어하는 사람이라도 그가 겁쟁이라고는 못할 거예요. 자기 몸 하나는 지킬 만한 사람이니까요. 밤에는 경보가 울리게 되어 있고, 무엇보다 그 도자기를 가져간다면 모를까 그것 말고는 도둑의 눈에 들 만한 물건은 하나도 없어요."

그러자 신웰 존슨이 그쪽 전문가답게 확신에 찬 목소리로 말했다.

"그런 건 훔쳐도 소용없어. 어디 사는 장물아비가 녹일 수도 없고 그대로 팔 수도 없는 물건을 받아 주겠어요?"

홈즈가 대꾸했다.

"그렇군. 그렇다면 윈터 양, 내일 저녁 5시에 다시 한 번 여기로 와 주세요. 그동안 나는 당신 말대로 그 아가씨를 직접 만날 수 있는지 알아보도록 하지요. 여러 가지로 도와줘서 정말 고맙습니다. 머지않아 의뢰인이 충분히 사례를……."

그러자 여자가 화난 듯이 소리쳤다.

"홈즈 선생님, 그런 말은 됐어요! 나는 돈 때문에 이런 일을 하는 게 아니에요. 그 인간이 진흙탕 속으로 떨어지는 모습을 볼 수만 있다면 그것으로 충분해요. 맞아요, 진흙탕 속에 있는 녀석의 가증스러운 얼굴을 발로 짓밟아 주겠어요. 그게 내가 원하는 보수예요. 홈즈 선생님이 녀석과 맞서는 한 나는 내일이든 언제든 협력하겠어요. 이 뚱보에게 말하면 언제든지 내가 있는 곳을 찾을 수 있을 거예요."

이튿날 밤까지 나는 홈즈를 만나지 못했다. 밤이 되어서야 우리는 스트랜드 가에 있는 심슨 식당에서 다시 만나 저녁을 먹었다. 나는 곧바로 바이올렛 드 머빌을 만난 일은 어떻게 되었느냐고 물어보았고 홈즈는 어깨를 들썩이더니 이야기를 시작했다. 그러나 홈즈의 말투는 너무 딱딱하고 건조했기에 조금 더 부드럽고 인간미 있는 일상적인 말로 고쳐 적기로 한다.

"그 아가씨를 만나는 건 생각보다 아주 간단했네. 이번 약혼 때문에 지나치게 고집을 부리고 있어서 그 점을 속죄할 겸 다른 소소한 일이라면 아버지 말을 고분고분 듣는 편이니까. 드 머빌 장군이 전화해서 집으로 와도 좋다고 허락했고, 불같은 윈터 양은 약속 시간에 맞춰 찾아왔네. 우리는 함께 마차를 타고 오후 5시 반에 버클리 광장 104번지에 있는 장군의 저택에 도착했지. 그 저택은 교회가 초라해 보일 만큼 아주 당당히 서 있는 회색 성채였네. 안내하는 사람이 나와서는 우리를 노란색 커튼이 달린 널따란 거실로 데리고 갔어. 바이올렛 드 머빌 양은 거기서 우리를 기다리고 있더군. 새침하고 창백한 얼굴에 쉽게 마음을 열 것 같지 않은 아가씨였는데 마치 산꼭대기에 쌓인 눈처럼 차갑고 함부로 다가갈 수 없는 분위기를 풍겼다네.

왓슨, 그 아가씨의 모습을 어떻게 설명해야 좋을지 모르겠어. 이번 문제를 해결하기 전에 자네도 그 아가씨를 만날 기회가 있을 테니 그때 자네의 탁월한 재주로 설명해 주게. 그녀는 굉장한 미인이었네. 하지만 그 아름다움은 높은 세계만을 우러러 보는 광신자들처럼 이 현실에서는 볼 수 없는 것 같은 분위기였어. 중세 화가가 그린 초상화에서 흔히 볼 수 있는 그런 얼굴었다는 말일세. 그 짐승 같은 사내가 어떻게 그런 천상의 존재에게 다가갈 수 있었는지 나는 상상도 못하겠네. 물론 극과 극은 통한다는 말도 있지만. 자네도 알고 있듯이 고귀한 사람이 야수 같은 사람을 좋아하거나, 동굴에서나 살 것 같은 야만인이 천사 같은 사람을 좋아하게 되는 경우는 흔히 있으니까 말이야. 그래도 이렇게 끔찍한 결합은 또 없을 걸세.

그녀는 우리가 찾아간 목적을 이미 알고 있었어. 물론 그루너 남작이 선수를 쳐서 우리 험담을 해 두었더군. 윈터 양을 보자 드 머빌 양도 약간 뜻밖이라는 표정을 지었지만 그래도 나병 환자를 맞이하는 수녀원 원장 같은 태도로 우리에게 차분히 의자를 권했네. 이보게, 왓슨. 만약 자네 마음에 자만심 같은 감정이 싹튼다면 부디 바이올렛 드 머빌 양을 한번 만나 보게. 그런 마음이 싹 달아나고 말 테니.

아가씨가 빙산 위에서 불어오는 바람처럼 차가운 목소리로 말했네.

'어서 오세요, 홈즈 선생님. 선생님에 대한 소문은 예전부터 많이 들었습니다. 제 약혼자인 그루너 남작의 험담을 하러 오신 거죠? 저는 아버지의 말씀에 따라서 어쩔 수 없이 여러분을 만나고 있는 겁니다. 하지만 미리 말씀드리겠는데 어떤 말을 들어도 제 마음은 변하지 않을 테니 그렇게들 아세요.'

왓슨, 나는 그녀가 가여워졌다네. 그 순간은 마치 내 딸처럼 여겨질 정도였어. 나는 원래 말을 잘하지도 못하고, 가슴이 아니라 머리로 느끼는 편이지. 하지만 그때만큼은 평소의 나와 달리 부드러운 말을 있는 힘껏 쥐어짜서 아가씨에게 호소했네. 결혼한 뒤 남편의 본성을 깨닫게 된 여성이 얼마나 끔찍한 처지에 놓이게 되는지, 피로 더러워진 손과 비열한 입술에 어쩔 수 없이 농락당해야 하는 여성의 운명이 어찌나 가혹한지에 대해 자세히 설명했어. 그 모든 굴욕과 공포, 고뇌, 절망을 남김없이 이야기해 주었다네. 하지만 내가 아무리 열변을 토해도 아가씨의 상아빛 뺨은 전혀 붉어지지 않았고, 저 먼 곳을 바라보는 눈에도 아무런 변화가 없었네. 나는 그 악당이 말한 최면 후 암시를 떠올렸지. 그 아가씨는 지상에서 멀리 떨어진 몽롱한 꿈의 세계에서 살고 있었지만 대답 하나는 똑 부러지게 했다네.

'선생님, 지금까지는 인내심을 가지고 들었습니다. 다시 한 번 말씀드리지만 제 마음에는 조금도 변함이 없습니다. 제 약혼자 아델베르트는 지금까지 폭풍처럼 험난한 인생을 살아오면서, 남들에게 원망을 사기도 하고 근거 없는 헛소문에 시달리기도 했다는 사실을 잘 알고 있습니다. 선생님이 오시기 전에도 수많은 사람들이 그런 험담을 늘어놓기 위해 저를 찾아왔습니다. 아마 좋은 뜻으로 그런 말씀을 해 주셨겠지만 선생님도 어차피 돈으로 고용된 사립 탐정이에요. 지금은 선생님이 남작의 반대편에서 이런 말씀을 하고 계시지만, 반대로 언젠가는 남작의 편에서 일하실 수도 있겠지요.

어찌 됐든 저는 아델베르트를 사랑하며 그도 저를 사랑한다고 이 자리에서 분명히 말씀드리겠습니다. 그러니 세상 사람들이 무슨 말을 하든 제게는 창밖의 새가 지저귀는 것과 다를 바가 없어요. 만약 그 사람의 고결한 성품이 한때나마 타락했다면, 신께서 그의 본성을 되찾게 하

도록 저를 보내셨다고 생각합니다.'

드 머빌 양은 여기서 말을 끊고 윈터 양에게 시선을 돌렸네.

'그런데 이 젊은 아가씨는 누구죠?'

내가 대답을 하기도 전에 윈터 양이 마치 회오리바람이 몰아치는 기세로 끼어들었다네. 왓슨, 불과 얼음이 부딪치면 어떻게 될지 생각해 보게. 그 두 사람의 만남이 꼭 그랬어.

'내가 누구냐고?'

윈터 양이 갑자기 의자에서 일어나더니 감정이 격해져서 입술을 다 일그러뜨리며 외쳤네.

'나는 그 인간의 옛 여자였어요. 그 인간한테 속아서 한껏 이용만 당하다 타락해서 쓰레기처럼 버림받은 멍청한 여자라고요. 나 말고도 수백 명은 그렇게 당했을걸. 당신도 머지않아 그렇게 될 게 뻔해요! 물론 당신이 버려지는 곳은 쓰레기통이 아니라 무덤이 될 테지만. 뭐, 그러는 편이 더 나을지도 모르겠네요. 이봐요, 한심한 아가씨, 그 인간이랑 결혼한 순간 아가씨는 살해당한 거나 다를 바가 없어요. 슬픔으로 가슴이 뭉그러져 죽을지 목이 부러져 죽을지는 모르겠지만 어쨌든 죽을 거라고요. 당신 생각해서 이런 말 하는 게 아니에요! 당신이 죽든지 말든지 내 알바 아니니까. 내가 이런 말을 하는 까닭은 그 인간이 미워서 견딜 수가 없기 때문이에요. 그 녀석이 너무 싫어서 그 녀석을 괴롭히고 내가 당한 만큼 고스란히 복수하고 싶다고요. 그런 눈으로 보지 말아요, 오만하고 예쁜 아가씨. 당신은 곧 나보다도 더 비참한 신세가 될 테니까.'

하지만 드 머빌 양은 참으로 싸늘했다네.

'여기서 그런 일로 말다툼을 하고 싶지는 않군요. 한 가지만 말씀드리지요. 예전에 제 약혼자는 속셈이 새까만 여자들과 얽힌 적이 세 번 있

었습니다. 하지만 지금
은 그때 저지른 나쁜 행동들
을 모두 마음속 깊이 뉘우치고
있습니다.'
　'세 번이라고? 멍청이! 당신은 뭐
라 할 수도 없을 만큼 바보 천치야!'
　윈터 양은 소리를 질렀고, 아가씨는 얼음장 같은 목소리로 말했네.
　'홈즈 선생님, 이제 그만 돌아가세요. 아버지께서 제가 당신을 만나는
게 소원이라고 하시기에 시간을 냈지만 이런 여자의 미친 헛소리까지
듣고 싶지는 않습니다.'
　그 말을 들은 윈터 양은 화가 머리까지 치밀어 올라 앞으로 달려들었
네. 내가 손목을 잡아서 망정이지 그렇지 않았다면 우리 속을 벅벅 긁고
있는 아가씨의 머리채를 잡아챘을 거야. 나는 윈터 양을 문까지 끌고 가
서 간신히 마차 안으로 밀어 넣었다네. 워낙 길길이 날뛰었으니 다른 사
람의 눈에 띄지 않은 것이 다행이었네. 왓슨, 나도 차분함을 유지하려
했지만 그래도 속은 부글부글 끓어올랐다네. 우리는 기껏 도와주려고
했는데 그렇게 차분하고 무심하고 정중하고, 그러면서도 무례하기 짝이
없는 태도를 보니 약이 바짝 오르더군. 이제 자네도 우리가 어떤 상황에

처했는지 잘 알겠지. 첫 번째 방법은 실패로 끝났으니 다른 방법을 생각해 봐야지. 결국에는 자네의 힘을 빌려야 할 테니 나중에 또 연락하겠네. 물론 내가 다른 방법을 쓰기 전에 남작이 먼저 손을 쓸 테지만."

홈즈의 예언은 멋들어지게 맞아 떨어졌다. 그들의 공격이 시작된 것이다. 아니, 드 머빌 양이 이런 일에 관여했다고 생각할 수는 없었으므로 남작의 공격이 시작되었다고 해야 맞을 것이다. 내가 그 벽보를 바라보고 멈춰 섰을 때, 보도의 어느 돌 위에 서

있었는지 지금도 똑똑히 기억한다. 한순간 두려움으로 영혼마저 떨리는 듯했다. 그랜드 호텔과 채링 크로스 역 사이에서 외다리 신문팔이가 석간을 파는 곳을 지날 때였다. 홈즈를 만나고 이틀이 지난 날이었는데, 그 끔찍한 신문지에는 노란색 바탕에 검은 글씨로 아래와 같이 적혀 있었다.

셜록 홈즈, 괴한의 습격을 받다

나는 한동안 멍하니 서 있었다. 그 다음의 기억은 흐릿하다. 나는 신문을 낚아챘고, 신문팔이가 돈을 내지 않았다며 한소리 했고, 그런 다음에 나는 약국 문 앞에 서서 그 끔찍한 기사를 읽기 시작했던 것 같다. 기사의 내용은 이랬다.

　유명한 사립 탐정인 셜록 홈즈 씨가 오늘 아침에 습격을 당해 중상을 입었다는 안타까운 소식이 들어왔다. 아직 정확한 사건 경위는 밝혀지지 않았지만 12시 무렵에 리젠트 가의 카페 로얄 앞에서 사건이 벌어진 듯하다. 지팡이를 든 괴한 둘이 습격해 홈즈 씨의 머리와 몸을 마구 때렸는데, 의사의 말에 따르면 부상이 심해서 낙관할 수 없는 상태이다. 홈즈 씨는 곧 채링 크로스 병원으로 옮겨졌는데 베이커 가에 있는 자기 집으로 옮겨 달라고 고집을 부렸다고 한다. 두 괴한은 말쑥한 차림의 신사로, 구경꾼들 사이를 헤집고 카페 로얄 안으로 뛰어들었으며 뒷문을 통해 글래스하우스 가로 나가 그대로 도망쳤다고 한다. 이번 범행은 지금까지 훌륭하게 활약한 탐정에게 원한을 품은 범죄 조직의 소행임이 분명하다는 의견이 지배적이다.

나는 이 기사를 단숨에 읽고나서 마침 다가오던 마차를 세워 타고 베이커 가에 있는 하숙집으로 황급히 달려갔다. 집 앞에는 마차가 서 있었고, 안으로 들어가 보니 유명한 외과 의사인 레슬리 옥숏 경이 있었다.

"생명에 지장은 없지만 머리 두 군데가 찢어졌고 타박상도 몇 군데 입었어요. 찢어진 곳은 몇 바늘 꿰매야 했지요. 지금 모르핀 주사를 놓았으니 한동안 안정을 취하게 해 주십시오. 그래도 몇 분 동안이라면 면회해도 될 겁니다."

나는 옥숏 경의 허락을 받고 조용히 홈즈의 침실로 들어갔다. 그가 눈을 뜨더니 갈라진 목소리로 내 이름을 불렀다. 커튼을 4분의 3 정도 내린 탓에 방은 어두웠지만 커튼 틈 사이로 한 줄기 빛이 비스듬하게 들어와 홈즈의 머리에 감겨 있는 붕대가 하얗게 도드라져 보였다. 하얀 리넨 붕대에 진홍색 얼룩이 살짝 배어 있었다. 나는 침대 곁에 앉아 홈즈를 내려다보았다. 그가 힘없는 목소리로 중얼거렸다.

"나는 괜찮아, 왓슨. 그렇게 걱정할 것 없어. 보기보다 많이 다치지는 않았다네."

"다행이군!"

"자네도 알고 있겠지만 나도 제법 목검을 휘두를 줄 알잖나. 공격은 대부분 잘 받아쳤네만 둘 중 하나는 나보다 실력이 더 낫더군."

"홈즈, 내가 어떻게 해 주면 좋겠나? 사양하지 말고 말하게. 물론 그 남작 녀석의 사주를 받았겠지? 자네만 괜찮다면 그 녀석의 집으로 쳐들어가 온갖 망신을 다 주고 오겠네."

"왓슨, 진정하게! 경찰이 나서지 않으면 어쩔 수 없는 일이야. 그건 그렇고 잘도 도망친 것을 보니 그자들은 주도면밀하게 계획을 세워 둔 것이 분명하네. 조금만 기다리게. 나한테도 다 생각이 있어. 자네는 우선 최대한 내 상처를 과장해서 선전해 주게나. 사람들은 모두 자네를 찾아가서 내 상태를 물어볼 걸세. 그러면 뇌진탕에 빠졌다거나 혼수상태라서 앞으로 길어야 일주일이나 버틸지 모르겠다면서 헛소리를 늘어놓게. 자네 마음대로 아무렇게나 떠벌려도 좋아. 과장이 지나쳐도 좋고."

"하지만 레슬리 옥숏 경은?"

"아, 경이라면 걱정할 것 없네. 그분은 아주 심각한 상태만 보게 될 테니까. 내가 알아서 하겠네."

"그것 말고 또 없나?"

"신웰 존슨을 찾아내서 당분간 윈터 양을 피신시키도록 하게. 이번에는 그 아가씨를 노릴 테니까. 당연히 그쪽에서도 윈터 양이 내게 협력하고 있다는 사실을 알고 있을 걸세. 나를 없애려고 습격했으니 그녀에게는 무슨 짓을 할지 몰라. 서두르게. 오늘 밤 안으로 전해 주게."

"알았네. 또 다른 것은?"

"내 파이프를 탁자 위에 놓아 주게나. 담배는 슬리퍼 안에 넣고. 그래, 됐어. 그리고 매일 아침 여기로 와 주게, 왓슨. 작전을 짜야 하니까."

나는 그날 밤에 존슨을 만나서 윈터 양을 조용한 교외로 피신시키고 안전해질 때까지 몸을 숨길 수 있도록 처리해 달라고 부탁했다.

그날부터 엿새 동안, 세상 사람들은 홈즈가 매우 위독하다고 알고 있었다. 의사 옥숏 경이 홈즈의 상태가 몹시 나쁘다고 발표했을 뿐만 아니라 신문에는 불길한 기사가 실렸기 때문이었다. 하지만 매일 아침 찾아가는 나는 그렇지 않다는 사실을 알고 있었다. 홈즈의 체력은 무쇠 같았고 의지도 강해서 날마다 건강을 되찾아 가고 있었으며, 놀랄 만큼 빠르게 회복하고 있었다. 그래서 가끔은 홈즈가 나에게까지 자기 건강 상태를 속이는 것이 아닐까 하는 의심이 들기도 했다. 그에게는 퍽 흥미로운 부분이 있었다. 그는 친한 친구인 나에게도 자기 계획을 확실히 말하지 않았기 때문에 때로는 마술처럼 모든 상황이 단번에 바뀌어 깜짝 놀라는 경우도 많았다. 홈즈는 자기 혼자 책략을 세우는 것이 비밀을 지키는 가장 확실한 방법이라는 생각을 절대 바꾸지 않았다. 나는 그 누구보다도 홈즈와 가까웠지만 우리 둘 사이에는 넘을 수 없는 간격이 있다고 느끼고 있었다.

이레째 되는 날, 홈즈의 상처는 거의 다 나아서 실밥까지 풀었다. 그러나 그날 석간에는 홈즈의 상처가 세균에 감염되어 염증이 생겼다는 기사가 실렸다. 그런데 같은 신문에 홈즈의 상태와 상관없이 반드시 알려줘야만 하는 소식이 쓰여 있었다. 금요일에 리버풀 항구를 출발하는 큐나드 해운의 여객선인 루리타니아 호의 승객 명단에 아델베르트 그루너 남작의 이름이 있었던 것이다. 그루너 남작은 드 머빌 장군의 딸과 결혼하기 전에 반드시 정리해야 할 재정 문제가 있어 미국으로 간다는 내용이었다. 내가 그 기사를 읽는 동안 홈즈의 창백한 얼굴 위로 싸늘하고 깊은 생각에 잠긴 표정이 떠올라서 그가 큰 충격을 받았다는 사실을 알 수 있었다. 홈즈가 외쳤다.

"금요일이라고? 그렇다면 사흘밖에 남지 않았군! 그 녀석은 위험을 알아채고 도망칠 생각이야. 내가 놓칠 것 같은가! 절대 놓칠 수 없어! 왓슨, 자네에게 부탁이 있네."

"무엇이든 말하게, 홈즈."

"좋았어. 그럼 지금부터 24시간 동안 중국 도자기에 대해서 집중적으로 공부하게."

홈즈는 더 이상 설명하지 않았고 나도 아무런 질문도 하지 않았다. 오랫동안 그와 함께한 경험을 통해서 이럴 때는 잠자코 그의 말에 따라야 한다는 사실을 잘 알고 있었다. 그러나 방에서 나와 베이커 가를 걸으면서 도대체 이 묘한 부탁을 어떻게 들어줘야 할지 막연하기만 했다. 결국 나는 세인트제임스 광장에 있는 런던 도서관으로 마차를 달려 그곳의 부관장으로 있는 친구 로맥스에게 사정을 설명하고는 책을 잔뜩 빌려서 집으로 돌아왔다.

나는 문득 이런 말을 떠올렸다. 변호사는 전문가가 증인으로 나서더라도 철저하게 심문할 수 있도록 그 사건과 관련된 모든 사실을 벼락치기로 머릿속에 넣어 두지만, 일단 심문이 끝나면 일주일도 지나지 않아서 그 내용을 까맣게 잊어버린다는 것이다. 나도 벼락치기로 공부해 놓고 중국 도자기의 권위자인 척하고 싶지는 않았다. 그래도 나는 그날 밤부터 이튿날 오전까지 도자기 공부에 몰두해서 여러 가지 이름들을 외워 두었다. 예를 들어서 위대한 장식 예술가들의 낙관, 육십갑자의 신비함, 명나라 초기 황제인 주원장의 인장, 명나라 제3대 황제인 영락제 시대의 아름다운 도자기들, 명나라의 문인 겸 화가라는 당인의 글씨, 옛날 대제국이었던 송나라와 원나라 때의 예술 작품 등을 외우고 익혀 두었다. 덕분에 그날 저녁, 홈즈의 하숙에 갔을 때 내 머릿속은 그러한 정보로 가득 차 있었다. 신문만 읽었다면 상상할 수도 없었을 테지만 홈즈는 더 이상 침대에 누워 있지 않았다. 그는 머리에 붕대를 칭칭 감은 채 자기가 좋아하는 팔걸이의자에 턱을 괴고 앉아 있었다.

"아니, 세상에! 홈즈, 신문을 보면 자네는 아직 사경을 헤매고 있다네."

그러자 홈즈가 나를 올려다보며 말했다.

"그렇게 생각하게 만드는 것이 내 목적일세. 그런데 도자기 공부는 잘했나?"

"노력은 했네."

"그럼 됐어. 중국 도자기에 대해서 전문가와 대화하더라도 들통 나지는 않겠지?"

"아마 그럴 걸세."

"됐어. 그럼 난로 위에 있는 저 작은 상자를 가져다주게."

내가 상자를 건네자 홈즈는 상자 뚜껑을 열더니 고급 비단으로 정성스럽게 싼 무언가를 꺼냈다. 비단 보자기를 풀자 그 안에서 언뜻 보기에도 깜짝 놀랄 만큼 아름다운, 은은한 푸른빛이 도는 작은 접시가 나왔다.

"왓슨, 소중히 다루게나. 이건 명나라 때의 진품 박태 자기[8]야. 이것보다 훌륭한 물건은 크리스티 미술품 경매소에서도 찾아볼 수 없을 걸세. 세트가 전부 갖추어져 있다면 왕의 몸값 정도는 나갈 거야. 물론 베이징의 황궁 말고 다른 곳에 완전한 세트가 있을지는 모르겠지만. 도자기를 잘 아는 사람이라면 한번 보기만 해도 손에 넣고 싶어져서 몸이 후끈 달아오를 만한 걸작이지."

"홈즈, 대체 내가 어떻게 하면 되는 건가?"

그는 내게 '하프문 가 369번지 의학박사 힐 바턴'이라고 적힌 명함 한 장을 건네주었다.

"왓슨, 그게 오늘밤 자네의 이름일세. 그루너 남작을 만나게나. 내 조사에 따르면 남작은 저녁 8시 반이면 대개 일과를 마치고 집에 있어. 미리 편지를 보내서 명나라의 멋진 도자기를 가지고 있는데 그 일로 만나고 싶다고 알리게. 직업은 의사라고 소개하는 게 나을 걸세. 꾸밀 필요 없이 평소대로 행동하면 되니까. 자네는 도자기 수집가인데 우연히 이 걸작을 손에 넣었고, 남작이 중국 도자기에 큰 관심이 있다는 소문을 들

---

8) 몸체를 매우 얇게 만든 중국 도자기. 불에 굽기 전에 그 위에 장식을 한다.

고 적당한 가격이라면 팔 수도 있다고 생각해서 왔다고 하면 되네."

"가격은 얼마라고 하면 될까?"

"왓슨, 아주 중요한 질문일세. 수집가라고 해 놓고 자기가 가지고 있는 물건 값도 몰라서야 가짜라는 사실이 금방 들통 날 테니까. 이 접시는 데머리 대령이 구해 준 물건인데 그 베일 속 의뢰인의 수집품 중 하나야. 전 세계를 뒤져도 이것보다 더 좋은 물건은 없다 해도 과언이 아닐 걸세."

"그럼 전문가에게 감정을 받아 볼 생각이라고 하겠네."

"그것 좋지! 왓슨, 오늘은 아주 머리가 획획 돌아가는군. 남작에게는 크리스티 아니면 소더비 경매소에 감정을 의뢰하겠다고 둘러대게. 어쩌면 자네 입으로 가격을 부르지 않아도 될 걸세."

"하지만 그자가 만나 주지 않는다면?"

"아, 그런 걱정은 필요 없네. 그 사람의 수집벽은 상상을 초월하거든. 특히 이런 도자기라면 자타가 인정하는 권위자이니 절대 놓칠 리가 없어. 어쨌든 자리에 앉아서 내가 불러 주는 대로 편지를 쓰게. 답장을 받을 필요는 없어. 그냥 방문하고 싶다면서 그 이유만 적으면 되네."

홈즈가 불러 준 편지는 감탄이 절로 나왔다. 간결하고 예의바르며, 전문가라면 홀딱 반할 만한 내용이었다. 우편배달부가 때맞춰 편지를 전달했다. 그날 저녁, 나는 한 손에는 그 비싼 접시를 들고 주머니에는 힐바턴 박사의 명함을 챙겨 넣은 다음에 홀로 모험을 떠났다.

아름다운 정원과 당당한 저택을 보자 데머리 대령의 말대로 그루너 남작이 굉장히 부유하다는 사실을 알 수 있었다. 문 안으로 들어서니 양쪽에 나무를 심어 둔 마찻길이 구불구불 이어져 있었으며, 그 끝에 자갈을 깔아 둔 광장이 있었다. 광장 여기저기에는 조각이 장식되어 있었다.

이 저택은 남아프리카의 황금왕이 한창 잘나갈 때 세운 건물이었다. 저택은 낮고 길게 이어져 있었으며 모퉁이마다 작은 탑이 서 있었다. 건축학적으로는 썩 빼어나지 못한 집이었지만 그 크기와 견고함은 보는 이를 압도했다. 내가 현관 앞에 서자 영국 성공회 주교 겸 상원 의원이 앉는 의원석에 앉아도 어울릴 법한 집사가 나를 맞이하더니 곧 화려한 제복을 입은 하인에게 인계했다. 그러자 그 하인은 나를 남작의 서재로 안내해 주었다.

그루너 남작은 창문과 창문 사이에 있는 유리장 앞에 서 있었다. 중국 도자기가 진열된 유리장의 문은 열려 있었다. 내가 들어가자 그는 작은 갈색 단지를 든 채 나를 돌아보았다.

"박사님, 어서 앉으시죠. 그렇지 않아도 제 소중한 수집품들을 둘러보면서 새 물건을 넣을 만한 여유가 있는지 생각하고 있었습니다. 7세기 무렵에 만들어진 이 당나라 시대의 걸작은 어떻습니까? 이렇게 아름답고 빛나는 물건은 어디에도 없을 겁니다. 그런데 편지에서 말씀하신 명나라 시대의 접시는 가지고 오셨습니까?"

나는 조심스럽게 비단 보자기를 풀어서 접시를 남작에게 건네주었다. 그는 책상 앞에 앉아서 램프를 가까이 당겨 접시를 살피기 시작했다. 바깥은 완전히 어두워졌다. 그동안 나는 램프의 노란 불빛을 받은 남작의 얼굴을 마음껏 관찰했다.

그는 굉장한 미남으로, 과연 유럽 전역에 소문 날 만한 외모였다. 체구는 보통이었지만 전체적으로 선이 우아하고 날렵했다. 얼굴은 까무잡잡해서 살짝 동양의 느낌이 들었으며, 우수에 잠긴 검고 큰 눈을 보니 여자들이 끌리는 것도 당연해 보였다. 머리카락과 콧수염은 까마귀처럼 검었는데, 수염은 가늘고 뾰족하게 다듬어 밀랍을 발라 빳빳하게 고정

해 두었다. 얼핏 보면 이목구비가 뚜렷하고 호감 가는 얼굴이었으나 딱한 군데, 일직선으로 쭉 뻗은 얇은 입술만은 다른 곳과 어울리지 않았다. 살인자의 입술이 있다면 바로 그런 모양일 것이다. 마치 얼굴에 깊게 베인 상처가 난 것처럼, 꾹 다문 그 입술에서는 잔인함과 끔찍함이 흘러나왔다. 그가 콧수염으로 입술을 가리지 않은 것은 큰 실수였다. 그의 입술은 희생자들에게 그가 얼마나 위험한지 알리는 자연의 신호등 같은 것이었기 때문이다. 남작의 목소리는 매력적이었고 태도도 흠잡을 데가 없었다. 나이는 서른이 조금 넘어 보였지만 나중에 기록을 보니 마흔둘이었다.

드디어 그루너 남작이 관찰을 마치고 입을 열었다.

"아름답습니다. 정말 아름답습니다! 박사님은 이런 접시가 세트로 여섯 점이나 있다고 하셨죠? 그런데 제가 이런 걸작에 대해서 들어 본 적이 없다니 정말 이상합니다. 영국에 이것만큼 훌륭한 물건이 딱 하나 있지만 그건 절대로 시장에 나올 만한 것이 아니거든요. 죄송하지만 바턴 박사님은 이 도자기를 어디서 구하셨습니까?"

나는 최대한 태연한 척하면서 말했다.

"어디서 구했든 그게 뭐가 중요합니까? 그 도자기가 진품이라는 사실은 금방 아셨을 테고, 가격은 전문가에게 감정을 맡길 생각입니다."

그루너 남작의 검은 눈에 의심스러워하는 기색이 어렸다.

"하지만 도저히 이해할 수가 없습니다. 워낙 귀한 물건이니 누구든 거래하기 전에 자세한 매매 과정을 알아 두고 싶어 하는 것이 당연합니다. 물론 이 도자기가 명나라 시대의 귀한 진품임은 분명하지만 저는 모든 가능성을 따져 봐야 합니다. 혹시라도 나중에 박사님에게 물건을 팔 권리가 없다고 밝혀진다면 어떻게 되겠습니까?"

"그 점이라면 전혀 걱정하실 것 없습니다. 제가 보증합니다."

"그렇다면 박사님의 보증이 얼마나 믿음직한지가 문제로군요."

"그렇다면 제가 거래하는 은행에 문의해 보시죠. 은행에서 제 신용을 보증할 겁니다."

"그렇군요. 그래도 이 거래는 여러 가지로 의심스럽습니다."

나는 어찌 되든 상관없다는 듯이 심드렁하게 말했다.

"그렇습니까? 꼭 그루너 남작님에게 팔아야 할 필요는 없지요. 중국 도자기라면 남작님이 최고의 전문가라고 들어서 가장 먼저 보여 드렸을 뿐입니다. 남작님이 아니더라도 이 물건을 손에 넣고 싶어 하는 사람은 얼마든지 있을 테니까요."

"제가 중국 도자기의 전문가라는 사실은 누구에게 들었습니까?"

"남작님은 책까지 쓰지 않으셨습니까?"

"호오, 제가 쓴 책을 읽으셨나요?"

"아니요."

"뭐라고요? 점점 더 이상해지는군요. 이해할 수가 없어요! 박사님은 중국 도자기 수집가고 이렇게 멋진 물건을 알아 볼 수 있는 전문가입니다. 그런데 자기가 손에 넣은 도자기의 참된 가치와 의미를 알려 주는 단 한 권의 책조차 살펴보지 않았다고요? 그건 대체 어떻게 설명하시겠습니까?"

"너무 바빠서 도저히 읽을 시간이 없었습니다. 저는 의사니까요."

"그건 이해할 수 없는 대답입니다. 취미를 붙인 사람이라면 아무리 바빠도 자기가 좋아하는 것을 공부하기 마련이죠. 박사님은 편지에 도자기 수집가라고 쓰지 않으셨습니까?"

"그렇습니다."

"그렇다면 한두 가지 질문 좀 하겠습니다. 박사님, 아니 정말 박사님이신지 아닌지도 모르겠군요. 점점 더 의심이 불어나니 말입니다. 자, 일본의 쇼무 천황[9]에 대해 아는 게 있습니까? 그와 나라[10] 근처에 있는 쇼소인[11]과의 관계는? 세상에, 이 정도도 모르신다고요? 그렇다면 도자기의 역사에서 중국의 북위 왕조[12]가 어떤 위치를 차지하고 있는지 말씀해 주시죠."

---

9) 聖武天皇(701~756). 일본의 제45대 왕.
10) 奈良. 교토 근처에 있는 도시. 710년부터 784년까지 일본의 수도였으며 당시에 헤이조쿄平城京라고 불렸다.
11) 正倉院. 일본 나라에 있는 창고. 쇼무 천황과 고묘 황후 시대의 물건을 비롯하여 보물 1만 여 점이 소장되어 있다.
12) 北魏. 386년부터 534년까지 중국 화북 지방에 있던 왕조. 유목 민족인 선비족이 세운 나라였다.

나는 짐짓 화를 내면서 의자를 박차고 일어났다.

"더는 못 참겠군! 나는 좋은 뜻으로 남작을 찾아왔지 학생처럼 시험을 받으러 온 게 아닙니다. 물론 당신과 비교하면 그 문제에 관한 내 지식은 얄팍하겠지만 그렇다 해도 이렇게 모욕을 당할 수는 없습니다. 대답하지 않겠소!"

그루너 남작은 나를 가만히 바라보았다. 그 눈에서 우수 어린 빛이 사라지더니 갑자기 섬뜩하게 번뜩였다. 그 가늘고 잔혹한 입술이 일그러지자 하얀 이가 보였다.

"도대체 무슨 속셈으로 온 거지? 당신은 스파이로군! 틀림없이 홈즈가 보낸 스파이야. 아닌가? 나를 잡으려고 수작을 부렸군그래. 들어 보니 그자는 곧 죽게 생겼다던데 나를 감시하기 위해 앞잡이를 보냈단 말인가? 뻔뻔스럽게 남의 집에 함부로 들어오다니. 들어오기는 쉬워도 나갈 때는 그 반대일 거다!"

남작은 분노로 반쯤 미치광이가 되어 의자에서 벌떡 일어났다. 나는 뒤로 물러나 그에게 맞서 싸울 자세를 취했다. 어쩌면 그는 처음부터 나를 수상하게 여겼을지도 몰랐다. 이야기를 나누면서 자신의 의심이 맞았다는 사실을 확인했을 것이다. 애초부터 내가 그를 속이는 것은 불가능했다. 그루너 남작은 책상 서랍을 벌컥 열더니 그 안으로 손을 집어넣어 급하게 무언가를 찾았다. 그러다가 무슨 소리를 들었는지 그 자리에 선 채 가만히 귀를 기울였다.

"앗!"

그루너의 입에서 놀라워하는 외침이 터져 나왔다. 그러면서 그는 등 뒤의 방으로 뛰어 들어갔다.

나도 서둘러 열려 있는 문 쪽으로 달려갔다. 옆방을 들여다본 순간, 내

눈에 들어온 광경을 평생 잊지 못할 것이다. 정원으로 나갈 수 있는 창
문은 활짝 열려 있었으며 그 옆에 피투성이 붕대를 감고 얼굴은 딱딱하
게 굳어 창백한 유령 같은 셜록 홈즈가 서 있었다. 다음 순간, 홈즈는 창
을 통해서 바깥으로 달려 나갔다. 월계수 수풀을 헤치고 나가는 바스락
거리는 소리가 들려왔다. 집주인인 남작도 분노로 가득 차 으르렁대며
창가로 달려갔다.

　바로 그때였다! 아주 짧은 순간에 벌어진 일이었지만 나는 똑똑히 보
았다. 여자 손 하나가 월계수 잎 사이에서 불쑥 튀어나왔고 그 순간, 남
작이 어마어마한 괴성을 질렀다. 아직도 귓가를 맴돌 만큼 끔찍한 비명
이었다. 남작은 두 손으로 얼굴을 가리고 미친 사람처럼 방 안을 돌아다
니며 벽 여기저기에 얼굴을 부딪쳤다. 그는 얼마 지나지 않아 융단 위에
털썩 쓰러지더니 저택 전체에 울려 퍼질 만큼 끔찍한 괴성을 지르며 몸
부림쳤다.

"물! 제발 물을 줘!"

나는 작은 탁자 위에 있던 물통을 가지고 그에게 달려갔다. 그때 집사와 하인 몇이 방 안으로 달려 들어왔다. 내가 그루너 남작 옆에 무릎을 꿇고 앉아 그의 얼굴을 램프 쪽으로 돌렸을 때, 주위에 있던 하인 중 하나가 정신을 잃었던 것이 기억난다. 황산은 남작의 얼굴 전체에 큰 화상을 입혔고, 황산 방울이 귀와 턱을 타고 내려와 뚝뚝 떨어졌다. 한쪽 눈은 이미 하얗게 흐려져 있었으며 다른 한쪽은 새빨갛게 충혈되어 있었다. 방금 전까지 내가 감탄하던 얼굴이 이제는 때 묻은 스펀지로 쓱 문지른 아름다운 그림처럼 되어 버렸다. 얼룩덜룩해지고 변색된 그 얼굴은 사람 얼굴 같지 않고 끔찍했다.

나는 부들부들 떠는 하인들에게 황산 사건에 대해 간단히 설명했다. 그 말을 듣고 어떤 하인은 창문을 넘어 뛰어 나갔으며, 또 다른 하인은 잔디 쪽으로 달려 나갔으나 주위는 이미 어둠에 잠겨 있었고 비도 내리고 있었다. 남작은 여전히 비명을 지르면서도 화를 참지 못하고 몸을 떨며 소리 질렀다.

"지옥에서 온 고양이 같은 키티 윈터였어! 그 악마 같은 계집이야! 가만 두지 않겠어! 두고 보라고! 아, 너무 아파! 참을 수가 없어!"

나는 그의 얼굴을 기름으로 씻어 내고 피부가 벗겨진 곳에 솜을 댄 다음에 모르핀을 주사했다. 남작은 죽은 생선 같은 눈으로 나를 올려다보더니 마치 내가 시력을 회복시켜 줄 수 있다고 생각하는 듯이 내 팔에 매달렸다. 조금 전까지만 해도 나를 의심했다는 사실은 까맣게 잊어버린 모양이었다. 그토록 끔찍한 결과를 맞이한 남작이 그때까지 어떤 악행을 저질렀는지 몰랐다면 그의 파멸을 보고 나도 눈물을 흘렸을지도 모르겠다. 그가 불붙은 것처럼 뜨거운 화상 입은 손으로 나를 붙들고 더 듣는 느낌은 굉장히 불쾌하고 섬뜩했다. 드디어 남작의 주치의와 전문의가 들어와 내 일을 넘겨받자 안도의 한숨까지 나왔다. 바로 그때 경위가 들어왔고 나는 그에게 진짜 내 명함을 건넸다. 런던경찰국 사람들에게는 나도 홈즈만큼이나 알려져 있었기에 가짜 명함을 내밀 수는 없었다. 나는 그 음울하고 끔찍한 집에서 나왔고 한 시간 뒤에는 홈즈의 하숙집에 있었다.

홈즈는 창백한 얼굴로 늘 앉던 의자에 앉아 있었다. 아주 지쳐 보였다. 머리의 상처가 아직 회복되지 않은 것도 그랬지만, 오늘 벌어진 뜻밖의 사태는 강철 같은 홈즈의 마음에도 커다란 충격을 던졌다. 그는 남작의 부상에 관한 내 설명을 듣고 진저리를 쳤다.

"죗값이야! 죗값을 받았다고. 그렇지 않나, 왓슨? 언젠가는 이렇게 될 운명이었던 걸세. 죄를 너무 많이 지었으니 말이야."

홈즈는 이렇게 말하더니 탁자 위에 있던 갈색 책을 집어 들었다.

"이게 윈터 양이 말한 바로 그 일기장일세. 이것으로도 그 결혼을 막을 수 없다면 더 이상 아무 방법도 없네. 하지만 왓슨, 이것만 있으면 될 거야. 조금이라도 자존심이 있는 여자라면 이런 것을 보고 참을 수는 없을 테니까."

"그자의 연애 일기인가?"

"욕정 일기라고도 할 수 있어. 뭐라 불러도 좋네. 키티 윈터 양이 일기장 이야기를 꺼냈을 때, 나는 이것을 손에 넣기만 한다면 굉장한 무기가 되겠다고 생각했어. 하지만 윈터 양이 그 사실을 떠들고 다닐 우려가 있어서 그때는 일부러 관심 없는 척했던 걸세. 그리고 나는 일기장을 손에 넣을 방법을 생각해 보았네. 그때 내가 습격을 당했고, 나는 그 기회를 이용했지. 아주 심한 부상을 입은 것처럼 보여서 녀석이 경계심을 풀게

한 거야. 계획은 멋지게 먹혀들었네. 원래 조금 더 기다릴 생각이었지만 그자가 미국으로 간다는 말을 듣고 서두르기로 했어. 그렇게 위험한 일기장을 영국에 두고 갈 리가 없으니까.

그래서 우리는 곧바로 행동을 시작할 수밖에 없었네. 그자는 매우 치밀한 성격이어서 우리가 밤에 저택으로 침입하는 것은 불가능했어. 하지만 만약 밤에 녀석의 주의를 다른 곳으로 돌리기만 하면 일기장을 훔칠 수 있을 것 같았네. 그래서 자네와 그 파란 접시가 등장하게 된 걸세. 단, 나는 일기장이 어디에 있는지 정확한 장소를 알아 두어야 했네. 자네가 아는 중국 도자기 지식으로는 기껏해야 몇 분밖에 버티지 못할 테고, 나는 그 사이에 행동해야만 했으니까. 그래서 윈터 양을 데리고 간 거였는데 설마하니 그런 짓을 할 줄이야. 외투 속에 슬쩍 숨겨 두었던 작은 병이 무엇인지는 나도 눈치채지 못했네. 그녀가 나를 도우려고 온 줄로만 알았거든. 하지만 윈터 양은 처음부터 그 기회를 이용해서 따로 할 일이 있었던 걸세.”

“남작은 내가 자네의 스파이라는 사실을 바로 꿰뚫어 보았네.”

“그럴 줄 알았어. 하지만 자네는 내가 그 일기장을 찾을 만큼의 시간은 벌어 주었네. 들키지 않고 도망칠 시간은 없었지만. 아, 데머리 대령, 마침 잘 오셨습니다.”

우리의 품위 넘치는 친구가 연락을 받고 찾아온 것이었다. 홈즈가 지금까지 일어난 사건의 경위를 자세히 들려주자 데머리 대령은 주의 깊게 귀를 기울였다. 이야기가 끝나자 그가 외치듯 말했다.

“홈즈 선생님, 정말 대단한 일을 해냈습니다! 훌륭합니다! 어쨌든 왓슨 박사님이 말씀하신 대로 남작의 상처가 끔찍하다면 이번 결혼도 자연스럽게 취소되겠지요. 그 더러운 일기장을 쓸 필요도 없을 듯합니다.”

그러나 홈즈는 단호하게 고개를 저었다.

"아니, 그렇지는 않습니다. 드 머빌 양 같은 여성은 그런 일로 결혼을 단념하지 않습니다. 오히려 흉측하게 변한 남작을 희생자라고 생각해서 더욱 깊이 사랑하게 되겠지요. 그러니 그냥 내버려 두면 안 됩니다. 우리가 파멸시켜야 할 것은 남작의 외모가 아니라 정신적인 측면입니다. 이 일기를 보면 드 머빌 양도 남작의 실체에 눈을 뜰 겁니다. 이것보다 더 효과가 확실한 것도 없지요. 그가 직접 쓴 것이니 아가씨도 그냥 넘어가지 못할 겁니다."

데머리 대령은 일기장과 명나라의 접시를 넣은 상자를 챙겨 자리에서 일어났다. 나도 집으로 돌아갈 시간이 되어서 대령과 함께 거리로 나섰다. 거리에는 대령이 타고 온 사륜마차가 기다리고 있었다. 그는 마차에 뛰어오르더니 모자에 꽃무늬 문양을 단 마부를 재촉해서 서둘러 길을 떠났다. 그때 대령은 외투를 마차 창밖으로 반쯤 늘어뜨려 문 위에 있는 문장을 숨기려 했으나 이미 나는 들창으로 나오는 빛을 통해서 그것을 보고 말았다. 나는 놀라서 숨이 멎을 것만 같았고, 집 안으로 다시 달려 들어 단숨에 계단을 올라가 홈즈의 방으로 뛰어들었다. 그리고 큰 소리로 엄청난 소식을 전하려 했다.

"이보게, 홈즈! 우리 의뢰인의 정체를 알아냈다네. 그분은……."

그러나 홈즈는 한 손을 들어 내 말을 가로막으며 말했다.

"장군의 충실한 벗이자 기사도 정신이 넘치는 분일세. 그것으로 충분하지 않은가?"

나는 남작의 추잡한 행적이 적힌 그 일기장이 어떻게 쓰였는지는 잘 모른다. 물론 데머리 대령이 일을 잘 처리했으리라. 어쩌면 문제가 문제이니 만큼 드 머빌 장군에게 모든 것을 맡겼을지도 모른다. 결과는 예상대로였다. 사흘 뒤, 〈모닝 포스트〉에 아델베르트 그루너 남작과 바이올 렛 드 머빌 양의 결혼이 취소되었다는 짧은 기사가 실렸다. 같은 신문에 황산 사건이라는 중대한 범죄로 기소된 키티 윈터 양이 즉결 심판소에 서 첫 공판을 받았다는 기사도 실려 있었다. 심문 과정에서 정상참작을 할 만한 여지가 있었음이 밝혀졌고, 따라서 그런 범죄에 대해 가장 가벼 운 형량이 선고되었다는 사실은 다들 기억하고 있을 것이다. 셜록 홈즈 도 절도죄로 기소될 뻔했으나, 목적이 올바른 데다가 의뢰인이 워낙 고 명한지라 엄격하기로 유명한 영국 법원조차도 융통성 있고 인간미 넘치 는 모습을 보여 주었다. 내 친구는 아직까지도 피고석에 서지 않았다.

2. 피부가 새하얀 병사

내 친구 왓슨은 상상력을 발휘하는 부분에서는 다소 한계를 보일지 몰라도 아주 끈질긴 구석이 있다. 아주 오래 전부터 나에게 경험담을 스스로 써 보라고 하면서 나를 괴롭혔기 때문이다. 물론 그것은 내가 자초한 일일지도 모른다. 나는 왓슨이 쓴 글에 대해서 곧잘 경박하다거나 사실이나 인물을 정확하게 묘사하지 않고 독자들의 흥미를 끄는 데에만 급급해한다면서 타박을 주었기 때문이다.

"홈즈, 그럼 자네가 직접 써 보게!"

결국 그의 투덜거림에 한방 먹고 말았다. 그래서 펜을 들어 보니, 역시 독자가 흥미를 느끼도록 쓸 수밖에 없겠다고 느꼈다는 사실을 인정해야만 했다. 지금부터 이야기할 사건은, 비록 왓슨의 기록에서는 빠졌지만 내가 다룬 사건 중에서도 몹시 기괴한 축에 드는 것이니 독자들의 기대를 배반하지 않을 것이다. 그에 앞서 이번 기회에 내 오랜 친구이자 전기 작가인 왓슨에 대해서 이야기하자면, 내가 자잘한 사건을 조사할 때 그를 데리고 간 것은 감상적인 행동이나 친구에 대한 배려 때문이 아니었다. 그에게는 나름대로의 뛰어난 특성이 있었는데, 왓슨은 겸손한 성격 탓에 내 능력은 과장스럽게 칭찬하면서도 정작 자신의 뛰어난 점은 깨닫지 못했다. 스스로 결론을 내리거나 앞으로의 행동을 어림짐작하는 동료는 위험한 법이다. 반대로 사건이 진전될 때마다 변함없이 놀라워하며 바라보고, 미래에 대해서는 아무것도 모르는 동료야말로 이상적인 협력자라 할 수 있다.

내가 메모한 노트를 살펴보니 이 사건을 맡은 것은 보어 전쟁[13]이 끝난 직후인 1903년 1월이었다. 그날 제임스 M. 도드라는 남자가 내 방을 찾아왔다. 덩치가 크고 얼굴이 볕에 타서 건강해 보이는 영국인이었다. 내 최고의 동료 왓슨은 그때 결혼을 하면서 나를 버리고 떠났는데, 내가

13) Boer War. 보어 전쟁은 1880년과 1899년에 한 차례씩 일어났다. 여기에서 가리키는 보어 전쟁은 1899년에 발발한 제2차 보어 전쟁이다. 1899년, 영국은 남아프리카의 보석 자원을 손에 넣기 위하여 네덜란드계 남아프리카인인 보어인들이 건설한 트란스발 공화국과 오렌지 자유국을 침략했다. 보어인들은 크게 저항하였으나 결국 패배하여 1902년에 영국령 남아프리카로 병합되었다.

기억하기로 그것은 우리 둘의 관계에서 그가 딱 한 번 보인 이기적인 행동이었다. 나는 외톨이가 되고 말았다.

창을 등지고 앉는 것은 내 오래된 습관이었다. 정면으로 햇빛을 받는 반대편 의자에 손님을 앉히기 위해서였다. 제임스 M. 도드 씨는 어디서부터 이야기해야 할지 쩔쩔매고 있었다. 상대방이 입을 다물고 있으면 그만큼 상대방을 관찰할 시간이 늘어나므로 나는 굳이 그를 도우려 하지 않았다. 하지만 의뢰인에게는 내 추리력이 뛰어나다는 인상을 심어 주는 편이 현명하다는 사실을 알고 있었으므로 우선 추리 몇 가지를 들려주었다.

"남아프리카에서 왔군요."

"네, 그렇습니다."

도드 씨가 약간 놀란 듯 대답했다.

"대영제국 기마 농민 의용군[14] 출신이고요."

"맞습니다."

"미들섹스 연대, 그렇지요?"

"정확히 맞히셨습니다. 홈즈 선생님, 꼭 마술사 같으시군요!"

의뢰인이 눈을 껌뻑이는 모습을 보고 나는 빙그레 웃었다.

"영국의 햇볕으로는 불가능할 만큼 햇볕에 그을린 남자다운 신사가 내 방으로 찾아왔습니다. 게다가 손수건을 주머니가 아니라 소매 안에 넣고 있다면 별로 어렵지 않게 그의 경력을 알아낼 수 있지요. 짧은 턱수염을 보니 정규병은 아니었군요. 그리고 머리 모양은 기마병 스타일

---

14) The Imperial Yeomanry. 1899년 12월 24일부터 1908년까지 존재한 영국 농민들의 기마 연대. 1899년부터 1902년까지 벌어진 제2차 보어 전쟁에서 주로 활약했으며, 영국의 소지주층을 비롯하여 중상류층 계층 자원 입대자도 포함하고 있었다.

이고요. 미들섹스 연대 출신이라는 점은, 당신 명함에 스록모턴 가의 주식 중매인이라고 적혀 있는 것을 보고 알았습니다. 그곳에 살고 있는 사람이라면 누구나 미들섹스 연대에 입대할 테니까요."

"선생님은 모르시는 게 없군요."

"나한테 특별한 재주가 있는 건 아닙니다. 그저 주의 깊게 관찰한 것을 바탕으로 유추하는 훈련을 쌓았을 뿐이지요. 그건 그렇고 도드 씨, 나와 관찰에 대해서 논하기 위해 찾아온 것은 아니겠지요? 턱스베리 올드 파크에서 무슨 사건이라도 일어났나요?"

"홈즈 선생님, 그걸 어떻게 아셨습니까!"

"그렇게 놀랄 필요는 없습니다. 당신이 보낸 편지를 보면 그곳의 주소가 나와 있고, 이렇게 급하게 찾아오겠다고 쓴 것을 보니 중요한 사건이 생겼구나 하고 생각한 겁니다."

"그렇군요. 말씀을 듣고 보니 이해가 됩니다. 어제 오후에 편지를 썼는데 그 다음에도 여러 가지 일들이 일어났습니다. 엠스워스 대령이 저를 내쫓지만 않았다면……."

"당신을 내쫓았다고요?"

"네. 내쫓은 것이나 마찬가지입니다. 정말 지독한 사람이니까요, 엠스워스 대령은, 젊었을 때는 군대에서도 알아주는 호랑이 장교로 유명했고 입도 아주 거칠었어요. 갓프리만 아니었다면 저도 도저히 참을 수 없었을 겁니다."

나는 파이프에 불을 붙이고 의자에 몸을 묻으면서 말했다.

"그 이야기를 조금 더 자세히 설명해 주세요."

그러자 손님은 장난스럽게 싱긋 웃었다.

"아무 말 하지 않아도 선생님은 다 아실 줄 알았습니다. 그럼 있는 그대로 말씀드릴 테니 그게 무슨 뜻인지 좀 알려 주십시오. 어제 밤새도록 생각해 보았지만 그럴수록 더 미궁에 빠지고 있습니다.

저는 2년 전, 그러니까 1901년 1월에 입대했는데 그때 갓프리 엠스워스도 같은 중대에 들어왔습니다. 갓프리는 크림전쟁에서 혁혁한 공을 세워서 빅토리아 십자 훈장을 받은 엠스워스 대령의 외아들이었습니다. 그에게는 태어날 때부터 군인의 피가 흐르고 있었으니 군대에 자원입대한 것도 운명같은 것이었어요. 연대에서도 보기 드문, 참으로 훌륭한 청년이었습니다. 우리는 곧 친구가 되었습니다. 한솥밥을 먹으며 기쁨과 슬픔을 함께 나눈 사람들만 느낄 수 있는 강한 우정을 맺었죠. 그는 제 단짝이었습니다. 군대에서 이 말은 특별한 의미를 가지고 있습니다. 우리는 곳곳에서 벌어진 치열한 전투에 참전하면서 1년을 보냈습니다. 그러다가 그는 프레토리아 시[15]의 외곽에 있는 다이아몬드 힐에서 대구경 소총에 맞아 중상을 입었습니다. 그는 케이프타운의 병원과 사우샘프턴에서 편지 한 통씩을 보냈지만 그 뒤로는 아무 소식이 없었습니다. 선생님, 벌써 여섯 달이 넘었는데 가장 절친한 친구한테서 단 한 마디의 소식도 듣지 못한 겁니다.

전쟁이 끝나자 우리는 모두 영국으로 돌아왔습니다. 저는 엠스워스 대령에게 편지를 보내 갓프리가 어디에 있는지 물어보았지만 답장이 없었습니다. 잠시 기다리다가 다시 한 번 편지를 보내자 그제야 답장이 왔습니다. 짧고 무뚝뚝한 글이었는데, 갓프리는 세계 일주 여행을 떠나서 앞으로 1년 동안 돌아오지 않을 것이라는 내용이었습니다. 겨우 그것뿐이었습니다.

---

15) Pretoria. 남아프리카공화국의 행정 수도이며 1900년 보어 전쟁 때, 영국에 의해 점령되었다.

홈즈 선생님, 저는 도저히 납득할 수가 없습니다. 모든 것이 너무나도 부자연스럽습니다. 그렇게 다정한 친구가 저를 내버려 두고 그런 식으로 떠났을 리가 없습니다. 갓프리답지 않아요. 게다가 우연히 들었는데, 갓프리는 막대한 재산을 상속받게 됐는데도 아버지와 사이가 별로 좋지 않다고 합니다. 나이 든 아버지가 이따금 호통을 치면 젊은 갓프리도 참지 못했다고 하니까요. 저는 도저히 납득이 되지 않아서 도대체 어떻게 된 일인지 밝혀내기로 결심했습니다. 그런데 2년이나 집을 비우고 군대에 다녀온 터라 여러 가지 잡다한 일을 정리하느라 이번 주에야 간신히 갓프리의 문제에 신경 쓸 짬이 났습니다. 일단 손을 댄 이상 모든 사실이 밝혀질 때까지 다른 일은 제쳐 둘 생각입니다."

제임스 M. 도드 씨는 적으로 삼기보다는 아군으로 삼아야 할 인물인 듯했다. 그의 파란 눈동자에는 결연한 빛이 감돌았고 각진 턱은 강인해 보였다.

"그래서 어떻게 했습니까?"

"가장 먼저 베드퍼드 근처 턱스베리 올드 파크에 있는 그의 집에 가기로 했습니다. 걸핏하면 화를 내는 엠스워스 대령에게 질린 나머지 이번에는 그 부인, 그러니까 갓프리의 어머니에게 편지를 썼습니다. 저는 정면공격에 나섰지요. 저는 갓프리의 절친한 친구였으며 우리가 함께한 재미있는 이야기를 들려 드리겠으니 괜찮으시다면 조만간 찾아뵙고 싶다는 내용으로 썼습니다. 그러자 부인에게서 며칠 밤 묵고 가라는 친절한 답장이 왔습니다. 저는 월요일에 그 댁을 방문했습니다.

턱스베리 올드 저택은 교통이 불편한 곳입니다. 어디서 출발하든 8킬로미터 정도는 더 들어가야 합니다. 역에 마차도 없어서 짐을 들고 먼 길을 걸어가야 했습니다. 저택에 도착하고 보니 주위는 벌써 어둑어둑

했습니다. 저택은 널따란 정원에 둘러싸인 큰 건물이었는데, 여러 시대의 양식이 뒤섞여 있는 것처럼 보였습니다. 목조로 지어진 엘리자베스 왕조의 골조에다가 빅토리아 왕조의 주랑 현관으로 마무리한 느낌이었습니다. 그 안에는 빙 둘러서 판자를 붙여놓았는데, 태피스트리와 반쯤 지워진 낡은 그림들이 걸려 있어서 어쩐지 오싹했습니다. 랠프라는 집사 영감이 나왔는데 그 집에 지지 않을 만큼 나이 들어 보였고, 그의 부인은 나이가 더 많은 것 같았습니다. 그녀는 갓프리의 유모였다고 했는데 예전에 친구가 어머니 다음으로 사랑하는 사람이라고 말한 적이 있어서 생김새는 이상했지만 왠지 정겨운 느낌이 들었습니다. 갓프리의 어머니도 호감 가는 분이었습니다. 자그마한 하얀 생쥐처럼 온화한 부인이었죠. 오직 한 사람만 마음에 들지 않았습니다. 그게 바로 친구의 아버지인 늙은 대령이었습니다.

도착하자마자 저는 대령과 언쟁을 벌여서 역으로 되돌아갈까 하는 마음도 들었습니다. 하지만 그것이야말로 대령의 속셈인 것 같아서 꾹 참았습니다. 저는 가장 먼저 대령의 서재로 안내받았습니다. 어질러진 책상 앞에 앉아 있던 그는 덩치가 크고 피부색이 좋지 않았으며 등은 구부정했고 숱이 적은 회색 턱수염을 기른 사람이었습니다. 새빨간 핏줄이 드러난 것 같은 코는 대머리 독수리 부리처럼 튀어나왔고, 짙은 눈썹 아래로 번뜩이는 날카로운 회색 눈이 저를 노려보고 있었습니다. 그제야 갓프리가 왜 아버지에 대해서 거의 말을 꺼내지 않았는지 알 것만 같았습니다.

갑자기 대령이 신경에 거슬리는 카랑카랑한 목소리로 이렇게 말했습니다.

'자네가 우리 집에 찾아온 진짜 목적을 알고 싶군.'

'그 점이라면 편지로 부인께 알려 드렸습니다.'

'그래, 자네는 아프리카에서 갓프리를 만났다면서? 하지만 그 사실을 증명하는 건 자네의 말밖에 없지 않나?'

'저는 갓프리에게 받은 편지를 가지고 있습니다.'

'좀 보여 주게.'

대령은 제가 건넨 편지 두 통을 대충 훑어보더니 휙 던져 주었습니다.

'그래서 여기까지 온 이유가 뭔가?'

'저는 갓프리를 아주 좋아했습니다. 우리는 수많은 인연과 추억으로 이어진 사이입니다. 그런데 갑자기 소식이 끊겼으니 그에게 무슨 일이 일어났는지 알고 싶은 것이 당연하지 않겠습니까?'

'그 일이라면 이미 편지로 이야기했을 텐데. 그 애는 세계를 여행하는 중일세. 아프리카에서 전쟁을 겪은 후에 건강이 눈에 띄게 나빠져서 우리 부부는 그 애를 다른 환경에서 푹 쉬게 하는 것이 좋겠다고 생각했네. 혹시라도 자네 말고도 그 애를 걱정하는 사람이 있다면 그렇게 전해 주게나.'

'알겠습니다. 그렇다면 갓프리가 탄 배의 이름과 항로를 알려 주십시오. 배가 언제 출발했는지도요. 편지라도 보내고 싶습니다.'

대령은 제 말을 듣자 당황스럽고 화가 난 모양이었습니다. 굵은 눈썹을 찡그리고 초조한 듯이 손가락으로 책상을 두드리더군요. 마침내 체스에서 결정적인 수를 놓은 상대에게 어떻게 맞설지 결정한 사람처럼 저를 바라보며 입을 열었습니다.

'도드 군, 자네처럼 그렇게 끈질기게 굴면 누구라도 짜증을 낼 걸세. 그렇게 꼬치꼬치 캐묻다니 참으로 무례하군.'

'진정하시고, 제가 아드님을 그만큼 좋아하기 때문이라고 생각해 주십

시오.'

'물론 그렇겠지. 그래서 나도 지금까지 참았던 걸세. 하지만 지금 던진 질문에는 답할 수 없네. 알겠는가? 집집마다 자기 사정이라는 것이 있어서 남에게 함부로 이야기할 수 없는 일이 있네. 설령 상대가 좋은 뜻을 가지고 있더라도 말이야. 그것보다는 아내가 자네와 갓프리의 추억담을 기다리고 있으니 얼른 가서 들려주게. 하지만 미리 말해 두겠는데 그 애의 현재나 미래에 관한 것은 묻지 말게. 그런 질문은 아무 도움도 되지 않고 오히려 우리 입장만 난처하게 할 뿐일세.'

선생님, 이런 말까지 듣고 나니 저도 어떻게 할 수가 없었습니다. 겉으로는 대령의 말에 수긍하는 척했지만, 속으로는 무슨 일이 있어도 갓프리의 행방을 밝혀내겠다고 결심했습니다. 무척 따분한 밤이었습니다. 저와 엠스워스 부부는 음침하고 빛바랜 방에서 조용히 저녁을 먹었습니다. 부인은 갓프리에 대해서 열심히 물어봤지만 대령은 무뚝뚝하게 앉아 한마디도 하지 않았습니다. 저는 그 분위기를 견딜 수가 없어서 식사를 마치자마자 실례가 되지 않을 법하게, 되도록 빨리 인사하고 제가 쓸 방으로 들어갔습니다. 1층에 있는 그 방은 크고 아무 장식도 없었고 다른 방과 마찬가지로 음침했습니다. 하지만 선생님, 1년 동안 남아프리카의 초원에서 생활하다 보니 그런 것은 아무 상관이 없었습니다. 저는 창문을 열어 정원을 바라보았습니다. 반달이 걸려 있는 아름다운 밤이었죠. 저는 활활 타오르는 벽난로 옆에 앉아 램프를 끌어다가 소설이라도 읽으면서 마음을 달랠 생각이었습니다. 그때 조금 전에 말씀드렸던 나이 든 집사가 석탄을 들고 들어왔습니다.

'새벽에 석탄이 모자라지 않을까 걱정이 돼서요. 추운 계절이라 집이 싸늘합니다.'

그는 이렇게 말하고 석탄 통을 내려놓았지만 금방 나가지 않고 머뭇거렸습니다. 제가 뒤를 돌아보니 그 주름진 얼굴에 생각이 많은 얼굴로 서 있더군요.

'실례지만 아까 식사하실 때 갓프리 도련님에 대해 말씀하시는 것을 들었습니다. 알고 계실 테지만 아내가 도련님의 유모 역할을 해서 제게도 아들이나 다름없지요. 그래서 도련님의 일이라면 남일 같지가 않습니다. 도련님이 전장에서 큰 활약을 하셨다고요?'

'연대에서 가장 용감한 병사였습니다. 저도 보어인 병사들이 쏘아 대는 총탄에 목숨을 잃을 뻔했는데 그가 구해 주었습니다. 그렇지 않았다면 저는 여기에 없었을 겁니다.'

늙은 집사는 주름투성이 손을 비볐습니다.

'그랬습니까? 갓프리 도련님다운 활약입니다. 어렸을 때부터 무척이

나 활달하고 무서울 것이 없는 분이셨죠. 정원에 있는 모든 나무에다 올라가셨을 정도로요. 아무도 못 말릴 지경이었습니다. 참으로 멋진 도련님, 아니 훌륭한 청년이셨는데.'

저는 집사의 말을 듣고 깜짝 놀라 의자에서 벌떡 일어났습니다.

'뭐라고요? 훌륭한 청년이었다고요? 마치 갓프리가 죽기라도 한 것 같군요. 대체 어떻게 된 일입니까? 갓프리 엠스워스는 지금

어떻게 됐죠?'

저도 모르게 늙은 집사의 어깨를 잡고 흔들었지만 집사는 두려운 듯이 몸을 웅크리며 말했습니다.

'무슨 말씀이신지 잘 모르겠습니다. 도련님에 대해서라면 주인님께 여쭤 보세요. 저는 아무것도 모릅니다. 제가 끼어들 일이 아닙니다.'

그러고 나서 집사가 나가려 하자 저는 집사의 팔을 붙들었습니다.

'가르쳐 주세요. 딱 하나만 가르쳐 주시면 됩니다. 그렇지 않으면 밤새도록 팔을 놓지 않을 테니까요. 갓프리가 죽었나요?'

집사는 제 눈을 보지 않았는데 마치 최면술에 걸린 사람 같았습니다. 마침내 저는 전혀 예상치 못한 충격적인 대답을 들었습니다.

'차라리 그랬다면 좋았을 겁니다!'

그는 꽥 소리를 지르더니 제 팔을 뿌리치고 밖으로 뛰쳐나갔습니다.

홈즈 선생님, 제가 어떤 심정으로 의자에 주저앉았는지 아시겠지요? 정말이지 하늘이 무너지는 것 같았습니다. 늙은 집사의 말을 듣고 생각나는 것은 딱 한 가지밖에 없었습니다. 갓프리가 무슨 범죄를 저질렀거나 아니면 집안의 명예를 더럽힌 것이 틀림없었습니다. 그 사실이 다른 사람들에게 알려지지 않도록, 완고한 아버지가 아들을 멀리 보내 숨겨 버린 겁니다. 갓프리는 쉽게 흥분하는 성격이었고 물불을 가리지 않고 덤비기도 했습니다. 질 나쁜 녀석들의 꼬드김에 넘어가 터무니없는 짓을 저질렀을지도 모릅니다. 만약 그렇다면 정말 가슴 아픈 일이지만 그래도 그를 찾아내 뭐라도 도와주는 것이 친구로서 제가 해야 할 일이라고 생각했습니다. 그렇게 이런저런 생각을 하다가 문득 고개를 들어 보니 놀랍게도 갓프리 엠스워스가 서 있는 게 아니겠습니까?"

도드 씨는 감정이 격해졌는지 거기에서 이야기를 멈추고 잠시 입을 다물었다.

"계속하세요. 이번 사건은 아주 기묘하군요."

"선생님, 그는 창밖에서 유리창에 얼굴을 바짝 붙이고 서 있었습니다. 아까 제가 그 방에 들어섰을 때 창밖을 내다봤다고 말씀드렸지요? 그때 커튼을 살짝 젖혀 두었는데 그 틈 사이로 갓프리의 모습이 보인 겁니다. 창문이 바닥까지 이어져 있어서 그의 전신을 볼 수 있었는데 유난히 그의 얼굴에 시선이 끌렸습니다. 얼굴이 너무 창백했어요. 그렇게 하얀 얼굴을 본 건 태어나서 처음이었습니다. 유령이 있다면 아마 그런 얼굴이겠죠. 하지만 눈이 마주쳤을 때 그건 살아 있는 사람의 눈이라는 사실을 알았습니다. 그는 저와 눈길이 마주친 순간, 창에서 휙 물러나 어둠 속으

로 모습을 감추고 말았습니다.

선생님, 친구의 모습에서 뭔가 오싹한 것이 느껴졌습니다. 어둠 속에 치즈처럼 하얗게 떠오른 그 섬뜩한 얼굴 때문만은 아니었습니다. 말로 표현할 수 없이 은밀하고, 남의 눈을 피하는 듯하고, 나쁜 짓이라도 저지른 것 같은 느낌이 들었습니다. 제가 알고 있는 갓프리의 솔직하고 남자다운 모습은 하나도 없었습니다. 마음속에서 두려움이 솟았습니다.

하지만 보어인을 상대로 1, 2년 동안 전쟁을 치르고 나면 웬만한 일로는 놀라지 않고 행동도 재빨라집니다. 저는 갓프리의 모습이 사라진 것과 거의 동시에 창가로 달려갔습니다. 창문 걸쇠를 푸는 데 시간이 조금 걸리기는 했지만 저는 정원으로 나가 그가 도망쳤다고 생각되는 쪽으로 달리기 시작했습니다.

정원 길이 긴 데다 달빛도 흐릿했습니다. 하지만 저 앞쪽에 누가 저벅저벅 서둘러 달아나는 기척이 느껴졌습니다. 저는 그 뒤를 따라 달리면서 그의 이름을 불렀지만 대답이 없었습니다. 조금 더 가니 길이 몇 갈래로 갈라져 있었고 그 앞에 별채 몇 개가 보였습니다. 어디로 가야 할지 망설이고 있는데 별채 하나에서 쿵 하고 문 닫는 소리가 들렸습니다. 제 뒤쪽에 있는 저택이 아니라 어둠에 잠긴 앞쪽 어딘가에서 들려온 소리였습니다. 그래서 조금 전에 보았던 것이 유령이나 환상이 아니었다는 사실을 분명히 알았습니다. 갓프리는 제게 들켰다는 사실을 알고 어딘가의 별채로 달아난 것이 틀림없었습니다.

더는 어쩔 수 없었습니다. 저는 그 사실을 어떻게 받아들여야 할지 생각하며 불안한 하룻밤을 보냈습니다. 이튿날 아침, 대령의 태도는 조금 부드러워졌습니다. 부인이 근처에 재미있는 곳이 있다고 하자 저는 하룻밤 더 묵게 해 달라고 부탁했습니다. 대령은 마지못해 허락했고, 덕분에 그날은 하루 종일 조사할 수 있었습니다. 저는 갓프리가 근처에 있다고 확신했지만 정확히 어디에 있고 왜 몸을 숨기고 있는지에 대해서는 혼자 알아내야 했습니다.

저택은 아주 넓고 복잡해서 마음만 먹으면 연대 하나가 숨을 수도 있을 정도였습니다. 만약 그 집에 비밀이 숨어 있었다면 진상을 밝히기는 어려웠을 겁니다. 하지만 그 문 닫히는 소리는 저택에서 들린 것이 아니었습니다. 그래서 저는 정원을 찾아보기로 마음먹었습니다. 대령 부부는 자기들의 일로 바쁜 나머지 저를 혼자 내버려 둬서 그리 어려울 것도 없었습니다.

작은 별채는 여럿 있었지만 정원 끝에 약간 큰, 정원사나 사냥터 관리인이 살 만한 별채가 하나 있었습니다. 문 닫는 소리가 난 건물이 바로 그 별채가 아닐까 싶었지요. 저는 한가롭게 정원을 산책하는 척하면서 자연스럽게 그쪽으로 다가갔습니다. 그런데 갑자기 문이 열리더니 안에서 검은 옷을 입고 중산모를 쓴, 체구가 자그마하고 턱수염을 기른 남자 하나가 나왔습니다. 아무리 살펴 봐도 정원사 같지는 않았습니다. 놀랍게도 그 남자는 주머니에서 열쇠를 꺼내 자물쇠를 채우고 다시 주머니에 넣었습니다. 그러고 나서 제가 서 있다는 사실을 깨닫고 깜짝 놀란 듯했습니다.

'당신은 누구십니까?'

저는 이 집의 손님으로 온 갓프리의 친구라고 설명하고 이렇게 덧붙였습니다.

'갓프리도 저를 보면 좋아할 텐데, 여행을 떠나 이곳에 없다니 정말 안타깝습니다.'

'그렇군요. 적당한 때를 맞춰 다시 와 보세요.'

그 남자는 어쩐지 떳떳하지 못한 기색으로 말하고 자리를 떴습니다. 그런데 잠시 뒤, 제가 뒤돌아보니 그는 정원 구석에 있는 월계수 나무 뒤에 몸을 숨긴 채 저를 지켜보고 있었습니다.

저는 태연한 척하면서 그 오두막을 살펴보았습니다. 창문마다 두꺼운 커튼을 쳐 두었고 인기척도 없어서 얼핏 보기에는 빈집 같았습니다. 하지만 너무 노골적으로 살피면 제 계획이 들통 나고 저택에서 쫓겨날지도 몰랐습니다. 그래서 저는 저택으로 돌아와 밤이 되기를 기다려서 다시 살펴보기로 했습니다. 드디어 해가 지고 주위가 정적에 잠기자 저는 창문으로 빠져나와 발소리를 죽여서 그 오두막으로 향했습니다.

조금 전에 그 집 창문에 두꺼운 커튼이 쳐져 있었다고 했는데 이번에는 덧문까지 닫혀 있었습니다. 불빛이 새어 나오는 틈새가 있어서 그쪽을 살펴보니 다행히도 커튼이 완전히 닫혀 있지 않았고 덧문에도 틈새가 있었습니다. 덕분에 방을 엿볼 수 있었죠. 그 안은 뜻밖에도 안락해 보이는 방이었습니다. 램프가 밝게 빛났고, 벽난로에서도 불이 활활 타올랐습니다. 그리고 아침에 본 중산모 쓴 남자가 제가 있는 쪽을 향해 앉아 파이프를 태우면서 신문을 읽고 있었습니다."

"무슨 신문이었죠?"

내가 이렇게 묻자 도드 씨는 이야기를 끊어서 불쾌하다는 듯이 되물었다.

"그게 이번 사건과 관계가 있습니까?"

"깊은 관계가 있습니다."

"솔직히 말해서 잘 모르겠습니다."

"큼직한 신문이었는지 아니면 주간지처럼 작은 신문이었는지는 기억하겠지요?"

"그러고 보니 크지는 않았습니다. 어쩌면 〈스펙테이터〉였을지도 모르겠네요. 하지만 그런 사소한 것에는 신경 쓰지 못했습니다. 창을 등지고 앉은 남자가 한 명 더 있었으니까요. 얼굴은 보이지 않았지만 낯익은 어깨선으로 봐서 그 사람은 틀림없이 갓프리였습니다. 그는 우울한 태도로 턱을 괸 채 벽난로 쪽으로 몸을 수그리고 있었습니다. 제가 어떻게 해야 좋을지 몰라 망설이는데 갑자기 어떤 손이 제 어깨를 툭 쳤습니다. 깜짝 놀라 뒤돌아보니 거기에는 엠스워스 대령이 서 있었습니다.

'이리 오게.'

대령은 낮은 목소리로 이렇게 말하더니 조용히 앞장서서 저택을 향해 걸어갔습니다. 저도 하는 수 없이 그 뒤를 따랐습니다. 대령은 저택 홀에서 기차 시간표를 집어 들었습니다.

'내일 아침 8시 반에 런던으로 가는 기차가 있네. 8시에 마차를 준비해 주겠네.'

대령은 화가 잔뜩 나서 얼굴이 창백해졌고 제 처지도 무척 난처해졌습니다. 그래서 저는 친구가 걱정돼서 견디지 못하고 실례를 범했다면서 앞뒤가 맞지 않는 사과를 늘어놓았습니다. 그러자 대령은 퉁명스럽게 제 말을 끊었습니다.

'이제 됐네. 자네는 우리 집안의 사생활을 침해했어. 손님으로 왔으면서 어떻게 스파이 같은 짓을 저지른단 말인가? 더 이상 말하고 싶지 않네. 두 번 다시 보고 싶지 않군그래.'

이 말에는 저도 벌컥 화가 치밀어 올랐고 결국 분개하면서 따지고 들었습니다.

'저는 분명히 갓프리를 봤습니다. 어떤 이유가 있는지는 몰라도 대령님은 그를 사람들 눈에서 숨겨 두고 세상과 격리시키고 있지요. 그 까닭은 잘 모르겠지만 갓프리는 자유를 잃었습니다. 분명히 말씀드리건대 저는 갓프리가 안전하다는 사실을 확인할 때까지 결코 포기하지 않고 이번 사건의 진상을 밝힐 겁니다. 대령님이 무슨 말씀을 하시고 어떻게 행동하시든 끝까지 물러서지 않겠습니다.'

엠스워스 대령은 무시무시한 표정을 지으며 당장이라도 제 멱살을 잡을 것만 같았습니다. 아까 말씀드렸다시피 대령은 깡마르고 거칠게 생겼으며 체구가 큽니다. 저는 겁쟁이가 아니지만 대령과 맞서는 것은 쉽지 않을 겁니다. 그런데 대령은 한참이나 저를 노려보다가 휙 몸을 돌리더니 방에서 나가 버렸습니다. 결국 저는 이튿날 아침에 대령이 말한 기차를 탔고, 편지에 썼듯이 홈즈 선생님에게 조언과 도움을 구하고자 바로 찾아왔습니다."

도드 씨가 의뢰한 사건은 위와 같았다. 그런데 눈치 빠른 독자라면 이미 깨달았을 테지만, 이번 사건의 수수께끼를 푸는 것은 그렇게 어렵지 않았다. 왜냐하면 사건의 진상을 밝히는 방법이 아주 뻔했기 때문이다. 그래도 이번 사건에는 내가 기록할 만한 흥미롭고 새로운 것이 있었다. 그때부터 나는 평소에 하던 대로 논리적 분석을 이용해서 떠올릴 수 있는 해결책을 찾아보았다.

내가 의뢰인에게 물었다.

"그 저택에는 하인이 몇 명이나 있었습니까?"

"제가 본 사람이라고는 나이 든 집사 부부뿐이었습니다. 엠스워스 대령은 아주 소박하게 사는 모양입니다."

"그렇다면 별채에는 하인이 없었단 말인가요?"

"거기에는 그 수염을 기른 작은 남자밖에 없었습니다. 하지만 그는 좀 더 신분이 높아 보였습니다."

"눈여겨봐야 할 부분이로군요. 그렇다면 저택에서 그 오두막으로 식사를 나르는 모습은 보지 못했습니까?"

"그러고 보니 집사가 큼지막한 양동이를 들고 정원 안쪽으로 걸어가는 모습을 보았습니다. 그때는 그 안에 음식이 들었다고는 생각하지 못했지만요."

"그렇군요. 그럼 그 동네 사람들에게 물어보지는 않았습니까?"

"물론 물어봤습니다. 역장하고 마을 여관 주인한테요. 저는 그냥 전우인 갓프리 엠스워스에 대해서 아는 것이 없느냐고 물었지요. 둘 다 갓프리는 세계 일주 여행을 떠났다고 하더군요. 군대에서 돌아오자마자 바로 떠났다고 합니다. 그곳 사람들은 다들 그렇게 생각하는 것이 분명합니다."

"그 사람들에게 좀 미심쩍다는 말은 하지 않았겠지요?"

"네, 그런 말은 하지 않았습니다."

"다행이군요. 조사할 필요가 있는 일입니다. 같이 턱스베리 올드 파크로 갑시다."

"오늘요?"

그 무렵 나는 마침 친구 왓슨이 〈애비 학교 사건〉이라는 제목으로 기록한, 그레이민스터 공작이 깊이 관련된 사건을 조사하고 있었다. 게다가 터키의 술탄에게 의뢰받은 사건도 있었다. 그것을 그대로 내버려 두었다가는 정치적으로 중대하고도 매우 위험한 일이 벌어질 수도 있었기에 급히 처리해야 했다. 그러므로 내 사건 수첩에 따르면, 내가 제임스 M. 도드 씨와 턱스베리 올드 파크로 간 것은 그 다음 주 초였다. 그날 우리는 마차를 타고 유스턴 역으로 가던 도중에 무뚝뚝한 신사 한 명을 마차에 태웠다. 내가 미리 약속해 둔 사람이었다. 내가 도드 씨에게 설명했다.

"이 사람은 내 친구입니다. 부를 필요가 없었을 수도 있지만 어쩌면 큰 도움이 될지도 모르거든요. 어쨌든 지금으로서는 더 이상은 말할 필요가 없습니다."

독자들도 왓슨의 이야기를 읽고 이미 알고 있을 테지만, 나는 조사하고 있는 사건에 대해서 쓸데없는 말은 절대 하지 않으며, 설령 마음속에 짚이는 바가 있더라도 그것을 밝히지는 않는다. 도드 씨는 약간 놀란 듯했지만 나는 더 이상 아무 말을 하지 않았다. 그렇게 우리 셋은 여행을 계속했다. 나는 내가 데려온 친구가 궁금해할 것 같아 기차에서 도드 씨에게 다시 한 번 질문했다.

"당신은 창문으로 그의 얼굴을 분명히 보았다고 했지요? 틀림없이 갓프리 씨였나요?"

"분명합니다. 창에 코를 대고 있었는데 램프 빛이 정면으로 쏟아져서 똑똑히 봤습니다."

"하지만 닮은 사람일 수도 있잖습니까?"

"아뇨. 분명히 그가 맞습니다."

"하지만 얼굴이 변했다고 했는데요."

"피부색만 변한 겁니다. 그의 얼굴 피부는…… 아…… 어떻게 말해야 좋을지 모르겠지만, 물고기 배처럼 새하얀 색이었습니다. 마치 표백한 것처럼요."

"전체가 하얗게 변했나요?"

"그렇지는 않을 겁니다. 저야 창에 대고 있던 그의 이마만 제대로 봤을 뿐이지만요."

"그의 이름을 불렀습니까?"

"아니요. 그때 너무 놀라기도 했고 섬뜩해서 그렇게는 못했습니다. 하지만 곧 뒤따라가며 이름을 불렀는데 헛수고였습니다."

이것으로 사건은 거의 해결된 것이나 마찬가지였다. 이제 세세한 부분을 채워 넣는 일만 남았다. 오랫동안 마차를 달려서야 우리는 그 이상한 저택에 도착했다. 도드 씨가 말한 대로 낡고 휑뎅그렁한 집이었다. 늙은 집사 랠프가 현관문을 열고 밖으로 나왔다. 나는 하루 동안 마차를 빌렸으므로 같이 온 내 친구에게 우리가 부를 때까지 마차 안에서 기다려 달라고 부탁하고 도드 씨와 함께 저택 안으로 들어갔다. 집사 랠프는 몸집이 작고 얼굴은 주름투성이였는데 검은 상의에 검은 점박이 바지를 입고 있었다. 일반적인 집사 차림이었지만 한 가지는 달랐다. 바로 갈색 가죽 장갑을 끼고 있었다는 점인데, 우리를 보자마자 그것을 벗어서 탁자 위에 놓았다. 왓슨이 이미 말했을지 모르지만 나는 감각이 아주 예민해서 그때 희미하지만 강하게 코를 찌르는 냄새를 맡았다. 아무래도 탁자 위에서 나는 냄새인 듯했다. 그래서 그곳으로 되돌아가서 모자를 벗어 탁자 위에 놓는 척하면서 장갑을 떨어뜨렸다. 다시 장갑을 주워서 코 가까이에 대 보니 역시나 타르 같은 이상한 냄새가 났다. 나는 서재에 안내받아 들어가기도 전에 사건이 해결되었다고 생각했다. 아, 스스로 이야기를 하다 보니 하마터면 마음속의 생각을 전부 털어놓을 뻔했다! 왓슨이 독자들에게 그럴싸한 마무리를 보여 줄 수 있었던 것은 이처럼 사슬의 고리를 숨겨 두었기 때문이다.

엠스워스 대령은 서재에 없었으나 집사의 전갈을 듣자 바로 달려왔다. 복도에서 쿵쿵거리는 발소리가 어지럽게 들려오다가 문이 벌컥 열리더니 턱수염을 기른 대령이 잔뜩 찌푸린 얼굴로 모습을 드러냈다. 그는 손에 들고 있던 우리 명함을 갈기갈기 찢어서는 구둣발로 짓밟았다.

"두 번 다시 오지 말라고 했는데 염치도 없이 또 찾아오다니! 정말 귀

찮은 녀석이로군! 내 허락 없이 여기에 다시 들어왔으니 나도 폭력을 쓸 권리가 있어. 총으로 쏴 버리겠다! 그럼, 쏴 주고말고!"

그때 대령이 나를 향해 휙 돌아섰다.

"당신에게도 똑같이 경고하겠소. 당신의 비열한 직업에 대해서 잘 알고 있는데 그런 재능을 떠벌리고 싶으면 다른 곳에 가서 쓰시오. 여기에서는 함부로 날뛰게 두지 않겠소."

의뢰인 도드 씨가 단호하게 말했다.

"저는 이대로 돌아가지 않을 겁니다. 갓프리에게 자기는 감금당한 것이 아니라는 말을 직접 듣기 전에는요."

대령은 가소롭다는 듯이 벨을 울렸다.

"랠프, 경찰에 전화해서 경위한테 경관 둘을 보내 달라고 부탁하게. 강도가 들어왔다고 전하게."

나는 대령을 말렸다.

"잠깐 기다리십시오. 도드 씨, 여기는 엠스워스 대령님의 저택이니 우리는 이 집에 억지로 머물 권리가 없습니다. 하지만 대령님도 도드 씨가 아드님을 걱정한 나머지 이런 행동을 하고 있다는 점을 인정하실 겁니다. 내가 5분 동안만 엠스워스 대령님과 이야기를 나눌 수 있다면 대령님의 생각도 완전히 바뀔 겁니다."

그러나 대령은 굉장히 완고했다.

"내 생각이 그렇게 간단히 바뀔 것 같소? 랠프, 내 명령을 어길 셈인가? 뭘 우물쭈물하고 있나? 얼른 경찰에 전화하게!"

내가 문 앞을 가로막고 말했다.

"그렇게는 안 됩니다. 경찰을 부르면 대령님이 우려하는 참사가 일어날 뿐이에요."

나는 수첩을 꺼내 한 장을 찢어 얼른 어떤 단어를 써서 대령에게 건네주었다.

"바로 그것 때문에 우리는 여기에 온 겁니다."

그 종이를 보자 대령의 얼굴에서 분노가 사라지고 대신 놀라워하는 표정이 떠올랐다.

"어떻게 알아낸 거요?"

대령은 이렇게 말하며 괴로워하더니 의자에 털썩 주저앉았다.

"진상을 밝히는 것이 내 직업이니까요."

대령은 앉은 채 깡마른 손으로 덥수룩한 수염을 쓰다듬으며 생각에 잠겼다가 곧 포기한 듯이 몸짓했다.

"알겠소. 갓프리를 만나고 싶다면 만나 보시오. 그렇게 하고 싶지는 않지만 당신들이 억지를 부리니 어쩔 수 없지. 랠프, 갓프리와 켄트 선생에게 전하게. 5분쯤 뒤에 우리 모두 찾아가겠다고 말이야."

잠시 뒤에 우리는 정원 오솔길을 지나 그 끝에 있는 별채 앞까지 갔다. 문 앞에 턱수염을 기른 자그마한 남자가 놀라워하는 얼굴로 서 있었다.

"엠스워스 대령님, 이게 대체 어떻게 된 일입니까? 이래서는 우리 계획이 다 엉망이 되고 맙니다."

"켄트 선생, 어쩔 수 없었소. 우리가 졌소이다. 갓프리는 어떻소이까?"

"안에서 기다리고 있습니다."

켄트 선생은 문 앞에 있는 넓고 깔끔한 방으로 우리를 안내했다. 거기에는 어떤 남자가 난로를 등지고 서 있었는데 의뢰인은 그를 보자마자두 팔을 벌리며 달려갔다.

"갓프리! 오랜만일세!"

그러나 젊은 남자는 거절의 뜻을 담아 손짓했다.

"지미, 내 몸에 절대로 손대지 말게. 나한테서 멀리 떨어져. 자, 나를 잘보게! 아직도 내가 미들섹스 연대 B중대의 갓프리 엠스워스 병장으로보이는가?"

그렇게 말한 갓프리의 모습은 분명히 이상했다. 누가 봐도 예전에는아프리카의 태양에 새까맣게 그을린 조각처럼 단정한 미남이었을 테지만 지금은 그 거뭇한 얼굴 표면에 마치 표백한 것 같은 하얀 반점이 여기저기 퍼져 있었다.

"이래서 아무도 만나지 않았던 걸세. 하지만 지미, 자네라면 상관없어.친구를 데려오지 않았더라면 더 좋았을 텐데. 물론 거기에는 나름대로의 이유가 있었겠지만 자네는 나를 난처하게 만들었어."

"무슨 일이 있어도 자네를 한번 만나고 싶었네. 얼마 전에 자네가 내방을 들여다보지 않았나? 그때부터 진상을 밝혀내지 않으면 견디지 못할 것만 같았네."

"나도 랠프에게 자네가 왔다는 말을 들으니 꼭 한 번 보고 싶었네. 들키지 않도록 조심했지만 창문 열리는 소리를 듣고 서둘러 이곳으로 돌아올 수밖에 없었어."

"그건 그렇고, 얼굴은 대체 어떻게 된 건가?"

"뭐, 간단한 이야기일세."

갓프리가 담배에 불을 붙이며 말했다.

"자네도 그날 아침에 프레토리아 시 외곽에 있는 버플스프루트에서 벌어진 전투를 기억하겠지? 동부 철도 부근에 있는 곳 말일세. 거기서 내가 총에 맞았다는 소식은 들었나?"

"물론 들었지. 하지만 자세한 이야기는 못 들었네."

"그때 나를 포함한 셋이 대열에서 낙오하고 말았네. 자네도 기억하겠지만 그곳은 기복이 아주 심한 지역이니까. 대머리 심슨이라 불리던 심슨, 앤더슨, 그리고 나 이렇게 셋이었네. 우리는 보어 병사를 쫓고 있었는데 어쩌다 보니 숨어 있던 보어인에게 당하고 말았어. 동료 둘은 목숨을 잃었고, 나는 코끼리 사냥을 할 때 쓰는 총탄에 어깨를 맞았지. 하지만 나는 말안장에 꼭 달라붙어서 전속력으로 10킬로미터나 달아났네. 그러는 사이에 정신을 잃고 말에서 떨어지고 말았지.

정신을 차려 보니 벌써 저녁이더군. 거기까지는 좋았는데 온몸에 힘이 없었고 상처는 무척이나 아팠네. 그런데 놀랍게도 바로 옆에 집이 있었어. 넓은 계단이 있고 창문이 많은 꽤 큰 집이었네. 그날은 굉장히 추운 밤이었어. 상쾌하고 건강한 추위가 아니라, 밤마다 찾아오는 온몸이 얼어붙을 것 같은 기분 나쁜 추위 말일세. 나는 뼛속까지 얼어붙는 듯했고 오로지 그 집에 가서 쉬고 싶다는 생각밖에 없었네. 그래서 나는 비틀비틀 일어나 혼신의 힘을 다해 그 건물 쪽으로 발을 끌며 갔지. 정신이 아주 몽롱했지만, 간신히 계단을 올라가서 열려 있는 커다란 문으로 들어가 보니 침대 몇 개가 나란히 놓인 큰 방이 나왔네. 마음이 놓인 나는 어떤 침대로 올라가 몸을 눕혔네. 침대가 정돈되어 있지는 않았지만 그런

걸 따질 입장이 아니었어. 부들부들 떨리는 몸 위에 이불을 뒤집어쓰고 그대로 곯아떨어졌네.

눈을 떠 보니 벌써 아침이더군. 제대로 된 세상이 아니라 이상한 악몽의 세계에 있는 것 같은 느낌이었네. 아프리카의 태양이 커튼도 없는 큼지막한 창을 통해서 가득 쏟아져 들어와서는 넓고 휑뎅그렁하고 새하얀 방을 구석구석까지 환하게 밝혀 주었네. 눈앞에는 머리가 커다란 알뿌리처럼 생긴 난쟁이 같은 사람이 서 있었어. 갈색 스펀지 비슷하게 보이는 섬뜩한 두 손을 흔들면서 네덜란드어로 쉴 새 없이 떠들어 대지 뭔가? 그 뒤에 있던 사람들은 희희낙락거리며 그 상황을 즐기는 듯이 바라보고 있었지. 하지만 그들을 본 순간 나는 소름이 돋았네. 누구 하나 멀쩡한 사람이 없더군. 하나같이 몸이 뒤틀어졌거나, 퉁퉁 부었거나, 흉측하게 어긋나 있었네. 그런 끔찍한 생명체들이 웃어 대는 소리는 듣기에도 섬뜩했네.

영어를 할 줄 아는 사람은 아무도 없는 모양이었어. 하지만 어떻게 해서든 상황을 설명해야 했네. 왜냐하면 그 머리가 커다란 사람이 불같이 화를 내면서 거칠게 소리를 지르며 불구가 된 두 손을 나한테 뻗어서는 침대에서 끌어내리기 시작했기 때문일세. 피가 흘러내리는 내 상처는 아랑곳하지 않고 말이야. 그 작은 괴물은 황소처럼 힘이 셌네. 그때 그곳을 감독하던 나이 지긋한 남자가 소란스러운 소리를 듣고 오지 않았다면 나는 어떻게 됐을지 몰라. 그 사람이 네덜란드어로 소리 지르자 나를 거칠게 다루던 난쟁이가 얌전해지더군. 그러고 나서 그 남자는 나를 돌아보더니 깜짝 놀라 눈을 휘둥그렇게 뜨면서 물었네.

'대체 어떻게 여기에 온 거요? 잠깐 기다려요! 보아하니 아주 지친 듯하고 어깨의 부상도 치료해야겠소. 나는 의사요. 곧 붕대를 감아 주겠소.

허, 이를 어쩌나! 여기보다는 차라리 전쟁터가 안전했을 거요. 여기는 나병원이오. 당신은 나환자의 침대에서 잠을 잤단 말이오.'

더 이상 말할 필요는 없겠지, 지미? 곧 전쟁이 시작될 것이라는 소식을 듣고 그 불쌍한 사람들은 전날에 피난을 갔다가 영국군이 다른 곳으로 가자 진료소 소장과 함께 다시 병원으로 돌아온 걸세. 소장의 말에 따르면, 자기는 그 병에 면역이 생겼다고 생각하지만 그래도 나환자의 침대에서 잘 수는 없다고 하더군. 그는 나를 자기 방으로 데려가서 친절하게 치료해 주었네. 그리고 일주일쯤 뒤에 나는 프레토리아 종합 병원으로 옮겨졌지.

이제 내게 일어난 비극을 이해하겠나? 그래도 혹시나 하는 기대를 품었지만 우리 집에 돌아오고 얼마 지나지 않아서 지금 자네가 보는 것처럼 끔찍한 반점이 나타났고, 결국 그 병에서 벗어날 수 없다는 사실을 알았네. 내가 무엇을 할 수 있었겠나? 여기는 인적이 드문 곳이야. 완전히 믿을 수 있는 하인도 둘이나 있고 내가 살 만한 별채도 있네. 그러니 여기라면 그럭저럭 살아갈 수 있지. 게다가 외과 의사인 켄트 선생님은 비밀을 지키겠다고 약속하고 내 곁에 있겠다고 했네. 그러한 결정을 내리는 것은 아주 당연했네. 다른 대안은 너무 끔찍했으니까. 풀려날 희망도 없이 평생을 격리된 장소에서 낯모르는 사람들과 살아야 했지. 물론 비밀을 철저하게 지킬 필요가 있었네. 그렇지 않으면 이 조용한 시골에서도 아주 큰 소동이 일어날 테고, 나는 결국 끔찍한 운명을 짊어지고 살아가야 할 테니까. 그래서 자네에게도 비밀로 할 수밖에 없었던 걸세. 그런데 어떻게 해서 아버지의 허락을 얻었는지 모르겠군."

그러자 엠스워스 대령이 나를 가리키면서 내가 건네준 '나병'이라고 쓴 종이를 펼쳤다.

"이 신사 때문에 어쩔 수가 없었다. 이만큼이나 알고 있다면 차라리 모든 사실을 밝히는 편이 낫겠다 싶었지."

"그야 물론입니다. 오히려 그 편이 더 좋은 결과를 가져다줄지도 모릅니다. 환자를 진찰한 것은 켄트 선생님뿐이지요? 실례지만 선생님, 당신은 열대나 아열대에서 발병한다는 이런 병에 대해서 잘 아십니까?"

내 물음에 켄트 박사가 조금 화난 얼굴로 말했다.

"저도 의학을 공부한 사람이니 웬만한 지식은 가지고 있습니다."

"아니, 선생님이 매우 유능한 의사라는 사실을 의심하는 것은 아닙니다. 하지만 이런 병이라면 다른 의사의 의견을 듣는 것도 중요합니다. 켄트 선생님은 환자를 격리시키라는 압력을 받을까 봐 그렇게 하지 않았겠지만요."

"그렇소."

박사 대신에 엠스워스 대령이 대답했다.

"그럴 줄 알고 믿음직스러운 친구 하나를 데리고 왔습니다. 예전에 그의 의뢰를 받고 사건을 해결해 준 적이 있었는데 그 보답으로 오늘은 의사로서가 아니라 친구로서 조언해 주겠다고 합니다. 바로 의학박사인 제임스 손더스 경입니다."

이제 막 임관된 소위가 영국 총사령관인 로버츠 경을 만난다 하더라도 그때의 켄트 선생처럼 기뻐하고 흥분하지는 않을 것이다. 그는 중얼거리듯이 정말 큰 영광이라고 말했다.

"그럼 제임스 경을 모셔 오겠습니다. 경은 지금 길에 세워 둔 마차에서 기다리고 있습니다. 엠스워스 대령님, 그동안 우리는 서재에서 기다리지요. 거기서 필요한 설명을 하겠습니다."

이럴 때야말로 왓슨이 없다는 것이 아쉽다. 그가 있었다면 교묘한 질문을 던지기도 하고 탄성을 지르면서, 내가 가진 상식을 조합한 것에 불과한 이 추리를 천재적인 능력이라며 끌어올려 줄 텐데. 내가 내 이야기를 쓰려니 그런 도움은 얻을 수가 없다. 그러니 엠스워스 대령의 서재에서 갓프리의 어머니까지 포함한 소수의 청중에게 말한 내용을 그대로 적어 추리 과정을 설명하겠다.

"우선 내 추리는, 잊을 수 없는 일들을 제거하고 남은 사실은, 아무리 믿어지지 않더라도 그것이 곧 진실이라는 가정에서 시작됩니다. 가설 몇 가지가 남더라도 상관없어요. 그럴 때는 하나씩 검토해 나가다 보면 진실을 뒷받침할 만한 가설을 발견하게 되니까요. 그렇다면 이번 사건에도 이 원칙을 적용해 보겠습니다. 처음 도드 씨의 이야기를 들었을 때 나는 갓프리 씨가 이 저택의 별채 어딘가에 숨어 있거나 갇혀 있다고 생각했습니다. 만약 그렇다면 세 가지 이유를 생각해 볼 수 있었지요.

첫 번째는, 갓프리 씨가 어떤 범죄를 저질러 숨어 있다는 가설이었습니다. 두 번째는 정신이 이상해졌는데 가족들이 정신병원에 입원시키고 싶지 않아 숨기고 있다는 가설이었고, 세 번째는 어떤 특이한 병에 걸려서 격리되었다는 가설이었죠. 이것들 말고는 납득할 수 있을 만한 이유가 떠오르지 않았습니다. 그 다음에는 그 모든 가설을 체로 걸러 보기도 하고, 저울로 재기도 하면서 하나씩 검토해 보았습니다.

우선 첫 번째 가설은 검토할 것도 없었습니다. 왜냐하면 최근에 이 지방에서 아직 해결되지 않은 사건은 하나도 없었으니까요. 이건 틀림없는 사실입니다. 그리고 만약 그 범죄가 아직 발각되지 않았다면 갓프리 씨를 집에 숨겨 두기보다는 외국으로 달아나게 하는 편이 훨씬 나을 겁니다.

정신병에 걸렸다는 두 번째 가설은 그나마 가능성이 있었습니다. 갓프리 씨가 별채에서 다른 사람과 함께 산다면 감시자가 있다고 생각할 수 있으니까요. 게다가 그 사람이 나올 때 문을 잠갔다는 말은 갓프리 씨가 감금되었다는 가정을 뒷받침하는 사실이었습니다. 그러나 한편으로는 그렇게 엄중하게 감금하고 있는 건 아니라는 점도 알 수 있었습니다. 그렇지 않다면 갓프리 씨가 갇힌 곳에서 빠져나와 도드 씨를 보러 올 수는 없었을 겁니다.

도드 씨, 내가 켄트 선생님이 읽던 신문이 무엇인지 물어보았는데 기억납니까? 그건 요점을 파악하기 위한 하나의 방편이었어요. 만약 그것이 〈란셋〉이나 〈영국 의학 잡지〉였다면 추리하는 데 큰 도움이 되었을 겁니다. 하지만 적임자에게 감시를 부탁하고 또 정식으로 신고만 한다면 정신이상자를 집에 두는 것은 불법이 아닙니다. 그렇다면 어째서 그렇게 숨기려 들었을까요? 그러니 이것도 사실에 맞는 가설이 아니라고 생각했습니다.

남은 것은 세 번째 가설뿐이었습니다. 참으로 드물고 있을 법하지 않은 사실이지만, 모든 정황에 맞아떨어집니다. 남아프리카에서 나병은 그리 희귀한 질병이 아닙니다. 어떤 뜻하지 않은 일로 갓프리 씨가 나병에 걸렸을지도 모르고, 가족들은 그를 격리 병동에 입원시키고 싶지 않아서 큰 희생을 감수하게 되었을 겁니다. 소문이 퍼지지 않도록 하려면 철저하게 비밀을 지킬 필요가 있습니다. 그렇게 하지 않으면 권력이 끼어들어 방해할 테니까요. 돈만 충분히 지불한다면 헌신적인 의사에게 환자를 맡기는 것도 그리 어렵지는 않겠지요. 그리고 밤이 되면 환자를 구속할 이유도 사라지죠. 또, 피부가 표백된 것처럼 하얗게 변하는 것은 나병의 대표적인 증상입니다. 그래서 이 가설은 가장 유력한 것이 되었습니다. 너무 유력해서 나는 그것을 당연하게 받아들이고 행동하기로 했습니다. 그런데 여기에서 나는 집사가 음식을 나를 때 소독한 장갑을 낀다는 사실을 발견하고 마지막 의심도 깨끗이 버렸습니다. 나는 대령에게 어떤 단어를 써서 비밀을 알아냈음을 알렸습니다. 그리고 말로 하지 않고 굳이 글로 쓴 이유는, 내가 믿음직한 사람이라는 사실을 보이기 위해서였습니다."

내가 이번 사건에 대한 설명을 거의 마쳤을 때쯤 문이 열리더니 근엄해 보이는 제임스 경이 방으로 들어왔다. 그는 고명한 피부과 전문의였으나 그때만큼은 스핑크스처럼 엄숙한 얼굴이 풀려 있었고 눈가에는 따뜻한 인정미가 보였다. 그는 엠스워스 대령 곁으로 성큼성큼 걸어가서 그의 손을 굳게 쥐었다. 제임스 경이 천천히 말했다.

"내 직업상 좋은 소식보다는 나쁜 소식을 전하는 경우가 훨씬 많습니다. 그렇지만 이번에는 기뻐할 만한 소식입니다. 아드님은 나병에 걸린 것이 아닙니다."

"뭐라고요?!"

"어린선魚鱗癬이라는 질병입니다. 나병과 아주 비슷한 병이지요. 건조한 피부에 물고기 비늘처럼 보기 흉한 각질 증식이 생기는 까다로운 병인데 쉽지는 않아도 치료할 수 있고 전염성도 없습니다. 홈즈 선생, 우연도 이런 우연이 없습니다. 아니, 그저 우연의 일치라고 할 수 있을까요? 우리로서는 헤아릴 수 없는 미묘한 힘이 작용했을지도 모릅니다. 그 청년은 나병 환자와 접촉한 다음에 나병에 감염됐을지도 모른다는 두려움에 휩싸였을 겁니다. 그 영향이 육체적인 증상으로 나타나 저렇게 자신이 두려워하던 나병과 비슷한 증상을 일으킨 것은 아닐까요? 어쨌든 나는 의사의 명예를 걸고 장담합니다, 앗, 부인이 그만 정신을 잃으셨군요! 부인이 이 기쁜 충격에서 벗어날 때까지 켄트 선생이 돌봐 주시면 좋겠습니다."

3. 마자랭의 보석

왓슨 박사는 지금까지 여러 가지 기묘하고 놀라운 사건과 모험의 출발점이 되었던 베이커 가 2층의 정신없는 방을 다시 찾아왔을 때 기분이 아주 좋았다. 그는 주위를 둘러보았다. 벽에 걸린 과학 도표들과 산 때문에 타 버린 약품 상자가 놓인 선반, 구석에 걸어 둔 홈즈의 바이올린 상자, 예전에 곧잘 파이프와 담배를 넣어 두던 석탄 상자 등이 보였다. 그리고 마지막으로 생글생글 웃고 있는 빌리가 박사의 눈에 들어왔다. 어리지만 영리하고 퍽 재치 넘치는 그 꼬마 시동 덕분에 걸핏하면 무뚝뚝해지는 그 명탐정의 고독하고 외로운 생활에 조금이나마 즐거움이 더해졌던 것이다.

"그래, 빌리. 모두 예전과 다를 바 없구나. 너도 그대로고. 홈즈도 여전하겠지?"

그러자 빌리가 약간 걱정스럽다는 듯이 침실 문을 슬쩍 쳐다보며 말했다.

"네, 그렇지만 홈즈 선생님은 지금 주무시는 것 같아요."

지금은 오후 7시, 그것도 기분 좋은 여름날의 저녁이었다. 그러나 왓슨 박사는 홈즈의 불규칙한 생활을 잘 알고 있었으므로 전혀 이상하게 생각하지 않았다.

"무슨 사건이 들어왔나 보구나."

"네, 홈즈 선생님은 그 사건에 완전히 매달리고 계세요. 아무것도 드시지 않고 말이에요. 얼굴빛은 나빠지고 몸은 점점 야위어 가니 너무 걱정이 돼요. 허드슨 부인이 '식사는 언제 하실 건가요?' 하고 물으면 '내일 모레, 7시 반이요.'라고 대꾸하신다니까요. 박사님도 아시다시피 홈즈 선생님은 사건에 몰두할 때마다 늘 그러시잖아요?"

"그럼, 그렇고말고."

"지금 홈즈 선생님은 어떤 사람을 뒤쫓고 계세요. 어제는 일자리를 찾는 노동자 차림으로 나가셨고 오늘은 노부인으로 변장하셨죠. 그런데 오늘은 저도 완전히 속았다니까요. 이제는 그런 변장에 익숙해질 만도 한데 말이에요."

빌리가 생긋 웃으며 소파에 기대놓은 낡고 지저분한 양산을 가리켰다.

"저게 노부인으로 변장할 때 쓴 변장 도구 중 하나였어요."

"그랬구나. 그런데 빌리, 이번에는 대체 무슨 사건이 벌어진 거니?"

그러자 빌리는 중요한 국가 기밀이라도 털어놓는 듯이 목소리를 낮추고 말했다.

"왓슨 박사님한테는 이야기해도 되겠지만 그래도 꼭 비밀로 해 주셔야 해요. 홈즈 선생님은 지금 왕관 다이아몬드 사건을 열심히 해결하고 계시거든요."

"아! 그 10만 파운드짜리 다이아몬드를 도둑맞은 사건 말이냐?"

"네. 반드시 되찾아야 한다고 수상이며 내무부 장관까지 찾아와서 선생님한테 부탁했어요. 그 두 분이 바로 저 소파에 앉아 있었다니까요! 홈즈 선생님은 아주 친절하게 설명했고, 할 수 있는 한 모든 일을 다 하겠다면서 두 분을 안심시켰어요. 그런데 그때 캔틀미어 경이 찾아오셨어요."

"아니!"

"네, 캔틀미어 경이 오셨어요. 그게 무슨 뜻인지 벌써 눈치채셨겠지요? 그분은 정말 뻣뻣한 사람이에요. 수상도 점잖은 분이셨고 내무부 장관도 예의를 잘 지키는 친절한 분이었는데, 그 캔틀미어 경은 정말 너무했어요. 홈즈 선생님도 저랑 똑같이 생각하셨을 거예요. 그분은 선생님을 도저히 못 미더워하는 눈치였고, 그 사건을 선생님한테 의뢰하는 것에도 반대했으니까요. 아마도 그 사람은 홈즈 선생님이 실패하기를 바라고 있을 거예요."

"흠. 그럼 홈즈도 그 사실을 알고 있니?"

"선생님이 모르시는 일이 어디 있겠어요."

"그래, 그렇다면 홈즈가 꼭 성공해서 캔틀미어 경의 코를 납작하게 해 주었으면 좋겠구나. 그런데 빌리, 저기에는 왜 커튼을 쳐 두었지?"

"사흘 전에 홈즈 선생님이 직접 치신 거예요. 저 뒤에 재미있는 것이 있어요."

빌리가 성큼성큼 걸어가서 밖으로 돌출한 창문의 움푹 들어간 부분을 가리고 있는 두꺼운 커튼을 걷었다.

왓슨 박사는 너무 놀라 소리를 질렀다. 거기에는 홈즈와 똑같이 생긴 인형이 실내복을 걸친 채 팔걸이의자에 앉아 있었다. 인형은 얼굴의 4분의 3 정도를 창문으로 향했고, 책이라도 읽는 것처럼 아래를 내려다보고

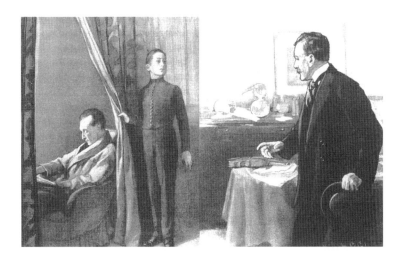

있었다. 빌리는 인형의 목을 뽑아 들었다.

"진짜 홈즈 선생님처럼 보이게 하려고 가끔 얼굴 방향을 바꿔 주고 있어요. 물론 커튼을 열어 두었을 때는 만지지 않지만요. 커튼을 걷으면 도로 맞은편에서 이게 아주 잘 보이거든요."

"그러고 보니 예전에도 한 번 이런 인형을 쓴 적이 있었지."

"제가 오기 전이었죠?"

빌리는 이렇게 말하며 커튼을 살짝 열어 아래쪽 길을 내려다보았다.

"저 맞은편에서 누가 여기를 감시하고 있어요. 지금도 저 집 창문에 누가 서 있네요. 박사님도 한 번 보세요."

왓슨이 창가로 다가선 순간, 갑자기 침실 문이 열리더니 키 크고 호리호리한 셜록 홈즈가 나왔다. 그의 얼굴은 여느 때보다 훨씬 창백하고 수척해 보였으나 걸음걸이며 태도는 평소와 다름없이 씩씩하니 힘이 넘쳤다. 홈즈가 한 걸음 홀쩍 뛰어 순식간에 창가로 다가와서는 커튼을 내리면서 말했다.

"조심해야지, 빌리. 네 목숨이 위험할 뻔했어. 아직 나한테는 네가 필요하단다. 아, 왓슨, 정말 잘 왔네. 여기서 자네를 다시 만나다니 정말 기쁘군. 마침 아주 중요한 순간에 찾아왔네."

"그런 것 같더군."

"빌리, 잠깐 자리를 비켜 다오. 왓슨, 저 아이 때문에 골치가 아파. 빌리를 위험에 빠뜨려도 될지 모르겠어."

"무슨 위험인데?"

"갑자기 목숨을 잃을 위험 말이야. 아무래도 오늘 밤이 가장 위험할 것 같아."

"무슨 일이 일어날 것 같은가?"

"내가 살해당할지도 몰라."

"홈즈, 농담하지 말게."

"농담이 아닐세. 내가 아무리 유머가 부족한 사람이라지만 이왕 한다면야 좀 더 재미있는 농담을 할 걸세. 하지만 지금은 괜찮아. 그 사이에 술이라도 조금 들겠나? 탄산수 제조기며 시가는 그 자리에 그대로 있네. 아, 왓슨, 옛날처럼 그 의자에 앉게. 그래, 그래. 나는 여전히 내 소박한 파이프로 담배를 피우네만, 그것이 싫어지지는 않았겠지? 요즘에는 이 것들이 내 식사라네."

"어째서 음식을 먹지 않는 건가?"

"속이 깨끗이 비어 있어야 머리가 더 잘 돌아가니까. 자네는 의사이니 그 정도는 잘 알겠지? 무언가를 먹으면 소화를 시키느라 머리로 가야 할 피가 위장으로 가 버리지. 그러면 두뇌 활동이 느려지고 사고력이 떨어져. 왓슨, 나는 두뇌일세. 몸의 다른 부분은 그저 부속 기관이나 다를 바가 없어. 그러니 머리를 소중히 여기는 것은 당연하지 않겠나?"

"그야 그렇지만 지금 위험하다는 건 또 무슨 말인가?"

"아, 그래. 내가 녀석에게 살해당할 때를 대비해서 자네가 범인의 이름과 주소를 알고 있으면 좋겠지. 만약 정말로 내게 그런 일이 벌어진다면 자네는 내 오랜 벗으로서 그 사실을 런던경찰국에 알리게나. 내 애정이며 작별 인사도 같이 전해 주고. 그자의 이름은 실비어스야. 니그레토 실비어스 백작. 주소는 서북 지구 무어사이드 가든스 136번지. 알았지? 잘 적어 두게."

왓슨의 솔직한 얼굴이 걱정으로 일그러졌다. 그는 홈즈가 얼마나 큰 위험에 빠져 있는지, 그리고 친구가 상황을 과장하기보다는 오히려 축소해서 말했다는 사실을 잘 알고 있었다. 왓슨은 늘 행동하는 사람이었으므로 그때도 그렇게 했다.

"홈즈, 내가 좀 돕고 싶네. 앞으로 하루 이틀 정도는 한가하거든."

"이보게, 왓슨. 자네의 도덕성은 나아질 줄을 모르는군. 여러 가지 악덕에 이제는 거짓말까지 더했으니 말일세. 자네는 한눈에 보기에도 환자가 잔뜩 들이닥쳐서 바쁜 의사 태가 줄줄 흐른다네."

"그리 중요한 일은 아닐세. 그것보다, 자네를 노리는 자를 체포할 수는 없겠나?"

"마음만 먹으면 못할 것도 없지. 그 녀석도 바로 그 점을 걱정하고 있으니까."

"할 수 있는데 왜 안 하는 건가?"

"다이아몬드가 어디에 있는지 모르기 때문일세."

"아, 빌리에게 들었네. 그 잃어버린 왕관의 다이아몬드?"

"맞아. 노란색으로 빛나는 마자랭의 보석[16]이야. 나는 벌써 그물을 던져서 물고기를 잡았다네. 그렇지만 그 보석은 찾지 못했어. 녀석들을 잡아서 무슨 소용이 있겠나? 뭐, 감옥에 처넣으면 세상이 더 좋아지기야 하겠지. 하지만 그건 내가 목표하는 게 아닐세. 내가 진짜로 원하는 건 그 보석이거든."

"실비어스 백작이라는 자가 자네 그물에 잡힌 물고기인가?"

"그냥 물고기가 아니라 상어일세. 그자 말고도 권투 선수인 샘 머턴이라는 녀석도 있지만 그리 못된 놈은 아니야. 백작의 부하로 이용당하고 있을 뿐이지. 덩치는 산만 한데 어리석기 짝이 없는 잔챙이라네. 겨우 미끼나 될까? 어쨌든 내 그물에 걸려 펄떡거리고 있지."

"그렇다면 실비어스 백작은 지금 어디에 있나?"

"내가 오늘 오전 내내 미행해 봤어. 노부인으로 변장하고 말이야. 이번에는 자네에게도 보여 주고 싶을 만큼 그럴 듯했네. 심지어 그 백작이 '부인, 이걸 떨어뜨리셨군요.'라고 하면서 내 양산을 주워 주기도 했다니까. 자네도 알겠지만 백작은 반은 이탈리아인이지. 그래서 기분이 좋을 때는 이탈리아인답게 아주 쾌활하지만, 어떤 때는 인간의 탈을 뒤집어쓴 악마처럼 굴기도 해. 왓슨, 살다 보면 정말 별별 일을 다 겪게 되는 것 같네."

"큰일 날 뻔하지 않았나."

"글쎄, 그랬을지도 모르지. 어쨌든 오늘 아침에 내가 미행했을 때 그는 미노리즈에 있는 스트로벤지의 공장까지 갔네. 스트로벤지는 아주 성능이 뛰어난 공기총을 만들지. 그건 언제라도 쏠 수 있게 지금 맞은편 집 창문에 놓아두었을 걸세. 왓슨, 이쪽 창문에 있는 인형을 보았나? 맞아,

---

16) Jules Mazarin(1602~1661). 프랑스의 정치가. 이탈리아에서 태어났으나 1639년에 프랑스로 귀화하였다. 루이 14세가 어린 나이로 즉위하자 그 모후의 신임을 받아 재상이 되었다. 그가 모은 보석 중 일부는 프랑스의 왕관에 박혔는데 그중 18개의 다이아몬드는 나중에 '마자랭의 보석'이라 불렸다.

방금 전에 빌리가 보여 주었지. 그 아름다운 머리에 언제 총알이 날아와서 박힐지 모른다네. 아, 빌리, 무슨 일이지?"

빌리는 명함 한 장을 올린 쟁반을 들고 들어왔다. 홈즈는 그 명함을 힐끗 보더니 아주 재미있다는 듯이 활짝 웃었다.

"이것 참, 본인이 직접 찾아왔어. 뜻밖인데? 왓슨, 이렇게 된 이상 한판 승부를 벌일 준비를 하게. 녀석은 보통내기가 아닐세. 자네도 들어 봤겠지만 백작은 맹수 사냥에 능한 명사수라네. 만약 나까지 잡는다면 그의 사냥 기록은 빛나는 승리로 마무리되겠지. 어쨌든 그자가 지금 왔다는 건 초조함을 느낀다는 증거일세."

"경찰을 부르는 게 좋지 않겠나?"

"곧 그렇게 할 생각이지만 지금은 아니야. 그것보다 왓슨, 집 근처를 어슬렁거리는 수상한 자는 없는지 밖을 살짝 봐 주게."

왓슨은 커튼을 살짝 젖혀서 바깥을 살폈다.

"그렇군. 난폭해 보이는 사내 하나가 현관 앞을 얼쩡거리고 있는데."

"그 녀석이 바로 실비어스 백작의 부하인 샘 머턴이야. 충직하기는 하지만 머리를 쓸 줄도 모르는 멍청이지."

홈즈는 이렇게 말하고 빌리를 바라보았다.

"빌리, 손님은 어디에 있지?"

"대기실에 있습니다."

"그래. 벨을 울리면 이리로 안내하렴."

"네."

"내가 이 방에 없더라도 괜찮으니까 안으로 모셔라."

"네, 선생님."

빌리가 문을 닫고 나가자 왓슨이 홈즈에게 바싹 다가가 물었다.

"이보게, 홈즈. 너무 위험하지 않을까? 상대는 흉악한 데다가 지금은 궁지에 몰려서 무슨 짓을 저지를지 모르네. 어쩌면 자네를 죽일 작정으로 왔을 수도 있고."

"그건 각오하고 있어."

"그럼 나도 자네 옆에 있겠네."

"왓슨, 엄청나게 방해가 되겠군."

"그자에게?"

"이 친구야, 그게 아니라 나한테 말일세."

"그래도 자네만 내버려 둘 수는 없어."

"괜찮다니까. 자네는 할 수 있어. 그렇게 해야 하기도 하고. 그리고 자네는 여태껏 게임을 그만둔 적이 없으니 이번에도 끝까지 잘할 거야. 실비어스는 자기 속셈이 있어서 왔겠지만 나는 내 목적을 이룰 걸세."

홈즈는 이렇게 말하면서 수첩을 한 장 찢어 무엇인가 급히 적더니 왓슨에게 건네주었다.

"마차를 타고 런던경찰국까지 달려가서 범죄수사부의 욜에게 이것을 전하게. 그리고 경찰과 함께 여기로 와 주게나. 아마 그때 녀석을 체포하게 될 거야."

"알겠네. 그렇게 하지."

"나는 자네가 돌아올 때까지 보석이 있는 곳을 알아내겠네."

홈즈가 벨을 울렸다.

"이제 녀석이 올 거야. 그 전에 우리는 침실 문으로 빠져나가세. 이 두 번째 출구가 아주 중요하지. 난 숨어서 그물에 걸린 상어를 살펴보고 싶다네. 자네도 알겠지만 나만의 좋은 방법이 있다고."

1분 뒤, 빌리가 실비어스 백작을 데리고 왔을 때 거실은 텅 비어 있었다. 그는 유명한 운동가이자 맹수 사냥의 명수로, 피부는 거뭇했고 체구는 당당했다. 독수리 부리 같은 코 아래에 검은 콧수염을 길러서 잔인해 보이는 얇은 입술을 가렸다. 차림새는 아주 훌륭했다. 화려한 넥타이와 번쩍번쩍 빛나는 넥타이핀, 눈부신 반지 등이 매우 눈에 띄었다. 뒤로 문이 닫히자 백작은 함정이 있다고 생각했는지 의심이 가득한 표정으로 주위를 두리번거렸다. 그러다가 창가의 커튼 뒤로 살짝 삐져나온 실내복 깃과 움직이지 않는 머리를 보고 깜짝 놀랐다. 어이가 없는지 한동안 가만히 서서 그 모습을 바라보았지만 곧 그의 눈가에 잔혹한 빛이 어리기 시작했다. 그는 방 안을 재빨리 둘러보아 아무도 없다는 사실을 확인하더니 굵은 지팡이를 힘껏 쥐고 까치발을 든 채 인형 뒤쪽으로 다가갔

다. 최후의 일격을 가하기 위해 살짝 몸을 웅크리는 순간, 열린 침실 문에서 싸늘하고 비아냥거리는 듯한 목소리가 들렸다.

"백작, 부수지 마시오! 부수지 말라니까!"

암살자는 깜짝 놀라 얼굴을 일그러뜨리며 뒤로 물러났다. 그때 백작은 인형이 아니라 살아 있는 사람을 공격하기로 했는지 안에 납을 채운 묵직한 지팡이를 치켜들었다. 그러나 홈즈의 침착한 회색 눈과 경멸하는 듯한 차가운 웃음을 보고 슬며시 손을 내렸다.

"정말 잘 만들지 않았소?"

홈즈가 인형 쪽으로 걸어가며 말했다.

"밀랍 인형으로 유명한 프랑스의 타베르니에의 작품이오. 밀랍 인형을 만드는 솜씨가 정말 놀라워요. 공기총 제작의 명수인 당신 친구처럼 말이오."

"공기총이라고? 그건 또 무슨 소리요?"

"우선 모자와 지팡이를 탁자 위에 내려놓으시오. 고맙소. 그럼, 자리에 앉으시오. 그리고 뒷주머니에 있는 권총도 꺼내고. 아니, 권총을 깔고 앉아도 상관없다면 굳이 꺼낼 필요 없소. 어쨌든 잘 오셨소이다. 마침 나도 백작을 만나고 싶었으니까."

실비어스 백작은 눈썹을 무섭게 치켜뜨고 홈즈의 얼굴을 노려보았다.

"나도 할 말이 있소. 그것 때문에 일부러 찾아온 거요. 조금 전에 당신을 공격하려 했다는 사실은 인정하지만."

홈즈는 탁자 가장자리에 올려놓은 발을 흔들었다.

"그럴 생각이 있다는 건 나도 짐작하고 있었소. 그런데 도대체 왜 그렇게 나한테 관심이 많은 거요?"

"그야 당신이 내 일에 너무 끼어드니까. 부하를 시켜서 나를 미행하지 않았소?"

"부하라니, 대체 무슨 말씀이신지 모르겠군. 그런 적 없소이다."

"허튼 소리! 난 녀석들이 따라다니게 내버려 뒀다고. 홈즈, 둘은 제법 잘하던데."

"실비어스 백작, 별것 아니지만 내 이름을 함부로 부르지 말고 꼭 경칭을 붙여 주기를 바라오. 나는 런던의 거물급 범죄자 절반 정도와 친하게 지내고 있는데 당신에게만 예외를 두면 다른 친구들의 심기가 불편해질 것 같소."

"좋아, 그럼 홈즈 선생이라고 불러 드리지."

"한결 낫군. 그런데 아까 백작이 말한 부하들 말인데 당신은 크게 오해하고 있소."

실비어스 백작이 코웃음 쳤다.

"세상에서 당신만 눈이 날카롭다고 생각한다면 오산이오, 홈즈 선생. 어제는 운동하던 나이 든 노동자였고 오늘은 노부인이었지. 둘 다 하루 종일 내 뒤를 따라다니더군."

"백작, 나를 높이 평가해 주어 고맙소. 도슨 남작은 교수형을 당하기 전날 밤에 내 이야기를 하면서, 법정은 인재를 얻었지만 연극계는 큰 손해를 입었다고 했소이다. 그리고 오늘은 백작이 내 변변찮은 연기를 칭찬해 준 거요."

"그럼 그게 당신이었단 말이오?"

홈즈가 어깨를 으쓱하며 말했다.

"의심하기 전에 저 구석에 걸려 있는 양산을 보시오. 오늘 아침에 당신이 친절하게 주워 주던데."

"그걸 알았다면 네 녀석은 결코……."

"이 옹색한 집에 돌아오지 못했겠지. 나도 그 마음은 잘 알아요. 누구나 기회를 놓치고 한탄한 경험이 있으니까. 하지만 백작이 그 기회를 알아차리지 못한 덕분에 나는 무사했고, 이렇게 여기서 당신과 마주 앉을 수 있었소."

실비어스 백작의 위협적인 눈 위로 짙은 눈썹이 꿈틀댔다.

"들으면 들을수록 마음에 안 드는군. 그래, 부하가 아니라 참견꾼 탐정님이 직접 연기했다는 말이지? 날 따라다닌 사실을 인정하다니, 이유가 뭐요?"

"백작은 알제리에서 사자 사냥을 자주 하잖소?"

"그게 어쨌다는 거요?"

"왜 하시오?"

"왜냐고? 나는 위험하고 스릴 넘치는 스포츠를 좋아하니까."

"그리고 그 나라가 위험한 동물에게 시달리지 않게 하려고?"

"그렇소."

"내가 당신의 뒤를 쫓는 이유도 마찬가지요!"

실비어스 백작이 갑자기 자리에서 일어나 뒷주머니로 손을 뻗어 권총을 꺼내려 했다.

"앉으시오, 백작! 한 가지 이유가 더 있소. 그 왕관의 다이아몬드가 필요하오."

백작은 의자에 앉아 몸을 뒤로 젖히며 사악한 미소를 띠었다.

"이것 참!"

"백작은 내가 그것 때문에 자신을 미행한다는 사실을 알고 있소. 당신이 오늘 밤 여기에 온 진짜 이유는 내가 그 사실을 얼마나 알고 있는지 확인하고 나를 제거해야 할 필요가 있는지 알아보려는 게 아니오? 당신

입장에서 보면 반드시 나를 없애야만 할 거요. 나는 한 가지만 빼면 나머지를 전부 알고 있으니 말이오. 물론 그 한 가지도 당신이 곧 가르쳐 주겠지만."

"선생이 모른다는 그 한 가지가 뭐요?"

"왕관의 다이아몬드가 있는 곳."

백작은 사나운 눈으로 홈즈를 노려보았다.

"그걸 알고 싶은 건가? 하지만 내가 어찌 알겠소?"

"아니, 알고 있소. 그리고 곧 털어놓을 거요."

"말도 안 되는 소리!"

"실비어스 백작, 내 앞에서 허세 부려도 소용없소."

백작을 바라보던 홈즈의 두 눈이 점점 작아지더니 뜨거운 철 구슬처럼 반짝이기 시작했다.

"백작, 당신은 일종의 유리 인간 같소. 나한테는 속마음이 훤히 들여다보이거든."

"그럼 다이아몬드가 어디 있는지도 알겠군."

그러자 홈즈가 재미있다는 듯이 손뼉을 치더니 조롱하는 것처럼 백작에게 손가락질했다.

"결국 백작은 정말 알고 있다는 말이로군. 방금 자백했잖소!"

"나는 아무것도 자백하지 않았소."

"자, 백작. 당신이 합리적인 사람이라면 우리는 거래할 수 있소. 응하지 않으면 당신이 다치겠지만."

실비어스 백작은 천장을 바라보며 말했다.

"그런 말을 믿을 것 같소?"

그러자 홈즈는 체스 고수가 최고의 한 수를 고심할 때처럼 깊은 생각에 잠긴 얼굴로 상대방을 바라보았다. 그러고는 곧 책상 옆으로 가서 서랍을 열어 작고 두꺼운 수첩을 꺼냈다.

"이 안에 어떤 내용이 적혀 있다고 생각하시오?"

"내 알 바 아니오!"

"백작, 당신이오."

"나라고?"

"그렇소. 백작의 모든 것 말이오. 당신의 사악하고 위험한 모든 행적이 적혀 있소."

백작은 불타오르는 듯한 눈으로 홈즈를 노려보며 외쳤다.

"이 빌어먹을 놈! 더는 못 참겠군!"

"백작, 여기에 다 들어 있소. 당신에게 블라이머 영지를 물려 준 헤럴드 부인의 죽음에 관한 진상은 어떻소? 물론 그 유산도 순식간에 도박으로 날려 버렸지만."

"무슨 잠꼬대를 하는 거야!"

"그리고 미니 워렌더 양의 인생 이야기도 있소."

"쳇! 그걸로 뭘 어쩌겠다는 거지?"

"아직도 많이 남았소. 1892년 2월 13일에 리비에라로 가는 열차 안에서 일어난 강도 사건도 기록되어 있소. 같은 해에 리옹 은행의 가짜 수표 사건도 있었고."

"아니, 그건 사실과 달라."

"그럼 다른 것들은 맞는다는 뜻이로군! 자, 백작, 당신은 지금 카드 게임을 하는 거요. 좋은 패가 죄다 상대방의 손에 있다면 얼른 손을 터는 게 시간을 아끼는 길이 아니겠소?"

"그런 이야기가 보석과 무슨 상관이 있단 말이오?"

"백작, 진정하시오. 흥분을 가라앉히고 하나만 더 들어 보시오. 간단하게 요점만 말하겠소. 지금 내가 말한 사건들 말고도 당신과 당신 동료들을 유죄로 만들 수 있는 것이 하나 더 있소. 마자랭의 보석 사건이오."

"말도 안 되는 소리!"

"과연 그럴까? 당신을 화이트홀까지 태워 준 마부와, 화이트홀에서 떠날 때 탄 마차의 마부가 증언했소. 그리고 보석의 진열장 옆에서 얼쩡대던 당신을 본 경비원도 있고, 당신에게 보석을 잘라 달라는 부탁을 받았지만 끝내 거절한 보석 세공사 아이키 샌더스의 증언도 있소이다. 아이키가 신고했으니 게임은 이미 끝난 거요."

실비어스 백작의 관자놀이에 파란 힘줄이 솟았다. 감정을 억누르기 위해 불끈 쥔 거무스름하고 털 많은 손이 부들부들 떨렸다. 무슨 말을 하려고 했지만 좀처럼 말이 나오지 않는 모양이었다.

"이제 내가 가진 패는 전부 보여 준 셈이오. 하지만 가장 중요한 다이아몬드 킹이 빠졌소. 나는 그 보석이 어디에 있는지 모르오."

"내가 가르쳐 줄 것 같소?"

"백작, 잘 생각해 보시오. 붙잡히면 감옥에서 20년은 썩을 거요. 샘 머턴도 마찬가지고. 아무리 훌륭한 보석이라 할지라도 감옥에 있으면 무슨 소용이 있겠소? 하지만 보석을 내게 넘겨준다면 나는 죄를 묻지 않고 당신과 샘 머턴을 놓아 주겠소. 내가 원하는 것은 다이아몬드지 당신들이 아니니까. 다이아몬드만 내 손에 들어온다면, 당신이 또 문제를 일으키지 않는 한 나는 손대지 않을 거요. 다시 한 번 실수를 저지른다면 그때는 정말 마지막이 되겠지만. 어쨌든 이번에 내가 받은 의뢰는 당신이 아니라 다이아몬드를 손에 넣는 거요."

"만약 내가 거절한다면?"

"그때는 다이아몬드가 아니라 당신이 내 목표가 되는 거지."

홈즈가 벨을 누르자 빌리가 나타났다.

"샘 머턴도 자리를 함께하는 편이 좋을 것 같소. 그 친구 입장도 들어봐야 하니까. 빌리, 미안하지만 현관 앞에 보면 덩치가 크고 못생긴 신사가 있을 텐데 이리 좀 오시라고 전해라."

"혹시 안 오시겠다면 어떻게 하죠?"

"무례하거나 거친 짓을 하면 안 된다. 실비어스 백작님이 부르셨다고 하면 들어올 거야."

빌리가 나가자 백작이 물었다.

"무슨 짓을 할 생각이지?"

"방금 전에 내 친구인 왓슨 박사가 다녀갔소. 나는 내가 친 그물에 상어와 잔챙이가 걸려들었다고 했는데 이제 곧 그물을 당겨 올릴 때가 된 것 같소이다."

그러자 백작이 자리에서 벌떡 일어나 권총이 들어 있는 뒷주머니로 손을 가져갔다. 그때 홈즈는 이미 실내복 주머니에서 무엇인가를 반쯤 꺼내 든 상태였다.

"홈즈, 네놈은 침대 위에서 편히 죽지는 못하겠군."

"나도 종종 그렇게 생각할 때가 있지. 하지만 그게 뭐 대수겠소? 그건 그렇고 백작이야말로 침대에 누워서 편안히 죽지 못하고 교수대에 선 채로 일생을 마치게 될 것 같은데. 뭐, 그런 식으로 앞일만 걱정하는 것도 병이겠지. 우리는 왜 지금 이 순간의 무한한 즐거움을 누리지 못하는 걸까?"

위험한 범죄자의 새까맣고 사나운 눈이 짐승처럼 빛났다. 홈즈는 긴장한 듯 자세를 취했다. 그의 키가 한층 더 커진 것처럼 보였다. 잠시 뒤,

홈즈가 조용히 입을 열었다.

"실비어스 백작, 권총을 만지작거려도 소용없소. 당신도 잘 알고 있겠지만 설령 내가 그 권총을 뽑을 시간을 준다 해도 쏘지 못할 거요. 권총이란 워낙에 성가시고 시끄러운 물건이니까. 차라리 공기총이 더 편리하지. 아, 당신의 훌륭한 동료가 온 모양이군. 머턴 씨, 안녕하신가. 길에서 기다리기 심심하지 않았소? 어서 들어오시오."

체격이 탄탄하고, 둔하고 우직하고 얼굴이 길쭉한 권투 선수가 당황스러워하는 얼굴로 문가에 서서 머뭇거렸다. 뜻밖에도 홈즈에게 정중한 인사를 받았으나 그 말에 적의가 감도는 것을 어렴풋이나마 알고 있었다. 그러나 어떻게 반응해야 할지 몰랐던 그는 좀 더 약삭빠른 동료에게 도움을 구하기 위해 몸을 돌렸다.

"백작님, 이게 대체 어떻게 된 일입니까? 이자가 뭐라고 하던가요? 무슨 일이 벌어진 겁니까?"

머턴이 천박하고 굵직한 목소리로 말했다. 백작은 어깨를 으쓱하기만 했고 홈즈가 웃으며 대답했다.

"머턴 씨, 간단히 말하자면 이미 승부가 났다는 말이오."

덩치 큰 권투 선수가 다시 백작을 향해 말했다.

"백작님, 이놈이 대체 뭐라고 지껄이는 겁니까? 농담인가요? 지금은 농담할 기분이 아닌데."

홈즈가 말을 받았다.

"물론 그렇겠지. 지금부터 점점 더 재미가 없어질 거요. 어쨌든 백작, 나도 꽤나 바쁜 몸이라 우물쭈물할 시간이 없소. 나는 침실에 있을 테니 내가 없더라도 편안히 계시오. 내 눈치 볼 것 없이 당신 친구에게 일이 어떻게 돼 가는지 설명할 수 있을 거요. 나는 침실에서 바이올린이라도

켜고 있겠소. 그래, 호프만의 〈뱃노래〉가 좋겠군. 5분이 지나면 최종 답
변을 들으러 나오겠소. 무엇을 가지고 선택해야 할지는 잘 알고 있지 않
소? 경찰에 체포될지 아니면 다이아몬드를 내놓을지 고르시오."

　그렇게 말한 홈즈는 거실 구석에 세워 둔 바이올린을 가지고 침실 안
으로 모습을 감추었다. 잠시 뒤, 문 안쪽에서 길게 늘어지며 흐느끼는 듯
한 바이올린 소리가 희미하게 들려왔다. 백작이 자신을 돌아보자 머턴
이 걱정스러운 기색으로 물었다.

　"어떻게 된 겁니까, 백작님? 저놈이 마자랭의 보석에 관해서 뭘 알고
있는 건가요?"

　"알아도 너무 많이 알고 있어. 모르는 것이 없을 정도야."

　"제길!"

권투 선수의 창백한 얼굴에서 핏기가 가셨다.

"아이키 샌더스 녀석이 배신했어."

"그 녀석이! 다음에 만나면 따끔한 맛을 보여 줘야겠군. 내가 교수형을 당한다면 녀석을 흠씬 패 줄 겁니다!"

"그렇게 해 봤자 소용없어. 그것보다 우리는 이제 어떻게 할지 빨리 정해야 돼."

"잠깐만요."

머턴이 굳게 닫힌 침실 문을 의심스럽게 바라보며 말했다.

"저자는 교활한 녀석이라 방심할 수가 없어요. 우리 얘기를 엿듣고 있지는 않을까요?"

"바이올린을 연주하면서 엿들을 수는 없을 거야."

"그렇긴 하네요. 저 커튼 뒤에 누군가 숨어 있지는 않습니까? 커튼이 너무 많은데."

그렇게 말하며 방 안을 둘러보던 머턴은 그제야 창가 의자에 앉아 있는 인형을 보고 깜짝 놀랐다. 그저 멍청하게 바라보면서 손가락으로 가리킨 채 아무 말도 못 했다.

"저런, 저건 인형이야."

"세상에, 밀랍 인형 잘 만들기로 소문난 마담 튀소 작품은 아니겠지요? 떡 하니 실내복까지 입고 있는 게 살아 있는 것 같아요. 하지만 다른 커튼은 다 뭡니까?"

"커튼 따위에 신경 쓸 필요 없어. 시간 낭비일 뿐이야. 저기에는 아무 것도 없다고. 저 녀석은 다이아몬드 때문에 우리를 교도소에 처넣을 수도 있어."

"설마요!"

"마자랭의 보석이 어디 있는지만 말해 주면 우리를 놓아 주겠다는군."

"뭐라고요? 그걸 돌려준다고요? 10만 파운드짜리를 냉큼?"

"돌려주지 않으면 교도소로 가겠지. 둘 중 하나야."

샘 머턴은 머리를 쥐어뜯었다.

"녀석은 지금 저 방에 혼자 있잖습니까? 해치웁시다. 녀석만 없으면 두려워할 게 없어요."

백작은 고개를 가로저었다.

"하지만 녀석도 권총을 가지고 있고 만반의 준비를 하고 있어. 게다가 이런 곳에서 권총을 쏘기라도 했다가는 도저히 달아날 수 없을 거야. 그리고 녀석이 쥐고 있는 증거를 경찰들도 알고 있을지 몰라. 응? 이게 무슨 소리야?"

창문 쪽에서 작은 소리가 들려왔다. 둘은 깜짝 놀라 자리에서 일어나 창문 쪽을 바라보았지만 그 이상한 인형이 의자에 앉아 있는 것을 빼면 방 안에는 아무도 없었다. 머턴이 말했다.

"밖에서 났나 봐요. 어쨌든 백작님은 머리가 좋잖아요? 어떻게든 달아날 방법을 생각해 보세요. 권총을 쏠 수 없다면 지금 이 상황은 백작님한테 달려 있어요."

백작이 말했다.

"난 홈즈보다 훨씬 더 영리한 놈들도 속였지. 다이아몬드는 여기, 비밀 주머니 안에 있어. 다른 곳에 두고 다니는 한심한 짓은 하지 않아. 이건 오늘 밤 외국으로 빼내서 일요일이 되기 전까지 네덜란드 암스테르담에서 네 조각으로 나눌 생각이야. 홈즈도 반 세다르에 대해서는 아무것도 모를 테지."

"하지만 반 세다르는 다음 주에 출발한다고 알고 있었는데요."

"원래는 그랬지. 하지만 이렇게 된 이상 더는 기다릴 수 없어. 다음 배로 출발하게 할 거야. 자네나 내가 라임 가로 다이아몬드를 가져가서 세다르에게 사정을 설명하면 돼."

"하지만 아직 이중 바닥으로 된 가방을 준비하지 못했습니다."

"그럼 하늘에 맡기고 그냥 가져가야지. 한시가 급하니까."

실비어스 백작이 갑자기 말을 멈췄다. 사냥을 하면서 위험을 직감하는 능력을 몸에 익힌 그는 다시 창가를 바라보았다. 작은 소리가 들린 듯했으나 역시 길에서 난 소리였다. 백작이 말을 이었다.

"홈즈 녀석, 잘난 척하고 시건방진 소리를 늘어놓았지만 그런 녀석을 속이는 것은 간단해. 녀석은 다이아몬드를 손에 넣기 전에는 우리를 체포하지 않을 거야. 그러니 우선 다이아몬드를 넘기겠다고 약속하고 엉뚱한 곳을 가르쳐 주자고. 녀석이 새빨간 거짓말이라는 사실을 알았을 때쯤 우리는 다이아몬드를 가지고 네덜란드에 가 있는 거지."

"정말 좋은 방법입니다!"

샘 머턴이 히죽 웃으며 말했다.

"좋았어. 자네는 반 세다르에게 가서 준비를 서두르라고 해. 나는 홈즈에게 거짓말을 할 테니까. 그래, 다이아몬드는 리버풀에 있다고 해야겠어. 아, 저놈의 징징 짜는 바이올린 소리가 정말 시끄럽군. 짜증이 치밀어 올라. 녀석이 리버풀로 가서 다이아몬드가 없다는 사실을 알게 되었을 때면, 우리는 푸른 바다 위를 떠다니는 배에 타고 있을 거고 그 보석은 네 조각으로 나뉘어 있겠지. 이쪽으로 와 봐. 저 열쇠 구멍으로 보지 못하도록 말이야. 이게 그 다이아몬드야."

"설마 이걸 가지고 다닐 줄은 몰랐습니다."

"여기보다 더 안전한 곳이 어디 있다고? 우리도 화이트홀에서 이걸 훔처 왔잖아. 그러니 내 방에 두면 또 누가 훔쳐갈지 어떻게 알겠나?"

"어디 나도 좀 봅시다."

머턴이 더러운 손을 내밀었다. 그러나 실비어스는 차가운 눈으로 권투 선수를 바라보았을 뿐 그 손을 차갑게 외면했다.

"쳇! 내가 그걸 가지고 튈까 봐 그런 겁니까? 이보세요, 나리. 이제 점점 백작님의 행동에 진저리가 난다고요."

"알았네, 알았어. 진정하게, 샘. 우리끼리 싸우고 있을 때가 아니야. 이 어여쁜 다이아몬드를 제대로 보고 싶다면 창가 쪽으로 더 다가가야 해. 빛에 비춰 보라고! 이렇게!"

그 순간이었다.

"고맙소!"

의자에 앉아 있던 홈즈 인형이 갑자기 벌떡 일어나서는 보석을 휙 낚아챘다. 그는 한손에 마자랭의 보석을, 다른 손에는 권총을 들어 백작의 머리를 겨눴고 두 악당은 아연실색해서 서둘러 뒷걸음질 쳤다. 홈즈는 두 사람이 정신을 가다듬을 틈도 주지 않고 재빨리 전기로 작동하는 벨을 울렸다.

"신사분들, 폭력은 안 되오. 부탁하오. 아, 가구 조심하고. 이제 아무리 발버둥 쳐도 소용없소. 아래층에서 경찰들이 기다리고 있으니까."

백작은 너무 놀란 나머지 분노하며 공포도 잊은 채 중얼거렸다.

"이놈, 도대체 어떻게……."

"놀라는 것도 당연하지. 당신은 아직 주의력이 부족한 모양이오. 침실에는 문이 하나 더 있어서 이 커튼 뒤로 나올 수 있었는데 몰랐나 보군. 인형을 옮길 때 작은 소리가 나서 아차 싶었는데 행운의 여신은 내 편이었소. 그 덕분에 내가 있으면 당신들이 절대로 입에 담지 않았을 재미있는 이야기를 하더군. 잘 들었소."

백작은 완전히 체념한 기색으로 말했다.

"홈즈, 내가 졌다. 네놈은 악마 그 자체야."

"뭐, 그렇게 볼 수도 있겠지."

홈즈가 품위를 잃지 않는 웃음을 지으며 말했다.

머리가 잘 돌아가지 않는 샘 머턴은 그제야 사태를 파악한 듯했다. 계단을 우르르 달려오는 발소리가 들리자 머턴은 마침내 입을 열었다.

"경찰이다! 그렇다면 낑낑대는 저 끔찍한 소리는 대체 뭐지? 아직도 들리는데."

홈즈가 혀를 찼다.

"저런. 당신 말이 옳고말고. 하지만 그냥 내버려 두겠소. 요즘 나온 축음기는 참으로 훌륭한 발명품이거든."

경찰이 안으로 뛰어들었고 실비어스 백작과 머턴은 곧 수갑을 차고 호송용 마차로 끌려갔다. 왓슨은 홈즈 곁으로 돌아와 승리의 월계관에 이파리를 하나 더한 것을 축하했다. 그러나 둘의 이야기는 침착한 빌리가 명함을 올린 쟁반을 들고 오는 바람에 다시 끊겼다.

"홈즈 선생님, 캔틀미어 경이 오셨습니다."

"빌리, 여기로 모시고 오너라. 신분 높은 분들의 이익을 대표하는 고명한 귀족 나리께서 오셨군. 누구보다도 충직하고 능력도 뛰어나지만 약간 고지식한 것이 옥에 티지. 그 뻣뻣한 태도를 조금 풀어 드릴까? 살짝 장난을 쳐도 괜찮겠지? 그 양반은 방금 전에 일어난 일을 하나도 모를 테니까."

문이 열리더니 마르고 위엄 있는 노신사가 방으로 들어왔다. 뾰족한 얼굴에는 중기 빅토리아 시대 느낌이 드는 윤기 나는 검은 수염을 기르고 있었다. 그러나 구부정한 등이며 불안한 걸음걸이와는 어울리지 않는 수염이었다. 홈즈는 싹싹한 태도로 경을 맞이하며 무덤덤한 손에 악수를 청했다.

"안녕하세요, 캔틀미어 경. 바깥은 춥지만 우리 집은 따뜻합니다. 외투를 벗으시겠습니까?"

"아니, 됐소. 외투를 벗을 필요는 없소."

그러나 홈즈는 끈질기게 소매를 붙들었다.

"부디 허락해 주시죠. 제 친구이자 의사인 왓슨 박사도 이렇게 온도가 급격하게 변화하면 몸에 해롭다고 합니다."

캔틀미어 경은 신경질적으로 홈즈의 손을 뿌리쳤다.

"아니, 그냥 입고 있겠소. 오래 머물 생각은 없소. 나는 선생이 자청해서 받아들인 사건이 어떻게 되었는지 알아보러 왔을 뿐이오."

"어렵습니다. 정말 어려운 사건입니다."

"그럴 거라 생각했소."

나이 든 신하인 캔틀미어 경의 말과 태도에는 명백한 경멸이 들어 있었다.

"누구나 자기 한계를 깨닫기 마련이오, 홈즈 선생. 하지만 그렇게 되면 적어도 자만심이라는 결점을 고칠 수 있소."

"그렇습니다. 저도 어떻게 해야 좋을지 모르겠습니다."

"그렇겠지."

"특히 한 가지가 어려워서 경의 도움을 얻고 싶은데 괜찮으신지요?"

"이제 와서 내게 도움을 청하다니 좀 늦은 감이 있구려. 선생에게는 나름대로 좋은 방법이 있는 줄 알았는데 말이오. 어쨌든 못 도와줄 것도 없소."

"캔틀미어 경, 아시겠지만 우리는 분명히 도둑의 혐의를 밝힐 수 있습니다."

"잡기만 한다면."

"지당하신 말씀입니다. 하지만 제가 고민하는 것은 그 보석을 맡아 가지고 있는 사람은 어떻게 할까 하는 문제입니다."

"그 문제를 생각하기에는 아직 이르지 않소?"

"미리 계획을 세워 두는 것이 좋을 것 같아서 말이지요. 그런데 경은 그 보석을 받은 사람의 혐의를 입증할 결정적인 증거는 무엇이라고 생각하십니까?"

"그 보석을 실제로 가지고 있느냐 하는 것이오."

"그건 곧 보석을 가지고 있는 사람이라면 체포할 수 있다는 말씀이십니까?"

"그야 당연하지 않겠소."

홈즈는 좀처럼 웃음을 터뜨리지 않았지만, 오랜 친구인 왓슨이 기억하기로는 그때 거의 그렇게 웃었다.

"캔틀미어 경, 그렇다면 매우 가슴 아프지만 경을 경찰에 넘겨야겠습니다."

캔틀미어 경은 발끈 화를 냈다. 창백하던 그의 얼굴에서 분노의 불꽃이 타올랐다.

"참으로 무례하군! 벌써 50년 동안이나 공직에 있었지만 이런 모욕은 처음이오! 나는 중대한 업무가 줄줄이 밀려 있는 바쁜 사람이외다. 그런 괘씸한 농담을 주고받을 시간은 없소. 나는 처음부터 선생 같은 길거리 탐정을 믿지 않았소. 이런 일은 정규 경찰에게 맡기는 편이 훨씬 더 안전하다고 늘 말했지. 선생의 행동을 보니 내 생각이 옳았구려. 난 이만 가겠소."

홈즈가 몸을 돌려 문 앞을 가로막았다.

"캔틀미어 경, 잠깐만요. 마자랭의 보석을 그대로 가져가시면 잠깐 가지고 있는 것보다 훨씬 더 큰 범죄를 저지르는 셈이 됩니다."

"더는 참을 수가 없군! 얼른 비키시오!"

"외투 오른쪽 주머니에 손을 넣어 보십시오."

"뭐라고?"

"어서, 제 말대로 해 보세요."

잠시 뒤, 캔틀미어 경은 얼어붙은 채 눈을 껌뻑거렸다. 떨리는 손 위에 크고 노란 다이아몬드가 놓여 있었다. 그는 더듬거리면서 말했다.

"이, 이게 대체 뭐지? 홈즈 선생, 대체 어떻게 된 일이오?"

"죄송합니다, 캔틀미어 경. 정말 죄송합니다!"

홈즈가 외쳤다.

"여기에 있는 제 친구 왓슨도 잘 알고 있지만 저는 짓궂은 장난을 즐깁니다. 그리고 극적인 상황을 연출하는 것도 무척 좋아하고요. 그래서 무례한 짓인 줄 알면서도 경이 들어오셨을 때 얼른 다이아몬드를 옷 주머니에 넣어 둔 겁니다."

나이 든 귀족은 보석에서 시선을 옮겨 앞에서 미소 짓고 있는 홈즈를 바라보았다.

"선생, 당황해서 정신이 없지만 어쨌든 이건 마자랭의 보석이 맞소. 정말 뭐라 감사의 말을 해야 할지 모르겠소. 선생의 장난은 조금 지나쳤고 시기도 좋지 않았지만 적어도 선생의 놀라운 솜씨만은 다시 보기로 하겠소. 그건 그렇고 대체 어떻게……."

"사건은 아직 반밖에 해결되지 않았습니다. 자세한 정황을 알려면 조금 더 시간이 필요하니까요. 캔틀미어 경, 어서 고귀한 분들이 계시는 곳으로 가셔서 이 빛나는 성과를 보고하는 기쁨을 누리십시오. 그 기쁨은 제 짓궂은 장난에 대한 보상이 되리라 생각합니다. 빌리, 캔틀미어 경을 배웅해 드려라. 그리고 허드슨 부인에게 되도록 빨리 저녁 식사 2인분을 올려 보내 주시면 고맙겠다고 전해 다오."

4. 세 박공집

나는 셜록 홈즈와 많은 사건을 함께했지만 지금부터 이야기할 〈세 박공집〉 사건만큼 갑작스럽고 극적으로 시작된 사건도 없었다고 생각한다. 그때 나는 일이 바빠서 며칠 동안 홈즈를 만나지 못했으므로 그가 어떤 활동을 하고 있는지 전혀 알지 못했다. 그러나 내가 찾아간 그날 아침, 홈즈는 나와 무척이나 이야기를 나누고 싶은 모양이었다. 나를 난로 옆의 낡고 낮은 팔걸이의자에 앉히더니 자기는 파이프를 피우며 난로를 끼고 맞은편 의자에 웅크려 앉았다. 그가 막 이야기를 시작하려던 순간, 손님이 찾아왔다. 미친 황소가 뛰어들었다는 표현이야말로 그때의 느낌을 가장 잘 표현한 것이리라.

문이 갑자기 활짝 열리더니 거구의 흑인이 불쑥 들어왔다. 만약 그의 얼굴이 우락부락하지 않고 온화했다면 틀림없이 매우 우스꽝스럽게 보였을 것이다. 그 흑인 남자는 헐렁한 회색 체크무늬 양복을 입고 붉은빛이 감도는 넥타이를 휘날리고 있었다. 그리고 납작한 코가 달린 커다란 얼굴을 내밀면서 악의에 번뜩이는 표정으로 우리를 번갈아 바라보았다. 그가 물었다.

"어느 쪽이 홈즈 선생이쇼?"

홈즈가 나른한 미소를 지으며 파이프를 들었다.

"아, 댁이쇼?"

이렇게 말하며 흑인은 기분 나쁜 걸음걸이로 탁자를 돌아 홈즈 곁으로 다가갔다.

"잠깐 나 좀 봅시다, 홈즈 선생. 남의 일에 참견하지 말고 손 떼쇼. 자기 일은 자기가 알아서 하게 내버려 두란 거요. 선생, 알겠소?"

그러자 홈즈가 말했다.

"꽤나 재미있군. 더 말해 보시오."

흑인이 눈을 부릅떴다.

"뭐라고? 재미있다고? 홈즈 선생, 내 주먹 맛을 한 번 보면 그런 말은 쉽게 못 할 텐데. 당신 같은 사람은 이번이 처음이 아니야. 그런 녀석들을 어루만져 줬더니 별로 재미있어하는 표정이 아니던데. 이것 좀 보라고!"

흑인이 울퉁불퉁하고 커다란 주먹을 홈즈의 코앞으로 불쑥 내밀었다. 홈즈는 아주 신기하다는 듯이 그 주먹을 빤히 쳐다보았다.

"당신 주먹은 태어날 때부터 이랬소? 아니면 자라면서 이렇게 됐나?"

홈즈가 얼음장처럼 싸늘하게 대해서인지 아니면 내가 부지깽이를 집어 들 때 달그락거리는 소리가 나서인지는 몰라도 손님의 기세는 한풀 꺾인 듯 조금 얌전해졌다.

"어쨌든 할 말은 하고 가야겠소. 나한테는 해로 쪽과 관계있는 친구가 있다고. 이렇게 말하면 무슨 소린지 알겠지? 그 녀석이 당신에게 방해받고 싶지 않다고 하더군. 알겠소? 댁은 경찰이 아니고 나도 마찬가지요.

만약 당신이 괜히 끼어들었다간 내가 상대해 주겠다는 말이지. 잘 기억해 두쇼."

그러자 홈즈가 마침내 입을 열었다.

"전부터 당신을 한번 만나 보고 싶었소. 의자에 앉으라는 말은 하지 않겠소. 당신에게서 고약한 냄새가 나거든. 어쨌든 당신은 프로 권투 선수인 스티브 딕시 아니오?"

"맞아, 바로 내가 스티브 딕시요, 홈즈 선생. 그러니 내게 시건방진 소리를 늘어놓았다가는 혼 좀 날 거요."

하지만 홈즈는 상대방의 혐오스러운 입가를 보며 대수롭지 않게 말했다.

"당신이야말로 조심하시오. 홀번 바 앞에서 젊은 퍼킨스를 살해한 자는……, 아니, 벌써 돌아갈 생각이오?"

흑인은 갑자기 얼굴빛이 변하더니 뒷걸음질 쳤다.

"그딴 소리는 듣고 싶지 않아. 내가 그 퍼킨스를 어쨌다는 거요? 그 풋내기가 난리를 피웠을 때 난 버밍엄의 체육관에서 훈련하고 있었어."

"그래, 그 이야기는 치안판사에게 하시오. 나는 당신과 바니 스톡데일을 주목하고 있으니."

"주여, 저를 도우소서! 홈즈 선생……."

"이제 됐소. 당장 나가시오. 내가 필요할 때 데리러 갈 테니."

"안녕히 계쇼, 홈즈 선생. 이렇게 불쑥 찾아왔다고 나쁘게만 생각하지 말아 줬으면 좋겠수."

"누구의 부탁으로 왔는지 말하지 않으면 불쾌하게 생각할 거요."

"그런 일이라면 숨길 필요도 없지. 지금 당신이 말한 사람의 부탁을 듣고 왔으니까."

"흠, 그럼 누가 그 사람에게 시킨 거요?"

"오, 주여! 홈즈 선생, 그건 나도 잘 몰라요. 바니는 이렇게만 말했소. '스티브, 홈즈를 찾아가서 해로 쪽 일에 참견하면 목숨을 건지지 못할 거라고 전하고 와.' 이것 말고 다른 말은 없었수다."

흑인은 이렇게 말하더니 다음 질문은 기다리지도 않고 들어왔을 때와 마찬가지로 과격하게 방문을 박차고 나갔다. 홈즈는 싱긋 웃으면서 파이프의 재를 털었다.

"왓슨, 자네가 녀석의 곱슬머리를 박살낼 필요가 없었으니 잘된 일일세. 자네가 부지깽이를 만지작거리는 걸 보고 있었지. 하지만 저렇게 보여도 저 녀석은 순진하기 짝이 없다네. 힘은 세지만 머리가 나빠서 허세나 부리는 어린아이일 뿐이야. 자네가 본 것처럼 협박이라도 하면 바로 겁을 먹고 흐트러지지. 스펜서 존이라는 갱단의 일원인데 지난번에 일어난 사건에서도 한몫한 것 같아서 시간이 나면 캐 볼 생각이었네. 바니는 스티브의 형님쯤 되는데, 스티브에 비하면 머리가 살짝 더 돌아가는 놈이야. 그 조직의 주특기는 공갈이나 협박이지. 내가 알고 싶은 건 이번 사건의 흑막이 누구냐 하는 점일세."

"그렇다면 어째서 그자들이 자네를 협박하는 건가?"

"그 해로 월드 사건 때문일세. 이런 일을 당하고 나니 오히려 그 사건을 더 깊이 조사하고 싶어지는데, 이렇게까지 나를 협박하려는 것을 보니 틀림없이 뭔가가 있어."

"홈즈, 그건 대체 무슨 사건인가?"

"그렇지 않아도 자네에게 이야기할 생각이었는데 그 광대 녀석이 뛰어든 걸세. 여기 매버리 부인이 보낸 편지가 있네. 자네도 같이 갈 생각이 있다면 전보를 보내고 바로 나가세."

그 편지에는 다음과 같은 내용이 적혀 있었다.

> 셜록 홈즈 선생님
>
> 요즘 이 집 때문에 저에게 묘한 일이 연달아 벌어지고 있습니다. 그래서 홈즈 선생님과 꼭 상의하고 싶습니다. 오신다면 언제라도 기다리고 있겠습니다. 집은 월드 역에서 금방 걸어올 수 있는 거리에 있습니다. 이제는 세상을 떠난 남편 모티머 매버리도 꽤 오래전에 선생님의 도움을 받은 적이 있었습니다.
>
> 메리 매버리

주소는 '해로 월드, 세 박공집'이라고 되어 있었다. 홈즈가 말했다.

"그렇게 된 걸세. 그러니 왓슨, 시간이 괜찮으면 같이 가 주게."

월드 역까지 잠깐 기차를 탔고, 역에서 그 집까지는 그보다 더 얼마 안 되는 거리였다. 우리는 역에서 마차를 탔다. 풀이 무성한 벌판 가운데 서 있는 그 저택은 목조에 벽돌을 쌓아 만든 건물이었다. 2층 창문들 위로 살짝 튀어나온 박공지붕[17] 세 개가 이 집에 '세 박공집'이라는 이름이 붙여진 이유를 간신히 드러내고 있었다. 집 뒤에는 나무들이 잘 자라지 못한 으슥한 소나무 숲이 있어서 집 전체가 을씨년스럽고 초라하게 느껴졌다. 그러나 집 안은 바깥과 달랐다. 가구는 고급스러웠고 장식도 훌륭했다. 모습을 드러낸 매버리 부인도 품위 있고 교양 있어 보이는 노부인이었다. 홈즈가 먼저 입을 열었다.

"돌아가신 부군은 지금도 기억하고 있습니다. 꽤 오래 전에 내게 사소한 일을 맡기셨지만요."

"아마 제 아들인 더글러스의 이름이 더 익숙하실 거예요."

홈즈는 아주 큰 흥미를 느낀 모양이었다.

"아니, 부인이 더글러스 매버리의 모친이십니까? 그랬군요. 나도 아드님을 조금은 알고 있습니다. 물론 런던에서 그를 모르는 사람은 없을 테지만요. 참으로 훌륭한 인물이지요. 지금 어디에 있습니까?"

"선생님, 그 애는 세상을 떠났어요. 로마 대사관에서 근무하고 있었는데 지난달에 거기서 폐렴으로 죽고 말았답니다."

"안타깝습니다. 누가 그 청년을 보고 죽으리라고 상상이나 했겠습니까. 그렇게 생명력이 넘치는 사람은 본 적이 없습니다. 정말 열정적으로

---

17) 박공지붕은 기울어진 지붕과 지붕이 서로 기대어 삼각형을 이루고 있는 것이다. 흔히 '집' 하면 떠올리는 비탈진 삼각형 지붕이 바로 박공지붕이다. 지붕이 이렇게 된 집을 박공집이라고 한다.

살았지요. 온몸을 다 불사르면서요."

"선생님, 그 아이는 너무 열정적이었어요. 그게 오히려 나쁜 결과를 가져온 거예요. 선생님은 쾌활하고 훌륭한 청년으로 기억하고 계시지만, 언제부턴가 그 아이는 기분이 오락가락하고 시무룩하고 음울한 성격으로 변해 버렸어요. 마음에 아주 큰 상처를 입었답니다. 그렇게 씩씩하던 아이가 겨우 한 달 만에 완전히 수척해져서 냉소적인 사람으로 변하고 말았어요."

"연애, 여자 문제가 아닐까요?"

"악령에 사로잡혔을지도 몰라요. 어머, 제가 무슨 소리를 하는 건지. 아들 이야기를 하려고 모신 게 아닌데!"

"왓슨 박사와 함께 무엇이든 도와드리겠습니다."

"요즘에 아주 이상한 일이 벌어지고 있어요. 저는 1년쯤 전에 이 집으로 이사 왔는데 조용히 지내고 싶어서 동네 사람들하고도 별로 만나지 않아요. 그런데 사흘 전에 부동산 중개업자라는 사람이 찾아왔어요. 어떤 손님이 이 집을 무척 마음에 들어 한다면서 돈은 얼마든지 지불하겠으니 집을 팔라고 했어요. 이 근방에는 더 좋은 집들이 여럿 비어 있다는 것을 알고 있었기에 이상하다는 생각이 들었지만 나쁜 이야기도 아니라서 처음 산 금액보다 500파운드를 더 얹어서 불렀는데도 상관없다고 했어요. 게다가 그 중개업자는 손님이 가구까지 전부 원하니 그 가격도 불러 보라고 하더군요. 가구는 예전에 살던 집에서 가져온 것도 있고, 보시다시피 아주 품질 좋은 것들이라 비싼 값을 불렀어요. 그것도 바로 받아들이더라고요. 저는 예전부터 외국을 여행해 보고 싶었고, 흥정이 유리하게 진행되고 있었기 때문에 평생 불편함 없이 자유롭게 살 수 있을 것 같았습니다.

어제 그 사람이 계약서를 써서 다시 찾아왔습니다. 운 좋게도 제 변호사인 수트로 씨가 이곳 해로에 살고 있어서 바로 계약서를 보여 주었지요. 그러자 수트로 씨는 이렇게 말하더군요.

'참 이상한 계약서입니다. 여기에 서명을 하시면 부인은 법적으로 집에서 아무것도 가지고 나오실 수 없는데, 알고 계시나요? 개인 소지품도 마찬가지고요.'

밤에 중개업자가 다시 찾아왔을 때 저는 그 사실을 지적하면서 가구만 팔 생각이라고 했어요. 그러자 그 사람이 이렇게 말했습니다.

'그건 안 됩니다. 전부 파셔야 합니다.'

'옷가지와 보석도요?'

'글쎄요. 개인 소지품이라면 타협의 여지가 있습니다. 어쨌든 집 밖으로 가져가시기 전에 일단 저희에게 보여 주셔야 합니다. 이 집을 사려는 분은 가격에는 아주 관대하지만 취향이 별나고 나름대로의 방식이 있어서요. 전부를 사든가 아니면 아예 거래를 하지 않으실 겁니다.'

'그럼 없던 일로 하겠어요.'

거래는 그렇게 끝났지만 아무리 생각해도 정말 이상한 일이었어요. 그래서…….”

매버리 부인이 깜짝 놀란 듯 말을 끊었다.

홈즈가 조용히 하라는 뜻으로 한 손을 들었다. 그러더니 성큼성큼 문 쪽으로 걸어가 문을 벌컥 열었다. 홈즈는 그곳에 서 있던 키 크고 깡마른 여자의 어깨를 잡아 방 안으로 끌고 들어왔다. 여자는 마치 닭장에서 끌려나오는 닭처럼 새된 소리를 지르며 꼴사납게 몸부림쳤다. 여자가 찢어지는 목소리로 외쳤다.

“놓으세요! 왜 이러시는 거예요?”

"어머, 수잔! 도대체 무슨 일이지?"

"세상에, 마님! 손님들 식사를 어떻게 할지 여쭈러 왔는데 이분이 갑자기 뛰어 나오시지 뭐예요."

그러자 홈즈가 말했다.

"5분 전부터 이 여자가 밖에서 우리 얘기를 엿듣고 있다는 기척을 느꼈지만 이야기가 하도 재미있어서 참고 있었던 겁니다. 수잔, 당신은 숨을 쌕쌕거리면서 쉬지? 남의 이야기를 엿듣기에는 숨소리가 너무 크군."

수잔은 뾰로통하면서도 깜짝 놀란 표정으로 홈즈를 바라보았다.

"어쨌든 간에 선생님은 대체 누구시길래 무슨 권리로 저를 이렇게 붙잡고 있는 거죠?"

"당신이 있는 자리에서 부인에게 질문하고 싶은 것이 있어서 말이야. 부인, 내게 편지를 써서 일을 의뢰하겠다고 누군가에게 이야기한 적이 있습니까?"

"아니요. 그런 적 없습니다."

"그럼 편지는 누가 부쳤나요?"

"수잔에게 부탁했어요."

"그러셨겠지요. 이봐, 수잔. 매버리 부인이 내게 도움을 청했다는 사실을 누구에게 알렸지?"

"말도 안 돼요. 저는 아무한테도 알린 적이 없어요."

"수잔, 당신도 알다시피 쌕쌕거리면서 숨을 쉬는 사람은 오래 살지 못해. 그런데도 거짓말을 하면 못 써. 누구에게 알렸지?"

그때 부인이 외쳤다.

"수잔! 너는 참 믿을 구석이 없는 나쁜 사람이로구나. 지금 생각해 보니 네가 울타리 너머로 누군가와 이야기를 나누고 있는 모습을 본 적이 있어."

그러자 수잔이 퉁명스럽게 대답했다.

"그건 사적인 일 때문이었어요."

홈즈가 말했다.

"누군지 맞혀 볼까? 바니 스톡데일이지?"

"알고 있다면 물을 필요도 없잖아요?"

"혹시나 했는데 이제 분명해졌군. 수잔, 바니 뒤에 누가 있는지 가르쳐 주면 10파운드를 주지."

"당신이 내게 10파운드를 줄 때마다 1,000파운드씩 줄 수 있는 사람도 있는 걸요."

"흠, 돈이 그렇게 많은 남자란 말인가? 아니, 그렇게 웃는 것을 보니 돈이 많은 여자로군. 자, 여기까지 알아냈으니 나머지는 식은 죽 먹기야. 얼른 털어놓고 10파운드라도 버는 게 어때?"

"지옥에나 떨어져라!"

"세상에, 수잔! 말을 곱게 해야지!"

"이런 집에서는 당장 나가겠어요. 당신 같은 사람들은 다 지긋지긋해요. 내일 사람을 보내서 내 짐을 빼겠어요."

수잔은 이렇게 말하더니 서둘러 문으로 갔다.

"그럼 조심해서 가게, 수잔. 숨 쉬기 힘들 때는 아편과 장뇌를 섞은 파레고릭이 잘 듣지……. 자, 그럼."

수잔이 새빨개진 얼굴로 화를 내며 나가자 활기 넘치던 홈즈의 얼굴이 갑자기 진지해졌다. 그는 매버리 부인에게 말했다.

"그 일당이 꽤나 거창한 일을 꾸미고 있는 것 같습니다. 그자들은 물샐틈 하나 없이 치밀해요. 부인이 보낸 편지에는 오후 10시의 소인이 찍혀 있었습니다. 수잔은 바니에게 알렸고, 바니는 자기 물주에게 보고한 뒤 그의 지령을 받았고요. 남자인지 여자인지 모를 배후의 인물은……, 아니, 내가 남자라고 했더니 수잔은 내가 크게 착각하고 있다고 생각해서 히죽 웃었지요. 그러니 아마도 여자일 겁니다. 그 여자가 모든 계획을 세우고 있습니다. 흑인 프로 권투 선수인 스티브를 끌어들였고 다음날 아침 11시에 나는 협박을 당했습니다. 일처리가 아주 빨라요."

"그렇다면 목적이 대체 뭘까요?"

"바로 그게 문제입니다, 부인. 이 집의 전 주인이 누구였습니까?"

"퍼거슨이라는 은퇴한 선장이었어요."

"그 사람에게 특별한 점은 없었습니까?"

"네, 그런 건 없었어요."

"이 집에 뭔가 묻어 두지는 않았을까요? 물론 요즘에는 사람들 대부분이 우체국에서 운영하는 은행을 이용하지만 세상에는 별난 사람들도 있는 법이니까요. 그런 사람들이 없다면 세상은 참 재미가 없겠지요. 어쨌든 처음에는 이 집에 어떤 중요한 물건이 묻혀 있는 게 아닐까 생각했습니다. 하지만 그렇다면 어째서 부인의 가구까지 원하는 건지 그 이유를 알 수가 없습니다. 혹시 라파엘로의 그림이나 셰익스피어 초판본이 이 집에 숨어 있는 것은 아닐까요?"

"아니에요. 이 집에서 귀하고 값비싼 것이라고는 크라운 더비 찻잔 세트밖에 없어요."

"그것뿐이라면 이렇게 복잡하게 일을 꾸밀 필요가 없습니다. 그 정도라면 무엇이 필요하다고 분명하게 말했을 테니까요. 찻잔 세트가 탐난다면 자기에게 팔라고 하면 그만이지 필요 없는 물건까지 전부 사들일 이유가 없습니다. 이 집에는 분명히 뭔가가 있습니다. 부인은 아직 모르지만 만약 알고 있다면 절대로 팔지 않았을 물건 말입니다."

그때 나도 한마디 거들었다.

"저도 그렇게 생각합니다."

"왓슨 박사도 그렇게 말하니 더 확실해졌습니다."

"그렇다면 홈즈 선생님, 그게 대체 뭘까요? 전 도저히 아무것도 떠오르지 않는걸요."

"그럼 이성적으로 분석해서 그것을 구체적으로 알아낼 수 있을지 시험해 봅시다. 부인은 이 집에서 1년 동안 지냈습니다."

"2년 가까이 됐어요."

"더 좋군요. 그 2년 동안 부인의 물건을 사고 싶어 하는 사람은 한 명도 없었는데 사나흘 전에 갑자기 그런 사람이 나타났습니다. 이보게, 왓슨. 자네라면 이것을 보고 어떤 결론을 내리겠나?"

"상대방이 원하는 물건이 무엇인지는 모르겠지만, 그것이 최근에 이 집에 들어왔다는 뜻일세."

"그렇지. 이제 문제 하나가 또 해결되었습니다. 매버리 부인, 최근에 이 집에 들어온 물건이 있습니까?"

"아니요, 올해 새로 산 물건은 하나도 없어요."

"정말인가요? 참으로 놀라운 일입니다. 알겠습니다. 그렇다면 좀 더 확실한 사실을 알게 될 때까지 가만히 사태를 지켜보지요. 그런데 부인의 고문 변호사는 믿을 만한 사람인가요?"

"물론이죠. 수트로 씨는 아주 실력이 좋은 분이세요."

"아까 문을 박차고 나간 수잔 말고 다른 하인은 더 없습니까?"

"어린 여자애가 있어요."

"수트로 씨에게 하루 이틀 정도 이 집에서 묵어 달라고 하세요. 부인이 보호받아야 할 일이 일어날지도 모릅니다."

"보호받아야 한다고요? 왜요?"

"아무도 모릅니다. 아직 그 문제가 너무 애매합니다. 녀석들이 무엇을 노리는지 모르니 반대쪽으로 다가가서 뒤에 있는 진짜 범인을 찾아내야 합니다. 그 부동산 중개업자의 주소를 아십니까?"

"명함에는 이름하고 직업밖에 없었어요. '헤인스 존스, 경매인 겸 부동산 감정업'이라고 적혀 있었죠."

"인명록에 오를 만한 이름은 아니군요. 그리고 만약 그자가 정직한 사람이라면 자기 사무실 주소를 감추지 않았겠지요. 어쨌든 무슨 일이 생기면 바로 연락하세요. 내가 사건을 맡았으니 끝까지 조사해서 해결할 거라고 믿으셔도 됩니다."

홀을 지나갈 때, 무엇 하나 놓치는 법이 없는 홈즈의 눈이 구석에 놓인 트렁크와 쌓아 올린 상자 더미를 보고 반짝였다. 짐마다 어디에서 왔는지 표시해 주는 꼬리표가 붙어 있었다.

"밀라노에 루체른이라. 이탈리아에서 왔군요."

홈즈의 말을 듣고 매버리 부인이 대답했다.

"가엾은 더글러스의 물건이에요."

"아직 짐을 풀지 않으셨군요. 언제 도착했나요?"

"지난주에 왔어요."

"하지만 부인의 말에 따르면……, 뭐 이것이야말로 사라진 고리겠군
요. 여기에 중요한 물건이 있는지 없는지 우리가 어떻게 알겠습니까?"

"그럴 리가 없어요, 홈즈 선생님. 더글러스는 월급과 약간의 연금밖에
받지 않았는걸요. 값나가는 물건이 있을 리가 없어요."

홈즈는 잠시 생각에 잠겼다가 매버리 부인에게 말했다.

"더는 미루지 마시고, 이 짐들을 당장 2층에 있는 부인의 침실로 옮기
세요. 그리고 얼른 짐을 풀어서 안에 무엇이 있는지 살펴보세요. 내일 다
시 와서 그 결과를 듣겠습니다."

그 집은 엄중하게 감시당하고 있는 듯했다. 오솔길에서 나와 높은 울
타리를 돌아서니 그늘 아래에 흑인 권투 선수가 숨어 있었다. 우리는 그
와 갑자기 마주쳤는데 그렇게 외진 곳에 있으니 스티브는 몹시 위험하

고 음산해 보였다. 홈즈는 황급히 주머니에 한 손을 집어넣었다.

"홈즈 선생, 권총이라도 찾으쇼?"

"아니, 향수를 찾고 있네, 스티브."

"선생도 퍽 재미있는 사람이구먼."

"스티브, 나한테 쫓기면 그렇게 재미있지 않을 텐데. 오늘 아침에도 경고했네만."

"홈즈 선생, 그 일 말인데 그때부터 선생이 한 말을 생각해 봤소. 그 퍼킨스에 관한 일은 더 이상 말 섞고 싶지 않수다. 그 대신 내가 할 수 있는 일이라면 무엇이든 거들어 주겠소."

"흠, 그럼 이번 일 뒤에 누가 있는지 말해 주게."

"오, 주여! 오늘 아침에도 말했잖수? 난 아무것도 몰라요. 바니 형님이 시키는 대로 할 뿐이라고요."

"알겠네, 스티브. 그럼 한 가지 말해 둘 테니 꼭 기억해 두게. 이 집에 있는 부인은 물론이고 이 집의 물건까지 내가 보호하고 있다는 사실을 말이야."

"좋아요, 홈즈 선생. 절대 잊지 않겠소."

홈즈가 걷기 시작하면서 말했다.

"왓슨, 나는 저 녀석에게 잔뜩 겁을 줬네. 이제 배후에 누가 있는지 알게 된다면 단번에 불고 말 거야. 내가 스펜서 존슨 일당에 대해 알고 있었고, 스티브가 그중 하나라는 사실은 정말 큰 행운이었네. 그건 그렇고 왓슨, 이번 사건이라면 랭데일 파이크가 잘 알고 있을 테니 나는 지금부터 그를 만나러 가겠네. 내가 돌아올 때쯤이면 이번 사건의 실체가 좀 더 분명해질 걸세."

그날은 더 이상 홈즈를 만나지 못했다. 그러나 홈즈가 나머지 시간을 어떻게 보냈는지 상상하기는 그리 어렵지 않았다. 왜냐하면 랜데일 파이크는 사교계의 스캔들에 대해서라면 걸어 다니는 사전 같은 사람이었기 때문이다. 그 기이하고 나른한 사람은 침대에 누워 있을 때를 빼면 언제나 세인트제임스 가에 있는 클럽 창가에 앉아 시간을 보냈다. 그는 런던에서 일어나는 모든 스캔들의 발신국이자 수신국이었다. 들리는 소문에 따르면 그는 가십거리를 찾아 헤매는 대중들에게 딱 맞는 삼류 신문사에 원고를 넘기고 매주 수천 파운드나 벌어들인다고 했다. 탁해질 대로 탁해진 런던 밑바닥에서 어떤 소용돌이가 일어나면 표면에 있는 그 인간 계기판에 자동적으로 정확한 신호가 잡혔다. 홈즈는 랜데일 파이크에게 은밀히 정보를 제공했고 그에 대한 보답으로 가끔 그의 힘을 빌리고는 했다.

이튿날 아침 일찍, 나는 베이커 가에 있는 홈즈의 방으로 갔다. 친구의 태도를 보니 모든 일이 순조롭게 진행되고 있음을 알 수 있었다. 그런데 뜻밖에도 불쾌한 소식이 우리를 기다리고 있었다. 다음과 같은 전보가 도착한 것이었다.

바로 와 주시길. 어젯밤 매버리 부인 댁에 도둑이 들었음. 경찰이 수사하고 있음. ─ 수트로

홈즈가 휙 하고 휘파람을 불었다.

"연극이 내 생각보다 더 빨리 절정을 향해 달려가고 있군. 어제 조사한 결과 대부분의 사실을 알아냈으니 그렇게 놀랍지도 않지만. 왓슨, 이 사건 배후에는 커다란 원동력이 작용하고 있다네. 물론, 이 수트로라는 자는 매버리 부인의 변호사지. 안타깝지만 어젯밤에 자네에게 그 집에서

묵어 달라고 하지 않은 것은 내 실수였네. 이 변호사는 부러진 갈대처럼 하나 도움이 안 되는 작자였어. 이렇게 된 이상, 다시 해로 월드로 가야겠네."

그곳은 어제와 전혀 다른 모습이었다. 그토록 조용하던 세 박공집 앞에는 한 무리의 구경꾼들이 모여 있었으며, 경찰관 둘은 창문과 제라늄 화단을 열심히 살피고 있었다. 집으로 들어가니 머리가 희끗한 노신사가 다가와 자신이 변호사인 수트로라고 소개했다. 얼굴이 불그스름한 경위도 황급히 다가왔다. 그는 홈즈와 잘 아는 사이인지 반갑게 인사를 나누었다.

"아, 홈즈 선생님. 이건 선생님의 손을 번거롭게 할 만한 사건은 아닙니다. 흔해 빠진 단순한 절도니까요. 무능한 경찰만으로도 해결할 수 있습니다. 선생님 같은 전문가가 나설 필요가 없어요."

"유능한 분이 이 사건을 맡으셨군요. 그런데 단순한 절도라고요?"

"그렇습니다. 범인이 누구고 어디에 있는지 알고 있으니 곧 잡을 수 있습니다. 덩치 큰 흑인이 끼어 있는 바니 스톡데일 일당이죠. 이 근처에서 녀석을 본 사람들이 있습니다."

"훌륭합니다! 그런데 놈들이 뭘 가지고 갔나요?"

"그렇게 대단한 물건은 아닙니다. 매버리 부인을 클로로포름으로 잠재우고 집은……. 아, 부인이 오신 모양이네요."

어제 만난 부인은 어린 하녀의 어깨에 의지해서 방으로 들어왔다. 얼굴은 창백했고 기운이 없었다. 그녀가 씁쓸하게 웃으면서 홈즈에게 말했다.

"선생님, 좋은 충고를 해 주셨는데 제가 따르지를 않았어요! 수트로 씨를 귀찮게 할까 봐 혼자 있었답니다."

수트로 변호사도 말했다.

"저도 오늘 아침에야 부인에게 말씀을 들었습니다."

"아휴, 선생님이 집에 친구를 들이라고 충고하셨는데 제가 따르지 않아서 그 대가를 치른 거예요."

그때 홈즈가 말했다.

"부인, 얼굴이 아주 안 좋습니다. 어젯밤에 일어난 일도 말하기 어려우시겠군요."

그러자 경위는 두꺼운 수첩을 두드렸다.

"여기에 전부 적혀 있습니다."

"그래도 부인이 너무 피곤하지 않으시다면……."

"네, 저는 괜찮아요. 사실 별로 대단할 것도 없어요. 분명히 못돼 먹은 수잔이 길잡이 역할을 했을 거예요. 그러니 그자들이 그렇게 집 구조를 잘 알고 있었겠지요. 제가 침대에 누워 있을 때 누가 클로로포름을 적신 헝겊으로 입을 막았다는 것까지만 기억나요. 그러니 얼마나 오래 정신을 잃었는지도 모르겠어요. 하지만 정신을 차리고 보니 한 사람이 침대 옆에서 감시하고 있었고, 또 다른 사람은 아들의 짐에서 무엇인가를 꺼내 들고 일어났어요. 짐은 반쯤 풀어헤쳐진 채 주위에 어지럽게 널려 있었지요. 저는 그자가 도망치기 전에 벌떡 일어나서 달려들어 붙들었어요."

경위가 끼어들었다.

"정말 위험한 행동을 하셨습니다, 부인."

"그자는 저를 바로 뿌리쳤고 다른 녀석이 나를 때리는 바람에 다시 정신을 잃었어요. 그때 하녀 메리가 내 비명 소리를 듣고 잠에서 깨어나 창밖에 대고 소리를 질렀지요. 경찰이 바로 출동했지만 범인들은 이미 달아난 뒤였어요."

"그런데 무엇을 가져갔나요?"

"귀중한 물건은 아닐 거예요. 분명히 아들 트렁크에 귀중한 물건은 없었거든요."

"뭔가 단서가 될 만한 것은 없었나요?"

"제가 그자에게 달려들었을 때 찢긴 것인지는 모르겠는데 잔뜩 구겨진 종이 한 장이 바닥에 떨어져 있었어요. 거기에 적혀 있는 글씨는 아들의 필적이에요."

부인의 말이 끝나자 경위가 말했다.

"별로 중요한 물건이 아닐 겁니다. 만약 그걸 도둑이 썼다면……."

중간에 홈즈가 끼어들었다.

"그럴지도 모르겠네요. 상식적으로 그 말이 맞아요! 그래도 잠깐 보고 싶군요."

경위가 수첩 사이에서 접힌 종이를 꺼내며 자랑스럽게 말했다.

"저는 아무리 사소한 것도 놓치지 않습니다. 제가 홈즈 선생님에게 드리고 싶은 조언이 바로 이거죠. 25년 동안의 경험을 통해 배운 교훈이니까요. 지문 같은 것이 반드시 남아 있을 겁니다."

홈즈는 그 종이를 살펴보고 물었다.

"경위는 이게 뭐라고 생각합니까?"

"글쎄요. 이상야릇한 소설의 마지막 부분이 아닐까요?"

"그렇군요. 정말 이상야릇한 소설의 마지막 부분 같네요. 위에 '245'라는 번호가 쓰여 있습니다. 그렇다면 앞에 있던 244쪽에 이르는 부분은 다 어디로 갔을까요?"

"범인이 가져갔겠지요. 퍽이나 도움이 되겠습니다그려."

"겨우 이런 종이쪼가리를 훔치려고 남의 집에 침입했다니 이해할 수 없습니다. 경위가 보기에 여기에 무슨 의미가 있을 것 같습니까?"

"너무 서두르다가 근처에 있던 물건을 닥치는 대로 가져간 모양입니다. 나중에 자기들이 뭘 훔쳤는지 보고 그거나마 재미있게 읽었으면 좋겠군요."

그때 매버리 부인이 고개를 갸웃거리며 말했다.

"어째서 아들의 유품에 손을 댔을까요?"

경위가 대답했다.

"그건 말입니다, 범인들은 아래층에 마음에 드는 물건이 없어서 2층으로 올라왔을 겁니다. 그런데 저 트렁크가 눈에 들어온 거죠. 저는 그렇게 생각합니다. 어떻습니까, 홈즈 선생님?"

"글쎄, 잘 생각해 봐야겠습니다. 왓슨, 창가로 가 보세."

홈즈는 창가에 가서 그 종이에 적힌 내용을 소리 내서 읽었다. 문장은 중간에서 시작되었다.

> ……베이고 맞아서 얼굴은 피투성이가 되었다. 그러나 남자가 받은 마음의 상처에 비하면 아무것도 아니었다. 자신의 목숨을 바쳐도 상관없다고 생각하던 그 아름다운 얼굴이 그가 받은 고통과 수치를 차갑게 내려다보고 있는 모습을 보았을 때 그는 절망했다. 그녀는 미소 지었다. 아, 맙소사! 그가 올려다보자 그녀는 냉혹한 악마처럼 미소 지었다. 그 순간 그토록 깊었던 애정이 죽고 증오가 태어났다. 남자라는 생물은 어떤 목적이 있어야만 살 수 있다. 내 여자여, 이제 내 목표는 당신의 포옹이 아니라 당신의 파멸과 완벽한 복수가 될 것이오.

홈즈는 경위에게 종이를 건네주며 미소 지었다.

"참 이상한 글입니다! 처음에는 주어가 '남자'라고 되어 있었는데 나중에는 갑자기 '나'로 바뀌었어요. 아마도 글쓴이는 이 소설을 쓰는 동안 자기 이야기에 너무 푹 빠진 나머지 자신을 주인공이라고 착각한 모양입니다."

그러자 경위는 종이를 수첩 사이에 끼우며 말했다.

"글재주가 영 엉망입니다. 아니, 홈즈 선생님, 벌써 돌아가시려고요?"

홈즈는 고개를 끄덕였다.

"네, 당신처럼 유능한 경위가 사건을 맡았으니 내가 끼어들 필요도 없지 않겠습니까? 그런데 매버리 부인, 어제 부인은 외국 여행을 하고 싶다고 하셨지요?"

"네, 그렇게 말했어요. 예전부터 늘 꾸던 꿈이랍니다."

"어디를 가 보고 싶으신가요? 카이로, 마데이라, 리비에라 같은 지중해 부근이 좋으신가요?"

"글쎄요. 돈만 있다면 전 세계를 돌아다니고 싶어요."

"그렇군요. 세계 일주라. 그 꿈이 이루어졌으면 좋겠습니다. 그럼 이만 실례하겠습니다. 저녁 때 연락할지도 모르겠습니다."

거실 창 아래를 지날 때 경위가 빙글빙글 웃으며 고개를 절레절레 흔드는 것이 보였다. 그 얼굴이 마치 '머리 좋은 사람들은 어째 괴상한 데가 있다니까.'라고 하는 것 같았다.

시끄러운 런던 한복판으로 돌아왔을 때 홈즈가 입을 열었다.

"자, 왓슨, 이제 얼마 남지 않았네. 문제를 단숨에 해결하는 편이 좋겠어. 이번에는 자네도 함께 가 주었으면 좋겠네. 이사도라 클라인이라는 숙녀를 상대할 때는 곁에 증인이 있는 편이 안전하니까."

우리는 마차를 타고 그로브너 광장에 있는 어느 집으로 달려갔다. 마차 안에서 홈즈는 무엇인가 깊이 생각하다가 갑자기 자세를 바로잡았다.

"왓슨, 이제 자네도 다 알고 있겠지?"

"아니, 그렇지는 않네. 지금 우리가 사건을 뒤에서 조종하고 있는 어떤 여자에게 간다는 사실은 알지만."

"바로 그거야! 하지만 이사도라 클라인이라는 이름을 듣고 떠오르는 게 없나? 물론 그녀는 엄청난 미인이지. 어깨를 나란히 할 만한 여자가 없어. 그녀는 순수한 에스파냐 혈통인데, 위대한 정복자라 불리는 16세기 남아메리카 정복자들의 피를 물려받았네. 그 집안사람들은 몇 대에 걸쳐서 브라질 페르남부쿠 주를 지배했다고 해. 예전에 설탕왕이라 불리던 독일의 늙다리 클라인과 결혼했지만 곧 남편이 죽자 세상에서 가장 아름답고 부유한 미망인이 되었네. 그 다음부터는 마음 내키는 대로 불장난을 즐기며 살았지.

그녀에게는 남자 친구가 여럿 있었는데 런던에서 가장 매력적인 남자로 손꼽히던 더글러스 매버리도 그중 하나였어. 많은 이들이 그 관계를 가리켜서 단순한 불장난 그 이상이었다고 하더군. 더글러스 매버리는 사교계에 흔한 천박한 바람둥이가 아니라 자신의 모든 것을 바치는 대신 상대에게도 그것을 기대하는 강하고 자부심 넘치는 남자였네. 하지만 이사도라는 소설에서 흔히 볼 수 있는 '차가운 미녀'였어. 싫증이 나면 사랑도 끝났지. 그런데도 상대방이 포기하지 않으면 어떻게 해야 하는지 참으로 잘 알고 있어."

"그렇다면 그 소설은 더글러스 매버리가 자신의 이야기를……."

"맞아, 자네도 드디어 눈치챘구먼. 소문을 듣자 하니 이사도라 클라인은 머지않아 자기 아들뻘 되는 젊은 로먼드 공작과 결혼할 예정이라고 하네. 나이 차이가 많이 나는 것뿐이라면 공작 각하의 모친이 그나마 눈 감아 줄지도 모르네만 큰 스캔들이 터지면 이야기가 달라지거든. 그래 서 그녀는 무슨 일이 있어도……. 아, 여기일세."

홀륭한 저택들이 늘어서 있는 웨스트엔드에서도 가장 멋진 집이었 다. 현관에서 기계 같은 하인이 명함을 받고 안으로 들어갔으나 주인마 님이 집에 없다는 대답을 가지고 돌아왔다. 홈즈는 싫은 기색 하나 없 이 말했다.

"그럼 돌아오실 때까지 기다리겠네."

그러자 하인 기계가 고장을 일으켰다.

"마님이 집에 안 계신다는 말씀은 두 신사분들에게만 그렇다는 뜻입 니다."

"그것 잘 됐군. 그렇다면 기다리지 않아도 되겠어."

홈즈는 수첩을 찢어 서너 단어를 적더니 고이 접어서 하인에게 건넸다.

"미안하지만 이것을 마님께 전해 드리게."

내가 물었다.

"뭐라고 썼나?"

"별거 없어. '그럼 경찰을 부를까요?'라고 썼을 뿐이야. 이제 곧 안에 들어갈 수 있을 걸세."

홈즈의 말은 틀리지 않았다. 게다가 그 효과는 실로 놀라웠다. 1분 뒤, 우리는 마치 《아라비안나이트》에 나올 것 같은 크고 훌륭한 응접실로 안내되었다. 여기저기에 분홍빛 전등이 켜져 있었으나 그다지 밝지 않 았다. 아무리 아름답고 자부심 강한 부인이라도 결국에는 나이를 속이 지 못하고 어두운 조명을 선호하는 시기를 맞이했구나 싶었다. 우리가 안으로 들어가자 그 집의 주인마님이 소파에서 일어났다. 큰 키에 여왕처럼 완벽한 태도, 아름다운 가면 같은 얼굴을 자랑하는 에스파냐 혈통의 미녀는 아름다운 눈으로 우리를 쏘아붙이듯 노려보았다. 그러더니 종이를 든 채 따지듯이 말했다.

"이렇게 무례한 방문이며 이 쪽지는 다 뭔가요?"

"부인, 굳이 설명하지 않겠습니다. 부인의 훌륭한 지성을 몹시 존경하고 있거든요. 다만 요즘에는 부인의 판단력이 흐려진 것 같습니다."

"대체 무슨 말씀이신지?"

"예를 들어서 건달 같은 녀석을 보내면 내가 겁먹고 사건에서 손을 뗄 거라고 생각하신 점 말입니다. 위험을 두려워한다면 이런 직업을 고르지도 않았을 겁니다. 그러니 부인이야말로 내가 매버리 부인의 사건을 맡도록 마음먹게 한 장본인입니다."

"도대체 무슨 말씀이신지 모르겠네요. 제가 건달에게 무슨 부탁을 했다는 거죠?"

홈즈가 피곤하다는 듯이 고개를 돌렸다.

"이런, 제가 부인의 지성을 잘못 판단했나 봅니다. 그럼, 안녕히 계십시오."

"잠깐 기다리세요! 어디로 가시는 거죠?"

"런던경찰국입니다."

우리가 문으로 반도 가기 전에 그녀가 따라 와서 홈즈의 팔을 잡았다. 부인은 한순간에 차가운 강철에서 부드러운 벨벳으로 뒤바뀌어 있었다.

"신사분들, 이쪽으로 와서 앉으세요. 차분하게 이야기를 나누자고요. 선생님에게라면 모든 사실을 말할 수 있을 것 같아요. 선생님은 신사의 감정을 갖고 계시니까요. 여자의 본능으로 그 정도는 쉽게 알 수 있어요. 이제부터 선생님을 친구처럼 대할게요."

"부인, 나는 아직 당신의 친구가 될 수 있을지 약속할 수 없습니다. 비록 경찰은 아니지만 내 힘이 닿는 한 정의의 편에 서고 싶으니까요. 어쨌든 이야기를 듣고 나서 어떻게 할지 결정하겠습니다."

"당신처럼 남자답고 용감한 분을 협박하려 했다니 제가 정말 어리석었어요."

"아니요. 진짜 어리석은 짓은 나를 협박하려 한 것이 아니라 나중에 협박하거나 배신할지도 모를 녀석들에게 부인 자신을 내맡긴 것입니다."

"아니, 그렇지 않아요! 저도 그렇게 호락호락한 여자는 아니에요. 전부 말씀드리겠다고 약속했으니 그렇게 할게요. 바니 스톡데일과 그 아내인 수잔 말고는 누가 자기들을 고용했는지 아무도 몰라요. 그 부부라면 조금도 걱정할 것 없어요. 이번이 처음도 아니고……."

그녀가 고개를 끄덕이면서 요염하고 매력이 넘치는 웃음을 흘렸다.

"알겠습니다. 예전에도 그 부부를 이용하셨단 말이로군요?"

"그들은 짖지 않고 달리는 착한 사냥개랍니다."

"그런 사냥개는 밥을 주는 자기 주인의 손을 무는 법입니다. 그 부부는 이번 절도 때문에 곧 잡힐 겁니다. 경찰에서 쫓고 있으니까요."

"그 정도는 감수할 거예요. 그럴 경우까지 계산해서 돈을 받고 있으니까요. 제 이름이 새어 나가는 일은 없을 겁니다."

"나만 입을 다문다면요."

"어머, 선생님은 신사잖아요. 여자의 비밀을 폭로할 분이 아니에요."

"우선 원고부터 돌려주시죠."

부인은 깔깔거리더니 난로 쪽으로 걸어가 부지깽이로 잿더미를 건드려 흩뜨렸다.

"이거라도 돌려드릴까요?"

우리 앞에 서서 도전적인 미소를 지어 보인 그녀는 매우 짓궂고 몹시도 아름다워서 나는 홈즈가 지금까지 상대한 범죄자들 중에서도 가장 까다로운 적수라고 생각했다. 그러나 내 친구는 감정에 휘둘리는 사람이 아니었다. 그가 차갑게 말했다.

"부인은 스스로 자기 운명을 결정하고 말았군요. 당신은 매우 빨리 움직였지만 이번에는 정도가 지나쳤습니다."

그러자 그녀는 갑자기 태도를 바꾸어 부지깽이를 힘껏 내던졌다.

"정말 목석같은 분이시네요. 사실을 전부 말씀드릴까요?"

"아니요, 필요 없습니다. 나도 잘 알고 있으니까요. 내가 직접 말할 수 있을 만큼."

"하지만 홈즈 선생님, 제 입장도 생각해 주세요. 평생 동안 간직한 소망을 이루기 직전에 그것이 깨져 버릴 위기에 처한 여자의 마음도 헤아려 주셔야지요. 그런 상황에서 스스로를 지키는 것이 그렇게 잘못되었나요?"

"근본을 따져 보면 잘못은 부인에게 있습니다."

"네, 네! 좋아요. 그건 인정하죠. 그는 귀여운 청년이었어요. 하지만 제 계획과는 맞지 않았죠. 더글러스는 저와 결혼할 생각이었어요. 결혼 말이에요. 신분도 낮은 가난뱅이와 결혼한다니. 그는 오직 결혼 생각밖에 없었고 나중에는 정말 끈질기게 굴었어요. 언제나 자기가 받기만 하니까 앞으로도 계속 받아야겠다고 생각했나 봐요. 그것도 자기 혼자만 받아야 한다고요. 더는 참을 수가 없었어요. 그래서 저는 그가 제 마음을 깨닫도록 해 주었답니다."

"건달을 시켜서 이 집 창문 아래에서 그를 폭행한 것 말입니까?"

"다 알고 계시는군요. 맞아요. 바니가 부하들을 데리고 와서 쫓아냈는데 좀 지나친 감이 있었어요. 하지만 그 사람이 무슨 짓을 했는지 아세요? 그게 신사라 불리는 사람이 할 짓이라고 생각하시나요? 그 사람은 우리 사이에 일어난 일을 전부 소설로 썼어요. 물론 저는 나쁜 늑대였고 그 사람 본인은 착한 양으로 묘사했죠. 주인공의 이름은 달랐지만 런던 사람들은 모두 누가 누구인지 알았을 거예요. 홈즈 선생님, 그런 짓을 해도 된다고 생각하시나요?"

"그건 잘 모르겠지만 글을 쓰는 건 본인의 자유입니다."

"그 사람의 핏줄에 이탈리아의 공기가 스며들더니 옛 이탈리아인의 잔혹한 정신까지 같이 섞여 들어갔나 봐요. 그 사람은 나에게 편지와 함께 소설 원고 사본을 보냈어요. 제가 앞날을 상상하면서 괴로워하라고 말이에요. 그 사람의 편지를 보니 원고는 두 부가 있는데 하나는 제게 보냈고 나머지 하나는 출판사에 보낼 예정이라고 하더군요."

"더글러스가 아직 원고를 출판사에 보내지 않았다는 사실을 어떻게 알았습니까?"

"저는 그 사람이 어느 출판사에 보낼지 알고 있었어요. 그 사람이 소설을 쓴 게 이번이 처음이 아니니까요. 그래서 출판사에 알아봤더니 아직 받은 것이 없다고 했어요. 그런데 더글러스가 갑자기 세상을 떠났습니다. 하지만 그 원고가 이 세상에 있는 한 저는 안심할 수가 없었지요. 물론 그 원고는 다른 유품에 섞여 있을 테고 그 어머니에게 보내질 것이 틀림없었어요. 그래서 저는 갱단에게 명령했습니다. 그중 한 명이 하녀가 되어 그 집에 들어가 상황을 살폈어요. 하지만 저는 정직한 방법으로 조용히 그 원고를 손에 넣으려고 했어요. 정말로 그런 마음이었고 실제로도 그렇게 행동했습니다. 그 집을 가재도구까지 한꺼번에 사들이려 했죠. 그 어머니가 얼마를 부르든지 다 주고 사려고 했다고요. 그런데 그 계획이 엉망이 되어 버렸고 어쩔 수 없이 비상수단을 쓸 수밖에 없었어요. 홈즈 선생님, 물론 더글러스에게는 몹쓸 짓을 했어요. 정말이지 너무 지나쳤어요. 제가 얼마나 미안해하고 있는지 하늘은 알 거예요. 하지만 제 행복이 위협받고 있는데 다른 방법이 뭐가 있었겠어요?"

홈즈가 어깨를 으쓱하고는 말했다.

"그렇군요. 이번에도 큰 죄를 그냥 눈감아 줄 수밖에요. 그런데 이동 수단이며 호텔까지 모두 최상급으로 해서 세계를 일주하려면 비용은 어느 정도나 들까요?"

부인은 눈을 둥그렇게 뜨고 홈즈의 얼굴을 쳐다보았다.

"5,000파운드 정도면 되지 않겠습니까, 부인?"

"아마 그럴 거예요. 네, 맞아요."

"좋습니다. 그럼 5,000파운드짜리 수표를 써서 주시면 내가 매버리 부인에게 전하겠습니다. 당신이 한 짓을 생각해 보면 매버리 부인에게 그 정도의 기분 전환은 해 드려야 하니까요. 그리고."

홈즈가 주의를 주듯 검지를 흔들었다.

"조심, 또 조심하세요! 그렇게 계속 날카로운 칼을 가지고 놀다가는 언젠가 부인의 아름다운 손에 상처를 입고 말 테니까요."

5. 서식스의 흡혈귀

홈즈는 우체부가 마지막으로 배달해 준 편지 한 통을 주의 깊게 읽었다. 마침내 그로서는 웃음과 가장 가까운 메마른 미소를 짓더니 그 편지를 내게 건네주었다.

"현대와 중세, 현실과 상상 속의 사실을 뒤섞어 놓은 것 중에서 이것보다 더 뛰어난 걸작은 없을 걸세. 자네 생각은 어떤가, 왓슨?"

편지 내용은 다음과 같았다.

올드 주리 46번지,
11월 19일
흡혈귀에 관하여

선생님
우리 사무소 거래처인, 민싱 거리에 있는 차 중매업자 퍼거슨 앤 무어

헤드 상회의 로버트 퍼거슨 씨가 위와 같은 날짜에 흡혈귀에 대해 문의했습니다. 아시다시피 우리 사무소는 기계 가격에 대한 감정을 전문으로 하고 있으므로 그러한 문제는 다루지 않습니다. 이에 퍼거슨 씨에게 선생님을 찾아가 상의하도록 권했습니다. 우리는 지난해 마틸다 브릭스 사건을 훌륭하게 해결하신 선생님의 솜씨를 아주 높이 평가하고 있습니다.

모리슨, 모리슨, 앤 도드 사무소
대표 E. J. C.

홈즈가 추억에 푹 잠긴 목소리로 말했다.

"마틸다 브릭스는 젊은 여자의 이름이 아니야. 수마트라 섬의 커다란 쥐와 관계있던 배의 이름일세. 아직 세상에 알리기에는 너무 이르지만. 그건 그렇고 우리도 역시 흡혈귀에 대해서 아는 게 없는데. 그것도 우리가 다루는 영역에 속할까? 집에 처박혀 있는 것보다야 낫겠지만 그림 형제의 동화 세상으로 끌려들어가는 것 같구먼. 왓슨, 잠깐 손을 뻗어 주겠나? 'V' 항목에 어떤 내용이 적혀 있는지 봐야겠어."

나는 뒤로 몸을 젖혀 홈즈가 집어 달라고 한 크고 두꺼운 색인집을 꺼냈다. 홈즈는 그것을 무릎 위에 펼치더니 오래된 사건 기록들을 천천히, 그리워하는 듯한 눈빛으로 읽어 나갔다. 거기에는 홈즈가 평생 동안 모은 여러 정보들도 섞여 있었다. 그가 항목을 읽었다.

"〈글로리아 스콧 호〉. 정말 고약한 사건이었지. 왓슨, 완성도는 썩 좋지 않았지만 자네도 이 사건을 기록했던 것이 떠오르네. 〈위조범 빅터 린치〉, 〈독이 있는 커다란 도마뱀〉, 이건 보기 드문 사건이었어! 〈서커스단의 미인 빅토리아〉, 〈반더빌트와 금고털이〉, 〈살모사〉, 〈해머스미스의 불가사의 비거〉. 아, 정말 대단한 색인집이야! 자네도 인정할 수밖에 없을 걸세. 왓슨, 잘 듣게. 〈헝가리의 흡혈귀〉, 그리고 〈트란실바니아의 흡혈귀〉도 있네."

홈즈는 열심히 페이지를 넘겼다. 그러고는 잠시 입을 다문 채 그것들을 읽다가 아주 실망했는지 탄식하면서 색인집을 집어던졌다.

"쓰레기야, 왓슨, 쓰레기라고! 시체 심장에 말뚝을 박아 두지 않으면 한밤중에 무덤 밖으로 나와 돌아다닌다는 흡혈귀가 우리와 무슨 상관이 있겠나! 다 허튼 소리지."

"하지만 흡혈귀라고 해서 꼭 죽은 사람이라는 법은 없어. 살아 있는 사람 중에서도 그런 습성을 가진 사람이 있다네. 나도 어디에서 노인이 젊음을 되찾으려고 아이들의 피를 마셨다는 이야기를 읽은 적이 있어."

"맞아, 왓슨. 그런 일도 있을 수 있겠군. 이 색인집에도 그 전설이 있으니까. 하지만 그런 이야기를 우리가 정말로 받아들여도 될까? 우리는 지금까지 현실 세계에 굳건히 발붙인 채 일했고 앞으로도 그렇게 해야 해. 세상에는 우리가 할 일이 많아. 그런데 유령까지 상대할 수는 없지 않겠나? 로버트 퍼거슨 씨의 의뢰를 진지하게 받아들일 마음은 없네. 그런데 이 편지는 퍼거슨 씨 본인이 직접 보낸 것 같은데? 읽어 보면 무슨 일로 고민을 하는지 진짜 이유를 알 수 있을지 모르네."

홈즈가 아까 사무소에서 온 첫 번째 편지에 신경을 빼앗긴 나머지 완전히 잊고 있던 두 번째 편지를 집었다. 처음에는 아주 재미있다는 듯이 빙글빙글 웃으며 읽었지만 점점 웃음기가 사라지더니 나중에는 아주 신중한 표정으로 열심히 읽었다. 다 읽고 나서 한동안 그 편지를 손에 든 채 깊은 생각에 빠져 있던 그는 이윽고 꿈에서 깨어난 듯이 정신을 차리고 말했다.

"왓슨, 램벌리가 어디더라? 램벌리의 치즈맨 가라고 하는데?"

"그건 서식스 주야. 호샴 남쪽이지."

"별로 멀지는 않군. 치즈맨 저택은?"

"홈즈, 그 부근에 대해서는 내가 잘 알고 있네. 오래된 집이 많은 곳이야. 거기 저택의 이름들은 수백 년 전에 그 집을 지은 사람들의 이름을 따서 지어졌네. 오들리 저택, 하비 저택, 캐리턴 저택 하는 식으로 말이야. 사람들에게는 잊혔지만 이름만은 집과 함께 남아 있지."

"맞아."

홈즈가 쌀쌀맞게 말했다. 새로운 지식은 머릿속에 곧장 깊이 쌓아 두면서도 자부심이 강하고 지기 싫어하는 성격 때문에 그 지식을 제공한 사람에게는 좀처럼 그런 척을 하지 않았다.

"어쨌든 램벌리 치즈맨 저택에 대해서는 곧 자세히 알게 될 걸세. 이 편지는 역시 로버트 퍼거슨 씨가 보낸 거야. 그런데 이 사람은 자네를 안다고 하는군."

"나를?"

"읽어 보게."

홈즈는 이렇게 말하면서 편지를 건네주었다. 맨 위에는 앞서 말한 주소가 인쇄되어 있었다.

셜록 홈즈 선생님

제 고문 변호사에게 선생님을 소개받아 편지를 쓰고 있습니다만 문제가 워낙 미묘해서 어디서부터 말씀드려야 할지 모르겠습니다. 제 친구에게 일어난 일입니다. 그는 5년 전에 질산염을 수입하다가 어느 페루 상인을 알게 되어서 그 딸과 결혼했습니다. 이 여성은 매우 아름답지만 외국에서 태어났고, 또 종교도 달라서 부부 사이에는 취미나 감정에 엇갈림이 생겼습니다. 그래서 결혼한 지 얼마 지나지 않아 아내에 대한 친구의 애정이 식어 갔고 이 결혼을 후회하는 것 같습니다. 친구는 아내의 성격 중에 도저히 알 수도, 이해할 수도 없는 것이 있음을 깨달았습니다. 그 부인이 누구보다 애정이 넘치고 모든 일에 헌신하는 여성이기 때문에 더욱 가슴 아팠습니다.

이에 관한 이야기는 직접 뵙고 자세히 말씀드리겠습니다. 이 편지는 그저 간단하게 상황을 알려서 선생님이 이번 사건을 맡아 주실지 여쭙고자 쓰는 것이니까요. 부인은 언제나 다정하고 조용한 사람이었는데 요즘 들어 이상해졌습니다. 친구에게는 두 번째 결혼이었고, 전처가 낳은 아들이 하나 있습니다. 그 아이는 올해 열다섯 살이 되었는데 가엾게도 어렸을 때 사고를 당해 불구가 되었지만 사랑스럽고 다정한 아이입니다. 그런데 새 부인이 이유도 없이 그 아들을 때리는 모습이 두 번이나 목격되었습니다. 한번은 지팡이로 때려서 소년의 팔에 크고 붉은 멍이 생기기도 했습니다.

하지만 이것도 태어난 지 1년도 되지 않은 자기 아이에게 한 짓에 비하면 나은 편입니다. 한 달 전, 유모가 아기 곁을 잠깐 비웠을 때 갑자기 아기가 자지러지게 울었습니다. 유모가 깜짝 놀라 달려갔더니 부인이 아기 위를 덮치듯이 몸을 숙이고 목 부근을 물고 있었다고 합니다. 자세히 보

니 아기 목에 조그만 상처가 있고 거기서 피까지 흐르고 있었습니다. 유
모는 놀라 주인을 부르려 했으나 부인이 그러지 말라고 애원하면서 입을
막기 위해 5파운드나 주었습니다. 결국 아무 설명도 없이 그 사건은 그
렇게 마무리되었다고 합니다.

하지만 그 일은 유모에게 끔찍한 기억으로 남았습니다. 그때부터 부인
을 경계했고 사랑스러운 아기에게서 한시도 눈을 떼지 않았습니다. 그동
안 부인도 유모를 지켜본 모양입니다. 유모가 잠시라도 자리를 비우면 부
인이 기다렸다는 듯이 아기에게 달려드는 것만 같았습니다. 유모는 밤이
고 낮이고 아기를 지켰고 부인도 새끼 양을 노리는 늑대처럼 빈틈을 노리
고 있는 듯싶었습니다. 선생님은 믿을 수 없겠지만 실제로 아기의 생명이
달린 문제이니 깊이 생각해 주셨으면 합니다.

이런 날들이 계속되다가 드디어 제 친구에게 더는 숨길 수 없는 일이
벌어지고 말았습니다. 유모도 더 이상 입을 다물고 있을 수 없었으므로
모든 사실을 주인에게 이야기하고 말았습니다. 주인인 제 친구는 그런 말
을 듣고도 그저 웃어넘기기만 했습니다. 이 편지를 읽고 계실 선생님이
믿지 못하는 것과 마찬가지로요. 하물며 부인
은 사랑이 넘치는 아내였고, 의붓아들을
때린 것 외에 평소에는 다정한 어머니
로 보였습니다. 그런 여자가 어떻게
자기 아이에게 상처를 입힐 수 있
을까요? 친구는 유모를 나
무랐습니다. 꿈
이라도 꾸는
것이 아니

냐고, 부인을 그렇게 의심하는 것이 더 이상하다고, 앞으로도 그런 험담을 하면 그냥두지 않겠다고 했습니다. 둘이 그런 이야기를 나누고 있는데 아기의 요란한 울음소리가 들렸습니다. 유모와 친구는 서둘러 아기방으로 달려갔습니다. 홈즈 선생님, 부인이 요람 옆에 무릎을 꿇고 앉아 있다가 일어났습니다. 그런데 아기의 목에서 피가 흘러 시트를 새빨갛게 물들이는 것을 보고 그 친구의 마음이 어땠을지 상상해 보십시오! 그는 공포의 비명을 지르며 아기에게 달려가서 부인의 얼굴을 밝은 쪽으로 돌려 보았는데 부인의 입가에도 피가 잔뜩 묻어 있었습니다. 의심의 여지도 없이 부인이 아기의 피를 빤 것이었습니다.

사건의 경위는 대략 이렇습니다. 부인은 지금 변명 한 마디 없이 자기 방에 틀어박혀 있습니다. 친구는 반쯤 정신이 나간 사람처럼 고통스러워하고 있고요. 친구와 저는 흡혈귀 전설에 대해서 잘 모릅니다. 어딘가 먼 나라의 동화 같은 이야기라고만 생각했는데 영국 서식스 주 한복판에서 이런 일이 일어날 줄이야……

자세한 내용은 내일 아침에 말씀드리겠습니다. 저를 만나 주시겠습니까? 반쯤 정신이 나간 제 친구를 돕는 데 선생님의 힘을 빌려 주시기 바랍니다. 다행스럽게도 이번 일을 맡아 주시겠다면 램벌리 치즈맨 저택의 로버트 퍼거슨 앞으로 전보를 보내 주십시오. 그러면 내일 아침 10시까지 제가 찾아가겠습니다.

로버트 퍼거슨

추신. 선생님의 친구인 왓슨 씨를 알고 있습니다. 그가 블랙히스에서 럭비 선수로 있을 때 저는 리치먼드에서 스리쿼터백이었습니다. 선생님과의 개인적인 친분은 이 정도입니다.

나는 편지를 내려놓았다.

"나도 기억하고 있어. 빅 밥 퍼거슨이라고 리치먼드 팀에서 가장 뛰어난 선수였지. 성품도 좋았고. 친구를 이렇게 걱정해 주다니 역시 퍼거슨다워."

홈즈는 깊은 생각에 잠긴 채 나를 쳐다보다가 고개를 저었다.

"왓슨, 자네의 끝을 모르겠군. 난 아직도 자네에 대해 모르는 점이 많아. 그럼 이제 착한 친구답게 전보를 한 통 쓰게. '귀하의 사건을 기꺼이 맡겠습니다.'라고."

"귀하의 사건이라고?"

"그 사람이 우리 사무소를 마음 약한 사람들의 쉼터라고 생각하게 하면 안 돼. 당연히 이건 퍼거슨의 사건일세. 그 전보를 치고 일단 내일 아침까지는 잊어버리자고."

이튿날 아침 정각 10시에 퍼거슨이 불쑥 방으로 들어왔다. 내가 기억하고 있는 퍼거슨은 키가 크고 몸이 유연하며 속도가 무척 빨라서 상대 수비수들을 끊임없이 괴롭히던 선수였다. 전성기 때 보던 튼튼한 운동선수가 나이 든 모습을 보는 것만큼 가슴 아픈 일도 없으리라. 예전의 우람하던 모습은 사라졌고, 멋진 금발도 벌써 숱이 별로 없었으며, 등도 구부정했다. 퍼거슨도 나를 보면서 같은 느낌이 들었을 것이다.

"이보게, 왓슨."

그래도 퍼거슨의 목소리는 예전처럼 크고 활기찼다.

"올드 디어 파크에서 자네를 번쩍 들어서 밧줄 너머 관중석 쪽으로 내던진 적이 있었네만 그때의 모습은 찾아볼 수가 없군. 나도 꽤나 변했겠지만. 특히 지난 며칠 동안 갑자기 늙어 버렸다네. 홈즈 선생님, 선생님이 보내신 전보를 보고 친구의 대리인인 척해도 소용없다는 사실을 알

있습니다."

"본인과 직접 만나 해결하는 편이 좋지요."

"그야 옳은 말씀입니다. 하지만 자신이 도와주고 지켜야 할 여자에 대해서 이야기하는 것이 얼마나 괴로운지 이해해 주십시오. 저는 어떻게 하면 좋겠습니까? 이런 황당한 일을 경찰에게 털어놓을 수는 없습니다. 그렇다고 해서 아이들을 그냥 내버려 둘 수도 없고요. 아내의 정신이 이상해진 걸까요? 집안 내력과 관계있는 문제일까요? 홈즈 선생님, 비슷한 사건을 맡으신 적이 있습니까? 저는 어떻게 해야 좋을지 모르겠습니다. 제발 좀 도와주십시오."

"퍼거슨 씨, 당연히 그럴 겁니다. 여기에 앉아서 마음을 가라앉히고 내가 묻는 말에 또박또박 대답해 주세요. 나는 어떻게 해야 좋을지 몰라 당황하지도 않고 이 문제를 반드시 해결할 수 있다고 믿으니까요. 가장 먼저, 퍼거슨 씨가 어떻게 행동했는지 궁금합니다. 부인은 지금도 아이들 곁에 있습니까?"

"지금 생각해도 소름이 끼칩니다. 선생님, 아내는 마음씨가 무척 고운 여자입니다. 그리고 어떤 여자보다 더 깊이 저를 사랑하고 있지요. 그런데 그 섬뜩하고 믿을 수 없는 비밀의 현장을 들킨 다음부터는 슬픔에 잠겨 거의 제정신이 아닙니다. 아내는 그 일에 대해서 변명 한 마디 하지 않습니다. 제가 다그쳐도 절망과 광기어린 눈빛으로 저를 빤히 바라보기만 하고 아무 말도 없었습니다. 그리고 자기 방으로 들어가 안에서 문을 잠가 버렸고 그때부터 저를 피하고 있습니다. 아내에게는 결혼 전부터 데리고 있던 돌로레스라는 하녀가 있는데, 하녀라기보다는 친구에 더 가깝습니다. 그 돌로레스가 아내에게 음식을 날라 주고 있지요."

"그렇다면 지금 아이들이 위험하지는 않겠군요?"

"유모인 메이슨 부인이 밤낮으로 눈을 떼지 않겠다고 맹세했습니다. 유모는 믿을 수 있어요. 그것보다 아들인 잭이 걱정됩니다. 편지에서 썼듯이 새엄마한테 벌써 두 번이나 맞았으니까요."

"상처를 입을 정도는 아니었지요?"

"네. 그렇지만 아주 모질게 때렸습니다. 남에게 못되게 굴지도 않고 몸이 불편한 아이라 더 가엾습니다."

그 아이의 이야기를 할 때 수척해진 퍼거슨의 얼굴이 훨씬 부드러워졌다.

"아이의 불편한 몸을 보면 누구나 가엾다는 생각이 들 겁니다. 어렸을 때 높은 곳에서 떨어져서 등뼈가 휘었지요. 그래도 아주 사랑스럽고 착한 아이랍니다."

홈즈가 어제 받은 편지를 꺼내 다시 읽었다.

"집안에 다른 사람들은 없습니까?"

"하인이 둘 있습니다. 모두 얼마 전에 고용한 사람들입니다. 마이클이라는 마부가 있는데 이 사람도 집 안에서 잡니다. 그리고 아내와 저, 아들 잭과 갓난아기, 돌로레스, 메이슨 부인이 있습니다. 우리 집에 사는 사람들은 이게 전부입니다."

"결혼할 때는 아직 부인의 성격을 잘 몰랐던 모양입니다."

"네, 만나고 나서 몇 주 만에 결혼했으니까요."

"돌로레스라는 하녀가 부인의 시중을 든 지는 얼마나 됐습니까?"

"족히 몇 년은 됩니다."

"그렇다면 부인의 성격은 퍼거슨 씨보다는 돌로레스가 더 잘 알고 있겠군요?"

"뭐, 그렇다고 할 수도 있습니다."

홈즈는 수첩에 뭔가를 적었다.

"여기보다 일단 램벌리로 가는 편이 낫겠습니다. 분명히 사립 탐정이 조사하기에 알맞은 사건입니다. 부인이 방에만 있다면 내가 찾아가도 폐가 되지는 않겠지요. 물론 밤에는 여관에서 묵을 겁니다."

퍼거슨이 안도의 한숨을 내쉬었다.

"선생님, 그렇게만 해 주신다면 정말 감사하겠습니다. 마침 빅토리아 역에서 2시에 출발하는 특급 열차가 있습니다."

"마침 요즘에는 한가해서 이번 사건에 매달릴 수 있습니다. 틀림없이 왓슨도 같이 갈 겁니다. 그런데 출발하기에 앞서 미리 확인하고 싶은 사실이 한두 가지 있습니다. 부인이 자기 친자식과 의붓아들 모두에게 난폭한 행동을 했다고요?"

"그렇습니다."

"하지만 그 방법은 달랐습니다. 그렇지요? 부인은 의붓아들을 때렸습니다."

"한 번은 지팡이로, 또 한 번은 손으로 심하게 때렸습니다."

"그 이유는 뭐라고 했습니까?"

"그 애가 싫다는 말밖에는 안 했습니다. 계속 그 말만 되풀이했지요."

"계모에게 드문 현상은 아닙니다. 세상을 떠난 전 부인을 질투하는 거죠. 부인은 원래 질투심이 강한 성격이었나요?"

"네, 질투심이 아주 강합니다. 게다가 열대 지방 사람답게 불처럼 뜨겁게 질투합니다."

"그런데 의붓아들은 벌써 열다섯 살이나 되었고, 몸이 부자연스러운 대신에 마음은 훨씬 더 성숙할 겁니다. 그런데 자기가 왜 계모에게 맞았는지 아무 설명도 하지 않았나요?"

"네. 아무 이유 없이 맞았다고 합니다."

"평소에는 둘이 사이가 좋았습니까?"

"아니요, 둘 사이에 애정은 전혀 없습니다."

"하지만 아드님은 정이 많은 소년이라면서요?"

"그야 그렇지요. 그렇게 사랑스러운 아들은 어디에도 없을 겁니다. 제 삶을 자기 삶처럼 여기거든요. 제가 한 말이며 행동을 쏙쏙 빨아들인답니다."

홈즈는 다시 수첩에 뭔가를 적더니 잠시 생각에 잠겼다.

"말할 필요도 없을 테지만, 퍼거슨 씨가 재혼하기 전에는 아드님과 사이가 무척 좋았겠군요?"

"물론입니다."

"그리고 아드님은 원래 정이 많은 성격이라고 하니 지금도 돌아가신 어머니를 생각하며 그리워하겠지요?"

"그럼요."

"참으로 흥미로운 소년입니다. 부인의 난폭한 행동에 대해서 한 가지 더 묻고 싶은데요. 아기에게 상처를 입힌 시기와 외붓아들에게 손을 댄 시기가 비슷한가요?"

"처음에는 그랬습니다. 마치 미치기라도 한 것처럼 사소한 일로 두 아이에게 마구 화를 냈어요. 하지만 두 번째에는 큰아이 잭만 당했습니다. 메이슨 부인도 아기에 대해서는 아무 말도 하지 않았고요."

"그렇다면 문제가 좀 복잡해지네요."

"홈즈 선생님, 무슨 말씀이신지 잘 모르겠습니다."

"어쩌면 아닐 수도 있어요. 우리는 임시방편으로 가설을 세웠다가 시간이 흐르거나 더 많은 정보를 모으면 버리기도 합니다. 좋지 않은 버릇이지만 인간은 완전한 존재가 아니니까요. 여기 있는 당신의 옛 친구 왓슨은 내 과학적 수사 방법을 과장해서 생각하고 있습니다. 하지만 지금 상황에서 할 수 있는 말은, 당신의 문제를 해결할 수 있겠다는 것과 2시에 빅토리아 역에서 기차를 타겠다는 것뿐입니다."

우리는 우선 램벌리의 체커스라는 호텔에 짐을 맡겼다. 그런 다음, 마차를 타고 길고 구불구불하고 좁은 흙길을 달렸다. 퍼거슨이 살고 있는 오래된 농가에 도착한 것은 안개가 짙은 11월의 나른한 저녁이었다. 크기는 해도 건물들끼리 잘 어울리지는 않았다. 가운데 건물은 아주 오래되었으나 양쪽의 건물은 새로 증축한 것이었다. 튜더 양식의 굴뚝이 높이 솟아 있고 호샴의 석판을 덮은 가파른 지붕 곳곳에는 이끼가 껴 있었다. 현관의 돌계단은 어찌나 닳았는지 가운데 부분이 움푹 파여 있었다.

현관을 둘러싼 타일에는 이 집을 지은 사람인 치즈맨Cheeseman을 나타내는 치즈와 사람 그림이 새겨져 있었다. 들어가 보니 천장에는 굵직한 떡갈나무로 된 들보가 물결처럼 놓여 있었고, 울퉁불퉁한 바닥 곳곳은 심하게 파여 있었다. 이 기울어 가는 건물에는 오랜 세월의 묵은내가 감돌고 있었다.

퍼거슨은 우리를 중앙의 아주 넓은 방으로 안내했다. 거기에는 크고 고풍스러운 난로가 있었는데 철제 칸막이 뒤쪽에 '1670'이라는 연도가 새겨져 있었다. 난로에서 장작불이 활활 타올랐다.

방 안을 둘러보니 여러 시대와 다양한 지방이 기묘하게 한데 뒤섞여 있었다. 벽의 반쯤에만 널빤지를 붙인 것은 17세기에 나타난 자영 농민의 흔적이라고 봐도 좋을 것이다. 그런데 아래쪽 벽에는 매우 신경 써서 고른 현대 수채화가 나란히 걸려 있었다. 그 위쪽에는 떡갈나무 대신 노란색 회반죽을 발랐는데 남아메리카의 일상 도구며 무기 같은 멋진 수집품을 장식해 두었다. 틀림없이 2층에 있는 페루 출신의 부인이 가져온 것이리라. 홈즈는 문득 호기심이 들었는지 갑자기 자리에서 일어나 그 수집품들을 주의 깊게 살펴보았다. 그리고 곰곰이 생각하며 다시 자리로 돌아와 앉더니 갑자기 뭔가를 보고 외쳤다.

"아니, 세상에! 거참."

돌아보니 구석에 있는 바구니에 웅크리고 있던 스패니얼 한 마리가 비틀거리며 퍼거슨에게 다가가고 있었다. 녀석은 꼬리를 땅바닥에 질질 끌고 뒷다리를 절룩거리면서 걸어가서 주인인 퍼거슨의 손을 핥기 시작했다.

"홈즈 선생님, 왜 그러십니까?"

"이 개가 왜 이러지요?"

"수의사도 모르겠다고 합니다. 일종의 마비라고 하더군요. 스패니얼 뇌막염 같다고 했지요. 하지만 일시적인 현상이니 곧 좋아질 겁니다. 그렇지, 카를로?"

개는 대답이라도 하듯이 축 늘어뜨린 꼬리를 바르르 떨었다. 애처로워 보이는 두 눈으로 우리를 바라보았는데 사람들이 자기 이야기를 하는 줄 아는 눈치였다.

"갑자기 이렇게 된 건가요?"

"네. 단 하룻밤 만에요."

"언제쯤이었나요?"

"넉 달쯤 됐을 겁니다."

"눈여겨봐야 할 사건이로군요. 큰 의미가 있을 겁니다."

"홈즈 선생님, 개한테 어떤 의미가 있다고 생각하시는 겁니까?"

"내 생각이 옳았다는 사실을 확인했어요."

"맙소사. 어떤 생각이십니까? 선생님에게는 이 일이 수수께끼 놀이일지 몰라도 저한테는 생사가 걸린 문제입니다. 아내가 살인자일지도 모르고, 제 아이는 계속 위험에 노출되어 있으니까요. 제발 부탁이니 저를 초조하게 하지 마십시오. 홈즈 선생님, 정말 심각한 상황입니다."

럭비 팀 스리쿼터백 선수가 몸을 부들부들 떨었다. 홈즈는 위로하듯이 퍼거슨의 손을 쥐었다.

"퍼거슨 씨, 어떤 식으로 해결되든 마음이 아플 겁니다. 지금으로서는 그렇게 되지 않도록 노력할 수밖에 없습니다. 더 이상은 드릴 말씀이 없지만 이 집을 떠나기 전에는 확실한 사실을 알릴 수 있을 겁니다. 난 그렇게 기대합니다."

"홈즈 선생님, 꼭 그렇게 됐으면 좋겠습니다. 그럼 신사 여러분, 실례를 무릅쓰고 잠깐 위층에 있는 아내 방으로 가서 달라진 게 있는지 보고 오겠습니다."

퍼거슨이 자리를 뜨자 홈즈는 다시 벽에 걸린 남아메리카의 여러 가지 수집품을 둘러보았다. 잠시 뒤 퍼거슨이 돌아왔으나 고개를 숙이고 있는 것을 보니 아무 변화도 없는 모양이었다. 그의 뒤를 따라 늘씬하고 키가 크며 피부가 거뭇한 여자가 들어왔다. 퍼거슨이 말했다.

"돌로레스, 차가 준비되어 있어. 마님이 필요로 하는 게 있으면 다 마련해 드려라."

돌로레스는 화난 사람처럼 퍼거슨을 노려보며 서툰 영어로 말했다.

"마님 몸이 아주 나빠요. 아무것도 안 먹어요. 많이 아파요. 의사 필요해요. 의사 없이 나 혼자 마님 옆에 있으면 무서워요."

퍼거슨은 자기 아내를 봐 주면 안 되겠느냐고 묻는 눈빛으로 나를 쳐다 보았다.

"괜찮다면 내가 진찰해 보겠네."

"마님이 여기 계신 왓슨 박사님을 만나려고 할까?"

"내가 박사님 데려갈게요. 마님한테 안 물어봐요. 의사 필요해요."

"그럼 얼른 가자꾸나."

격렬한 감정 때문에 몸을 떠는 돌로레스의 뒤를 따라 계단을 올랐다. 고풍스러운 복도를 걸어가니 끝에 쇠 장식이 달린 묵직한 문이 있었다. 제아무리 퍼거슨이라 할지라도 그 문을 억지로 밀고 들어가기는 어려울 것이다. 돌로레스는 주머니에서 열쇠를 꺼냈고, 튼튼한 떡갈나무 문은 삐걱거리는 소리를 내며 열렸다. 내가 안으로 들어가자 돌로레스도 얼른 따라 들어오더니 문을 꼭 닫고 다시 열쇠로 잠가 버렸다.

침대에는 여자가 누워 있었다. 얼핏 보기에도 고열에 시달리는 모양이

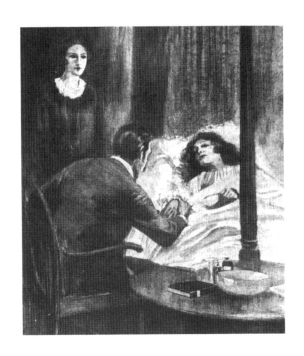

었다. 비몽사몽인 듯했으나 내가 들어가자 겁먹은 듯한 아름다운 눈을 들어 불안하게 나를 바라보았다. 그러나 낯선 남자라는 사실을 알고는 오히려 안심한 듯이 크게 한숨을 내쉬며 베개에 머리를 묻었다. 나는 곁으로 다가가 환자를 안심시키기 위해 몇 마디 건네고 맥박과 체온을 쟀다. 그래도 부인은 몸을 움직이지 않았다. 맥박과 체온 모두 수치가 높았지만 실제로 병에 걸렸다기보다는 마음이 혼란스럽고 흥분해서 그런 듯했다. 돌로레스가 말했다.

"매일 이래요. 마님 죽을까 봐 무서워요."

부인이 열에 들뜬 아름다운 얼굴을 내게 향했다.

"남편은 어디에 있나요?"

"아래층 거실에 있는데 부인을 보고 싶어 합니다."

"아니요, 됐어요. 보고 싶지 않아요. 보고 싶지 않다고요."

부인은 이렇게 말하더니 정신 착란을 일으켰는지 헛소리를 외쳤다.

"마귀! 마귀다! 아, 저 마귀를 어떻게 해야 하지?"

"제가 할 수 있는 일이 있으면 무엇이든 말씀해 보세요."

"아니요. 지금은 아무도 손 쓸 수가 없어요. 이미 끝난 일이에요. 다 끝나 버렸어요. 제가 뭘 어떻게 하든 모든 게 엉망이 되고 말았어요."

나는 부인이 묘한 환상에 사로잡혀 있다고 생각했다. 사람 좋은 밥 퍼거슨이 마귀나 그 비슷한 사람일 리는 없었다.

"부인, 남편은 진심으로 부인을 사랑하고 있어요. 그래서 이번 일을 겪고 매우 혼란스러워하며 마음 아파하고 있습니다."

부인은 다시 한 번 아름다운 눈을 들어 나를 바라보았다.

"남편은 저를 사랑하고 있어요. 맞아요. 그렇다면 저는 남편을 사랑하지 않는다고 생각하시나요? 아니요, 저는 남편의 마음에 상처를 입힐까 봐 차라리 저 자신을 희생했어요. 그건 제가 사랑하는 방식이에요. 그만큼 남편을 사랑하고 있는데 그는 저를 어떻게 생각하는 거죠? 그가 무슨 말을 했나요?"

"아닙니다, 부인. 남편은 진실을 몰라서 마음이 혼란스러울 뿐이에요."

"맞아요, 그 사람은 잘 모를지도 몰라요. 그렇다면 그는 저를 믿어야 해요."

"서로 만나서 이야기해 보면 어떨까요?"

"아니요, 만나고 싶지 않아요. 그 무서운 말과 얼굴을 도저히 잊을 수 없어요. 그 사람은 절대로 만나고 싶지 않아요. 그만 돌아가 주세요. 의사 선생님에게 따로 부탁하고 싶은 일은 없어요. 단 한 가지, 남편에게 하고 싶은 말이 있어요. 우리 아기를 이 방으로 옮겨 달라고 전해 주세요. 제 아이니까 그럴 권리가 있어요. 하고 싶은 말은 그것뿐이에요."

이렇게 말한 부인은 벽 쪽으로 얼굴을 돌리더니 더 이상 입을 열지 않았다.

나는 아래층의 방으로 돌아갔다. 퍼거슨과 홈즈는 아까와 마찬가지로 난로 옆에 앉아 있었다. 퍼거슨은 우울한 표정으로 내가 부인과 나눈 이야기에 귀를 기울였다. 다 듣고 나서 퍼거슨이 말했다.

"아기를 달란다고 해서 그 방으로 보낼 수는 없네. 어째서 그런 이상한 발작이 일어나는지도 모르는데! 입가가 피범벅이 돼서 아기 요람 옆에서 일어나던 모습을 어떻게 잊을 수 있겠나!"

그때의 일이 떠올랐는지 퍼거슨은 몸서리 쳤다.

"아기는 유모인 메이슨 부인에게 맡겨 두면 안전해. 아내에게 건네줄 수는 없네."

영리해 보이는 하녀가 차를 가지고 들어왔다. 그녀는 이 집에서 유일하게 현대적인 존재였다. 하녀가 차를 따르는데 문이 열리더니 눈길이 쏠리는 남자아이 하나가 들어왔다. 금발에 하얀 얼굴이었고 눈은 흥분하기 쉬운 옅은 파란색이었다. 그 소년은 자기 아버지를 보더니 눈을 반짝이며 달려와서는 사랑에 빠진 여자아이처럼 두 손을 뻗어 아버지의 목에 매달렸다.

"아빠! 어서 오세요! 전 아직 안 오신 줄 알았어요. 이럴 줄 알았으면 여기서 기다렸을 텐데! 돌아오셔서 정말 기뻐요!"

퍼거슨은 약간 당황한 표정을 지었으나 다정하게 아들의 손을 풀고 금빛 머리에 가만히 손을 얹은 뒤 말했다.

"애야, 여기 계신 홈즈 선생님과 왓슨 박사님이 와 주신다고 해서 금방 돌아왔단다. 홈즈 선생님은 우리와 함께 저녁을 보내실 거야."

"홈즈 선생님이라면 그 유명한 탐정님이신가요?"

소년이 날카로운 눈빛으로 우리를 바라보았다. 어쩐지 적의가 담겨 있는 것 같았다. 홈즈가 물었다.

"또 다른 아이는 어디에 있나요? 아기와도 인사하고 싶네요."

"메이슨 부인에게 아기를 데려오라고 하렴."

퍼거슨이 말하자 소년은 기묘하게 절뚝거리며 방에서 나갔다. 의사의 눈으로 보아 등뼈에 문제가 있음을 알 수 있었다. 곧 소년이 돌아왔고, 뒤를 따라 키가 크고 마른 여자가 아주 예쁜 아기를 안고 들어왔다. 눈은 까맣고 머리카락은 금빛으로, 색슨 족과 라틴 족의 특성이 잘 어우러져 있었다. 눈에 넣어도 아프지 않을 만큼 귀여운지 퍼거슨은 곧바로 아기를 자기 가슴에 품고 조용히 달래 주었다.

"보세요. 이렇게 귀여운 아기에게 상처를 입히다니!"

퍼거슨은 그렇게 말하며 아기의 목에 있는 작고 빨갛게 부어오른 상처를 바라보았다. 그때였다. 나는 별 생각 없이 홈즈를 바라보았는데 그의 얼굴이 상아 조각처럼 굳어 있었다. 그는 아기의 목을 힐끗 보면서도

반대편에 있는
무엇인가를 열심히 바라보았다. 홈즈
의 시선을 따라가 보니 그가 창문 너머로
비에 젖은 정원을 바라보고 있음을 알았다. 바깥
쪽 덧문이 반쯤 닫혀 있어서 밖이 훤히 보이지는 않았지만 홈즈가 열중
하고 있는 것은 틀림없이 그 창문 주변에 있었다. 잠시 뒤, 그가 빙그레
웃으며 아기 쪽으로 시선을 돌렸다. 통통하게 살이 오른 아기의 목에는
조그만 상처가 있었다. 친구는 말없이 그 상처를 살피더니 눈앞에서 꼼
지락대는 자그마한 손을 쥐고 흔들었다.

"잘 있으렴, 아가야. 너도 참 기묘하게 인생을 시작했구나. 그런데 메
이슨 부인, 잠깐 할 말이 있는데요."

홈즈가 메이슨 부인을 구석으로 데리고 가서 몇 분 동안 진지하게 이
야기를 나누었다. 내 귀에는 그가 마지막으로 던진 말만 들려왔다.

"부인의 걱정거리도 곧 사라질 겁니다."

성격이 까다롭고 과묵해 보이는 메이슨 부인은 이야기를 마치자 아기
를 안고 방에서 나갔다. 홈즈가 퍼거슨에게 물었다.

"메이슨 부인의 성격은 어떤가요?"

"보시다시피 별로 인상이 좋지는 않지만 마음씨가 곱고 아기를 아주 사랑하는 부인입니다."

갑자기 홈즈가 퍼거슨의 큰아들인 잭을 돌아보며 물었다.

"잭, 너는 어떻게 생각하니? 너는 저 부인을 좋아하니?"

잭은 감수성이 아주 예민한지 아주 어두운 얼굴로 고개를 저었다.

"선생님, 제 아들은 좋고 싫은 것이 몹시 분명하답니다."

퍼거슨은 한 손으로 잭을 감싸 안으며 말을 이었다.

"다행스럽게도 저는 이 아이가 좋아하는 사람 중 한 명이지요."

소년이 어리광을 부리듯이 아버지의 가슴에 얼굴을 묻자 퍼거슨은 다정하게 아이를 떼어놓으며 말했다.

"잭, 그만 나가 있으렴."

퍼거슨은 아들의 뒷모습이 보이지 않을 때까지 애정이 넘치는 눈빛으로 바라보았다. 마침내 아들이 밖으로 나가자 퍼거슨이 말했다.

"홈즈 선생님, 어렵게 여기까지 모시고 왔는데 헛걸음을 하신 듯합니다. 선생님이 저를 동정하시는 것 말고 또 뭘 하실 수 있겠습니까? 선생님이 보시기에도 이번 사건은 매우 미묘하지 않습니까?"

홈즈가 즐거운 듯이 빙그레 웃었다.

"틀림없이 미묘한 사건입니다. 하지만 너무 복잡하다고는 생각지 않아요. 처음부터 연역적 추리가 필요한 문제였습니다. 가장 처음에 추리한 내용이 몇 가지 사실들을 통해 확인되면 나만의 주관이 객관적인 사실로 바뀌고, 그 다음부터는 자신 있게 목적지에 이르렀다고 말할 수 있지요. 솔직히 말해서 나는 베이커 가에서 나올 때부터 이미 목적지에 도착해 있었습니다. 여기에 와서는 결론에 확신을 내리기 전에 관찰하고 확인했을 뿐이에요."

퍼거슨은 깊이 주름 잡힌 이마에 큼직한 손을 대고 갈라진 목소리로 말했다.

"부탁입니다, 홈즈 선생님. 진상을 알고 계신다면 이렇게 답답하게 하지 마시고 얼른 가르쳐 주세요. 제가 어떻게 하면 좋겠습니까? 뭘 해야 할까요? 선생님이 정말 진상을 알아내셨다면 그 방법이 어떻든 제게는 하나도 중요하지 않습니다."

"퍼거슨 씨, 나는 당신에게 설명해야 할 의무가 있고 곧 그렇게 할 겁니다. 다만 이 문제를 어떻게 처리할지는 내게 맡겨 주세요. 그건 그렇고 왓슨, 부인은 어떻지? 내가 만나러 가도 괜찮겠나?"

"몸이 좋지는 않지만 정신은 또렷하네."

"그것 잘됐군. 부인이 있어야 사건을 마무리지을 수 있으니까. 자, 그럼 함께 부인에게 가 봅시다."

그러자 퍼거슨이 외쳤다.

"아내는 저를 만나 주지 않을 겁니다."

"괜찮아요. 분명히 만나 줄 겁니다."

홈즈는 이렇게 말하더니 종이에 뭔가를 몇 줄 끼적였다.

"왓슨, 적어도 자네는 그 방에 들어갈 수 있지. 미안하지만 이걸 부인에게 건네주지 않겠나?"

나는 다시 2층으로 올라가 조심스럽게 문을 열어 준 돌로레스에게 종이를 건넸다. 곧 방 안에서 기쁨과 놀라움이 섞인 외침이 들렸다. 부인의 하녀가 곧장 얼굴을 내밀었다.

"마님이 여러분 만난대요. 이야기 듣겠대요."

내가 계단 중간까지 내려가서 퍼거슨과 홈즈를 부르자 그들이 올라왔다. 마침내 문이 열리고 모두 부인이 누워 있는 방으로 들어갔다. 퍼거슨이 침대 위에 반쯤 일어난 부인에게 두어 걸음 다가갔으나 부인은 그를 거부하듯 한손을 들었다. 퍼거슨은 하는 수 없이 팔걸이의자에 앉았다. 홈즈가 놀란 듯이 눈을 둥그렇게 뜬 부인에게 가볍게 눈인사를 하고 퍼거슨 옆에 있는 의자에 앉았다. 홈즈가 부인에게 말했다.

"돌로레스를 잠깐 내보내는 게 좋을 것 같은데요. 아, 좋습니다, 부인. 돌로레스가 옆에 있는 편이 좋으시다면 함께 있어도 상관없습니다. 그런데 퍼거슨 씨, 나는 바쁜 사람이니 단도직입적으로 말하겠습니다. 수술은 빨리 끝낼수록 덜 아픈 법이지요. 우선 위안이 될 만한 이야기부터 하겠습니다. 부인은 아주 착하고 사랑이 깊은 여성인데 이상한 오해를 받아서 괴로워하고 있습니다."

퍼거슨이 기쁨에 겨워 소리를 지르며 일어섰다.

"홈즈 선생님, 그 증거를 보여 주십시오. 그것만 증명된다면 저는 평생 은혜를 잊지 않겠습니다."

"알겠습니다. 하지만 다른 이유로 당신에게 깊은 상처를 줄 겁니다."

"아내의 결백만 입증할 수 있다면 아무것도 두렵지 않습니다. 그에 비하면 세상의 다른 것들은 죄다 하찮을 따름이지요."

"그럼 우선 베이커 가에서 내 머릿속에 떠오른 추리부터 설명하겠습니다. 흡혈귀가 있다는 말은 고려할 가치도 없었습니다. 그런 범죄가 영국에서 실제로 일어날 리가 없다고 생각했지요. 하지만 퍼거슨 씨가 본 것은 분명한 사실이었습니다. 부인이 입을 새빨갛게 물들인 채 아기 요람에서 일어서는 모습을 직접 봤으니까요."

"그렇습니다."

"하지만 퍼거슨 씨, 부인이 피를 빨기 위해서가 아니라 다른 목적 때문에 피가 흐르는 상처에 입을 댔다고는 생각하지 않았습니까? 영국 역사에서도 독을 빨아내려고 상처에 입을 댄 왕비[18]가 있지 않습니까?"

"독이라고요?"

"이 집은 남아메리카와 관계있는 가정家庭입니다. 직접 보기도 전에 내 직감은 이런 무기가 벽에 걸려 있다는 사실을 알고 있었습니다. 다른 독 일 수도 있었지만 베이커 가에서 추리했을 때는 무기에 묻은 독을 떠올 렸습니다. 여기에 와 보니 남아메리카의 작은 활 옆에 있는 화살 통이 텅 비어 있지 뭡니까. 그래서 내 예상이 맞았구나 싶었지요. 만약 아기가 쿠라레[19] 같은 맹독이 묻어 있는 화살에 살짝 찔리기라도 하면 어떻게 될까요? 그 독을 빨리 빨아내지 않으면 목숨을 잃고 말 테지요.

그 개는 또 어떻습니까? 만약 누가 그 독을 쓸 마음을 먹었다면, 그 독 이 아직도 효과가 있는지 먼저 시험하고 싶지 않을까요? 나도 이 집에 개가 있는 줄은 몰랐지만 적어도 그런 것이 있을 거라고는 짐작하고 있 었습니다. 그 개야말로 내 추리를 확실하게 뒷받침해 주었습니다.

이제 아셨겠지요? 부인은 아기가 그런 공격을 당할까 봐 평소부터 두 려워하고 있었습니다. 그리고 실제로 그 현장을 목격하자 아기의 목숨 을 구하기 위해서 서둘러 독을 빨아냈습니다. 그래도 부인은 남편에게 사실을 밝힐 수가 없었어요. 아니, 말하고 싶은 마음은 굴뚝같았겠지만 당신이 큰아이를 얼마나 귀여워하는지 알고 있었으니 사실을 밝히면 당 신의 가슴이 찢어질까 봐 걱정한 겁니다."

"세상에, 잭이!"

---

18) 잉글랜드 왕이었던 에드워드 1세(1239~1307)의 왕비인 엘레오노르를 말한다. 그녀는 1270년부터 2년 동안 에 드워드 1세와 함께 십자군 원정에 나섰는데, 남편이 독 묻은 칼에 부상을 입자 독을 빨아내 살렸다는 이야기가 전 해지고 있다.
19) curare. 식물성 알칼로이드 중 하나. 독성이 강하여 남아메리카 인디언들이 독화살을 만들 때 썼다. 외과 수술 을 할 때 근육 이완제로도 쓴다.

"방금 전에도 당신이 아기를 안고 있을 때 나는 잭의 얼굴을 유심히 살펴보았습니다. 덧문의 한쪽이 닫혀 있어서 그 유리창이 거울 역할을 했고, 거기에 비친 잭의 얼굴을 잘 볼 수 있었어요. 나는 그렇게 엄청난 질투와 격렬한 증오가 넘치는 얼굴은 처음 봤습니다."

"우리 잭이!"

"퍼거슨 씨, 눈을 돌리지 말고 현실을 똑바로 보세요. 아버지와 돌아가신 어머니에 대한 일그러진 애정, 병적이라고도 할 만큼 강한 애정 때문에 잭이 그런 행동을 한 겁니다. 그리고 자기는 몸이 불편한 반면에 아기는 무척이나 건강하고 귀엽습니다. 그 사실이 큰아들을 더욱 증오에 불타게 했지요."

"오, 주여! 어떻게 그런 일이!"

"부인, 내가 한 말이 틀렸나요?"

부인은 베개에 얼굴을 묻고 흐느껴 울었다. 그리고 곧 얼굴을 들어 퍼거슨을 바라보았다.

"여보, 지금 홈즈 선생님이 하신 말씀을 어떻게 제 입으로 할 수 있었겠어요? 당신이 얼마나 가슴 아파할지 잘 알고 있었으니까요. 그래서 조금 시간이 걸린다 해도 당신이 다른 사람의 입을 통해서 그 얘기를 듣길 바랐어요. 그래서 마법사 같은 홈즈 선생님이 모든 사실을 다 알고 있다는 메모를 건네주셨을 때 얼마나 마음이 놓였는지 몰라요."

홈즈가 자리에서 일어나며 말했다.

"내가 처방을 내리자면 아드님은 1년 정도 바다를 여행하는 것이 좋겠습니다. 그런데 부인, 딱 한 가지 아직도 이해할 수 없는 게 있어요. 잭을 때린 마음은 나도 충분히 이해가 갑니다. 어머니로서 아무리 참으려 해도 참을 수 없는 일이 있는 법이니까요. 그런데 지난 이틀 동안 당신은 아기를 곁에 두지 않고도 잘 버텼습니다. 어떻게 그럴 수 있었나요?"

"저를 오해하고 있던 메이슨 부인에게 모든 사실을 털어놓았어요. 그 사람은 이제 다 알고 있습니다."

"그렇군요. 나도 그럴 거라 생각했어요."

침대 옆으로 다가간 퍼거슨이 훌쩍거리며 떨리는 두 손을 내밀었다.

홈즈가 낮은 목소리로 속삭였다.

"왓슨, 우리는 이쯤에서 물러나세. 지나치게 충직한 돌로레스는 우리가 데리고 나가야겠어. 자, 어서!"

홈즈는 방문을 닫고 덧붙였다.

"나머지는 저 부부가 알아서 잘 해결하도록 내버려 두자고."

이 사건에 관련된 편지가 한 장 더 있다. 이야기 앞부분에서 말한 편지에 홈즈가 답장을 보낸 것이다. 내용은 아래와 같았다.

베이커 가,

11월 21일

흡혈귀에 관하여

19일에 받은 귀하의 편지에 대해 다음과 같이 알립니다. 귀하의 고객인 민싱 거리의 차 중매업자 퍼거슨 앤 무어헤드 상회의 로버트 퍼거슨 씨의 사건을 조사했으며, 매우 만족스러운 결과를 얻었습니다. 저를 추천해 주신 것에 깊이 감사드립니다.

셜록 홈즈

6. 세 명의 개리뎁

이번 사건은 희극이라고도 할 수 있고 비극이라고도 할 수 있다. 그것 때문에 한 남자는 머리를 써야 했고 나는 피를 흘렸으며 또 다른 사람은 법의 심판을 받았지만, 그래도 이번 사건에는 틀림없이 희극적인 요소가 있다. 어느 쪽인지는 이 글을 읽는 독자들의 판단에 맡기겠다.

나는 이번 사건이 일어난 날짜를 또렷하게 기억하고 있다. 왜냐하면 셜록 홈즈가 어떤 공을 세워서 기사 작위를 수여받았지만 거절한 것이 바로 그 달이기 때문이다. 그 일은 다음에 자세히 이야기할 기회가 있을 것이다. 나는 홈즈의 친구이자 동료로서 혹시라도 말실수를 하지 않도록 각별히 주의해야 하므로 여기서는 가볍게 언급할 수밖에 없다. 그렇지만 나는 그 일 덕분에 정확한 날짜를 기억하고 있는데 그것은 보어 전쟁이 끝난 직후인 1902년 6월 말이었다. 그 무렵 홈즈는 가끔씩 나타나던 습관대로 며칠이나 침대에서 뒹굴며 시간을 보냈지만 그날 아침에는 한 손에 길쭉한 서류를 들고 나타났다. 평소에 날카롭게 빛나는 회색 눈동자가 즐거워하는 빛을 띠고 있었다.

"왓슨, 돈 좀 만져 볼 기회가 찾아왔어. 혹시 자네 개리뎁이라는 이름을 들어 봤나?"

나는 그런 적 없다고 대답했다.

"안타깝군. 개리뎁이라는 남자를 찾으면 돈을 벌 수 있는데."

"그래? 어떻게?"

"이야기를 하자면 길어지는데……. 조금 희한하거든. 우리가 지금까지 인간들의 복잡한 면에 대해서 탐구했지만 이렇게 독특한 사건은 없었네. 이제 곧 그 사람이 여러 가지를 물어보러 올 걸세. 자세한 이야기는 그 사람이 오고 나서 하겠네. 하지만 기다리는 동안에 개리뎁이라는 성씨에 대해서 알아나 보자고."

내 옆 탁자 위에 전화번호부가 있어서 나는 별 기대 없이 페이지를 넘겼다. 그러자 놀랍게도 그 괴상한 이름이 떡하니 실려 있었다. 나는 승리감에 들떠서 외쳤다.

"이보게, 여기 있다네, 홈즈! 여기에 실려 있어!"

홈즈가 내 손에서 전화번호부를 받아들었다.

"N. 개리뎁, 런던 서구 리틀 라이더 가 136번지라. 실망시켜서 미안하네, 왓슨. 하지만 이 사람은 의뢰한 당사자야. 편지에 이 주소가 적혀 있었거든. 우리는 다른 개리뎁을 찾아야 해."

그때 하숙집 주인인 허드슨 부인이 명함을 얹은 쟁반을 가지고 들어왔다. 내가 명함을 집어 들고 훑어보았다.

"이번에도 개리뎁이야! 게다가 이름의 첫 글자가 다르군. 미국 캔자스주 무어빌, 변호사 존 개리뎁 씨일세."

그 명함을 보고 홈즈는 빙그레 웃었다.

"안타깝지만 이번에도 다른 사람을 찾아야 할 것 같구먼. 이 인물도 이미 각본 속에 들어 있거든. 물론 오늘 아침에 나를 찾아올 줄은 몰랐지만 말일세. 어쨌든 만나 보세. 내가 알고 싶어 하는 여러 가지를 알려 줄 테니까."

잠시 뒤, 그 사람이 방으로 들어왔다. 변호사인 존 개리뎁 씨는 키가 작고 얼굴이 둥그스름하며 건강해 보이는 사람이었다. 실무적인 일을 하는 미국인들이 흔히 그렇듯이 개리뎁 씨도 수염을 깨끗하게 깎고 있었다. 전체적으로 땅딸했으며 활짝 핀 미소가 깃든 얼굴은 실제 나이보다 훨씬 어려 보였다. 하지만 그의 눈을 보고 놀라지 않을 수 없었다. 그렇게 마음의 움직임을 확실하게 드러내는 눈은 처음 보았다. 그의 눈은 그만큼 반짝였고 날카로웠으며 마음의 움직임에 따라서 끊임없이 변했다. 존 개리뎁 씨는 미국 억양을 썼지만 말투는 영국인이 듣기에 전혀 이상하지 않았다.

"홈즈 선생님이 누구십니까?"

개리뎁 씨는 이렇게 말하며 나와 홈즈를 번갈아 바라보았다.

"아, 선생님이시군요. 사진과 별로 다르지 않으십니다. 제가 알기로 선생님은 저와 성이 같은 네이선 개리뎁 씨에게 편지를 받으셨다고 하던데, 아닌가요?"

"우선 앉으시죠. 하고 싶은 이야기가 많으니까요."

이렇게 말하면서 홈즈는 조금 전에 들고 있던 커다란 서류를 꺼냈다.

"물론 당신이 이 서류에 있는 존 개리뎁 씨겠지요? 그런데 영국에서 지내신 지 꽤 오래되었나 봅니다."

"그 사실을 어떻게 아셨죠, 홈즈 선생님?"

표정이 풍부한 손님의 눈에 갑자기 의심의 빛이 어렸다.

"그야 개리뎁 씨가 영국식으로 차려입었으니까요."

개리뎁 씨는 꾸미는 듯한 억지웃음을 지었다.

"선생님의 놀라운 솜씨에 대해서는 이미 들었지만 설마 제가 그 분석 대상이 될 줄은 꿈에도 몰랐습니다. 어떤 점을 보고 아셨나요?"

"코트의 어깨 부분을 마름질한 방법이며 구두코까지……, 누구라도 한 눈에 알아볼 수 있을 겁니다."

"허, 제가 그렇게 영국인처럼 바뀌었다니 미처 몰랐습니다. 일 때문에 얼마 전부터 이곳에 와 머물고 있었으니 선생님 말씀처럼 제 옷은 거의 다 런던에서 만든 것이지요. 그렇지만 선생님도 바쁘실 테고 저도 옷의 마름질 방법에 대해서 이야기하러 온 것은 아닙니다. 이제 선생님이 들고 있는 그 서류 이야기를 하고 싶은데요."

홈즈가 어디에선가 손님의 비위를 거슬렀는지 개리뎁 씨의 동글동글한 얼굴에서 상냥한 표정이 사라졌다. 내 친구가 달래듯이 말했다.

"자, 자, 조금 더 참으세요, 개리뎁 씨! 왓슨 박사에게 물어봐도 알겠지만 가끔은 이런 소소한 여담이 마지막에 사건을 푸는 열쇠가 되기도 했으니까요. 그런데 어째서 네이선 개리뎁 씨와 같이 오지 않았습니까?"

그러자 개리뎁 씨가 갑자기 화를 내며 물었다.

"도대체 그 사람은 왜 당신을 끌어들였답니까? 당신은 이 일과 아무 상관도 없지 않습니까? 우리 둘 사이에 사업적인 문제가 있다고 해서 탐정을 부르다니 대체 어쩔 생각인지! 오늘 아침에 그 사람을 찾아갔다가 당신에게 의뢰했다는 한심한 소리를 듣고 여기로 왔습니다. 아무튼 정말 불쾌합니다."

"존 개리뎁 씨, 내가 받은 편지에 당신을 비난하는 내용은 전혀 없었습니다. 그 사람은 단지 목적을 달성하기 위해서 한 일이에요. 그리고 그 목적은 당신에게도 중요한 것이라고 알고 있습니다. 네이선 씨는 내가 정보를 얻을 수단을 갖고 있다는 사실을 알았기 때문에 당연히 내게 의뢰한 겁니다."

홈즈의 말을 듣는 동안, 화를 내던 개리뎁 씨의 얼굴이 점점 풀어졌다.

"그렇다면 이야기가 또 달라지는군요. 오늘 아침에 그 사람을 찾아갔더니 탐정에게 의뢰했다기에 주소를 물어 곧장 달려온 길입니다. 저는 개인적인 문제에 경찰이 끼어드는 것을 원하지 않습니다. 하지만 선생님이 우리에게 협력해서 그 사람을 찾아주신다면 나쁠 게 없겠군요."

"물론이죠. 그럼 어렵게 오셨으니 자세한 사정을 듣고 싶습니다. 여기에 있는 왓슨 박사는 우리가 무슨 얘기를 하고 있는지 모르니까요."

개리뎁 씨는 우호적이지 않은 눈빛으로 나를 바라보았다.

"이분에게도 이야기할 필요가 있습니까?"

"우리는 대개 같이 일합니다."

"그렇다면 말해도 상관없겠죠. 특별히 감추어야 할 이유도 없으니 말입니다. 그럼 되도록 간단히 말씀드리겠습니다. 당신이 캔자스 출신이라면 알렉산더 해밀턴 개리뎁이 어떤 사람인지 새삼스럽게 설명할 필요도 없을 겁니다. 그 사람은 부동산으로 재산을 모았고 나중에는 시카고에서 밀을 거래해서 큰돈을 벌었습니다. 그 돈으로 포트 다지의 서쪽인 아칸소 강 유역에 영국의 한 주와 맞먹을 만큼 넓은 땅을 사 들였습니다. 거기에는 목장이며 벌목지, 농원, 광산까지 있습니다. 아무튼 돈이 될 만한 것은 전부 갖추고 있는 땅이죠.

그런데 그에게는 가족이 없습니다. 아니, 친척이 있었는지는 모르겠습니다만 어쨌든 저는 그런 이야기는 한 번도 들은 적이 없습니다. 그는 자신의 특이한 성씨에 자부심을 가지고 있어서 저와 만나게 되었습니다. 그 무렵에 저는 토프카 시에서 변호사로 일하고 있었는데 어느 날 그 노인이 찾아와서 자기와 성이 똑같은 사람을 무척이나 만나고 싶었다고 했습니다. 그건 부자 노인의 취미 같은 것으로, 온 세계를 뒤져서라도 개리뎁이라는 성을 가진 사람을 찾아내고 싶다고 했습니다. 그는 저에게 '또 다른 개리뎁을 찾아주게.'라고 말했습니다. 저는 바쁜 몸이라 개리뎁 씨를 찾아 세계를 돌아다닐 수는 없다고 거절했습니다. 그러자 그는 '지금은 그렇게 말하지만 만약 일이 내 계획대로 된다면 당신은 틀림없이 찾으러 나설 거요.'라고 했습니다. 저는 농담이라고 생각했지만 그 말에 깊은 의미가 있었다는 사실을 곧 알게 되었습니다.

노인은 그 말을 한 지 1년도 채 되지 않아서 세상을 떠났고 유언장을 남겼습니다. 그런데 그 유언장이라는 것이 캔자스 주에 접수된 유언 중에서 가장 기묘했습니다. 재산을 셋으로 나누어서 그중 3분의 1을 제게 주겠다고 했지만, 두 명의 개리뎁을 더 찾아야 한다는 조건이 붙어 있었 거든요. 셋이서 나눈다 해도 한 사람 앞에 500만 달러씩 돌아갑니다. 그 런데 세 명이 전부 모일 때까지는 손가락 하나 댈 수 없지요.

워낙 커다란 기회라서 저는 일을 내팽개치고 개리뎁을 찾아 나섰습니 다. 그때부터 미국 전역을 돌아다녔지만 단 한 명도 찾아내지 못했습니 다. 이 잡듯이 뒤져도 개리뎁이라는 성을 쓰는 사람은 하나도 없었던 겁 니다. 그래서 저는 이 역사 깊은 나라로 건너왔는데, 역시 런던은 런던 이었습니다. 전화번호부에 그 이름이 실려 있지 않겠습니까? 그래서 저 는 이틀 전에 그 사람을 찾아가서 모든 사실을 설명했습니다. 그렇지만 그 사람도 저처럼 독신이었고 여자 친척은 있어도 남자는 없다고 했습 니다. 유언장에는 성인 남자 셋이라고 쓰여 있으니 아직 한 명이 모자란 셈인데 만약 선생님이 나머지 한 사람을 찾아주신다면 사례는 충분히 하겠습니다.”

이야기가 끝나자 홈즈가 미소를 지으며 말했다.

“어떤가, 왓슨? 그래서 흥미로운 일이라고 하지 않았나? 그런데 존 개 리뎁 씨, 이런 일은 신문의 개인 광고란에 광고하는 것이 가장 빠르지 않겠습니까?”

“물론 벌써 냈지만 아무런 답도 없었습니다.”

“흠! 그것 참 묘하군. 어쨌든 나도 시간을 내서 알아보겠습니다. 그런 데 당신이 토프카 출신이라니 참으로 신기한 인연이군요. 나도 거기에 아는 사람이 있거든요. 1890년에 시장을 지낸 라이샌더 스타 박사님입니 다. 지금은 돌아가셨지만.”

“아, 스타 박사님 말씀이십니까! 아직도 박사님을 존경하는 사람들이 많지요. 그럼 홈즈 선생님, 우리가 할 수 있는 일은 선생님에게 계속 연락하고 진전이 있으면 알려드리는 것이겠지요. 하루 이틀이면 소식을 전할 수 있을 것 같습니다."

미국인은 이렇게 말하더니 인사를 하고 방에서 나갔다.

홈즈는 파이프에 불을 붙이고 한동안 의자에 앉아 있었는데 그 얼굴에 묘한 웃음이 떠올랐다.

"왜 그러나?"

"아무래도 이상해, 왓슨. 이상해서 견딜 수가 없어."

"뭐가 이상하다는 거지?"

홈즈가 파이프를 입에서 뗐다.

"정말 수상해. 대체 무슨 목적이 있어서 저 사람은 우리에게 그렇게 새빨간 거짓말을 하는 걸까? 하마터면 솔직하게 물어볼 뻔했지 뭔가. 실제로 앞뒤 재지 않고 정면공격하는 것이 제일 좋은 방법일 때도 있으니까. 하지만 속아 넘어간 척하는 게 좋을 듯해서 잠자코 있었네. 잘 들어보게. 팔꿈치 부분이 닳은 영국제 코트와 1년도 넘게 입어서 무릎이 툭 튀어 나온 영국제 바지를 입은 남자가 찾아 왔는데 자기는 얼마 전에 미국에서 영국으로 건너왔다고 말했네. 게다가 신문의 개인 광고란에 그런 광고는 난 적도 없어. 그 사실은 자네도 알고 있겠지? 나한테 그 광고란은 새를 잡기에 딱 좋은 사냥터니까. 내가 그런 장끼 같은 사냥감을 놓칠 리가 없단 말이야. 게다가 토피카 시의 라이샌더 스타 박사는 존재하지도 않는 사람일세. 그 친구는 만지기만 해도 거짓이 술술 쏟아지더군. 미국인이라는 말은 사실일 거야. 하지만 오랫동안 런던에서 살다 보니 억양이 바뀌었지. 대체 무슨 꿍꿍이일까? 개리뎁 씨를 찾는다는 엉뚱한 이야기 뒤에 대체 어떤 의도가 숨어 있을까? 우리가 주목할 만한 가치가 있는 사건이야. 왜냐하면 그자가 불한당이라 하더라도 복잡하고 창의적인 친구임이 분명하니까. 우리에게 편지를 보낸 다른 사람도 거짓말쟁이인지 아닌지 살펴볼 필요가 있겠어. 왓슨, 그에게 전화를 걸어 주게."

홈즈의 말대로 전화를 걸었더니 수화기 너머에서 가느다랗고 떨리는 목소리가 들려왔다.

"네이선 개리뎁이오. 홈즈 선생 계시오? 선생하고 말씀 좀 나누고 싶소이다."

내 친구가 수화기를 받아들었고 나는 토막토막 끊어지는 대화만 들을 수 있었다.

"네, 여기에 왔습니다. 당신은 그와 알고 지내던 사이가 아니었지요? ……그렇다면 언제부터 알게 되었나요? ……겨우 이틀 전이라고요! 네, 네, 물론 굉장한 이야기지요. 오늘 밤에는 집에 계시나요? 미국에서 온

개리뎁 씨는 오지 않겠죠? ……그것 참 잘됐네요. 그럼 지금 곧 찾아가 겠습니다. 그 사람이 없을 때 이야기를 하고 싶으니까요. ……왓슨 박사 도 같이 갈 겁니다. 편지를 읽으니 외출을 거의 안 하시는 것 같더군요. ……그럼 6시 무렵에 방문하겠습니다. 그 미국인 변호사에게는 말할 필 요 없습니다. ……알겠습니다. 안녕히 계세요!"

상쾌한 봄날의 저녁이었다. 엣지웨어 대로에서 옆길로 벗어나 있는 리 틀 라이더 가조차 저물어 가는 석양 때문에 금빛으로 멋지게 빛나고 있 었다. 옛날에 교수형이 집행되던 혐오스러운 기억이 있는 타이번 나무에 서 그리 멀지 않은 곳에 있는데도 그랬다. 우리의 목적지인 그 집은 18세 기 초중반에 조지 양식 초기 기법으로 지어진 크고 고풍스러운 건물이 었다. 밖으로 크게 튀어나온 창문이 1층 정면에 두 개 달려 있었고 나머 지는 벽돌을 밋밋하게 쌓아올려 지은 집이었다. 우리의 의뢰인은 그 집 1층에서 살고 있었다. 들어가 보니 그 창문은 그가 깨어 있을 때면 늘 머 무는 방의 창문이었다. 안으로 들어가며 홈즈는 그 기묘한 이름이 새겨 진 작은 문패를 손가락질했다.

"아주 오래됐는데, 왓슨."

홈즈는 변색된 표면을 가리키면서 말했다.

"이건 진짜 이름인 것 같아. 기억해 둬야겠어."

그 집에는 공동 계단이 있었고, 홀에는 사무소나 개인용 셋방을 빌린 사람들의 이름이 빼곡하게 적힌 명패가 걸려 있었다. 이곳은 평범한 주 거용 공동 주택이 아니라 방랑자 같은 독신자들이 사는 숙소에 가까웠 다. 의뢰인은 손수 문을 열어 우리를 맞아 주면서 가정부는 4시에 돌아 갔다고 변명했다. 네이선 개리뎁 씨는 키가 아주 크고 등이 굽으며 깡마 른 사람이었다. 머리는 벗겨졌고 나이는 60세를 넘은 듯했다. 운동을 하지 않는지 얼굴이 죽은 사람처럼 창백했다. 둥글고 커다란 안경, 염소처럼 짧은 턱수염, 구부정한 등 때문에 호기심이 많아 보였다. 기묘한 느낌이 들었으나 전체적으로는 온화한 분위기를 풍기는 사람이었다.

사는 방도 그 주인처럼 기묘한 것이 마치 작은 박물관 같았다. 천장이 높고 넓은 방에는 사방에 벽장과 진열장이 가득했는데 거기에는 지질학과 해부학 표본들이 꽉 들어차 있었다. 문 양옆으로는 나비와 나방 표본이 쌓여 있었으며, 한가운데에 있는 커다란 탁자에는 온갖 잡동사니들이 수북이 쌓여 있었고, 그 속에 고배율 현미경의 기다란 놋쇠 관이 삐져나와 있었다. 나는 방을 한 바퀴 둘러보고 방주인의 관심 범위에 놀라지 않을 수 없었다. 고대 화폐를 모아 놓은 상자도 있었고, 그 맞은편에는 부싯돌을 모은 선반도 있었다. 가운데에 있는 탁자 너머에는 뼈 화석이 들어 있는 커다란 진열장이 있었다. 위에는 석고로 만든 두개골 모형이 늘어서 있었는데, 그 바로 아래에 '네안데르탈인', '하이델베르크인', '크로마뇽인'이라는 이름표가 붙어 있었다. 참으로 다양한 것들을 연구하는 사람임이 분명했다. 고대 화폐를 닦고 있었는지 그는 오른손에 윤을 내는 데 쓰는 섀미가죽[20]을 들고 우리 앞에 서 있었다. 네이선 개리뎁 씨가 화폐를 들면서 설명했다.

"기원전 7세기, 그리스의 도시였던 시라쿠사의 화폐요. 그것도 전성기에 사용되던 물건이지. 후기에는 질이 아주 떨어지긴 했지만. 나는 전성기에 만들어진 이것을 최고라고 생각하는데 알렉산드리아 계열을 더 좋아하는 사람도 있소. 이쪽에 의자가 있소이다, 홈즈 선생. 이 뼈를 치우는 동안 잠시 기다려 주시오. 그리고 그쪽에 계신 분은……, 아, 왓슨 박

---

20) chamois. 어린 사슴이나 염소, 양의 가죽을 동식물 기름으로 무두질하여 부드럽게 만든 가죽. 유리닦개, 장갑, 의복 등에 쓰인다.

사이시오? 미안하지만 거기에 있는 일본 도자기를 옆으로 치우고 앉으시오. 이 방에 있는 물건들은 내가 평생 관심을 기울인 것들이라오. 의사는 밖으로도 나가 보라고 쓸데없는 잔소리를 해 대지만, 나를 이 방에 붙들어 두는 것이 이렇게 많은데 어떻게 나갈 수 있겠소? 이쪽에 있는 진열장만 해도 깔끔하게 정리해서 목록을 만들려면 적어도 석 달은 걸릴 텐데 말이지."

홈즈는 호기심이 가득한 눈으로 주위를 둘러보았다.

"그렇다 해도 전혀 나가지 않는 건 아니겠지요?"

"가끔 마차를 타고 소더비나 크리스티 경매에 가기는 하지만 다른 일로 외출하는 경우는 거의 없소. 몸도 그렇게 건강하지 않고, 워낙 연구에 몰두하고 있으니까. 그건 그렇고 홈즈 선생, 생각지도 못했던 이번 행운에는 깜짝 놀랐소. 기쁘면서도 아주 놀랐지. 어쨌든 개리뎁 씨가 한 명만 더 있으면 된다고 하는데 틀림없이 찾을 수 있을 거요. 형제가 하나 있었지만 오래 전에 세상을 떴고 여자 친척들은 자격이 안 된다고 하더군. 하지만 이 넓은 세상에 한 명이 더 없겠소? 선생은 언제나 특이한 사건들을 다룬다는 말을 들었다오. 그래서 편지를 보내 의뢰한 거요. 물론 그 미국 신사가 한 말에도 일리는 있소. 먼저 그 사람의 의견을 물었어야 했는데 말이오. 그렇지만 나는 가장 좋은 방법이라고 생각해서 그렇게 한 거요."

"네, 현명한 판단입니다. 그런데 개리뎁 씨는 정말로 그 미국에 있는 토지를 얻고 싶은 건가요?"

"천만에. 이 수집품들을 내팽개치고 갈 마음은 없소. 하지만 그 신사는 우리가 유산에 대한 권리를 손에 넣기만 하면 당장 내 몫을 사겠다고 했소. 500만 달러는 된다고 하면서 말이지. 지금 내 수집품 중에 부족한 부분을 채울 수 있는 열 개 남짓한 표본이 시장에 나와 있는데도 수백 파운드가 없어서 발을 동동 구르는 형편이니 500만 달러나 되는 돈이 손에 들어오면 어떻게 되겠소이까? 나는 국가적 수집품의 중심이 될 거요. 나는 이 시대의 한스 슬로안[21]이 될 거외다."

네이선 개리뎁 씨의 커다란 눈이 안경 너머에서 번뜩였다. 또 다른 개리뎁 씨를 찾기 위해서라면 모든 노력을 아끼지 않을 것이 분명했다. 홈즈가 말했다.

"나는 당신을 만나기 위해서 찾아왔을 뿐, 연구를 방해할 마음은 조금도 없습니다. 의뢰인을 직접 만나 보는 게 중요하다고 생각하거든요. 주머니에 당신이 자세히 적어 보낸 편지가 들어 있으니 물어볼 것도 별로 없습니다. 게다가 그 미국 신사가 찾아왔을 때 부족한 부분을 듣기도 했으니까요. 그런데 이번 주에 그 사람을 처음으로 알게 된 겁니까?"

"그렇소. 이번 주 화요일에 연락을 받았소."

"그 사람이 오늘 나와 만난 이야기를 했습니까?"

"그렇다오. 그 미국 신사는 선생을 만나고 나서 여기로 곧장 달려왔소. 그전까지 그는 굉장히 화를 내더군."

"왜 그렇게 화를 냈을까요?"

"내가 선생에게 일을 맡겨서 자기 명예에 상처를 입었다고 생각하는 것 같았소. 하지만 선생을 만나고 왔을 때는 기분이 좋아 보였소이다."

"앞으로 어떻게 하자는 말은 없었습니까?"

"그렇소. 아무 말도 하지 않았소."

"당신에게 돈을 꾸거나 빌려 달라고 하지는 않았나요?"

---

21) Hans Sloane(1660~1753). 영국의 내과 의사이자 골동품 수집가. 그가 평생 모아온 골동품들을 1753년 국가에 기증하면서 대영박물관이 설립되었다.

"아니, 그런 일은 없었소."

"그 사람에게 다른 목적이 있다고는 생각하지 않습니까?"

"그가 말해 준 것 말고는 아무것도 없어 보였소."

"그렇군요. 그에게 우리가 전화로 약속했다는 사실을 알렸나요?"

"그랬소, 그 말은 했소."

홈즈는 생각에 잠겼다. 아무래도 쉽게 판단을 내리기 힘든 모양이었다.

"당신의 수집품 중에 값나가는 물건이 있습니까?"

"아니, 없소이다. 나는 부자가 아니니까. 훌륭한 수집품들이지만 특별히 값이 나갈 만한 것은 없소."

"그렇다면 도둑맞을 걱정도 없겠군요?"

"그렇소, 전혀 없다오."

"이 집에서 얼마나 오래 살았습니까?"

"5년 가까이 될 거요."

바로 그때, 문을 급하게 두드리는 소리 때문에 홈즈의 질문이 끊기고 말았다. 네이선 개리뎁 씨가 자리에서 일어나 문의 걸쇠를 풀자마자 미국인 변호사인 존 개리뎁 씨가 숨을 헐떡이며 방 안으로 뛰어들었다.

"찾았습니다!"

그는 머리 위에서 신문지 한 장을 흔들며 외쳤다.

"아, 다들 여기 계실 줄 알았어요. 네이선 개리뎁 씨, 축하드립니다! 큰 부자가 되셨어요. 이제 우리 일도 순조롭게 끝났습니다. 홈즈 선생님에게는 죄송할 따름입니다. 쓸데없는 일로 귀찮게 했으니까요."

미국인 변호사는 네이선 개리뎁 씨에게 그 신문을 건네주었고, 네이선 씨는 그대로 선 채 표시된 광고를 바라보았다. 홈즈와 나는 어깨 너머로 그 광고를 들여다보았다. 내용은 다음과 같았다.

하워드 개리뎁

: 농기구 제작자

바인더, 수확기, 증기 및 수동 쟁기plow, 조파기, 써레, 농업용 수레, 사륜

짐마차 및 각종 농기구. 자분정自噴井[22] 견적 냄.

버밍엄 시 애스턴 그로브너 빌딩으로 문의 바람.

22) 지하수가 수압을 받아 저절로 솟아오르는 우물.

"만세! 드디어 세 명이 모였구먼."

네이선 개리뎁이 환호성을 올리자 미국인 개리뎁이 말했다.

"저는 버밍엄 쪽을 조사하고 있었습니다. 그런데 그곳 대리인이 그쪽 지방 신문에서 이 광고를 찾아 보내 준 겁니다. 이제 하루 빨리 이 일을 매듭지어야 합니다. 그래서 저는 이 개리뎁 씨에게 편지를 써서 내일 오후 4시에 네이선 개리뎁 씨가 찾아가겠다고 말해 두었습니다."

"내가 그 사람을 만나라는 거요?"

"홈즈 선생님은 어떻게 생각하십니까? 그러는 편이 더 현명하지 않을까요? 저처럼 여기저기 떠돌아다니는 미국인이 갑자기 찾아가서 이런 별스러운 이야기를 하면 그 사람은 믿지 못할 겁니다. 거기에 비해서 네이선 씨는 신원이 확실한 영국인이니 잘 믿어 줄 겁니다. 정 혼자 가기 싫으시다면 제가 함께 갈 수도 있지만, 내일은 마침 바쁜 일이 있습니다. 그렇지만 혹시 무슨 일이라도 생기면 바로 달려가겠습니다."

"하지만 나는 지난 몇 년 동안 그렇게 멀리까지 간 적이 없소이다."

"걱정하실 것 없습니다. 가는 방법은 이미 다 알아 두었으니까요. 여기서 12시에 출발하는 기차를 타면 2시 조금 넘어서 목적지에 도착할 겁니다. 그리고 그날 돌아올 수 있지요. 당신은 단지 이 사람을 만나서 사정을 설명하고 그 사람이 개리뎁이 맞다는 사실을 증명하는 확인서를 받아 돌아오시면 됩니다. 이게 뭐 그리 대단한 일입니까?"

미국인 존 개리뎁이 뜨거운 목소리로 덧붙였다.

"저는 멀리 미국 한복판에서 여기까지 왔습니다. 이제 마지막 일만 남았는데 그깟 150킬로미터 남짓한 여행이 대수겠습니까?"

홈즈도 맞장구쳤다.

"맞는 말입니다. 나도 이 미국 신사분의 말이 전적으로 옳다고 생각합니다."

네이선 개리뎁은 내키지 않는다는 듯 어깨를 들썩였다.

"다들 그렇게 말하니 가야겠구먼. 생각해 보니 내 인생에 이렇게 멋진 행운을 가져다준 당신의 뜻을 거스르기도 어려우니까 말이오."

박물학자가 의견을 받아들이자 홈즈가 끼어들었다.

"이제 이야기는 끝났습니다. 결론이 나는 대로 나한테도 연락해 주시 겠지요?"

"그렇게 하겠습니다."

미국에서 온 개리뎁은 이렇게 말하고 나서 자기 시계를 보며 덧붙였다.

"그럼 저는 이만 실례하겠습니다. 네이선 씨, 내일 와서 버밍엄으로 가 시는 길을 배웅하지요. 홈즈 선생님, 함께 가시겠습니까? 아, 그럼 저 먼 저 실례하겠습니다. 안녕히 계세요. 내일 밤에는 좋은 결과를 알려 드릴 것 같습니다."

미국 신사가 방에서 나가자 홈즈의 표정이 갑자기 밝아졌고, 당혹스러 워하는 모습은 완전히 사라져 버리고 말았다.

"개리뎁 씨, 당신의 수집품을 천천히 둘러보고 싶은데요. 나 같은 탐 정에게는 여러 가지 지식이 일하는 데 도움이 되는 법이니까요. 이 방은 지혜의 보물 창고 같습니다."

이 말을 들은 네이선 개리뎁은 기뻐하는 표정으로 안경 너머의 눈동 자를 반짝이며 대답했다.

"나도 선생이 매우 지성적인 분이라는 소문을 들었소이다. 시간이 있 다면 지금이라도 당장 둘러보시구려."

"안타깝게도 지금은 시간이 안 돼서요. 하지만 수집품이 잘 정리되어 있고 명패도 붙어 있으니 일부러 설명해 주시지 않아도 될 겁니다. 내일 시간이 되면 와서 조금 둘러보고 싶은데 괜찮을까요?"

"물론이오. 선생이라면 언제라도 대환영이오. 물론 여기는 잠겨 있을 테지만 오후 4시까지는 가정부인 손더스 부인이 지하에 머물고 있으니 문을 열어 달라고 하면 될 거요."

"그럼 내일 오후에 다시 오겠습니다. 가정부에게 미리 일러 주시면 고맙겠습니다. 그런데 이 집을 소개해 준 부동산 중개소가 어디죠?"

네이선 개리뎁은 갑작스러운 질문에 놀란 듯했다.

"엣지웨어 가의 홀로웨이 앤 스틸 부동산 중개소요. 그런데 그건 왜 물으시는 건지?"

홈즈는 껄껄 웃으며 대답했다.

"나도 건물에 상당한 관심이 있어서요. 이 집의 건축 양식이 퀸 앤 양식인지 조지 양식인지 궁금하네요."

"의심할 것도 없이 조지 양식입니다."

"그런가요? 나는 좀 더 오래된 양식일 것이라고 생각했는데 말입니다. 어쨌든 그런 건 금방 확인할 수 있지요. 그럼 개리뎁 씨, 안녕히 계세요. 버밍엄에서 일이 잘되기를 바랍니다."

그 부동산 중개소는 근처에 있었으나 그날은 영업을 하지 않았다. 우리는 그냥 베이커 가로 돌아왔다. 그날 밤, 저녁 식사를 마친 뒤에야 홈즈가 이번 문제에 대한 이야기를 꺼냈다.

"이번 사건도 곧 해결할 수 있을 것 같아. 물론 자네도 대충은 짐작했겠지만."

"아니, 나는 감도 못 잡겠네."

"절반은 분명해졌고 나머지도 내일이 되면 알 수 있을 거야. 그런데 아까 신문광고에 조금 이상한 점이 있지 않았나?"

"'수동 쟁기plough'의 철자가 틀렸더군."

"자네도 그걸 알았단 말이지? 왓슨, 점점 관찰력이 날카로워지고 있어. 맞네. 영국인은 'plough'라고 쓰지만 미국인은 'plow'라고 쓰지. 신문사에서는 받은 원고 그대로 인쇄했을 거야. '사륜 짐마차'도 미국에서 쓰는 단어고, '자분정'이라는 우물도 영국이 아니라 미국에서 흔한 것일세. 그 광고는 전형적인 미국식 광고였지만 영국 회사 이름을 빌렸어. 대체 어떻게 된 일이라고 생각하나?"

"그렇다면 미국인 변호사인 존 개리뎁이 낸 광고로군. 목적이 무엇인지는 잘 모르겠지만."

"뭐, 여러 가지로 설명할 수 있네. 어찌 됐든 그자는 사람 좋고 물정 모르는 노인을 집에서 끌어내리려는 걸세. 틀림없어. 나는 네이선 씨에게 버밍엄에 가 봤자 망신만 당할 테니 그러지 말라고 충고하고 싶은 마음이 굴뚝같았지만, 다시 생각해 보니 차라리 그냥 보내서 무대를 비우게 하는 게 좋을 것 같았네. 왓슨, 내일일세. 내일이 되면 자연스럽게 알 수 있을 거야."

이튿날, 홈즈는 아침 일찍 일어나서 외출했다가 점심께 돌아왔는데 그의 얼굴에 심상치 않은 분위기가 감돌았다.

"왓슨, 생각했던 것보다 더 심각한 사건일세. 이런 소리를 하면 자네는 더더욱 위험에 뛰어들려 하겠지만 말하지 않으면 그것도 불공평하겠지. 어쨌든 위험한 일일세. 자네도 그 사실을 잘 알아 두게나."

"홈즈, 우리가 함께 위험을 나눈 건 어제오늘 일이 아니지 않은가? 그리고 난 이게 마지막이기를 바라지도 않는다네. 자, 이번에는 어떤 위험인가?"

"상대가 엄청난 강적일세. 변호사 존 개리뎁이라는 사람의 정체를 알아봤더니 흉악하기로 이름난 '살인자' 에번스였네."

"나는 처음 듣는 이름인데."

"그렇군. 자네 같은 의사야 나처럼 런던 뉴게이트 교도소의 사건 기록부를 머릿속에 넣어 둘 필요가 없으니까. 사실 오늘 아침에 런던경찰국에 있는 레스트레이드 친구를 찾아갔다네. 경찰국 사람들은 상상력이나 직감은 좀 뒤떨어질지 몰라도 철저함이나 체계성에서는 세계 최고거든. 나는 그 미국인에 대한 기록을 얻을 수 있을까 해서 가 봤는데 아나나 다를까 범죄자 사진 진열실에서 그 둥근 얼굴이 히죽 웃고 있더군. 사진 밑에는 이렇게 적혀 있었네. '제임스 윈터, 모어크로프트나 살인자 에번스로도 불림.'"

홈즈가 주머니에서 봉투를 하나 꺼내 들었다.

"녀석의 기록 중에서 중요한 것들을 몇 가지 적어 왔네. '시카고 출생. 44세. 미국에서 남자 셋을 사살함. 정치적인 영향력을 이용해 교도소에서 탈출. 1893년에 런던으로 건너옴. 1895년 1월에 워털루 가의 나이트클럽에서 카드 게임을 하다가 시비가 붙어서 상대방 남자에게 총을 쏨. 그남자는 죽었지만 법정에서는 상대방이 먼저 시비를 걸었다고 판단함. 피살자는 시카고의 유명한 화폐 위조범인 로저 프레스콧이라고 밝혀짐. 1901년, 즉 작년에 살인자 에번스가 석방됨. 이후부터 에번스는 요주의 인물로 경찰의 감시를 받고 있으나 아직 범죄를 저지를 기미는 보이지 않음. 늘 무기를 소지하고 다니며 언제든지 사용할 수 있는 극악무도한 인물.' 왓슨, 우리 사냥감의 정체일세. 녀석이 위험천만한 자라는 걸 인정해야 하네."

"그렇다면 대체 어떤 음모를 꾸미는 걸까?"

"지금 서서히 밝혀지고 있어. 나는 그 집을 관리하는 홀로웨이 앤 스틸 부동산 중개소에 다녀왔어. 네이선 개리뎁 씨는 자기가 말한 대로 5년 동안 그 집에서 살았더군. 그전에 1년 동안은 빈집이었고. 개리뎁 씨 전에는 월드런이라는 신사가 살았는데 사무실 사람이 그의 인상을 잘 기억하고 있었네. 어느 날 갑자기 아무 연락도 없이 사라졌다고 하더군. 키가 크고 얼굴은 거뭇하며 턱수염을 길렀다고 했네. 그런데 살인자 에번스가 쏘아 죽인 프레스콧 말인데, 경찰국에 물어봤더니 그자도 키가 크고 턱수염을 길렀으며 피부가 거뭇했다고 하지 뭔가. 멋지게 맞아떨어지지? 다시 말해서 월드런이 바로 미국인 범죄자 프레스콧이고, 그자는 지금 네이선 개리뎁 씨가 박물관으로 삼아 쓰고 있는 그 방에서 살았던 걸세. 마침내 연결 고리를 찾아낸 거야."

"그렇다면 다음 고리는?"

"그건 지금부터 나가서 찾아봐야지."

이렇게 말한 홈즈는 서랍에서 권총을 꺼내 건네주었다.

"나는 늘 애용하는 무기를 가져가겠네. 그 서부에서 온 악당이 별명대로 행동할지 모르니 우리도 그에 어울리게 준비해야겠지. 앞으로 한 시간 정도는 여유가 있으니 낮잠이라도 자 두게. 곧 라이더 가로 모험을 떠날 시간이 될 거야."

우리가 네이선 개리뎁의 기묘한 방에 도착한 것은 4시 정각이었다. 집을 보고 있던 가정부 손더스 부인은 막 돌아가려던 참이었으나 우리를 보고 얼른 안으로 안내해 주었다. 문에는 열쇠가 없어도 닫으면 저절로 잠기는 스프링 자물쇠가 달려 있었다. 홈즈는 돌아갈 때 문을 닫았는지 잘 확인하겠다고 약속했다. 잠시 뒤에 앞쪽 현관문 닫히는 소리가 들렸고, 집으로 돌아가는 가정부의 모자가 창 앞으로 지나가는 모습이 보였다. 이렇게 해서 그 집의 1층에 남은 것은 나와 홈즈 둘뿐이었다. 홈즈는 재빨리 방 안을 둘러보았다. 어두운 방구석에 벽에서 약간 떨어져 놓인 진열장이 있었다. 우리는 그 뒤에 웅크리고 앉았다. 거기서 홈즈가 작은 목소리로 자기 계획을 속삭였다.

"녀석은 틀림없이 사람 좋기만 한 노인 네이선 개리뎁을 이 방에서 내쫓고 싶어 했네. 틀림없어. 하지만 수집가는 절대 집을 비우려 하지 않았고, 그를 내쫓으려면 그럴 듯한 일을 꾸며야만 했네. 녀석의 계략에 다른 목적은 없어. 왓슨, 단언컨대 이번 계략에서는 악마 같은 독창성이 엿보이네. 네이선 개리뎁 씨의 특이한 성씨가 녀석에게 예상치 못한 기회가 되기는 했지만. 그자는 놀랍도록 교활하게 계략을 꾸민 거야."

"하지만 무엇을 위해서?"

"그걸 알아내려고 여기 온 걸세. 적어도 우리 의뢰인인 네이선 개리뎁 씨하고는 아무 관계도 없는 일이야. 내 생각에는 에번스가 살해한 예전 세입자와 관계있는 것 같아. 어쩌면 에번스와 그 피해자가 동료였을지도 모르지. 이 방에 뭔가 나쁜 비밀이 숨어 있는 걸세. 지금 내가 할 수 있는 말은 그 정도야. 처음에 나는 네이선 개리뎁 씨가 값비싼 것을 소장하고 있다고 생각했네. 본인은 모르고 있지만 악당이 노릴 만한 가치 있는 것 말일세. 하지만 그 화폐 위조범인 로저 프레스콧이 이 방에서 살았다는 사실을 알고 나자 더 큰 이유가 있다는 생각이 들었네. 그러니 왓슨, 우리는 앞으로 무슨 일이 일어날지 인내심을 가지고 가만히 지켜볼 수밖에 없어."

그렇게 오래 기다릴 필요도 없었다. 현관문을 여닫는 소리가 들리자 우리는 어둠 속에서 몸을 더 웅크렸다. 잠시 뒤, 방문 열쇠를 돌리는 금속음이 들리더니 그 미국인이 방 안으로 들어왔다. 그는 손을 뒤로 돌려 조용히 문을 닫고 방 안에 아무도 없는지 주의 깊게 살폈다. 그런 다음

외투를 벗고 무엇을 어떻게 해야 하는지 잘 아는 사람처럼 가운데 탁자 쪽으로 성큼성큼 걸어갔다. 그는 탁자를 옆으로 밀치더니 바닥에 깔려 있는 사각형 카펫을 걷어 둘둘 말아 놓고 안주머니에서 짧은 지렛대를 꺼냈다. 그리고 무릎을 꿇고 앉아 바닥에 대고 뭔가를 열심히 했다. 잠시 뒤, 판자가 삐걱거리는 소리가 들리더니 바닥에 네모난 구멍이 뻥 뚫렸다. 살인자 에번스는 성냥을 그어 짧은 초에 불을 붙였고 그 구멍 속으로 들어가 우리 시야에서 사라졌다.

절호의 기회였다. 홈즈가 내 손목을 툭 쳐서 신호를 보냈고 우리는 그 구멍을 향해 살금살금 다가갔다. 충분히 주의를 기울였지만 바닥이 낡아 발밑에서 소리가 났는지 갑자기 에번스가 머리를 불쑥 내밀고 주

위를 둘러보았다. 우리를 발견한 순간, 녀석의 얼굴은 당황스러움과 분노로 물들었으나 권총 두 개가 자기 머리를 노리고 있다는 것을 깨닫자 표정이 점점 부드러워지더니 나중에는 부끄러운 듯이 히죽 웃기까지 했다.

"이런, 이런!"

에번스가 구멍 밖으로 기어 나오면서 싸늘하게 말했다.

"아무래도 홈즈 선생은 내게 벅찬 상대였나 보오. 처음부터 내 계획을 눈치채고서도 내가 풋내기인 양 가지고 놀았군. 알겠소. 이걸 건네겠소. 내가 졌으니까……."

그자는 순식간에 품에서 권총을 꺼내 두 발을 쏘았다. 나는 새빨갛게 달군 부젓가락으로 허벅지를 찔린 듯한 격렬한 고통을 느꼈다. 동시에 홈즈가 권총 손잡이로 그자의 머리를 있는 힘껏 내리쳤다. 에번스가 얼굴에 피를 흘리며 바닥에 쓰러지는 모습과 홈즈가 그자의 몸을 뒤져 무

기를 빼앗는 모습이 어렴풋하게 눈에 들어왔다. 그리고 나서 홈즈는 가늘면서도 다부진 팔로 나를 안아 일으켜 의자로 데려가 앉혔다.

"왓슨, 다치진 않았겠지? 부탁이니 아무렇지도 않다고 말해 주게!"

저렇게 차가운 얼굴 뒤에 그토록 깊은 우정과 사랑이 숨어 있음을 알기 위해서라면 한 번쯤 다쳐도 괜찮았다. 아니, 한 번이 아니라 여러 번 다쳐도 괜찮을 듯싶었다. 그 맑고 날카로운 눈이 잠시 흐려졌고 굳게 다문 입술이 부르르 떨렸다. 그때 나는 딱 한 번, 홈즈의 위대한 두뇌는 물론이고 크고 다정한 마음도 엿보았다. 나는 오랫동안 변변치는 못해도 한결같이 홈즈에게 봉사했는데 그것은 뜻밖의 진실을 깨달은 순간에 정점에 달했다.

"걱정할 것 없네, 홈즈. 조금 스친 것뿐이야."

홈즈는 주머니칼을 꺼내서 내 바지를 찢어 보았다.

"정말이군, 다행이야. 총알이 살짝 스치고 지나갔어."

그는 안도의 한숨을 내쉬었다. 홈즈는 차가운 얼굴을 한 채 몸을 일으켜 멍하니 있는 범인을 쏘아 보았다.

"천만다행으로 네놈도 목숨을 건진 줄 알아. 만약 왓슨이 죽었다면 너도 이 방에서 살아나가지 못했을 테니까. 할 말이 있으면 해 보시지!"

에번스는 아무 말도 하지 않았다. 그저 얼굴을 찌푸린 채 바닥에 앉아 있기만 했다. 나는 홈즈의 부축을 받아 비밀 문이 열린 지하실을 들여다보았다. 에번스가 가지고 들어간 촛불이 타올라 지하실을 밝혔다. 녹슨 기계 덩어리, 큼직한 두루마리 종이, 여기저기에 흩어져 있는 병, 그리고 조그만 탁자 위에 나란히 놓여 있는 종이 다발이 보였다. 홈즈가 말했다.

"인쇄기야. 위조화폐를 만드는 기계지."

"맞소."

에번스가 비틀거리며 일어섰으나 다시 주저앉고 말았다.

"런던에서 유래를 찾아볼 수 없을 만큼 굉장한 위조화폐 인쇄기요. 프레스콧이 쓰던 기계지. 그 탁자 위에 있는 종이 다발은 프레스콧이 직접 만든 100파운드짜리 위조화폐 2,000장이오. 어디에 들고 가든 멋지게 쓸 수 있소. 어떠시오? 신사분들, 그것을 전부 드릴 테니 나를 놓아주지 않겠소?"

홈즈가 코웃음 쳤다.

"에번스, 그건 안 되겠는데. 우리나라에 네가 숨을 곳은 어디에도 없어. 너는 프레스콧이라는 녀석을 쏘아 죽였어. 그렇지?"

"그야 그렇지만 그 바람에 나는 5년이나 감옥에서 썩었소. 그것도 녀석이 먼저 시비를 걸었는데 말이오. 나는 수프 접시만 한 메달을 받아도 시원찮을 판인데 5년형을 받았소. 프레스콧이 만든 지폐와 영국 은행이 찍은 지폐를 구별할 수 있는 사람은 아무도 없소. 그러니까 내가 녀석을 죽이지 않았다면 런던 전체가 녀석이 만든 화폐로 넘쳐 났을 거요. 녀석이 어디서 위조화폐를 만드는지 알고 있는 사람은 나뿐이었소. 내가 여기에 오고 싶어 한 것이 그렇게 이상한 일이오? 그리고, 곤충학자인지 뭔지 하는 이름 괴상한 미친 노인네가 돈 더미를 깔고 앉아 꿈쩍도 하지 않는 것을 보고 최선을 다해 바깥으로 내보내려고 한 것이 그렇게 이상한 일이오? 차라리 단번에 죽여 버리는 게 나을 뻔했어. 그게 훨씬 간단했겠지만 이래봬도 나는 마음씨가 고와서 총도 없는 상대를 쏘지 못했소. 그건 그렇고 홈즈 선생, 한 가지 물어보겠소. 대체 내가 뭘 잘못했다는 거요? 이 기계를 쓰지도 않았고 그 영감탱이를 해치지도 않았는데 대체 무슨 죄로 끌고 갈 생각이오?"

에번스가 질문하자 홈즈가 답했다.

"지금으로서는 살인미수밖에 없어. 하지만 그건 우리가 판단할 문제가 아니야. 뒤에서 기다리는 사람들이 알아서 해 주겠지. 우리가 지금 원하는 건 네 녀석의 몸뚱이뿐이야. 왓슨, 런던경찰국에 전화 좀 해 주겠나? 그쪽에서도 어느 정도 예상은 하고 있을 걸세."

이것이 살인자 에번스와 그가 꾸민 〈세 명의 개리뎁〉 사건의 경위이다. 우리가 나중에 듣기로, 그 불쌍한 개리뎁 노인은 자기 꿈이 산산조각 난 충격에서 끝내 벗어나지 못했다고 했다. 꿈에 그리던 공중누각이 무너지자 그 잔해에 깔려 버린 것이다. 결국 그는 브릭스턴의 요양원에 들어갔다고 한다. 어쨌든 프레스콧의 위조화폐 인쇄기가 발견된 것은 경찰국 사람들에게 큰 기쁨이 되었다. 경찰은 그 인쇄기의 존재를 알고 있었지만 프레스콧이 죽고 난 다음부터는 찾을 길이 없었기 때문이다. 그런 의미에서 에번스는 무척 큰 공을 세웠고, 덕분에 유능한 형사들은 두 다리 쭉 뻗고 잘 수 있게 되었다. 그도 그럴 것이 화폐 위조범은 가장 큰 공공의 적이니 말이다. 경찰들이라면 기꺼이 에번스의 말대로 수프 접시만 한 메달을 수여하고 싶었겠지만 고지식한 재판관은 그리 호의적으로 받아들이지 않았다. 결국 '살인자'는 얼마 전에 나온 어두운 감옥으로 다시 돌아가야 했다.

7. 토르 교 사건

런던의 채링 크로스에 있는 콕스 은행의 금고실 어딘가에는 거듭되는 여행으로 닳고 찌그러진 양철 서류 상자가 있다. 그 뚜껑에는 '인도 육군 출신, 의학박사, 존 H. 왓슨'이라는 이름표가 붙어 있다. 그 안에는 서류가 가득 들어 있는데 대부분은 친구인 셜록 홈즈가 오랜 세월에 걸쳐서 맡은 기이한 사건을 기록한 것이다. 그중 어떤 것은 내용은 재미있어도 수사는 완전히 실패한 것이어서 이야기 결말 부분이 빠져 있는 바람에 소개하기 어렵다. 연구를 즐기는 학생들에게는 해답이 없는 문제가 흥미롭게 느껴질지 몰라도 편안한 마음으로 즐기려는 독자들은 분명 짜증을 낼 것이다. 이런 미제未濟 사건 중에는 우산을 가지러 자기 집으로 돌아갔다가 갑자기 사라진 제임스 필리모어 씨 이야기가 있다. '앨리샤 호'라는 작은 범선 사건도 그것 못지않게 흥미로웠다. 그 배는 어느 봄날 아침, 짙은 안개 속으로 출항하고 나서 두 번 다시 모습을 드러내지 않았다. 유명한 저널리스트이자 싸움꾼인 이사도라 페르사노 사건도 주목할 만한 사건이다. 그는 눈앞에 놓인 성냥 상자를 가만히 바라본 채 완전히 미쳐 버린 상태로 발견되었다. 그 상자에는 아직 학계에 보고되지 않은 이상한 벌레 한 마리가 들어 있었다고 한다. 이처럼 결말이 없는 사건 말고도 다른 이유 때문에 발표할 수 없는 것들도 있다. 가문의 비밀과 깊은 관계가 있는 사건들이 여기에 해당된다. 아마 몇몇 명문가에서는 그 일이 출판된다는 소리만 들어도 난리가 날 것이다. 말할 필요도 없이 나는 그런 비밀들을 폭로할 생각은 전혀 없다. 이제 홈즈가 그 문제에 관심을 보일 여유가 생겼으므로 그런 사건들을 따로 추려서 폐기할 것이다.

다른 사건들도 상당히 많이 있다. 만약 독자들이 내 이야기에 질려서 내가 누구보다도 존경하는 홈즈의 평판이 나빠지지 않을까 하는 걱정만 없었다면 나는 벌써 그 기록들을 편집해서 발표했을 것이다. 그중에는 내가 직접 관여해서 목격자로서 기록할 수 있는 사건도 있다. 반면에 내가 현장에 없었거나 너무 소소한 역할만 해서 제삼자의 눈으로 서술할 수밖에 없는 사건들도 있다. 지금 소개할 사건은 내가 직접 체험한 것이다.

바람이 심하게 불던 10월 어느 날 아침의 일이었다. 나는 옷을 입으며 뒤뜰을 바라보고 있었다. 우리 집 뒤뜰에 색채를 더해 주는 플라타너스에서 마지막으로 남은 이파리 몇 장이 바람에 떨어지고 있었다. 예술가들이 으레 그렇듯이 홈즈도 주변 상황에 아주 예민했다. 그래서 나는 아침을 먹으러 아래층으로 내려가면서 내 친구가 틀림없이 우울해하고 있으리라 생각했다. 그런데 놀랍게도 홈즈는 아침을 거의 다 먹었고, 표정은 아주 밝았으며 즐거워했다. 그가 이상하게 기분이 좋을 때면 나는 늘 불길한 예감이 들었다.

"홈즈, 무슨 사건이 들어왔나?"

"추리력은 아무래도 전염이 되는 모양이군, 왓슨. 그러니 자네가 내 비밀을 파헤쳤겠지. 그렇다네. 사건이 들어왔어. 지난 한 달 동안 평범하고 따분한 날들이 계속되었는데 멈춰 있던 수레바퀴가 이제 다시 돌기 시작했네."

"괜찮다면 나도 자네를 돕고 싶은데."

"그럴 만한 사건은 아니야. 하지만 우리 새로운 요리사가 너무 솜씨를 발휘한 나머지 굉장히 퍽퍽한 삶은 달걀 두 개를 다 먹고 나면 그때는 말할 수 있겠지. 달걀이 익은 상태와 어제 현관 탁자 위에서 본 〈패밀리 헤럴드〉 사이에는 관계가 있을 걸세. 달걀을 삶는 사소한 일을 할 때도 시간의 흐름에 신경을 쓸 만큼은 주의를 기울여야 하네만, 그 멋진 잡지에 실린 연애소설에 푹 빠져 있으면 어쩔 수가 없지."

15분 뒤, 식탁이 정리되자 우리는 마주보고 앉았다. 홈즈가 주머니에서 편지 한 통을 꺼내면서 물었다.

"황금왕 닐 깁슨이라고 들어 보았나?"

"미국의 상원 의원 말인가?"

"그래, 예전에는 미국 서부 어느 주의 의원이었지만, 지금은 세계에서 제일가는 황금왕으로 더 유명하지."

"알고 있네. 한동안 영국에서 살았다고 들었어. 낯익은 이름일세."

"맞아. 5년쯤 전에 햄프셔에서 상당히 넓은 토지를 사들였어. 그렇다면 깁슨 부인의 가슴 아픈 최후에 대해서도 들었겠군."

"물론일세. 지금 생각났는데 그 사건 때문에 닐 깁슨의 이름이 널리 알려졌지. 하지만 자세한 내용은 거의 몰라."

홈즈가 의자 위에 놓여 있던 몇몇 신문을 집었다.

"내가 이 사건을 맡을 줄은 정말 몰랐어. 미리 알았더라면 기사를 스크랩해 두었을 텐데. 세상을 떠들썩하게 했지만 까다로운 점은 없어 보였거든. 피의자의 성품이 아무리 좋다 해도 명확한 증거가 있다는 점은 변하지 않으니까. 검시 재판에 참석한 배심원단의 의견도 그랬고, 즉결 심판소에서도 그렇게 보았네. 사건은 지금 윈체스터의 순회재판으로 넘어갔어. 아무래도 보람을 느낄 만한 사건은 아니야. 내가 사실을 밝힐 수는 있겠지만 증거를 바꿀 수는 없으니까. 아주 새로운 사실이 갑자기 나타나지 않는 이상 내 의뢰인에게 희망은 없네."

"자네의 의뢰인이라니?"

"아차, 깜빡하고 말을 안 했군. 뒤에서부터 이야기하는 자네의 버릇이 옳은 모양일세. 우선 이걸 읽어 보게나."

홈즈는 내게 굵직하고 힘 있는 멋진 글씨로 쓴 편지를 건넸다. 내용은 다음과 같았다.

클래리지 호텔,
10월 3일

셜록 홈즈 선생

주님께서 창조하신 가장 훌륭한 여성이 죽음의 길로 내몰리고 있소. 나는 그녀의 목숨을 구하기 위해서라면 무엇이든 할 생각이오. 나는 일이 어떻게 그렇게 됐는지 설명할 수 없고, 설명하겠다고 마음먹기도 어렵소. 그러나 던바 양이 결백하다는 사실만은 잘 알고 있소이다. 선생도 그 사건에 대해서는 잘 아시리라 믿소. 모르는 사람이 어디 있겠소? 온 나라 사람들이 사건 이야기를 하고 있으니까. 그런데도 그녀를 변호하는 목소리는 한 마디도 들리지 않소. 너무 불공평한 이 상황 때문에 나는 미쳐 버릴 것만 같소.

　던바 양은 파리 한 마리 죽이지 못하는 심성 고운 사람이오. 내일 아침 11시까지 그쪽으로 찾아갈 테니 선생이 어둠에 밝은 빛을 가져다줄 수 있을지 이야기를 나누고 싶소. 내가 유력한 증거를 가지고 있으면서 미처 깨닫지 못하는 것일지도 모르지 않소이까. 어쨌든 선생이 그녀를 구해 주기만 한다면 내가 아는 모든 것, 내가 가지고 있는 모든 것, 그리고 나라는 존재를 모두 바쳐 돕고 싶소. 이전에도 선생이 능력을 발휘한 적이 있다면 지금 이 사건에 그 힘을 전부 기울여 주길 바라오.

J. 닐 깁슨

"이렇게 된 걸세."

홈즈는 아침을 먹고 나서 피우던 파이프에서 톡톡 재를 털어 내고 다시 천천히 담배를 채우면서 이야기를 계속했다.

"나는 그 신사를 기다리고 있는 걸세. 자네가 이 신문을 다 읽을 시간은 없겠지. 그러니 자네가 이 사건에 흥미를 느낀다면 내가 간단하게 사건 정황을 들려주겠네. 깁슨 씨는 세계에서도 손꼽히는 재력가고, 내가 듣기로 아주 난폭하고 무서운 사람이야. 그의 아내가 이번 사건의 희생자인데, 내가 그녀에 대해서 아는 것이라고는 이미 젊음을 잃기 시작한 중년 여인이라는 것과, 그보다 더 불행하게도 두 아이를 교육하는 가정교사가 아주 아름다웠다는 점일세. 이 세 등장인물이 사건에 얽혀 있고 무대는 영국의 유서 깊은 지방 한가운데에 있는 웅장한 고택이야.

이제 사건을 살펴보세. 깁슨 부인이 저택에서 800미터쯤 떨어진 곳에서 시신으로 발견된 것은 밤늦은 시간이었어. 야회복을 입고 어깨에는 숄을 걸쳤는데 머리에 총을 맞은 상태였지. 부인의 시신 근처에는 아무

런 흉기도 없었고 단서가 될 만한 것도 전혀 없었네. 알겠나, 왓슨? 시신 근처에 흉기가 없었단 말일세. 이게 중요한 점이야. 그리고 범행은 밤늦게 행해진 것 같았고, 사냥터 관리인이 밤 11시쯤에 시신을 발견했네. 시신은 경찰과 의사가 살펴보고 나서 저택 안으로 옮겨졌어. 설명이 너무 간단했나? 사건 정황을 잘 이해할 수 있겠나?"

"잘 알았네. 그런데 어째서 그 가정교사가 의심받는 건가?"

"사건과 직접적으로 연관되는 증거가 있기 때문일세. 권총 약실이 하나 비어 있었고, 범행에 쓰인 총알과 구경이 완벽하게 일치하는 권총이 가정교사의 옷장 바닥에서 나왔거든."

홈즈는 시선을 한 군데로 고정시키고 한 마디씩 끊어서 그 말을 되풀이했다.

"가정교사의, 옷장, 바닥에서."

그리고 입을 다물어 버렸다. 머릿속에 여러 가지 생각이 떠오른 모양이었기에 나는 방해하지 않기 위해 아무 말 하지 않았다. 잠시 뒤, 홈즈는 갑자기 정신을 차리고 현실로 돌아왔다.

"그래, 왓슨. 권총이 발견되었어. 도저히 벗어날 길이 없는 증거야. 당연히 배심원 두 명도 그렇게 생각했지. 그리고 부인의 시신에는 그 장소에서 만나자는 약속이 적힌 짧은 편지가 있었고 거기에는 가정교사의 서명까지 적혀 있었네. 어떤가? 게다가 살인 동기까지 있어. 깁슨 의원은 매력적인 인물일세. 만약 부인이 죽는다면 이미 남편이 눈독 들이고 있는 그 젊은 여성이 후처가 될 게 뻔하지. 사랑, 돈, 권력, 이 모든 것이 한 중년 신사에게 달려 있단 말이야. 불결한 이야기일세, 왓슨. 참으로 불결해."

"그렇군."

"게다가 그 가정교사는 자기 알리바이도 증명하지 못했어. 알리바이는커녕 사건이 벌어진 시간에 이번 비극이 일어난 무대였던 토르 교 근처에 있었다는 사실을 인정해야 했거든. 지나가던 마을 사람에게 목격당했으니 부인할 수도 없었지."

"결정적인 증거로군."

"왓슨, 하지만 말일세, 우리는 그 다리를 눈여겨봐야 하네. 토르 교는 돌을 쌓아 만든 다리일세. 폭이 넓고 양쪽에 난간이 있어. 양쪽에 갈대가 우거진 깊고 긴 호수에서 가장 좁은 부분에 놓여 있다네. 그 호수를 토르 호라고 부르지. 그 다리에 들어서는 부분에 부인이 쓰러져 있었던 거야. 중요한 사실은 대충 여기까지일세. 아니, 손님이 약속 시간보다 훨씬 일찍 온 것 같군."

빌리가 문을 열어 손님이 왔음을 알렸으나 그 이름은 우리가 기다리던 인물이 아니었다. 우리 모두 처음 보는 베이츠라는 사람이었다. 그는 매우 마르고 신경질적으로 보이는 남자였는데 눈빛은 겁을 먹은 듯했고 태도는 불안해 보였다. 의사인 내 눈으로 보면 신경 쇠약으로 발작하기 일보 직전이라는 느낌이 들었다. 홈즈가 말을 꺼냈다.

"아주 흥분하신 것 같습니다, 베이츠 씨. 우선 앉으세요. 11시에 손님이 오기로 해서 오래 이야기할 수는 없습니다."

"알고 있습니다."

베이츠는 숨이 차는 사람처럼 짧은 말을 내뱉었다.

"깁슨 씨가 곧 오시겠죠. 그는 제 고용주입니다. 저는 그의 토지를 관리하는 일을 하고 있습니다. 홈즈 선생님, 그자는 악마입니다. 극악무도한 사람이라고요."

"좀 지나친 표현이로군요, 베이츠 씨."

"시간이 없어서 말이 거칠어집니다. 제가 여기에 있다는 사실을 주인에게 들키면 안 됩니다. 그 사람이 곧 올 거예요. 하지만 저는 더 일찍 올 수가 없었습니다. 주인이 선생님과 만날 예정이라는 사실을, 오늘 아침에야 비서인 퍼거슨 씨에게서 들었으니까요."

"당신은 아직도 그 집 토지를 관리합니까?"

"이미 그만두겠다고 말했습니다. 앞으로 2주일 뒤면 그자에게 얽매인 이 끔찍한 생활에서 벗어날 수 있습니다. 홈즈 선생님, 여기서 다 말할 수는 없지만 그는 피도 눈물도 없는 사람입니다. 주변 사람들을 가혹하게 대하죠. 여러 가지 자선 사업을 하는 것도 자기가 저지른 죄를 숨기기 위한 눈속임에 불과합니다. 어쨌든 가장 큰 희생자는 그 부인입니다. 그는 부인을 정말로 잔혹하게 대했습니다! 부인이 어떻게 돌아가셨는지 저는 잘 모릅니다. 그러나 부인의 일생을 망쳐 놓은 것은 틀림없이 그자입니다. 선생님도 아시겠지만 부인은 브라질 출신으로 열대에서 자란

분이란 말입니다."

"음, 그건 처음 듣는 이야깁니다."

"열대에서 태어난 데다가 성격도 열대 지방 사람다웠습니다. 그야말로 태양과 정열의 딸이었죠. 그에 어울리는 방법으로 열렬히 그자를 사랑했습니다. 젊었을 때는 굉장한 미인이었다고 들었지만 시간이 흘러 그 아름다움이 시들기 시작하자 남편의 마음은 떠나갔고 더 이상 마님을 거들떠보지도 않았습니다. 우리는 모두 부인을 좋아하고 동정했으며 주인이 부인을 대하는 태도를 보고 그자를 미워했습니다. 하지만 주인은 교활하고 말솜씨가 좋은 남자입니다. 이 말씀은 꼭 드리고 싶었습니다. 그자의 말을 그대로 받아들이면 안 됩니다. 마음속으로는 다른 생각을 품고 있으니까요. 저는 이만 가야겠습니다. 아니요, 붙잡지 마십시오! 곧 그가 올 거란 말입니다."

이상한 손님은 겁먹은 눈빛으로 시계를 보더니 그야말로 날듯이 문으로 달려가 모습을 감췄다. 잠시 말이 없던 홈즈가 입을 열었다.

"이런, 이런! 깁슨 씨도 참 충성스러운 하인을 두었군. 하지만 우리에게는 꽤나 도움이 될 충고였어. 이제 의뢰인이 오기를 기다리기만 하면 되겠군."

정확히 약속 시간이 되자 계단에서 무거운 발소리가 들리더니 유명한 백만장자가 방 안으로 들어섰다. 잠깐 보기만 해도 방금 전 관리인의 공포와 미움뿐만 아니라 무수히 많은 사업 경쟁자들이 그에게 던진 저주의 말까지 다 이해될 정도였다. 만약 내가 조각가로서 무쇠처럼 용감하고 가죽처럼 질긴, 성공한 실업가 인물상을 만들고자 한다면 그 모델로 틀림없이 닐 깁슨 씨를 선택하리라. 키가 크고 말랐으며 거칠어 보이는 그의 모습에서 굶주림과 탐욕이 느껴졌다. 암살된 미국 대통령 에이브

러햄 링컨의 모습에서 기품을 빼고 야비함을 더한 것 같다고 말하면 그 느낌이 어느 정도 전달될 것이다. 주름이 깊은 얼굴은 화강암에 조각한 듯 뼈만 앙상해서 딱딱하고 냉혹해 보였으며, 몇 번이나 위험을 겪었는지 얼굴에는 상처가 많았다. 빳빳한 눈썹 아래에서는 차가운 회색 눈이 우리를 번갈아 바라보고 있었다. 홈즈가 나를 소개하자 그는 형식적으로 고개를 살짝 숙여 보이고는 아주 무례한 태도로 홈즈 곁에 의자를 놓더니 비쩍 마른 무릎이 홈즈에게 닿을 만큼 가깝게 앉았다.

"홈즈 선생, 단도직입적으로 말하겠소. 나는 이번 사건에서 돈은 문제 삼지 않을 것이오. 사건의 진상을 밝히는 데 도움이 된다면 돈다발에 불을 붙여 태워도 상관없소. 그 여성은 결백하오. 그렇기 때문에 무슨 수를 써서라도 사실을 밝히고 싶은 것이오. 선생이 꼭 해결해 주시오. 얼마면 되겠소?"

홈즈가 차가운 어조로 말했다.

"나는 일정한 기준에 따라 수고비를 받습니다. 전혀 받지 않는 경우를 빼면 변동은 없습니다."

"좋소. 돈이야 어찌되든 상관없다면 명성은 어떻소? 이 문제를 해결한다면 영국은 물론이고 미국의 모든 신문이 선생의 실적에 대해 떠들어 댈 거요. 두 대륙에서 단번에 이름을 날릴 수 있소."

"깁슨 씨, 말씀은 감사하지만 나는 특별히 인기를 원하지는 않습니다. 오히려 나는 이름을 숨긴 채 일하고 싶습니다. 내가 흥미를 느끼는 것은 돈이나 명예가 아니라 사건 그 자체니까요. 아무래도 시간을 낭비하고 있는 것 같군요. 사건에 대해서 이야기합시다."

"대략적인 사실은 신문에서 읽으셨으리라 믿소. 내가 도움이 될 만한 정보를 더 알려 줄 수 있을지는 모르겠소. 어쨌든 더 자세히 알고 싶은 점이 있으면 무엇이든 말해 보시오. 그러려고 여기에 왔으니까."

"그렇다면 한 가지 묻고 싶은 것이 있습니다."

"무엇이오?"

"당신과 던바 양은 정확히 어떤 사이였습니까?"

이 말을 듣자 황금왕은 소스라치게 놀라며 의자에서 몸을 반쯤 일으켰다. 그러다가 간신히 마음을 진정시켰다.

"홈즈 선생, 그런 질문을 하는 것도 당신의 권리이자 직업상의 의무일 거요."

"그렇게 받아들여도 상관없습니다."

"그럼 분명히 말하겠소. 우리 둘의 관계는 어디까지나 고용 관계요. 그녀가 아이들과 함께 있을 때 말고는 이야기를 나눈 적도 없고 얼굴을 마주한 적도 없소."

홈즈가 의자에게 벌떡 일어났다.

"나는 바쁜 사람입니다, 깁슨 씨. 쓸데없는 이야기로 시간을 허비할 여유도 없고 그런 취미도 없습니다. 안녕히 가십시오."

이 말을 듣고 손님도 자리에서 일어났다. 커다란 덩치가 홈즈를 덮칠 듯이 압도했다. 뻣뻣한 눈썹 아래로 분노에 불타오르는 눈이 있었으며, 노르스름한 뺨은 붉은빛을 띠고 있었다.

"그게 대체 무슨 소리요, 홈즈 선생? 지금 그 말은 내 사건을 맡지 않겠다는 뜻이오?"

"그렇습니다, 깁슨 씨. 정확히 말하자면 사건이 아니라 당신을 거절하는 겁니다. 나는 명확하게 의사를 밝힌 것 같은데요."

"잘 들었소. 하지만 뭔가 꿍꿍이가 있는 것 아니오? 좀 더 값을 올리고 싶다거나 이번 사건을 맡기가 두려운 게 아니오? 나한테는 그 점에 대해 확실히 들을 권리가 있소."

"그럴지도 모르겠습니다. 그럼 대답하겠습니다. 이번 사건은 매우 복잡합니다. 굳이 당신이 거짓 정보를 알리지 않아도 말이죠."

"내가 거짓말을 했단 말이오?"

"글쎄요, 나는 되도록 조심스럽게 말했는데 그렇게 표현한다면 굳이 반박하지는 않겠습니다."

나는 의자에서 벌떡 일어났다. 백만장자가 악귀처럼 험상궂은 표정을 지으며 커다란 주먹을 치켜들었기 때문이다. 그러나 홈즈는 여유롭게 미소 짓더니 손을 뻗어 파이프를 쥐었다.

"깁슨 씨, 시끄럽게 하지 마세요. 나는 아침을 먹고 나면 작은 논쟁에도 마음이 흐트러지곤 하니까요. 밖에서 아침 공기를 들이마시면서 냉

정하게 생각해 보는 게 좋지 않을까요?"

황금왕은 애써 화를 눌렀다. 그가 순식간에 격한 분노를 차가운 무관심으로 바꾸는 것을 보고 나는 그 엄청난 자제력에 감탄하지 않을 수 없었다.

"좋소. 당신이 택한 일이오. 사업을 꾸려 나가는 데 나름대로의 생각이 있겠지. 싫다는데 억지로 맡길 수는 없소. 하지만 홈즈 선생, 당신은 오늘 큰 실수를 한 거요. 나는 당신보다 훨씬 더 강한 사람들을 파멸시켜 왔소이다. 내 뜻을 거역해서 잘된 사람은 한 명도 없었소."

백만장자의 엄포를 듣고도 홈즈는 빙긋 웃으면서 말했다.

"그렇게 말하고 떠난 사람들이 아주 많았지만 나는 여태껏 잘 살고 있습니다. 그럼, 안녕히 가세요, 깁슨 씨. 아직도 당신이 배워야 할 것들이 참 많은 것 같군요."

손님은 거친 태도로 방에서 나갔다. 그러나 홈즈는 멍한 눈빛으로 천장을 바라보며 말없이 파이프를 피워 댔다. 잠시 뒤, 마침내 그가 입을 열었다.

"왓슨, 자네는 어떻게 생각하나?"

"글쎄. 저 사람은 자기 앞길에 놓인 장애물은 무엇이든 제거해 버리는 사람이야. 그리고 관리인이라는 베이츠 씨는 부인이 그의 방해물이었고 미움의 대상이라고 하지 않았나. 이 두 가지 사실을 놓고 생각해 보면 역시……."

"맞아. 나도 그렇게 생각해."

"하지만 그와 가정교사의 관계는 과연 어땠을까? 자네는 다 아는 것처럼 이야기했네만."

"그야 넘겨짚은 걸세. 위협해 본 것뿐이지. 저렇게 자기 감정을 억제할 줄 아는데도 편지 내용은 사무적이기는커녕 참으로 열정적이었어. 그 점으로 봐서 저 사람은 틀림없이 죽은 부인보다 피의자에게 더 마음을 쏟고 있네. 사건의 진상을 파악하려면 우선 그 세 사람의 관계를 정확히 알아 둘 필요가 있어. 내가 방금 전에 정면공격을 했을 때 그가 얼마나 침착하게 받아치던가? 그래서 의심만 하고 있는 관계를 확신하는 척하면서 속을 떠본 걸세."

"다시 찾아오겠지?"

"그럴 걸세. 다시 안 올 수가 없지. 사건을 이대로 내버려 둘 수는 없으니까. 보라고! 누가 벨을 울리지 않았나? 역시 맞았어. 발소리가 들려. 아, 깁슨 씨. 그렇지 않아도 조금 늦게 돌아오신다고 왔슨 박사와 이야기하던 참입니다."

황금왕은 조금 전 방에서 나갈 때보다는 조금 더 차분해진 태도를 보였다. 분노가 서린 눈빛을 보니 자존심에 입은 상처는 낫지 않았지만 자기 목적을 이루려면 여기서 한 발 물러서야 한다는 상식은 있는 모양이었다.

"홈즈 선생, 생각해 봤는데 내가 당신의 말을 오해한 듯하오. 경위가 어쨌든 간에 당신은 무엇이든 사실을 정확히 파악해야 하고, 그 점에 대해서 나는 당신을 더욱 존경하게 되었소. 하지만 나와 던바 양의 관계는 이번 사건과 아무 상관이 없소."

"그것을 판단하는 것은 내 몫입니다."

"그렇소, 그럴지도 모르겠소. 선생은 의사처럼 진단을 내리기 전에 모든 증상을 파악하려 하는군."

"맞습니다. 정확한 표현입니다. 그리고 의사를 속이려 하는 환자일수록 자기 증상을 숨기는 법이죠."

"그야 그렇지만, 선생, 여자와 어떤 관계냐는 질문을 들으면 남자들은 대개 당황할 거요. 설령 진지한 감정을 느끼더라도 꽁무니를 뺄 거란 말이오. 남자라면 누구나 마음 한구석에 남에게 보이고 싶지 않은 자기만의 작은 공간이 있다고 생각하오. 그런데 선생은 갑자기 그 공간을 파헤치려 했소. 하지만 그것도 그녀를 구하기 위한 것이니 이해하겠소. 자, 이제 비밀의 장소를 지키던 빗장을 풀었으니 선생이 원하는 대로 둘러볼 수 있소. 알고 싶은 게 뭐요?"

"진실입니다."

황금왕은 생각을 정리하려는 것인지 한동안 입을 다물었다. 주름이 깊이 파인 굳은 표정이 더욱 딱딱하고 무거운 빛을 띠었다. 마침내 그가 이야기를 시작했다.

"홈즈 선생, 요점만 짚어서 이야기하겠소. 이야기하기 어려운 점도 있으니 필요 이상으로 자세히는 언급하지 않겠소. 내가 브라질에서 금광을 찾고 있을 때 아내를 처음 만났소. 마리아 핀투는 브라질 서북부의 도시인 마나우스 관리의 딸이었소. 굉장한 미인이었지. 내가 젊고 혈기 왕성한 청년이기도 했지만, 지금 더 냉정한 눈으로 되돌아봐도 그녀는 필시 보기 드문 미인이었소. 내가 알던 미국 여자와는 전혀 다른 매력이 있었으니까. 그녀는 정 많고, 열정적이고, 일편단심이고, 열대지방 사람답게 온 마음을 바치는 극단적인 성격이었다오. 결론을 말하자면 나는 그녀를 사랑하게 됐고 결혼까지 했소. 우리 사랑은 몇 년 동안이나 계속되었지만, 한번 식고 난 뒤에 보니 우리에게는 아무런 공통점이 없다는 것을 알게 되었소. 그래요, 전혀 없었소이다. 내 사랑은 빛바래고 말았소. 그녀의 애정도 같이 식어 버렸다면 이야기는 훨씬 간단했을 거요. 하지만 여자의 사랑이란 도무지 이해할 수가 없소! 아무리 애를 써도 그녀의 마음은 내게서 떠나지 않았소. 나는 그녀를 냉정하게 대했소. 사람들은 잔혹하다고 말했지만, 그녀의 사랑을 식게 하거나 그 사랑을 나에 대한 미움으로 바꿀 수만 있다면 차라리 우리 둘이 더 편해질 것이라고 생각해서 그렇게 한 것이오. 그러나 아무리 애를 써도 그녀의 마음을 바꾸지는 못했소. 아내는 20년 전에 아마존 강변에서 나를 뜨겁게 사랑했던 것처럼 영국의 숲에서도 여전히 나를 사랑하고 있었던 거요. 내가 무슨 짓을 하든 아내는 나를 사랑했소이다.

그때 그레이스 던바 양이 나타났소. 광고를 보고 찾아와서 두 아이의 가정교사가 되었지. 선생도 아마 신문에서 그녀의 사진을 보았을 거요. 세상 사람들도 그녀의 미모를 인정했소이다. 나는 다른 사람들보다 도덕적인 척 행세할 생각은 없소. 그런 미녀와 한 지붕 아래 함께 살면서 매일 얼굴을 마주하는데 마음이 강하게 끌리지 않았다면 그건 거짓말일 것이오. 그렇다고 해서 나를 탓할 수 있겠소, 홈즈 선생?"

"상대에게 연애 감정을 품었다고 해서 탓할 마음은 없습니다. 하지만 그것을 입 밖에 냈다면 비난하지 않을 수 없습니다. 당신은 고용주로서 그 여성을 지켜야 할 입장이지 그런 말을 해서 입장을 난처하게 만들어서는 안 됩니다."

"선생 말이 맞을 거요."

백만장자는 그렇게 말했지만 두 눈에는 얼핏 홈즈의 책망에 대한 분노가 일었다가 사라졌다.

"성인군자인 척하지는 않겠소. 태어나서 지금까지 갖고 싶은 것이 있으면 언제라도 손을 내밀었으니까. 이번에도 여자의 사랑을 얻어서 그녀를 내 것으로 만들고 싶었소. 던바 양에게도 그렇게 말했소."

"아, 그런 말을 했다고요?"

홈즈는 마음이 흔들리면 매우 무서운 표정을 지었다.

"할 수만 있다면 결혼하고 싶지만 그것은 내 능력 밖의 일이라고 던바양에게 말했소. 돈 따위는 문제될 것도 없고 행복하게 해 줄 수만 있다면 무슨 일이든 하겠다고 말했소."

거기까지 듣고 홈즈는 비아냥거렸다.

"그것 참 호탕한 말씀입니다."

"이보시오, 선생. 나는 증언하려고 여기에 왔지 도덕적인 설교를 들으러 온 게 아니오. 당신에게 비난을 들을 이유는 없소."

"깁슨 씨, 나는 오로지 그 젊은 여성을 위해서 이번 사건을 맡으려는 겁니다."

홈즈가 차가운 말투로 단호하게 말했다.

"그녀가 어떤 혐의를 받고 있든, 당신이 방금 털어놓은 죄에 비하면 그리 대단해 보이지 않습니다. 당신은 한 지붕 아래서 살며 자기 몸 하나 지키기 어려운 상황에 있는 여성에게 못할 말을 해서 그녀를 궁지로 몰아넣었습니다. 돈을 풀어서 자기 죄를 무마시키려 해도 세상 모든 사람들을 당신의 뜻대로 할 수 있는 건 아닙니다. 당신 같은 부자들은 그 점을 잘 알아야 합니다."

이처럼 강한 비난을 들은 황금왕은 놀랍게도 여전히 차분했다.

"지금은 나도 그렇게 생각하고 있소. 내 생각대로 일이 풀리지 않아서 오히려 주님께 감사할 정도요. 그녀는 내 말을 받아들이지 않고 바로 집에서 나가려 했소."

"그런데 왜 나가지 않은 겁니까?"

"우선 그녀가 부양하고 있는 가족이 있었기 때문이오. 일을 그만둬서 그 사람들을 어렵게 할 수는 없었으니까. 내가 두 번 다시 그런 말을 하지 않겠다고 맹세해서 간신히 던바 양을 우리 집에 둘 수 있었소. 나는 진심으로 맹세했소. 한데 그녀가 나가지 않은 이유가 하나 더 있소. 그녀는 자신이 내 행동을 좌우할 수 있다는 사실을 알았고, 그만큼 나에게 강한 힘을 미치는 존재는 없다는 사실도 잘 알고 있었소. 그래서 던바 양은 그 힘을 좋은 일에 써야겠다고 생각한 거요.”

“좋은 일이라면?”

“그녀는 내가 어떤 일을 하는지 조금은 알고 있었소. 홈즈 선생, 내 사업은 참으로 방대하다오. 보통 사람은 생각할 수도 없을 만큼 거대하지. 나는 파괴할 수도 있고 창조할 수도 있는 힘을 갖고 있소. 대개 파괴하는 편이지만 그것은 개인에게만 미치는 힘이 아니오. 단체나 도시, 심지어 한 나라 전체가 대상이 되기도 했소. 사업은 비정한 게임이라 약한 자는 곧 밀려나고 말지. 나는 전력을 기울여서 그 게임에 참가했소. 스스로도 결코 나약한 마음을 품지 않았을 뿐만 아니라 다른 사람이 아무리 울며 매달려도 용서하지 않았소. 하지만 그녀의 생각은 달랐소. 아마도 그녀의 생각이 옳았을 거요. 수만 명이나 되는 사람들을 파멸시켜 길거리로 내몰고 그 희생을 발판 삼아 한 사람이 필요 이상의 부를 손에 넣어서는 안 된다고 믿고 있었고 나한테도 그렇게 말했으니까. 그것이 던바 양의 생각이었소. 그녀는 돈이 아니라 영원한 어떤 것을 꿰뚫어 보는 사람이었소. 내가 자기 말을 새겨듣는다는 사실을 알고 내 일에 영향력을 행사해서 사회에 도움을 준다고 생각한 거요. 그래서 던바 양은 우리 집에 머물고 있었는데 그만 이번 사태가 터지고 말았소.”

“그 사건을 해결할 만한 단서는 없습니까?”

황금왕은 두 손으로 머리를 감싸 쥐고 잠시 생각하다가 무겁게 입을 열었다.

"그녀는 매우 불리한 처지요. 그것은 나도 인정하오. 게다가 여자가 마음속에 품고 있는 생각은 매우 복잡해서 남자는 따라갈 수가 없소. 처음에는 나도 당황해서 그녀가 자기 성격과 어울리지 않는 터무니없는 짓을 한 것이 아닐까 생각했소. 그러나 하나의 가설이 떠올랐소. 그럴 만한 가치가 있으니 그 이야기를 해 보겠소. 내 아내가 질투심이 강했다는 사실은 굳이 말할 필요도 없소. 그런데 정신적인 질투심도 육체적인 질투심만큼이나 엄청날 수 있소이다. 아내도 육체적으로 질투할 필요가 없다는 사실을 잘 알았을 거요. 하지만 그 영국 아가씨가 내 마음과 행동에 영향을 미친다는 사실을 알아채고 말았소. 아내는 한 번도 갖지 못한 힘이었지. 던바 양은 좋은 쪽으로 영향력을 발휘했으나 그렇다고 해서 질투심이 사라지는 것은 아니었소. 아내는 질투 때문에 눈이 뒤집혔고 그녀의 몸에는 여전히 아마존의 뜨거운 피가 흐르고 있었소. 던바 양을 죽일 계획을 세웠을지도 모르오. 어쩌면 권총으로 협박해서 집에서 내쫓으려 했을 수도 있고. 그런데 몸싸움을 벌이다가 권총이 발사되어 총을 쥐고 있던 쪽이 맞은 거요."

"그 가능성은 나도 생각했습니다. 계획적인 살인이 아니라면 그것이 유일한 설명이 될 테니까요."

"하지만 던바 양은 완강히 부정하고 있소."

"뭐, 그게 끝이 아니죠. 그런 끔찍한 상황에 처한 여성이라면 마음이 어지러워져서 손에 권총을 든 채 집으로 달아나 버릴 수도 있으니까요. 그리고 자신이 무슨 일을 하는지도 모르면서 정신없이 권총을 옷장 안에 집어넣었고, 나중에 발견되자 설명해도 소용없다고 생각하고는 모든 사실을 부정해서 그 상황에서 벗어나려 할 수도 있습니다. 이 가설을 뒤엎을 만한 다른 것이 있나요?"

"던바 양 자신이오."

"네, 그렇군요."

홈즈는 이렇게 말하더니 시계를 보았다.

"오늘 아침에 필요한 허가를 얻어 저녁 기차를 타고 윈체스터에 갈 수 있을 겁니다. 그녀를 만나 이야기를 들어 보면 좀 더 도움이 되는 사실을 알게 될지도 몰라요. 그렇지만 내 결론이 당신의 희망과 완전히 같으리라고는 약속할 수 없습니다."

그러나 공식적인 수속을 밟는 데 생각보다 시간이 많이 걸려서 그날 던바 양이 있는 윈체스터로 가는 대신에 햄프셔에 있는 깁슨 씨의 저택인 토르관으로 향했다. 깁슨 씨는 함께 가지 않았으나 우리는 이번 사건을 처음으로 맡은 코벤트리 경사의 주소를 알고 있었다. 경사는 키가 크고 말랐으며 안색이 창백한 남자였는데 뭔가 비밀을 숨기고 있는 느낌이 들었다. 말할 수는 없어도 여러 가지 사실을 알고 있거나 의심하고 있는 듯한 분위기였다. 아주 중요한 것처럼 갑자기 목소리를 낮춰 이야기하는 버릇이 있었으나 들어 보면 별로 대수롭지 않은 것들이었다. 그런 버릇이 있기는 해도 속내는 예의바르고 정직한 사람이었다. 그는 쓸데없이 거들먹거리지 않았고, 이번 사건을 해결하는 데 애를 먹고 있으며 언제든지 도움을 환영한다고 솔직하게 인정했다.

"어쨌든, 홈즈 선생님. 저는 런던경찰국 사람들보다 선생님이 더 반갑습니다. 그 사람들이 끼어들면 지방 경찰이 해결해도 공은 자기들이 다 가져가 버리고, 해결하지 못하면 비난은 전부 우리가 들으니까요. 하지만 선생님은 공정하시다는 이야기를 들었습니다."

"나는 사건을 수사하면서 전면에 나설 필요가 없습니다. 내가 해결하더라도 내 이름을 밝히라는 말은 하지 않을 겁니다."

홈즈가 이렇게 말하자 침울해하던 경사의 얼굴에는 안심하는 기색이 역력했다.

"정말 관대한 분이십니다. 게다가 친구이신 왓슨 박사님도 믿을 만한 분이시고요. 그건 그렇고 홈즈 선생님, 지금부터 저택으로 안내하겠습니다. 그런데 그 전에 한 가지 묻고 싶은 것이 있습니다. 다른 사람에게는 말하지 않았으면 좋겠는데요……."

참으로 말하기 어려운지 경사는 슬쩍 주위를 둘러보았다.

"선생님은 닐 깁슨 씨가 의심스럽지 않으십니까?"

"그 점은 나도 생각해 봤습니다."

"던바 양은 아직 만나지 않으셨죠? 그녀는 여러 가지 면에서 훌륭하고, 또 굉장한 미인입니다. 그 남자가 아내를 살해하고 싶어 하더라도 이상할 게 없어요. 게다가 미국인은 우리와 달리 걸핏하면 권총을 꺼내 드니까요. 그런데 옷장 속에서 나온 건 깁슨 씨의 권총이었습니다."

"분명히 확인된 사실인가요?"

"네, 깁슨 씨가 가지고 있던 권총 한 쌍 중에 하나였습니다."

"한 쌍 중 하나라고요? 그럼 나머지 하나는 어디로 갔습니까?"

"깁슨 씨는 여러 종류의 총을 가지고 있습니다. 그 권총과 똑같은 총은 찾지 못했지만 그것을 넣는 상자는 있었습니다. 총 두 자루를 넣도록 되어 있는 겁니다."

"한 쌍 중 하나라면 나머지 한 자루도 분명히 있을 텐데요."

"저도 그렇게 생각합니다. 총은 저택에 다 모아 두었으니 언제든지 가서 보시면 됩니다."

"나중에 살펴보지요. 우선 사건 현장에 가 봅시다."

이런 대화는 그 지역 경찰서로도 쓰이는 코벤트리 경사의 소박한 농가 주택 안에 있는 작은 거실에서 이루어졌다. 집을 나서니 널따란 벌판이 펼쳐져 있었다. 노란색과 갈색 양치류가 뒤덮인, 바람이 거칠게 부는 그 벌판을 800미터쯤 걸어가자 토르 영지로 들어가는 문이 나왔다. 꿩 사냥 금지 구역에 있는 오솔길을 걸어가니 약간 넓게 트인 공간이 나타났고 야트막한 언덕에 서 있는 저택이 보였다. 반은 나무로 만든 건축물로, 튜더 왕조 양식과 조지 왕조 양식이 섞여 있었다. 옆에는 갈대가 우거진 기다란 호수가 있었고 잘록한 가운데 부분에 마차가 다닐 수 있는 돌다리가 놓여 있었으며 그 양옆으로 방죽이 넓어지면서 작은 호수를 이루고 있었다. 안내하던 경사가 돌다리로 접어드는 곳에서 멈춰 서더니 그곳의 땅바닥을 가리키며 말했다.

"여기가 깁슨 부인의 시신이 발견된 곳입니다. 제가 이 돌로 표시해 두었습니다."

"당신이 올 때까지 시신을 옮기지는 않았겠지요?"

"네. 바로 제게 사람을 보냈으니까요."

"그 명령을 내린 건 누구입니까?"

"깁슨 씨입니다. 급한 전갈을 듣고 토르관에서 다른 사람들과 함께 달려 나와서 경찰이 올 때까지 절대 손을 대서는 안 된다고 명령을 내렸다고 합니다."

"일을 잘 처리했군요. 신문에서 읽은 바에 따르면

매우 가까운 거리에서 총이 발사되었다고 하던데요."

"그렇습니다. 아주 가까운 거리였습니다."

"오른쪽 관자놀이 부근이었죠?"

"관자놀이의 바로 뒤쪽 부근이었습니다."

"시신의 상태는 어땠나요?"

"위를 보고 똑바로 누워 있었습니다. 싸운 흔적은 전혀 없었고 흉기도 없었습니다. 왼쪽 손에 던바 양이 보낸 짧은 편지를 쥐고 있었죠."

"쥐고 있었다고요?"

"네, 손가락을 펴는 데 아주 애를 먹었습니다."

"그건 중요한 점입니다. 죽은 뒤에 거짓 단서를 만들어 내기 위해 누군가가 편지를 쥐게 했을 가능성이 사라져 버리니까요. 맙소사! 그런데 그 편지는 아주 짧은 글이었다고 하던데요. '9시에 토르 교에서 기다리고 있겠습니다. ― G. 던바'라는 내용이었죠?"

"그렇습니다."

"던바 양은 자신이 쓴 것이라고 인정했나요?"

"네."

"그 점에 관해서는 뭐라고 설명했습니까?"

"순회재판에서 답변하겠다고만 했습니다. 지금은 아무 말도 하지를 않아요."

"매우 흥미로운 사건입니다. 그 편지에 담긴 의미가 참으로 애매하지 않습니까?"

"그렇습니까? 주제 넘는 이야기처럼 들릴지 몰라도, 저는 이번 사건에서 그 편지만이 분명한 증거라고 생각하는데요."

홈즈는 고개를 가로저었다.

"만약 그 편지가 진짜 던바 양 본인이 쓴 것이 맞는다면 부인은 약속 시간인 9시 이전에 받았을 겁니다. 아마도 한두 시간 전이었겠죠. 그렇다면 부인은 어째서 죽을 때까지 그것을 왼손에 쥐고 있었을까요? 부인이 굳이 약속 장소에 그 편지를 가져간 이유는 또 뭘까요? 던바 양과 만나서 그 편지를 내보일 필요는 없었을 텐데 말입니다. 뭔가 이상하지 않습니까?"

"그렇군요. 선생님 말씀대로 이상합니다."

"여기에 앉아서 잠시 생각해 봐야겠습니다."

이렇게 말하더니 홈즈는 돌난간에 앉았다. 그리고 날카로운 회색 눈으로 여기저기 둘러보다 갑자기 벌떡 일어나더니 주머니에서 돋보기를 꺼내 난간의 돌을 살펴보면서 중얼거렸다.

"이건 좀 이상한데."

"아, 그 난간의 흠집은 저도 보았습니다. 지나가던 사람이 낸 것이 아닐까요?"

다리의 난간은 회색 돌로 만들어져 있었는데 한 부분이 6펜스짜리 은화만 한 크기로 하얗게 변해 있었다. 자세히 살펴보니 강한 충격을 받아 돌 표면이 벗겨져 나간 것이었다.

"이 정도로 흠집을 내리면 굉장히 세게 때려야겠죠."

홈즈는 생각에 잠긴 얼굴로 말하고 나서 가지고 있던 지팡이로 난간을 세게 두드렸다. 그러나 돌에는 아무 흠집도 생기지 않았다.

"흠, 역시 아주 세게 때린 거예요. 게다가 때린 곳도 위치가 참 이상하군요. 이 흠집은 위에서 때린 게 아니라 밑에서 때린 겁니다. 보세요, 흠집이 난 곳은 난간 아래쪽 모서리입니다."

"하지만 시신이 있던 곳에서 적어도 4.5미터는 떨어져 있는 걸요."

"맞아요, 시신에서 4.5미터는 떨어져 있습니다. 그러니 이 흠집은 사건과 관계없을지도 모르겠지만 일단 주의를 기울일 필요는 있습니다. 여기서 봐야 할 건 다 본 것 같은데. 발자국은 없었다고 했지요?"

"바닥이 철판처럼 단단하니 발자국이 남아 있을 리 없습니다."

"그럼 여기는 이제 됐습니다. 이제 토르관 안으로 들어가서 아까 경사가 말한 총을 보고 싶습니다. 그런 다음에 윈체스터로 갈 생각이에요. 수사를 진행하기에 앞서 던바 양을 꼭 만나 보고 싶으니까요."

닐 깁슨 씨는 아직 런던에서 돌아오지 않았다. 대신에 오늘 아침에 우리를 찾아왔던 신경질적인 베이츠 씨가 우리를 맞아 주었다. 깁슨 씨가 파란만장한 인생을 살면서 모아 둔 다양한 크기와 모양의 총이 나란히 놓여 있었다. 베이츠 씨는 그것을 보여 주면서 주인을 비방하는 즐거움을 느끼는 것 같았다.

"주인은 적이 많아요. 그 사람의 성격이나 행동을 보면 다들 알죠. 언제나 침대 옆 서랍에 장전한 권총을 넣어 두고 잔다니까요. 난폭한 사람이라 우리 모두 늘 두려워했습니다. 가엾게도 돌아가신 부인도 자주 위협받았을 겁니다."

"실제로 부인에게 폭력을 쓰는 장면을 봤습니까?"

"아니요, 그렇게는 말할 수 없습니다. 하지만 폭력이나 다름없이 심한 말을 퍼붓는 것을 들은 적은 있지요. 냉혹하고 마음에 상처를 입을 만큼 비아냥거리는 말을 하인들 앞에서도 거침없이 던지곤 했으니까요."

잠시 뒤, 우리가 역으로 가는 도중에 홈즈가 말했다.

"그 백만장자 나리의 사생활이 그리 아름답지는 않군. 하지만 왓슨, 참으로 다양한 사실들을 알아냈고 그중에는 새로운 것도 있어. 그래도 아직 결론을 내리기에는 이른 것 같아. 베이츠 씨는 주인을 아주 싫어하는 모양인데 그의 말에 따르면 사건 소식이 들어왔을 때 깁슨 씨는 서재에 있었다고 했네. 저녁 식사는 8시 반에 마쳤고 그때까지는 모든 것이 평소와 다를 바 없었지. 꽤 늦은 밤에야 소식이 전해졌지만 비극이 일어난 것은 그 편지에 적힌 대로 9시 무렵이었을 걸세. 또 깁슨 씨가 5시에 런던에서 돌아온 다음 집 밖으로 나갔다는 증거는 없네. 한편 던바 양은 다리 부근에서 부인과 만날 약속을 했다고 인정했어. 그런데 변호사에게 진술은 다음에 하라는 조언을 듣고, 더 이상 입을 열지 않는다고 하네. 그녀에게 꼭 묻고 싶은 중요한 질문이 있어서 그녀를 만나기 전까지는 마음이 불편할 것 같아. 솔직히 말해서 그녀의 입장은 굉장히 불리하네. 딱 한 가지를 빼면."

"그게 뭐지?"

"권총이 그녀의 옷장에서 발견되었다는 점일세."

"뭐라고? 그것이야말로 확고부동한 사실이 아닐까?"

"아니, 그렇지 않아, 왓슨. 처음에 가벼운 기분으로 기사를 읽었을 때 부터 그 점이 마음에 걸렸네. 이렇게 사건에 깊이 관여하다 보니 그 사실이 희망을 품을 수 있는 유일한 발판인 듯하네. 수사할 때는 무엇보다 일관성이 있는지 살피는 것이 중요하네. 모순이 있으면 거기에는 뭔가 속임수가 있다고 생각해야 하는 법이지."

"도저히 이해할 수가 없군."

"자, 왓슨. 자네가 냉정한 계획을 세워서 연적을 제거하기로 마음먹은 여자라고 가정해 보자고. 자네는 계획을 세웠네. 편지도 썼어. 상대방이 찾아왔지. 자네는 흉기를 가지고 있었고 목적을 이루었네. 여기까지는 완벽하게 일을 해치웠어. 그런데 이렇게 솜씨 좋게 범행을 저질러 놓고, 가까운 갈대 수풀 속에 흉기를 던져 버리지 않고 그대로 집으로 가져와 제일 먼저 수색을 당할 게 뻔한 옷장 안에 넣어서 기껏 성공한 일을 망쳐 버릴 텐가? 아무리 친한 친구라 해도 그런 걸 생각 있는 행동이라고 하지는 않을 걸세. 나도 자네가 그렇게 어리석은 짓을 하리라고는 생각지 않고 말이야."

"너무 당황해서 그랬을 수도 있지 않나?"

"아니야, 왓슨. 그건 불가능해. 범인이 냉정하게 계획했다면 범죄 사실을 숨길 방법까지 생각해 두었을 걸세. 그러니 우리는 지금 중대한 오해를 하고 있는 셈이야."

"그렇다면 설명해야 할 부분이 아주 많아지는데."

"맞아, 설명해야 할 부분이 많지. 하지만 일단 사건을 바라보는 관점을 바꾸면 그때까지 결정적이라고 여긴 사실이 오히려 진실로 가는 단서가 되는 법일세. 예를 들면 그 권총이 있지. 던바 양은 자기는 모르는 일이라고 했네. 우리의 새로운 견해에 따르면 그녀의 말은 진실일세. 그렇다면 누군가 옷장에 총을 일부러 넣어둔 셈이야. 대체 누가? 아마도 그녀에게 죄를 뒤집어씌우려는 사람이겠지. 그 사람이야말로 진범이 아닐까? 지금처럼 사건을 새로운 관점으로 바라보니 이렇게 가능성 있음직한 방향이 잡히지 않았나?"

형식적인 수속이 완벽하지 못해서 우리는 윈체스터에서 하룻밤을 묵어야만 했다. 그러나 이튿날 아침에는 이번 사건의 변호를 맡은 유명 변호사 조이스 커밍스 씨와 함께 감옥에 있는 던바 양을 만날 수 있었다. 그동안 얘기를 많이 들어서 그녀가 미인일 것이라고 예상은 했으나 실제로 만나본 그녀는 절대로 잊을 수 없을 만큼 강렬한 인상을 풍겼다. 이만큼 뛰어난 여성이라면 그 오만한 백만장자가 자기보다 강력한 힘, 자신을 움직일 정도로 강한 무언가를 느낀 것도 당연했다. 또한 뚜렷한 이목구비와 강렬하면서도 감수성 예민한 표정을 보니, 조금 충동적인 행동을 할 수는 있어도 주변 사람들에게 언제나 좋은 영향을 주는 고귀한 성품이 느껴졌다. 그녀의 머리카락과 눈은 흑갈색이었고 키가 컸다. 기품 넘치는 외모에 태도도 당당했으나 그 검은 눈에는 그물에 걸려 어찌할 바를 모르는 동물처럼 애처로운 표정이 어려 있었다. 그러나 지금 유명한 탐정 셜록 홈즈가 도와주러 왔음을 깨닫자 창백한 뺨에 붉은 기운이 살짝 감돌기 시작했고, 우리를 바라보는 눈동자 속에도 한 줄기 희망의 빛이 비쳤다.

"닐 깁슨 씨가 우리 사이에 무슨 일이 있었는지 말씀하셨겠죠?"

낮지만 약간 동요하는 목소리로 그녀가 물었다.

"들었습니다. 하지만 그 이야기를 파헤쳐서 괴롭힐 마음은 없습니다. 이렇게 직접 만나 보니 당신이 깁슨 씨에게 강한 영향력을 미쳤다는 얘기와 두 분의 관계가 결백하다는 점도 믿을 수 있겠군요. 그런데 왜 법정에서 모든 사실을 이야기하지 않은 겁니까?"

"이런 의심을 받게 될 줄은 몰랐어요. 굳이 집안의 좋지 않은 일을 들추지 않아도 조금만 기다리면 자연스럽게 해결될 줄 알았어요. 그런데 해결되기는커녕 일이 더욱 어려워지고 있다는 사실을 알았습니다."

그녀의 말을 듣고 홈즈는 진심을 담아 외쳤다.

"던바 양, 잘 들으세요. 현실을 바로 보십시오. 여기 커밍스 씨도 같은 말을 했겠지만 지금 우리 상황은 매우 좋지 않습니다. 이 상황에서 벗어나고 싶다면 할 수 있는 모든 일을 해야 합니다. 당신의 입장이 그리 위험하지 않다고 한다면 그건 정말 잔혹한 거짓말이 될 겁니다. 그러니 진상을 밝히기 위해 도와주십시오."

"아무것도 숨기지 않고 말씀드리겠습니다."

"그럼 깁슨 부인과 어떤 관계였는지 자세히 들려주세요."

"부인은 저를 미워했어요. 열대 지방 사람의 열정적인 성격을 쏟아 부어 저를 격렬하게 미워했어요. 그녀는 어떤 일도 어설프게 하지 않는 성격이라 자기 남편에 대한 애정의 깊이만큼 저를 미워했어요. 저와 남편의 관계를 오해하기도 했을 거예요. 부인을 나쁘게 말할 생각은 없지만 그녀의 애정은 육체적인 것이라 깁슨 씨와 저의 정신적인, 혹은 영적인 교감을 거의 이해하지 못했어요. 그리고 제가 그 집에 머문 것도 그의 힘을 좋은 방향으로 쓰도록 하기 위해서라는 사실도 이해하지 못했어요. 이제야 제가 틀렸다는 사실을 깨달았어요. 제가 불행의 원인이 되는 곳에 계속 머무른 것은 옳은 일이 아니었어요. 물론 제가 사라졌더라도 그 집의 불행이 없어지지는 않았을 겁니다."

"그렇군요. 그렇다면 그날 밤에 무슨 일이 있었던 겁니까? 정확하게 말해 주세요."

"선생님, 제가 아는 사실을 전부 말씀드리겠지만 저는 무엇 하나 증명할 수가 없어요. 그리고 몇 가지 중요한 점이 있는데 저는 설명할 수도 없고 어떻게 설명하면 좋을지 전혀 떠오르지 않아요."

"던바 양이 사실을 들려주시면 다른 사람이 설명해 줄 겁니다."

"그럼 제가 그날 밤 토르 교에 간 사실부터 말씀드릴게요. 그날 아침에 저는 부인에게서 편지를 한 통 받았어요. 공부방 책상 위에 놓여 있었는데 부인이 직접 두고 간 것 같았어요. 그 편지에는, 중요하게 할 이야기가 있으니 저녁 식사 뒤 토르 교에서 만나고 싶으며 이 사실이 다른 사람에게 알려지기를 원치 않으니 답장은 정원의 해시계 위에 올려놓으라고 적혀 있었어요. 왜 그렇게까지 비밀로 하려는 것인지는 몰랐지만 어쨌든 말한 대로 답장을 보내서 만나기로 했어요. 그리고 편지에는 다 읽고 나면 태워 달라고 쓰여 있길래 공부방 난로에서 그것을 태워 버렸습니다. 부인은 남편을 아주 무서워했어요. 깁슨 씨가 그녀에게 너무 지나치게 행동해서 제가 그를 타이른 적도 몇 번 있었거든요. 그래서 그때는 부인이 우리가 만난다는 사실을 남편에게 숨기고 싶어 하는가 보다 하고 생각했어요."

"그런데 부인은 당신의 답장을 꼭 쥐고 있었단 말이지요?"

"네. 돌아가신 부인이 그 편지를 손에 꼭 쥐고 있었다는 말을 듣고는 깜짝 놀랐어요."

"그래서 그 다음에는 어떻게 했습니까?"

"저는 약속 장소로 갔습니다. 다리까지 갔더니 부인이 저를 기다리고 있었어요. 그 가엾은 분이 저를 그렇게까지 미워하고 있었을 줄은 몰랐습니다. 부인은 마치 정신이 이상해진 것 같았어요. 부인이 미쳤구나 싶었죠. 정말 미쳤으면서도 음흉하게 속내를 감출 만큼 말이에요. 그렇지 않다면 그렇게 들끓어 오르는 미움을 간직한 채 어떻게 아무렇지도 않게 매일 제 얼굴을 마주할 수 있었겠어요? 부인이 그때 어떤 말을 했는지는 말씀드리지 않겠어요. 분노에 차서 듣기에도 끔찍한 욕지거리를 저에게 마구 퍼부어 댔어요. 저는 아무 말도 하지 않았습니다. 무슨 말을 해야 할지 몰랐죠. 부인의 얼굴을 보기만 해도 소름이 끼쳤어요. 더 이상 참을 수 없어서 귀를 막고 도망쳤어요. 그때까지도 부인은 다리 앞에 서서 제게 저주를 퍼부었어요."

"부인이 나중에 그 자리에 쓰러져 있었나요?"

"거기에서 몇 미터 떨어진 곳에요."

"당신이 달아난 직후에 깁슨 부인이 숨겼을 텐데, 권총 소리를 듣지 못했나요?"

"아무 소리도 듣지 못했어요. 네, 솔직히 말해서 부인에게 그런 끔찍한 꼴을 당한 뒤에 너무 놀라서 조용한 제 방으로 간신히 뛰어들었을 뿐이에요. 그것 말고는 그 이후에 무슨 일이 일어난 것인지 하나도 기억할 수가 없어요."

"던바 양은 자기 방으로 돌아갔다고 했지요? 이튿날 아침까지 방에서 나온 적이 있었습니까?"

"네, 부인이 돌아가셨다는 전갈이 왔을 때 다른 사람들과 함께 달려 나갔어요."

"깁슨 씨를 만났나요?"

"다리에 갔다가 저택으로 돌아온 그와 얼굴을 마주쳤어요. 의사와 경찰을 불러오라고 명령하고 있었습니다."

"던바 양이 보기에 그가 유난히 당황하고 있지는 않았습니까?"

"깁슨 씨는 자제력이 강한 분이에요. 감정을 겉으로 드러내는 일은 없을 거예요. 하지만 그를 잘 알고 있는 제 눈에는 아주 걱정스러워하는 것처럼 보였어요."

"그럼 가장 중요한 문제로 들어가겠습니다. 던바 양의 방에서 발견된 권총 말인데요. 예전에도 본 적이 있습니까?"

"아뇨, 전혀요."

"언제 발견되었죠?"

"다음 날, 경찰이 수사를 시작했을 때였어요."

"던바 양의 옷 속에 있었나요?"

"옷장 바닥의 드레스 아래에 깔려 있었어요."

"언제부터 거기에 있었는지 짐작 가지는 않습니까?"

"전날 아침에는 없었습니다."

"어떻게 알지요?"

"그때 제가 옷장을 정리했으니까요."

"결정적이로군요. 누가 당신에게 죄를 뒤집어씌우려고 방 안으로 들어가 권총을 놓고 간 겁니다."

"아마 그럴 거예요."

"그렇다면 언제 그랬을까요?"

"식사를 할 때나 제가 공부방에서 아이들과 함께 있을 때가 아니면 불가능했을 거예요."

"공부방에서 부인의 편지를 받았을 때로군요?"

"네, 오전에는 내내 공부방에 있었어요."

"고마워요, 던바 양. 그것 말고 조사하는 데 도움이 될 만한 이야기는 없습니까?"

"아무것도 떠오르지 않아요."

"그 다리 난간에 커다란 충격을 받은 듯한 흠집이 하나 있었습니다. 시신이 있던 자리 반대편에 아주 최근에 생긴 흠집이 있었어요. 뭔가 짚이는 것은 없습니까?"

"우연의 일치가 아닐까요?"

"아니, 신기한 일입니다, 던바 양. 참으로 기묘한 일치예요. 하필이면 그런 비극이 일어났을 때, 그것도 그 장소에 흠집이 생겼으니까요."

"하지만 도대체 어떻게 해서 그런 흠집이 생겼을까요? 아주 강한 힘이 아니라면 불가능했을 텐데요."

홈즈는 아무 대답도 하지 않았다. 그의 창백하고 들뜬 얼굴이 갑자기 굳어지더니 몽롱한 표정으로 변했다. 그것이야말로 홈즈의 천재적인 두뇌가 무섭게 활동하기 시작했다는 증거였다. 그의 생각이 결정적인 국면으로 접어들었음이 아주 명확했으므로 나, 변호사, 수감된 피의자까지 모두 입을 다물고 숨을 죽인 채 그의 얼굴만 뚫어져라 바라보았다. 그가 갑자기 의자에서 벌떡 일어났다. 당장 행동으로 옮기고 싶다는 마음 때문인지 온몸을 부르르 떨었다.

"자, 왓슨, 그만 가세!"

"왜 그러세요, 홈즈 선생님?"

"던바 양, 걱정할 것 없습니다. 커밍스 씨, 나중에 또 연락하겠습니다. 정의의 도움을 받아서 영국 전체를 떠들썩하게 만들 사실을 밝히겠습니다.

던바 양, 내일까지는 소식을 가지고 올 겁니다. 구름이 걷혀 가고 있다는 내 말을 위안 삼으며 기다리세요. 구름 사이로 반드시 진실의 빛이 비칠 겁니다."

윈체스터에서 토르관까지 가는 길은 그리 긴 여행이 아니었다. 그러나 애가 타서 안절부절못하는 내게는 멀게만 느껴졌고, 홈즈에게는 끝도 없는 영원처럼 느껴졌을 것이다. 그는 초조한지 우리 둘만

탄 일등칸에 가만히 앉아 있지 못하고 기차 안을 서성이거나 길고 신경질적인 손가락으로 좌석의 쿠션을 톡톡 두드리고는 했다. 그런데 기차가 목적한 역에 도착할 때가 되자 홈즈는 갑자기 내 맞은편 자리에 앉았다. 그리고 내 양 무릎에 손을 얹더니 장난스럽고 짓궂은 눈빛으로 내 눈을 바라보았다.

"왓슨, 자네는 이런 모험에 나설 때면 언제나 무기를 가지고 다니지?"

그랬다. 나는 홈즈를 위해 그렇게 하고 있었다. 왜냐하면 그는 일단 수수께끼 풀이에 빠져들면 자기 안전 따위는 거의 생각하지 않기 때문이었다. 덕분에 내 권총이 든든한 아군이 된 적도 한두 번이 아니었고, 나는 그 사실을 친구에게 알려 주었다.

"맞아. 그런 면에 있어서 나는 너무 안일하지. 어쨌든 권총을 가지고 있겠지?"

나는 뒷주머니에서 권총을 꺼냈다. 총신이 짧고 가지고 다니기 편해서 큰 도움이 되는 소형 권총이었다. 홈즈는 안전장치를 풀고 총알을 빼낸 뒤 주의 깊게 살펴보았다.

"무겁군……. 상당히 무거워."

"맞아. 튼튼하게 만들어졌으니까."

홈즈는 잠시 권총을 바라보며 생각에 잠겼다.

"그런데 왓슨. 나는 이 권총이 지금 우리가 수사하고 있는 사건과 깊은 관계가 있다고 생각하는데 이해할 수 있겠나?"

"농담이겠지, 홈즈."

"아니, 농담이 아닐세. 우리끼리 어떤 실험을 할 걸세. 내 생각대로만 되면 모든 사실이 분명해질 거야. 그리고 그 실험이 성공을 거둘 수 있을지 어떨지는 이 조그만 무기에 달려 있어. 총알을 하나 빼 두겠네. 나머지 다섯 발은 원래대로 끼워 놓고 안전장치를 채워 두겠네. 자! 이제 더 무거워져서 그만큼 상황을 재현하기에도 좋아졌어.”

홈즈가 대체 무슨 생각을 하는지 도무지 알 길이 없었다. 그러나 이리 저리 머리를 굴리는 사이에 기차는 햄프셔의 작은 역에 도착하고 말았다. 우리는 기우뚱거리는 이륜마차에 몸을 싣고 15분쯤 달려 그 듬직한 친구인 경사의 집에 도착했다.

“단서라고요? 홈즈 선생님, 뭘 말씀하시는 겁니까?”

“모든 것이 왓슨 박사의 권총에 달려 있어요. 바로 이겁니다. 그런데 경사, 10미터짜리 끈이 있으면 좋겠는데요.”

마을 상점에서 튼튼한 삼베 끈 한 뭉치를 손에 넣었다.

“자, 이 정도면 충분해요. 그럼 가 봅시다. 이게 마지막 단계라면 좋겠 군요.”

뉘엿뉘엿 지는 해가 완만하게 기울어진 햄프셔의 황야를 아름다운 가 을 풍경으로 물들였다. 경사는 우리 옆에서 걸으면서 의심과 회의가 가 득한 눈빛으로 홈즈를 힐끗힐끗 쳐다보았다. 내 친구가 제정신인지 의 심스러워하는 기색이 역력했다. 홈즈는 평소와 다름없이 냉정해 보였지 만 현장에 다가갈수록 마음속으로는 매우 흥분하고 있다는 것을 알았 다. 내가 그 점에 대해 말하자 홈즈가 답했다.

“맞아. 왓슨, 자네도 예전에 내 추리가 어긋난 일들을 잘 기억하고 있 겠지? 나는 이런 일에 본능적인 감을 쓰지만 때로는 그것에 배신을 당하 기도 하네. 윈체스터의 감옥에서 처음 머릿속에 그 생각이 떠올랐을 때 는 결정적인 추리라고 생각했어. 하지만 나처럼 활발하게 작용하는 두 뇌에게는 결점이 하나 있다네. 기껏 잡은 단서를 무의미하게 만들어 버 리는 또 다른 설명을 찾아내는 걸세. 그렇기는 하지만…… 그래도 해 볼 수밖에 없어, 왓슨."

홈즈는 걸어가면서 끈의 한쪽 끝을 권총 손잡이에 단단히 묶었다. 잠시 뒤, 우리는 비극의 무대에 도착했다. 홈즈는 경사의 도움을 받아 시신이 쓰러져 있던 그 위치를 찾아 표시했다. 그리고 히스와 양치류 수풀 속으로 잎을 헤치며 들어가더니 커다란 돌을 찾아 들고 나왔다. 그 돌을 끈의 다른 한쪽 끝에 묶고 다리 난간 너머로 늘어뜨려 돌이 물 위에 자리 잡도록 했다. 그리고 내 권총을 들고 난간에서 조금 떨어진 비극의 장소에 섰다. 권총과 묵직한 돌을 잇고 있는 끈은 팽팽하게 당겨져 있었다.

"잘 보게!"

이렇게 말한 뒤 홈즈는 권총을 머리 높이까지 들었다가 갑자기 손을 뗐다. 그러자 권총은 돌 무게 때문에 휙 날아가 난간에 세게 부딪히더니 난간을 넘어 물속으로 텀벙 떨어져 사라지고 말았다. 홈즈는 곧바로 달려가 난간 앞에 무릎을 꿇고 앉더니 자기 생각대로 되었는지 기쁨의 환호성을 질렀다.

"이보다 더 정확한 실험도 없을 거야. 보게, 왓슨! 자네의 권총이 사건을 풀었어!"

그는 난간 모서리를 가리켰다. 거기에는 지난번의 흠집과 모양이며 크기가 똑같은 두 번째 흠집이 나 있었다.

"오늘 밤에는 마을 여관에서 묵겠습니다."

홈즈는 자리에서 일어났다. 그러고는 깜짝 놀란 경사의 얼굴을 바라보며 말을 이었다.

"갈고리로 물속을 긁어 보면 왓슨의 권총을 쉽게 찾을 겁니다. 그리고 끈과 추가 달린 권총이 하나 더 나올 테지요. 그건 복수심에 불타오른 여자가 자살을 타살로 가장해서 죄 없는 여성에게 살인죄를 뒤집어씌우

려고 사용한 도구입니다. 깁슨 씨에게 내일 아침에 만나서 던바 양의 혐의를 풀기 위한 절차를 밟자고 전해 주십시오."

그날 밤, 우리 둘이 마을 여관에서 파이프를 피우며 앉아 있을 때 홈즈가 사건이 어떻게 된 것인지 설명해 주었다.

"왓슨, 이번 토르 교 사건을 자네 수첩에 더한다 해도 내 명성이 높아지지는 않을 걸세. 이번 사건에서는 내 머리가 잘 돌아가지 않는 바람에 내 탐정 기술의 기본이기도 한 상상력과 현실성의 조화를 충분히 고려하지 못했으니까. 솔직히 말해서 그 다리의 흠집은 그것만으로도 진상을 밝히기에 충분한 단서였네. 어째서 좀 더 빨리 깨닫지 못했는지 내가 생각해도 한심할 따름일세.

그 불행한 부인이 음흉하게 손을 써서 그 계획을 꿰뚫어 보기 어려웠던 건 사실이야. 우리는 여러 모험을 경험했지만 비뚤어진 사랑이 어떤 비극을 일으키는지 이보다 잘 보여 주는 사례는 없었을 걸세. 정신적인 사랑이든 육체적인 사랑이든, 부인에게 던바 양은 그저 증오스러운 연적일 뿐이었네. 깁슨 씨는 아내가 성가실 만큼 애정 표현을 하자 그것을 뿌리치기 위해 심한 말을 하기도 하고 가혹하게 대하기도 했지. 그런데 부인은 그게 다 죄 없는 던바 양 때문이라 생각하고 그녀를 괴롭힌 거야. 우선 부인은 자살할 마음을 먹었네. 그런데 이왕 죽을 바에는 던바 양을 끌어들이고, 그녀에게 갑작스러운 죽음보다도 훨씬 더 끔찍한 운명을 겪게 하겠다고 생각한 거지.

그 다음에 부인이 계획을 실행에 옮긴 단계는 아주 명백하게 밝힐 수 있네. 놀라울 만큼 교활한 방법이었어. 던바 양이 범행 장소를 지정한 것처럼 보이게 하기 위해서 교묘하게 그녀의 자필 편지를 손에 넣었어. 그리고 사람들이 꼭 그 편지를 발견할 수 있도록 해야 한다고 걱정한 나머지 죽을 때까지 쥐고 있었지. 그건 좀 지나쳤네. 그 사실만으로도 나는 좀 더 빨리 의심을 품었어야 했네.

그러고 나서 부인은 남편의 권총을 꺼냈어. 자네도 알다시피 그 저택 주인이 무기를 좀 많이 가지고 있잖나. 부인은 권총 한 쌍 중에서 하나는 자기 목적을 이루려고 가지고 있었고, 나머지는 그날 아침에 던바 양의 옷장에 숨겨 놓았네. 물론 숨기기 전에 한 발을 쏠 필요가 있었는데, 숲 속에서 쏘면 아무도 소리를 듣지 못했을 거야. 그리고 부인은 곧장 약속 장소인 토르 교로 갔지. 자살용 권총을 처분할 그 복잡한 방법은 이미 머릿속에 구상해 둔 뒤였네. 던바 양이 나타나자 부인은 이제 마지막이라는 생각에 마음속에 있던 증오를 전부 쏟아 냈고, 던바 양이 소리가 들리지 않는 곳까지 달려가자 부인은 스스로 머리를 쏘아 끔찍한 목적을 이루고야 말았어.

　이것으로 모든 사실을 빈틈없이 연결할 수 있는 고리가 완성됐네. 신문에서는 왜 처음부터 호수 속을 찾아보지 않았느냐고 떠들어 댈지 모르겠지만, 결과가 다 나온 다음에 이러쿵저러쿵 이야기하기는 쉬운 법이지. 무엇을 어디서 찾아야 하는지 정확히 알지 못한다면 갈대가 우거진 호수를 뒤지기란 결코 쉬운 일이 아니야. 자, 왓슨. 우리는 훌륭한 여자와 무시무시한 남자를 구했네. 그 두 사람이 앞으로 힘을 합칠 가능성이 아주 없지는 않아. 그때가 되면 경제계 사람들은 닐 깁슨 씨가 세상의 교훈을 가르치는 '슬픔'이라는 공부방에서 무엇을 배웠는지 알게 될 걸세."

8. 기어 다니는 사람

셜록 홈즈가 내게 늘 말하기를, 프레스버리 교수와 관련된 기괴한 사건을 발표해서 20여 년 전에 대학 사회를 떠들썩하게 하고 런던의 지식인들까지 발칵 뒤집어 놓았던 그 불쾌한 소문을 잠재워야 한다고 했다. 그러나 막상 쓰려고 하면 여러 가지 사정들이 방해하는 바람에 그 기이한 사건의 진상은 아직까지도 홈즈의 수많은 사건 기록들과 함께 상자 속에서 잠들어 있다. 이 사건은 홈즈가 은퇴하기 직전에 다룬 사건 중 하나인데 이제야 드디어 발표할 수 있게 되었다. 하지만 대중들에게 발표하려면 아직도 어느 정도는 신중하고 조심스러워야 할 것이다.

1903년 9월 초의 어느 일요일 저녁, 나는 홈즈에게 이런 전보를 받았다.

시간이 괜찮다면 곧 올 것. 괜찮지 않아도 올 것. ─ S. H.

당시 우리의 관계는 매우 특이해졌다. 홈즈는 습관을 매우 중시했는데 내가 홈즈 곁에 머무는 것도 어느 틈엔가 그의 습관 중 하나가 되어 버린 것이다. 다시 말하면 홈즈에게 나는 바이올린, 독한 담배, 오래된 검은 파이프, 색인집, 다른 잡동사니처럼 그가 애용하던 물건들과 다름없는 존재였다. 그리고 적극적으로 행동해야 할 사건을 맡아 신뢰할 수 있는 용감한 동료가 필요할 때면 내가 나서야 했다. 그리고 또 다른 역할도 있었다. 나는 그의 생각을 갈아 주는 숫돌이 되기도 했다. 나는 홈즈에게 있어서 일종의 자극제였던 것이다. 그는 나를 말동무로 삼아 추리하는 것을 좋아했다. 하지만 내가 들으라고 하는 말이 아니었다. 사실, 침대를 앞에 두고 이야기해도 괜찮은 것들이 많았다. 그렇지만 이미 습관이 되어 버렸기 때문에 내 질문이나 맞장구가 도움이 되는 경우도 있었다. 옆에서 보기에는 답답해 보이는 내 태도가 오히려 홈즈를 자극해 사고력을 향상시키기도 했다. 우리 동맹 관계에서 내가 맡은 소소한 역할은 그런 것이었다.

베이커 가에 이르니 홈즈는 팔걸이의자에 무릎을 끌어안듯이 앉아 파이프를 물고 이마를 찡그린 채 깊은 생각에 잠겨 있었다. 아주 어려운 사건을 맡아 골머리를 썩이고 있는 듯했다. 그는 내가 애용하는 팔걸이의자에 앉으라고 손짓했지만 그 다음 30분 동안은 내가 왔다는 사실도 잊은 듯했다. 그러다가 퍼뜩 놀라며 현실로 돌아왔고 평소의 기묘한 미소를 보이며 옛집을 찾아온 나를 진심으로 반겨 주었다.

"아, 왓슨. 생각 좀 하느라 실례했네. 사실은 24시간 전에 묘한 사건을 맡았는데 그게 조금씩 일반적인 고찰로 이어지고 있었어. 나는 범죄 수사에 개를 이용하는 것에 대해 짧은 논문이라도 써 볼까 진지하게 생각하고 있네."

"하지만 그런 주제라면 이미 연구된 적이 있지 않나? 경찰견 블러드하운드나……."

"아니, 그게 아닐세. 물론 그런 것들이라면 연구가 끝났지. 하지만 좀 더 깊은 문제가 있다네. 언젠가 자네가 선정적으로 발표한 〈너도밤나무집〉 사건에서 내가 소년의 심리를 깊이 관찰한 결과, 흠잡을 데 하나 없고 존경할 만한 그 아버지가 어떤 범죄적 습관을 가지고 있는지를 발견하지 않았나?"

"물론 그랬지. 그 사건이라면 똑똑히 기억나네."

"개에 대한 내 생각도 그것과 비슷하네. 개는 자기가 살고 있는 가정의 분위기에 크게 영향을 받거든. 음울한 집안에서 자란 개는 활발하게 장난을 치지 않고, 행복한 집에는 음울한 개가 없어. 또 난폭하고 입이 거친 사람이 키우는 개는 잘 짖고, 범죄를 저지르기 쉬운 위험한 사람이 기르는 개 또한 위험하다네. 다시 말해서 개는 기르는 사람의 마음을 그대로 드러내지."

나는 고개를 저었다.

"홈즈, 그건 좀 억지 같은데."

그러나 홈즈는 내 말에 전혀 신경 쓰지 않고 파이프에 담배를 새로 채워 넣고 나서 자세를 고쳐 앉더니 말을 계속했다.

"사실 지금 조사하고 있는 사건이 방금 말한 개의 심리와 깊은 관계가 있네. 아주 복잡한 사건이라서 지금 그 실마리를 찾고 있어. 그중 가능성 있는 실마리는 이 질문과 연결되어 있네. '프레스버리 교수의 충실한 울프하운드 로이는 왜 자기 주인을 물려고 할까?' 하는 걸세."

나는 조금 실망해서 의자의 등받이에 몸을 기댔다. 그런 하찮은 일 때문에 나를 부른 걸까? 그러자 홈즈는 나를 힐끗 쳐다보았다.

"왓슨, 자네는 조금도 변하지 않았군. 가장 중대한 문제가 아주 사소한 것에 좌우될 수 있다는 사실을 아직 모르고 있으니 말야. 자네도 캠퍼드 대학의 점잖고 유명한 생리학자 프레스버리 교수의 이름은 들어봤겠지? 그 교수가 아주 아끼던 울프하운드에게 두 번이나 물렸다는데, 언뜻 듣기에도 예삿일이 아니라고 생각되지 않는가? 어떤가?"

"그 개가 병에 걸렸나 보지."

"물론 그렇게도 생각해 볼 수 있지. 하지만 그 개가 다른 사람을 공격한 적은 없었네. 게다가 그 두 번을 제외하고 다른 때에는 교수에게 덤벼들지 않았고. 이상한 일이지 않은가? 아무리 생각해 봐도 이상해."

홈즈가 이렇게 말했을 때 현관 벨이 울렸다.

"벌써 온 건가. 젊은 베넷 씨라면 약속 시간보다 조금 일찍 왔군그래. 그 청년이 오기 전에 자네에게 조금 더 이야기를 들려주고 싶었는데."

그렇게 이야기하는 동안에도 서둘러 계단을 오르는 발소리가 들리더니 다급한 노크소리가 들려왔다. 잠시 뒤, 서른 살가량의 키 큰 미남이 들어왔다. 차림새도 훌륭하고 품위 있어 보였지만 사람 사귀는 데 익숙한 침착한 태도가 아니라 학생처럼 수줍은 기색이 보였다. 청년은 홈즈와 악수한 뒤 조금 놀란 얼굴로 나를 보았다.

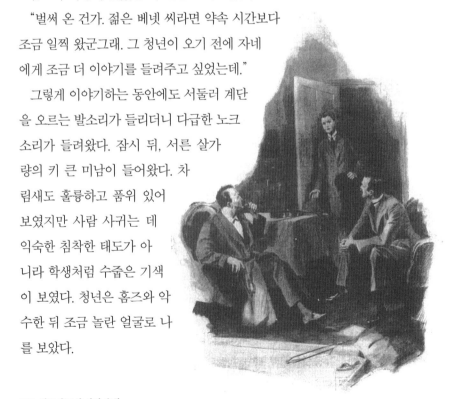

"홈즈 선생님, 이번 사건은 아주 미묘한 문제입니다. 제 입장도 생각해 주십시오. 만약 이번 일이 세상에 밝혀지면 저는 프레스버리 교수님을 다시는 볼 수 없을 겁니다. 저는 홈즈 선생님 말고 다른 분 앞에서는 이 야기할 수 없습니다."

"그런 거라면 걱정할 것 없어요, 베넷 씨. 왓슨 박사는 누구보다도 믿을 만한 사람입니다. 게다가 나도 이번 사건에서는 왓슨 박사의 도움이 꼭 필요해요."

"그렇다면 선생님 뜻대로 하십시오. 하지만 제가 조심스러워하는 이유를 이해하실 수 있겠지요?"

"왓슨, 이분은 트레버 베넷 씨일세. 프레스버리 교수의 조수이고 그와 같은 집에서 사는데 교수의 외동딸인 에디스 양과 약혼한 사이야. 베넷 씨가 왜 교수의 비밀을 밝히기 어려워하는지 알 수 있겠지? 교수가 베넷 씨에게 충성과 헌신을 요구하는 것도 당연한 일이고. 하지만 베넷 씨, 이 이상야릇한 사건을 해결하려면 필요한 조치를 먼저 해 둬야 합니다."

"그렇게 되기를 바랍니다. 그것이 저의 소망이니까요. 왓슨 박사님도 이번 일에 대해서 대충 알고 계십니까?"

"아니요, 설명할 시간이 없었습니다."

"그렇다면 새로운 상황을 이야기하기 전에 지금까지의 사실들을 다시 한 번 설명하는 것이 좋겠습니다."

"아니, 그건 내가 말하겠습니다."

홈즈가 청년을 막으며 말했다.

"내가 순서대로 잘 기억하고 있는지 확인하기 위해서도 그렇게 하는 편이 좋을 겁니다. 왓슨, 프레스버리 교수는 유럽에서도 아주 유명한 학자로, 지금까지 평생 연구에만 힘써 왔다네. 무슨 구설수에 오른 적은 한 번도 없었어. 부인이 먼저 세상을 떠나서 지금은 외동딸인 에디스 양과 둘이서 살고 있네. 내가 조사한 바에 따르면 그는 매우 남자답고 적극적인 성격이라 호전적이라고 말하는 사람도 있다네. 이것이 불과 몇 달 전까지의 일이었어.

그런데 갑자기 그의 생활에 큰 변화가 생겼네. 그는 61세인데 같은 대학에서 비교해부학을 가르치는 모피 교수의 딸과 약혼하게 된 걸세. 내가 듣기로, 교수의 나이에 어울리는 격식 있는 프러포즈가 아니라 혈기 왕성한 젊은이에게 뒤지지 않을 만큼 열정적인 프러포즈였다네. 그도 그럴 것이 그녀에 대한 교수의 열렬한 사랑은 우리가 흔히 볼 수 있는 것이 아니었으니까. 상대 여성인 앨리스 모피 양은 뛰어난 미인으로 마음씨도 곱고 흠잡을 데 없는 아가씨라고 하니 프레스버리 교수가 깊은 사랑에 빠지게 된 것도 당연한 일일세. 하지만 딸인 에디스 양과 여기 계신 베넷 씨는 그 둘의 약혼을 별로 달가워하지 않았다네."

"우리는 그게 좀 지나치다고 생각했습니다."

"맞아요. 지나치고, 거칠고, 부자연스럽지요. 하지만 프레스버리 교수는 부유했기 때문에 모피 교수가 딸의 결혼을 반대하지는 않았네. 그런데 당사자인 모피 양의 관점은 아버지와 많이 달랐어. 그녀에게 청혼한 사람이 이미 여럿 있었는데, 그 사람들은 세상의 명성이라면 교수에 미치지 못했을지 모르지만 적어도 나이라는 점에서는 그 아가씨와 훨씬 더 잘 맞았거든. 하지만 그녀는 교수의 독특한 성격을 알면서도 그에게 호감을 품은 모양일세. 둘에게 있어서 문제는 단지 나이 차이가 많다는 점뿐이었지.

그런데 그때부터 조금 이상한 일들이 벌어지면서 교수의 정상적인 일상생활에 그림자가 드리워졌네. 예전엔 하지 않던 행동을 하기 시작했거든. 얼마 전에는 어디에 간다는 말도 없이 훌쩍 집을 떠나서 보름 만에야 돌아왔어. 게다가 완전히 초췌해진 몰골로 말일세. 평소에는 솔직한 사람이었지만 그때는 어디에 갔다 왔는지 아무리 물어봐도 입을 꾹다물었네. 그런데 우연히 교수의 행적을 알게 되었어. 여기에 있는 베넷씨가 마침 보헤미아의 프라하에 있는 친구에게 편지를 받았는데 거기에 오랜만에 프레스버리 교수를 만났고 이야기는 나누지는 못했지만 아주기뻤다는 내용이 적혀 있었던 걸세. 그렇게 해서 가족들은 그 보름 동안교수가 프라하에 갔었다는 사실을 알게 되었지.

정작 중요한 이야기는 지금부터일세. 여행에서 돌아오고 나서 교수에게 기묘한 변화가 생겼어. 이상하게 눈치를 보며 사람들의 눈길을 피했고 음험한 분위기가 생겼다네. 얼핏 보기에도 사람이 바뀐 것처럼 그의 훌륭한 성품에도 어두운 그림자가 드리워졌어. 그렇다고 해서 지성까지 잃지는 않았네. 강의는 여전히 힘에 넘치고 훌륭했다고 하니까. 하지만 어딘지 이상하고, 불길하고, 사악한 기운이 감돌았네. 그래서 아버지를 사랑하는 에디스 양은 어떻게 해서든 아버지의 가면을 벗겨 예전 모습으로 되돌리려고 노력해 보았어. 하지만 베넷 씨, 당신도 수고했지만아무 효과도 보지 못했지요? 그럼 편지에 대해서는 배넷 씨가 직접 말해주십시오."

"왓슨 박사님, 미리 말씀드리지만 교수님은 제게 아무것도 숨기지 않으셨습니다. 만약 제가 교수님의 아들이나 동생이었다 하더라도 지금처럼 신뢰받지는 못했을 겁니다. 저는 교수님의 비서이기 때문에 교수님에게 온 편지를 전부 열어서 내용을 읽어 본 뒤 분류합니다. 제 업무 중하나죠. 그런데 교수님이 프라하에서 돌아오신 다음부터는 모든 게 완전히 바뀌어 버렸습니다. 교수님은 우표 밑에 십자가 표시가 있는 편지가 런던에서 올 거라고 말씀하셨습니다. 그런데 그 편지는 당신만 보고 싶으니 뜯지 말고 따로 챙겨 두라고 하셨지요. 저는 그런 편지를 몇 통 받았는데 당연히 뜯지 않고 교수님에게 바로 건넸습니다. 거기에는 런던 동부 중구 우체국 소인이 찍혀 있었고 주소는 글을 모르는 사람이 쓴 것처럼 아주 서툰 글씨로 쓰여 있었습니다. 그 편지에 교수님이 답장을 보냈는지는 모릅니다. 적어도 제가 대필한 것은 한 통도 없었고 늘 편지를 넣어 두는 바구니에서도 본 적이 없습니다.”

“그 상자에 관한 일도 있었죠?”

“아, 그 상자 말인가요? 교수님이 여행에서 돌아오셨을 때 작은 나무 상자 하나를 가지고 오셨습니다. 교수님이 유럽 대륙에 다녀오셨다는 것을 보여 주는 유일한 물건이었습니다. 독일을 떠올리게 하는 진기한 조각이 새겨져 있었거든요. 교수님은 그 상자를 실험 기구가 들어 있는 진열장 안에 보관하셨습니다. 어느 날 저는 그 진열장 안에서 캐뉼라[23]를 찾다가 별 생각 없이 그 상자를 집어 올렸습니다. 그러자 놀랍게도 교수님은 불같이 화를 내시며 지금까지 들어 본 적 없는 거친 말로 저를 야단치셨습니다. 그런 일은 처음이라 저는 크게 마음의 상처를 받았습니다. 저는 그저 우연히 그 상자를 만졌을 뿐이라고 설명했지만 교수님은 그날 밤 내내 저를 경계하는 눈빛으로 노려보셨습니다. 그 일이 마음속에 깊이 박혀 있었던 겁니다.”

베넷 씨는 주머니에서 작은 일기장을 꺼냈다.

“이건 7월 2일의 일이었습니다.”

“베넷 씨는 훌륭한 증인이로군요. 당신이 기록한 일기가 큰 도움이 될

---

23) cannula. 몸 안으로 약물을 넣거나 체액을 뽑을 때 쓰는 관을 말한다.

겁니다."

"홈즈 선생님, 이 방법도 교수님께 배운 것 중 하나입니다. 교수님의 모습이 이상하다는 사실을 깨닫고 나서 그분의 행동을 관찰하기로 마음먹었습니다. 그래서 7월 2일, 교수님이 서재에서 홀로 나오셨을 때 로이가 물려고 덤벼든 날부터 기록하고 있습니다. 7월 11일에도 비슷한 일이 있었고, 7월 20일에도 그런 일이 생겼다고 기록되어 있습니다. 그 다음부터는 로이를 마구간에 가둬야 했습니다. 원래는 잘 길들여진 사랑스러운 녀석인데 말이죠. 아니, 그런데 아무래도 제가 따분한 이야기를 하는 모양입니다."

홈즈가 자기 이야기를 전혀 듣지 않자 베넷 씨가 비판하는 듯이 말했다. 내 친구는 굳은 표정으로 천장을 가만히 바라보다가 문득 정신을 차린 사람처럼 중얼거렸다.

"이상해, 정말 이상해! 교수에게 그런 일이 벌어졌을 줄은 몰랐습니다. 이제 지금까지의 이야기는 잘 알았으니 새로 벌어진 일에 대해서 말해 주세요."

그러자 무슨 끔찍한 기억이 떠올랐는지 베넷 씨는 그늘진 얼굴을 더욱 찌푸리며 말했다.

"지금부터 말씀드릴 이야기는 그제 밤에 벌어진 일입니다. 밤 2시쯤 됐을까요? 제가 잠들지 못한 채 침대에 누워 있는데 복도에서 바스락거리는 소리가 들렸습니다. 저는 문을 열어 밖을 살짝 내다봤습니다. 교수님의 침실은 복도의 끝 쪽에 있는데……."

"그게 언제였다고 했죠?"

베넷 씨는 홈즈가 던진 뜻밖의 질문에 불쾌해하는 표정을 얼굴에 그대로 드러냈다.

"말씀드린 대로 그
제 밤, 그러니까 9월 4일의
일이었습니다."

홈즈가 빙그레 웃으며 고
개를 끄덕였다.

"계속하세요."

"교수님의 침실은 복도
끝에 있어서 계단 쪽으로
가려면 제 방 앞을 지나야

합니다. 그런데 홈즈 선생님, 지금 생각해도 소름 끼치는 일입니다. 저는
결코 겁쟁이가 아닙니다. 하지만 그 모습을 본 순간에는 온몸이 부들부
들 떨렸습니다. 한가운데 난 창으로 들어오는 희미한 불빛을 빼면, 복도
는 전부 새카만 어둠에 잠겨 있었습니다. 어떤 검은 물체가 바스락거리
며 기어오는 것이 보였죠. 그런데 그것이 갑자기 밝은 곳으로 들어 와서
살펴보니, 놀랍게도 교수님이었습니다. 홈즈 선생님, 교수님이 기어 다
니고 있었던 겁니다! 손과 무릎을 바닥에 대고 기지는 않았습니다. 그렇
지만 뭐라고 해야 좋을지, 두 손과 다리를 바닥에 붙이고 고개를 축 늘
어뜨린 채 기듯이 걷고 있었습니다. 불편해 보이지는 않았습니다. 너무

놀라서 온몸이 굳은 채 멍하니 보는 사이에 교수님은 제 방 앞까지 와 있었습니다. 저는 퍼뜩 정신이 들어서 복도로 뛰쳐나가 어떻게 된 일이냐고 물었습니다. 그런데 그 대답이 이상했습니다. 교수님은 갑자기 몸을 일으켜 세우더니 심한 말로 저를 꾸짖고 그대로 제 옆을 지나서 계단 쪽으로 가 버렸습니다. 한 시간쯤 기다렸지만 교수님은 돌아오시지 않았습니다. 날이 밝은 뒤에야 방으로 돌아오신 게 분명합니다."

"왓슨, 자네는 지금 들은 이야기를 어떻게 생각하나?"

마치 학자가 진귀한 표본이라도 보여 주는 것 같은 말투로 홈즈가 내게 물었다.

"허리에 신경통이 있는 게 아닐까? 격렬한 통증이 느껴지면 그렇게 걷게 되거든. 게다가 그렇게 신경이 예민해지는 병도 없지."

"그래, 알겠네, 왓슨! 자네는 언제나 우리가 이 현실 세계에 두 발 단단히 붙이고 서게 해 주는군. 하지만 교수는 바로 몸을 일으켜 세웠으니 허리가 아프지는 않았을 걸세."

베넷 씨도 덧붙였다.

"교수님은 전에 없이 건강하십니다. 실제로 제가 교수님을 알고 지낸지 여러 해가 됐지만 요즘처럼 건강하신 적도 없습니다. 그런데 이런 일이 일어나다니요. 그렇다고 해서 경찰에 신고할 만한 일도 아니고, 어떻게 해야 좋을지 아주 난처합니다. 지금이라도 당장 재난이 찾아올 것만 같은 기분이 듭니다. 더 이상 이대로 기다리고 있을 수는 없습니다. 에디스, 아니, 프레스버리 양도 같은 생각입니다."

"신기하고 의미심장한 사건입니다. 왓슨, 자네는 어떻게 생각하나?"

"의사로서 의견을 말하자면 이건 정신과의 영역이라고 생각하네. 연애 문제 때문에 노신사의 대뇌 작용이 혼란스러워진 거야. 해외여행도 그러한 마음의 갈등에서 벗어나기 위한 것이었을 테고. 편지나 상자는 이 번 일과 관계가 없어 보이네. 안에는 사적인 물건, 예를 들자면 공채나 주식 같은 게 들어 있었을 거야."

"그렇다면 주인에게 달려든 개는 그런 거래에 불만을 품고 있었다는 말인가? 아니, 그게 아니야. 왓슨, 여기에는 좀 더 깊은 사연이 있어. 지 금 내가 할 수 있는 말은……."

이때 문이 열리고 젊은 여성이 들어오는 바람에 홈즈의 말이 끊어졌 다. 베넷 씨는 외마디 비명을 지르며 벌떡 일어나 여자의 손을 잡기 위 해 두 팔을 벌리며 다가갔다.

"에디스! 무슨 일이 있었소?"

"아니요, 당신의 뒤를 따라온 거예요. 오, 집에 혼자 있기가 너무 무서 워서 가만히 있을 수가 없었어요."

"홈즈 선생님, 이쪽이 아까 말씀드린 에디스 프레스버리 양입니다. 제 약혼녀지요."

내 친구는 부드러운 미소를 지었다.

"왓슨, 사건은 결말을 향해 치닫고 있어. 그렇지 않나? 그런데 프레스 버리 양, 무슨 새로운 일이 일어나서 알려주러 오셨군요?"

새로 온 손님은 전형적인 영국 숙녀의 느낌이 드는 예쁘고 영리해 보 이는 아가씨였다. 그녀는 베넷 씨 옆에 앉으며 홈즈에게 미소를 보였다.

"호텔로 가 보았더니 베넷 씨 방이 비어 있어서 여기에 있을 거라 생 각했어요. 이 사람이 홈즈 선생님과 상담하겠다는 말을 한 적이 있으니 까요. 그것보다 홈즈 선생님, 제발 가엾은 아버지를 도와주세요."

"나도 무척이나 돕고 싶지만 아직 분명하지 않은 점이 있어요. 당신의 얘기를 들으면 좀 더 확실해질지도 모릅니다."

"홈즈 선생님, 어젯밤의 일이었어요. 아버지는 어제 아침부터 모습이 이상했습니다. 당신 스스로도 무엇을 하고 있는지 모를 때가 있는 것 같아요. 아버지는 신기한 꿈의 세계에서 살고 계신 것 같습니다. 어제가 바로 그런 날이었어요. 함께 있어도 아버지라는 느낌이 들지 않았어요. 모습은 아버지였지만 마음은 다른 사람 같았어요."

"무슨 일이 일어난 겁니까?"

"한밤중이었어요. 로이가 너무 심하게 짖어서 문득 눈을 떴어요. 가엾게도 로이는 지금 마구간 근처에 사슬로 묶여 있어요. 전 언제나 침실 문을 잠가요. 베넷 씨가 말씀드렸을지 모르지만, 요즘에는 뭔가 끔찍한 일이 일어날 것 같은 기분이 들거든요. 제 방은 3층에 있는데 어젯밤에

는 커튼이 열려 있어서 달빛이 들어와 무척 아름다웠어요. 저는 로이가 심하게 짖어대는 소리를 들으며 침대에 누운 채 달빛이 들어오는 창가를 멍하니 바라보고 있었어요. 그런데 갑자기 아버지 얼굴이 불쑥 나타나더니 제 방 안을 들여다봤어요. 정말 깜짝 놀랐어요. 홈즈 선생님, 저는 정말이지 놀라움과 두려움 때문에 기절할 것만 같았어요. 아버지는 창문에 얼굴을 바싹 붙이고 한 손으로 창문을 열려고 하는 것 같았어요. 만약 그때 창문이 열렸다면 저는 미쳐 버렸을지도 몰라요. 절대 헛것을 본 게 아니었어요. 홈즈 선생님, 오해하시면 안 됩니다. 온몸이 오그라드는 느낌이 들어서 20초쯤 아버지의 얼굴을 바라보고 있었어요. 그 사이에 아버지의 얼굴이 갑자기 사라져 버렸습니다. 하지만 절대로, 절대로 침대에서 일어나 아버지 뒤를 쫓아갈 수가 없었어요. 부들부들 떨면서 아침까지 한잠도 못 자고 그대로 깨어 있었어요. 아침 식사 때, 아버지는 날카롭고 험상궂은 태도를 보였고 어젯밤의 일에 대해서는 아무 내색을 하지 않으셨어요. 물론 저도 입을 다물었고요. 저는 런던에 가야 한다는 핑계를 대고 이렇게 찾아온 거예요."

홈즈는 젊은 숙녀의 이야기를 듣고 상당히 놀란 듯했다.

"프레스버리 양, 방이 3층이라고 하지 않았습니까? 정원에 긴 사다리라도 있나요?"

"아니요, 홈즈 선생님. 그런 건 없어요. 그래서 더 이상한 거예요. 3층 창문까지 어떻게 기어오른 건지……. 하지만 아버지는 틀림없이 창문에 계셨어요."

"그게 9월 5일이죠? 사건이 더 복잡해지는군요."

홈즈의 말에 이번에는 프레스버리 양이 놀란 표정을 지었고 베넷 씨가 질문했다.

"홈즈 선생님, 벌써 두 번째로 날짜를 언급하셨습니다. 그게 이번 문제와 어떤 관계가 있습니까?"

"그럴 가능성이 있습니다. 가능성이 높아요. 하지만 지금은 아직 자료가 충분하지 않습니다."

"혹시 달이 차고 기우는 것과 정신이상 사이에 어떤 관계가 있다고 생각하시나요?"

"아니, 그렇지는 않습니다. 그건 분명해요. 내가 생각하는 것은 전혀 다른 방향입니다. 혹시 괜찮다면 그 수첩을 놓고 가십시오. 날짜를 좀 더 자세히 살펴보고 싶어요. 자, 왓슨. 이제 우리 활동 방침이 분명해졌네. 나는 프레스버리 양의 직감을 절대적으로 믿고 있네. 숙녀의 말에 따르면 교수는 어떤 시기에 일어난 일은 거의, 아니면 전혀 기억하지 못하네. 그러니까 우리는 그런 날에 약속해 두었던 것처럼 교수를 찾아가는 거야. 교수는 이상하다고 생각하면서도 자기 기억력이 떨어졌기 때문이라 생각하고 우리를 만나 줄 걸세. 우선은 이렇게 해서 교수에게 다가가 잘 관찰하고 전투를 개시할 생각일세."

"그거 좋은 생각입니다. 하지만 미리 말씀드리겠는데 교수님은 때로 쉽게 화를 내고 난폭해지십니다."

베넷 씨가 말하자 홈즈가 다시 빙그레 웃었다.

"우리가 한시라도 빨리 교수를 만나야 하는 데는 이유가 있습니다. 만약 내 추리가 정확하다면 아주 그럴 듯한 이유죠. 그럼 베넷 씨, 우리는 내일 캠퍼드에 가겠습니다. 내가 기억하기로는 거기에 체커스라는 호텔이 있는데 포도주도 나쁘지 않고 침대보도 깨끗합니다. 왓슨, 아무래도 며칠 동안 좀 불편한 곳에서 머물러야겠네."

이튿날인 월요일 아침, 나와 셜록 홈즈는 그 유명한 대학 도시로 출발했다. 홈즈는 뿌리 없는 부평초 같은 몸이라 아무 때나 훌쩍 떠나는 게 그리 어렵지 않았겠지만, 나는 내 일도 그냥 내버려 둘 수 없는 상태여서 일정을 새로 짜고 여러 가지 준비를 하느라 정신이 하나도 없었다. 홈즈는 가는 도중에는 사건에 대해서 아무 말도 하지 않았고, 자기가 말한 오래된 호텔에 도착하여 짐을 맡기고 나서야 입을 열었다.

"왓슨, 점심을 먹기 전에 프레스버리 교수를 찾아가세. 교수는 11시에 강의를 마치고 집으로 돌아와 쉴 걸세."

"좋지. 그런데 어떤 구실로 찾아갈 생각인가?"

홈즈는 베넷 씨의 수첩을 바라보았다.

"8월 26일에 교수는 흥분 상태에 있었어. 그럴 때는 자기가 무엇을 했는지 잘 기억하지 못할 걸세. 우리가 약속을 해서 찾아왔다고 우기면 교수도 끝까지 부정하지 못할 거야. 자네도 뻔뻔스럽게 우길 수 있을 만큼의 배짱은 있겠지?"

"해 볼 수밖에."

"바로 그거야, 왓슨! 부지런한 꿀벌과 '더 높이!'라는 구호가 합쳐진 자세야. '해 볼 수밖에 없다.' 이게 우리 좌우명이지. 이제 친절한 이곳 사람들이 우리를 도와줄 걸세."

우리는 그런 주민이 모는 말쑥한 이륜마차에 탔다. 마차는 오래된 건물들이 늘어선 대학 거리를 지나 곧 가로수가 있는 진입로로 들어가더니 잔디와 보라색 등나무 덩굴에 둘러싸인 멋진 저택 앞에 멈춰 섰다. 프레스버리 교수는 안락한 데다 호화롭기까지 한 환경에서 사는 듯했다. 마차가 멈춘 순간, 저택의 정면에 있는 창문에 반쯤 하얗게 센 머리가 나타났다. 짙은 눈썹 아래 커다란 뿔테 안경을 쓴 날카로운 눈빛이 우리에게 쏟아졌다. 잠시 뒤, 우리는 교수의 방으로 안내되었다. 기행을 저질러 런던에서 우리를 불러들인 그 기이한 과학자가 눈앞에 서 있었는데 그 태도와 표정에 이상한 구석은 전혀 없었다. 그도 그럴 것이 교수는 얼굴이 크고 당당한 사람으로, 키가 크고 중후했으며 프록코트를 입은 모습은 명예로운 대학의 교수답게 위엄이 있고 훌륭했다. 그중에서도 눈은 무척 인상적이었다. 날카롭고 무엇이든 꿰뚫어 보며 영악하게 느껴질 만큼 영리해 보였다.

우리가 내민 명함을 보며 프레스버리 교수가 물었다.

"신사분들, 앉으시오. 무슨 일로 왔소?"

홈즈는 상냥하게 미소 지었다.

"그건 우리가 묻고 싶은 말입니다."

"내게 말이오?"

"무슨 착오가 있었나 봅니다. 어떤 사람이 캠퍼드의 프레스버리 교수님을 도와드려야 한다고 해서 찾아왔거든요."

"오호, 그렇소?"

그렇게 말한 교수의 날카로운 회색 눈에서 악의가 담긴 번뜩임이 느껴졌다.

"당신은 그렇게 들었다는 말이오? 누가 그렇게 말했는지 그 이름을 들어볼 수 있겠소?"

"교수님, 죄송하지만 은밀한 일이라 밝힐 수가 없습니다. 만약 어딘가 착오가 있었다 하더라도 아직 폐를 끼친 것은 아니니 유감스럽다는 말밖에 드릴 수가 없습니다."

"아니, 그럴 필요는 없소. 오히려 난 좀 더 자세히 들어 보고 싶소. 꽤 재미있는 이야기 같구먼. 당신의 주장을 뒷받침할 만한 편지나 전보를 가지고 있소?"

"아니요, 없습니다."

"내가 당신을 불렀다고 주장하지는 못할 것 같소만?"

"그런 질문에는 답할 수가 없습니다."

그러자 교수가 거칠게 대꾸했다.

"아니, 아니지. 지금 던진 질문의 답은 당신이 도와주지 않아도 간단히 찾을 수 있소."

교수는 이렇게 말하더니 성큼성큼 벨이 있는 곳으로 걸어갔다. 벨소리를 듣고 런던에서 본 그 청년이 나타났다.

"들어오게, 베넷 군. 두 신사분이 내 부름을 받고 런던에서 일부러 오셨다고 하네. 자네는 내 편지를 전부 정리하고 있지 않은가? 홈즈라는 사람에게 보낸 편지가 있었나?"

"아니요, 없었습니다."

베넷 씨가 얼굴을 붉히며 대답했다.

"이제 확실해졌군."

교수는 화난 눈으로 홈즈를 바라보았다. 그리고 책상에 두 손을 올리고 몸을 앞으로 내밀었다.

"자, 신사분들. 이렇게 되면 당신들이 왜 나를 찾아왔는지 상당히 의심스럽소이다."

홈즈는 어깨를 으쓱했다.

"특별한 일도 없이 찾아와서 죄송하다고 사과할 수밖에 없겠습니다."

"그 정도로는 끝나지 않을 거요, 홈즈 선생."

노교수는 이상할 정도로 얼굴 가득 악의를 드러내며 커다란 소리로 외쳤다. 그리고 나서 문 앞으로 달려들어 우리를 향해 마구 두 팔을 휘둘렀다.

"여기서 그렇게 쉽게 나갈 수는 없어."

교수는 꿈틀꿈틀 얼굴을 일그러뜨리며 이빨을 드러내더니 분노로 이성을 잃은 채 알아들을 수 없는 말을 지껄였다. 만약 베넷 씨가 말리지 않았다면 우리는 힘으로 교수를 밀치고 밖으로 나올 수밖에 없었으리라. 베넷 씨가 필사적으로 외쳤다.

"교수님! 교수님의 명예에 흠집이 생깁니다! 대학에 이상한 소문이 퍼질 겁니다! 홈즈 선생님은 유명한 분이십니다. 이런 실례를 범하시면 안 됩니다."

주인, 아니 그를 주인이라고 할 수 있을지 모르겠지만 어쨌든 그는 참으로 못마땅하다는 듯이 마지못해 길을 열어 주었다. 집에서 나와 조용한 가로수 길로 접어들자 마음이 놓였다. 홈즈는 방금 겪은 일을 무척이나 재미있어하는 기색이었다.

"틀림없이 교수의 정신 상태는 정상이 아닐세. 우리가 쳐들어간 방법도 썩 좋지는 않았지만 바라던 대로 그 본인과 만났으니 잘됐어. 그런데 왓슨, 교수가 뒤따라오는 것 같구먼. 정말 끈질긴 사람이야."

누군가 달려오는 발소리가 들렸으나, 다행스럽게도 진입로의 모퉁이를 돌아 나온 것은 그 무시무시한 교수가 아니라 조수인 베넷 씨였다. 베넷 씨가 숨을 헐떡이며 곁으로 다가왔다.

"홈즈 선생님, 정말 죄송합니다. 사과의 말씀을 드리려고요."

"신경 쓰지 마세요. 탐정에게 그런 일은 아주 흔하니까요."

"그건 그렇고 교수님이 그렇게 난리를 치시는 건 저도 처음 봅니다. 점점 더 험악해지고 있어요. 선생님도 이제 프레스버리 양과 제가 걱정하는 이유를 아셨겠지요? 저런 모습을 보이시면서도 머리는 굉장히 잘 돌아가는 게 신기할 정돕니다."

"너무 잘 돌아가서 탈이지요. 내가 잘못 생각했어요. 기억력도 내 예상보다 훨씬 더 좋고요. 이왕 여기까지 왔으니 프레스버리 양의 방에 있는 창문도 볼 수 있을까요?"

베넷 씨가 관목 사이를 지나며 안내해 주었다. 우리는 저택의 옆쪽으로 돌아갔다.

"저기입니다. 왼쪽에서 두 번째 창문이요."

"그렇군요. 저기에 다가가기는 쉽지 않겠습니다. 물론 아래에는 등나무 덩굴이 있고 위에는 물받이가 있어서 발 디딜 만한 곳이 전혀 없지는 않지만."

"하지만 선생님, 저라면 절대 오르지 못할 겁니다."

"물론 그렇겠지요. 평범한 사람에게는 아주 위험한 일입니다."

"홈즈 선생님, 사실 한 가지 더 말씀드리고 싶은 일이 있습니다. 교수님이 편지를 보내시는 런던 사람의 주소를 알아냈습니다. 교수님은 오늘 아침에도 편지를 쓰신 것 같은데 그때 사용하신 압지에 흔적이 남아 있었습니다. 교수님의 신뢰를 받고 있는 비서가 할 짓은 아니지만, 이렇게 된 이상 어쩔 수가 없습니다."

홈즈는 그 압지를 흘낏 보더니 주머니에 넣었다.

"도락이라……. 이상한 이름입니다. 슬라브[24] 쪽인가? 어쨌든 이건 매우 중요한 단서가 될 겁니다. 그럼 베넷 씨, 우리는 오후 기차를 타고 런던으로 돌아가겠습니다. 계속 이 도시에 있어 봐야 큰 도움이 되지는 않을 테니까요. 교수가 나쁜 짓을 한 것도 아니니 체포할 수도 없고, 또 정신이 이상해졌다는 확실한 증거도 없으니 감금할 수도 없습니다. 아직은 손을 댈 수가 없어요."

"그럼 우리는 대체 어떻게 하면 좋겠습니까?"

"조금만 더 참으세요. 조만간에 분명히 무슨 일이 일어날 거예요. 내 추리가 정확하다면 다음 주 화요일이 가장 위험합니다. 그때 우리도 이 캠퍼드에 다시 오겠습니다. 하지만 별로 좋지 않은 경험을 하게 될 텐데, 혹시 프레스버리 양이 좀 더 오래 런던에 머물 수 있다면……."

"그건 간단합니다."

"그럼 우리가 이젠 안전하다고 할 때까지 그 숙녀를 계속 런던에 머물게 하세요. 그리고 그동안은 교수의 뜻을 거스르지 말고 원하는 대로 하게 내버려 두고요. 그의 기분을 상하게 하지만 않는다면 걱정할 것은 아무것도 없습니다."

"아, 교수님이 나오셨습니다!"

베넷 씨가 놀라며 낮은 목소리로 말했다. 나뭇가지 사이에 숨어 바라보니 키 크고 말쑥하게 차려 입은 교수가 현관에서 나와 주위를 둘러보

---

24) Slav. 동유럽과 중부 유럽에 거주하며 슬라브어를 사용하는 아리안계 여러 민족을 말한다. 러시아, 우크라이나, 폴란드, 체코, 불가리아 등이 이 범위에 속하며 주로 그리스정교 문화권에 속해 있다.

고 있었다. 그는 머리를 앞으로 쑥 내밀더니 두 손을 앞쪽으로 내려뜨리고 휘두르며 좌우를 두리번거렸다. 비서는 우리에게 손을 흔들어 작별 인사를 하고 나무 사이로 모습을 감추었다. 잠시 뒤 둘은 활기차게, 어쩌면 흥분한 듯한 모습으로 대화를 나누며 안으로 들어갔다.

홈즈가 호텔 쪽으로 걸으며 말했다.

"교수는 자기가 보고 들은 것을 한데 섞어서 추리한 모양일세. 아주 잠깐 이야기를 나누었지만 그는 아주 명석하고 논리적인 사람이야. 화를 잘 내기는 하지만 교수 입장에서 보자면 이해할 만해. 누가 자기 행동을 살피지는 않을까, 그것도 집안사람 중에 누가 그런 것이 아닐까 하는 생각이 들어서 기분이 나빠진 거야. 아마 지금쯤은 베넷 씨가 애를 먹고 있겠구먼."

가는 도중에 홈즈는 우체국에 들러 전보를 한 통 보냈다. 그 답장은 저녁이 되어서야 도착했는데 홈즈는 그것을 다 읽고는 내게 던져 주었다.

커머셜 가의 도락을 방문함. 온화한 사람. 어르신. 보헤미아인. 큰 잡화상을 운영함. ― 머서

"머서는 자네가 떠난 뒤부터 내 일을 도와주는 사람일세. 잡다한 것들을 조사해 주는 유능한 도우미지. 프레스버리 교수가 그렇게 은밀하게 편지를 주고받는 사람이 누구인지 알아둘 필요가 있었네. 그 사람이 보헤미아 사람이라면 교수가 프라하에 간 일과 관계가 있겠지."

"어쨌든 조금이라도 관계있는 사실이 발견되었다니 다행이 아닌가? 지금까지는 서로 아무 관계도 없는 이상한 사건들과 마주한 느낌이었으니까. 예를 들어서 공격적으로 변한 개와 교수가 보헤미아의 프라하를

방문한 게 무슨 관계가 있단 말인가? 또 교수가 밤중에 복도를 기어 다니는 일은 무슨 상관이고? 게다가 자네가 문제 삼고 있는 날짜야말로 가장 커다란 수수께끼일세."

홈즈는 싱긋 웃으며 두 손을 비벼 댔다. 우리는 오래된 호텔의 낡은 거실에서 홈즈가 말한 그 유명한 포도주를 사이에 두고 앉아 있었다.

"알겠네, 그럼 우선 그 날짜에 대해서 이야기하겠네."

홈즈는 양쪽 손가락 끝을 마주 대고 강의하는 선생과 같은 태도로 말했다.

"이 우수한 청년의 일기를 살펴보면 일단 7월 2일에 묘한 일이 일어났네. 그리고 이후부터는, 한 번의 예외를 빼면 아흐레 간격으로 같은 일이 벌어졌어. 가장 최근에 일어난 발작은 9월 3일 금요일이었는데, 그 전의 발작이 8월 26일에 일어났으니 정확히 아흐레 전이 되는 셈이야. 이건 절대로 우연이 아닐세."

나는 홈즈의 추리를 인정할 수밖에 없었다.

"여기에서 우리는 프레스버리 교수가 아흐레 간격으로 약효가 아주 독한 어떤 약을 먹는다고 가정할 수 있네. 그 약의 효과는 일시적이지만 강렬해. 그래서 원래의 격렬한 성격이 약 때문에 더욱 강해지는 거지. 교수는 프라하에 있을 때 그 약을 처음으로 접했고 지금은 런던에 있는 보헤미아인을 통해서 손에 넣는 걸세. 어떤가? 왓슨, 이렇게 생각하면 모든 사실들이 맞아떨어지지 않나?"

"그렇다면 개에게 물릴 뻔하고, 3층까지 기어 올라가 딸의 방을 엿보고, 복도를 기어 다닌 사실은 어떻게 설명하려고?"

"물론 그런 문제들이 남아 있지만 우리는 이제 막 수사를 시작한 참이네. 다음 주 화요일까지는 아무 일도 일어나지 않을 테니 그때까지는 베넷 씨와 계속 연락하면서 이 아름다운 도시에서 여유롭게 휴식을 취하기로 하세."

이튿날 아침, 베넷 씨가 최신 정보를 가지고 호텔로 조심스레 찾아왔다. 홈즈의 예상대로 우리가 떠난 뒤 꽤나 고생한 모양이었다. 교수는 우리가 방문했다는 사실에 노골적으로 화를 내지는 않았지만, 걸핏하면 거칠고 난폭하게 소리를 질렀으며 강한 불만을 드러낸 것 같았다. 그러나 오늘 아침에는 꽤 차분해져서 교실에 가득 들어찬 학생들을 상대로 평소와 다름없이 훌륭하게 강의했다는 것이다.

"이상한 발작만 빼면 교수님은 그 어느 때보다도 건강하고 기운이 넘치십니다. 머리도 평소보다 훨씬 더 맑은 듯하고요. 하지만 사람이 바뀐 것 같아서……. 우리가 알던 교수님은 저런 분이 아니었습니다."

"적어도 앞으로 일주일 동안은 아무것도 걱정할 필요가 없습니다. 나도 여러 가지로 바쁜 몸이고 왓슨 박사도 돌봐야 할 환자들이 있으니 다음 주 화요일 이 시간에 이 호텔에서 다시 만납시다. 그때는 이번 사건의 진상을 밝힐 수 있을 겁니다. 당신의 수고를 덜어 주지는 못하더라도 말이오. 그 전에 무슨 일이 생기면 연락하세요."

그로부터 며칠 동안은 별다른 일이 없었다. 월요일 밤이 되자 홈즈에게 내일 기차역에서 만나자는 짧은 편지가 왔다. 캠퍼드로 가는 기차 안에서 홈즈가 내게 들려준 이야기에 따르면 그동안 아무 일이 없었다고 했다. 교수의 집도 차분하게 안정을 되찾았고, 그의 행동도 정상적이었다. 그날 밤, 체커스의 방으로 찾아온 베넷 씨도 같은 말을 했다.

"오늘 런던에서 교수님 앞으로 우편물이 왔습니다. 편지와 소포였는데 둘 다 열지 말라는 뜻으로 우표 밑에 십자가 표시가 있었습니다. 그것 말고 특별히 이상한 일은 없었습니다."

홈즈는 굳은 표정으로 대답했다.

"그만하면 됐습니다. 베넷 씨, 오늘 밤에야말로 어떤 결론이 날 겁니다. 내 추리가 정확하다면 이번 사건을 해결할 기회인데 그러려면 교수를 면밀히 감시해야만 합니다. 그러니 오늘 밤에는 잠을 자지 말고 감시하세요. 만약 교수가 당신의 방 앞을 지나더라도 방해하지 말고 가만히 뒤쫓으면 됩니다. 나와 왓슨 박사는 가까운 곳에 있을 테니까요. 그건 그렇고 전에 말한 그 작은 상자의 열쇠는 어디에 있습니까?"

"교수님의 시곗줄에 끼워져 있습니다."

"상자 안을 좀 살펴봐야겠습니다. 최악의 경우에는 자물쇠를 뜯어서라도요. 그런데 저택 안에 우리와 행동을 같이 할 만한 건장한 남자는 더 없습니까?"

"맥페일이라는 마부가 있습니다."

"어디서 잠을 자죠?"

"마구간 위에서요."

"어쩌면 뭔가를 부탁할 일이 생길 수도 있습니다. 지금부터는 무슨 일이 벌어질지 지켜보는 수밖에 없어요. 그럼 안녕히. 날이 밝기 전에는 다시 만날 겁니다."

한밤중이 되기 직전, 홈즈와 나는 프레스버리 교수 저택의 현관 맞은 편에 있는 관목 사이에 몸을 숨겼다. 아주 맑은 밤이었으나 날씨가 쌀쌀해서 따뜻한 외투가 고마울 따름이었다. 차가운 바람이 불어 조각구름이 때때로 하늘에 걸린 반달을 가렸다. 만약 우리가 기대와 흥분에 마음을 빼앗기지 않았다면, 그리고 우리의 관심을 끈 이 기괴한 사건도 곧 막을 내리리라는 홈즈의 말이 없었다면 그날 밤의 잠복은 매우 우울했을 것이다.

"만약 아흐레 간격으로 발작을 일으킨다는 추리가 맞는다면 프레스버리 교수는 오늘 밤에도 발작을 일으킬 거야. 그 발작이 교수가 프라하에 다녀온 뒤부터 시작되었다는 사실, 교수가 런던의 보헤미아 상인과 은밀하게 편지를 주고받는다는 사실, 바로 오늘 그 보헤미아 상인에게 소포를 받았다는 사실 등은 모두 한 방향을 가리키고 있네. 교수가 어떤 약을 왜 먹고 있는지는 아직 알 수 없지만 그것이 모종의 경로를 통해 프라하에서 들어오고 있다는 점은 확실해. 교수는 누군가의 지시에 따라 아흐레마다 약을 먹는 걸세. 그것이 내 주의를 끈 첫 번째 사실이야. 하지만 가장 눈에 띄는 것은 교수의 증상일세. 자네, 교수의 손가락 관절을 봤나?"

안타깝게도 나는 그런 적이 없다고 고백해야 했다.

"그렇게 두툼하고 뼈가 튀어나온 손가락 관절은 처음 봤네. 왓슨, 언제나 손을 먼저 보게나. 그 다음엔 상의 소맷자락이나 바지 무릎, 그리고 구두를 보면 돼. 굉장히 기묘하게 생긴 관절은 진화의 단계라고 설명할 수밖에……."

홈즈는 말을 뚝 끊더니 갑자기 자기 이마를 툭 두드렸다.

"그렇게 된 거로군! 왓슨, 왓슨! 내가 너무 어리석었어! 상식적으로는 쉽게 믿을 수 없는 일이지만 바로 그게 진실이야. 모든 사실이 한 방향을 가리키고 있어. 아, 도대체 왜 그걸 깨닫지 못했을까? 그 관절, 어째서 내가 그 관절을 놓쳤을까? 그리고 개! 거기다 등나무 덩굴도! 나도 마침내 꿈에 그리던 작은 농장으로 물러나야 할 때가 왔나 보군. 왓슨, 저기 보게! 프레스버리 교수가 나왔어. 좋아, 이번에야말로 내 눈으로 직접 확인하겠네."

현관문이 조용히 열리더니 램프 불빛을 등지고 늘씬하니 키가 큰 프레

스버리 교수가 모습을 드러냈다. 그는 실내복 차림이었는데 예전에 봤을 때처럼 두 손을 아래로 축 늘어뜨리고 몸을 앞으로 수그린 채 서 있는 모습이 문 앞에 실루엣이 되어 떠올랐다.

교수는 진입로 쪽으로 걷기 시작했다. 그런데 그때, 기묘한 변화가 생겼다. 허리를 구부리더니 활력과 정력이 남아도는지 두 손을 땅바닥에 댄 채 때때로 펄쩍펄쩍 뛰어올랐다. 교수는 곧 현관 앞을 지나 마구간 쪽으로 돌아갔다. 교수가 사라지자 베넷 씨가 현관을 나와 살금살금 교수의 뒤를 따라가는 모습이 보였다.

"이리 오게, 왓슨. 얼른!"

홈즈의 외침에 따라 우리는 발소리를 죽여 관목 숲에서 나와 달빛에 젖은 저택의 옆모습이 보이는 곳에 이르렀다. 살펴보니 교수는 등나무 덩굴이 엉켜 있는 저택 벽 밑에 웅크려 앉아 있었다. 그러다가 갑자기 놀랄 만큼 가벼운 몸놀림으로 벽을 타고 빠르게 올라가기 시작했다. 가지에서 가지로 옮겨 가는 발놀림이며 작은 가지를 쥐고 있는 손동작은 흔들림이 없었고 힘이 넘쳤다. 훌쩍 뛰어다니며 올라가는 모습은, 특별한 목적 없이 그저 자기 힘을 즐기는 것처럼 보였다. 달빛을 받은 벽 위에 크고 검은 그림자를 드리운 채 실내복을 양쪽으로 펄럭거리는 모습은 아주 커다란 박쥐가 저택 벽에 찰싹 달라붙어 있는 것 같았다. 잠시 뒤, 교수는 그 놀이에 싫증이 났는지 다시 가지에서 가지를 타고 순식간에 땅바닥으로 내려왔다. 그러더니 다시 방금 전처럼 기이한 모습으로 땅바닥에 두 손을 대고는 펄쩍펄쩍 뛰어서 마구간 쪽으로 들어갔다. 아까부터 마구간 밖에서 개가 짖고 있었는데 교수를 보자 더욱 맹렬하게 짖어 댔다. 쇠사슬을 팽팽하게 당긴 채 온몸을 부들부들 떨며 미친 듯이 날뛰었는데 교수는 개가 사슬 때문에 더 이상 앞으로 나갈 수 없는 곳까지 다가가서는 별별 방법으로 개를 약 올렸다. 조그만 돌멩이를 집어 머리에 던지거나, 마른 나뭇가지를 쥐고 찌르기도 하고, 떡 벌린 개 주둥이에서 겨우 몇 센티미터 떨어진 곳에서 손뼉을 치기도 하며, 이미 눈이 뒤집힌 개에게 온갖 짓을 해서 더욱 날뛰게 만들었다. 지금까지 여러 가지 사건을 겪었지만, 그처럼 기괴한 광경은 처음이었다. 그 차갑고 근엄한 인물이 개구리처럼 땅바닥에 넙죽 엎드려서는 뒷발로 서서 미친 듯이 짖어 대는 개를 온갖 교묘하고 잔혹한 방법으로 끝도 없이 괴롭히는 모습은 엄청난 충격으로 다가왔다.

그때 끔찍한 일이 벌어졌다! 사슬이 끊어지지는 않았다. 그렇지만 그 개의 목에는 목이 굵은 뉴펀들랜드 종에게 맞는 개목걸이가 걸려 있어서 그만 사슬이 쑥 빠져 버린 것이었다. 찔그럭하고 사슬이 땅바닥에 떨어지는 소리가 들리더니 다음 순간 개와 사람이 한데 뒤엉켜 바닥을 나뒹굴었다. 개는 성이 나 울부짖었고 사람은 겁에 질려 날카로운 비명을 내질렀다. 교수의 목숨은 바람 앞의 등불이었다. 사납게 날뛰던 개가 그 이빨로 교수의 목을 힘껏 물어뜯었고 우리가 달려들어 개를 떨어뜨려

놓았을 때, 이미 그는 정신을 잃은 상태였다. 우리도 위험할 뻔했지만 베넷 씨를 보고 목소리를 들은 개는 곧 안정을 되찾았다.

이 소동에 놀란 마부가 졸린 눈을 비비며 마구간 위에서 내려왔다.

"언젠가 이렇게 될 줄 알았어요. 예전에도 교수님이 이런 짓을 하시는 걸 봤거든요. 조만간에 개한테 물릴 것 같았습니다."

개를 묶은 뒤 교수를 침실로 옮겼다. 다행히 베넷 씨도 의학 학위를 가지고 있어서 나를 도와 교수의 찢어진 목을 치료했다. 울프하운드의 날카로운 이빨이 경동맥을 비껴가기는 했으나 출혈이 너무 심했다. 30분 뒤에 고비를 넘기자 나는 모르핀을 주사했다. 교수가 곧 깊은 잠에 빠져들고서야 우리는 안도의 한숨을 내쉬고 서로 얼굴을 마주 보며 이야기를 나눌 수 있었다.

"일류 외과 의사의 치료를 받는 편이 좋겠습니다."

"아니, 그럴 수는 없습니다."

내 말에 베넷 씨가 정색을 하며 대답했다.

"지금은 우리만 이 사실을 알고 있어서 걱정할 게 없지만, 만약 세상에 알려진다면 어떤 파문이 일지 모릅니다. 교수님이 대학에서 갖고 계신 지위와 유럽에 떨친 명성, 그리고 따님의 마음을 생각해 주십시오."

홈즈도 동의했다.

"베넷 씨 말이 맞습니다. 이번 사건을 우리 마음속에만 담아 두고 우리의 재량권으로 재발을 막을 수도 있습니다. 베넷 씨, 그 시곗줄에 끼워져 있는 열쇠를 빼세요. 그럼 환자는 맥페일에게 맡깁시다. 용태가 나빠졌을 때 보고받으면 될 테니까. 우리는 교수의 비밀 상자에 무엇이 들어 있는지 봅시다."

상자의 내용물은 그리 대단치 않았으나 우리에게는 그것으로 충분했다. 텅 빈 작은 약병 하나, 거의 가득 차 있는 약병 하나, 주사기와 외국인이 썼는지 알아보기 어려운 글씨로 쓰인 편지가 몇 통 들어 있었다. 그 편지의 겉면에 있는 십자가 표시를 보자 그것이 곧 비서의 일상을 흩뜨려 놓은 편지임을 알 수 있었다. 편지를 부친 곳은 런던의 커머셜 로였으며, 보낸 사람은 'A. 도락'이었다. 봉투 안에는 새로운 약병을 프레스버리 교수에게 보낸다는 송장이나 대금을 받았다는 영수증이 들어 있었다. 하지만 교양 있는 사람이 쓴 듯한 글씨로 적힌 봉투가 딱 하나 있었다. 오스트리아 우표가 붙어 있었고, 프라하 소인이 찍혀 있었다.

"여기 있었군. 이거야!"

홈즈는 이렇게 외치며 봉투를 뜯었다.

존경하는 동료 교수님

교수님을 뵙고 나서 깊이 생각해 보았으나 깊은 사정이 있는 듯하여 부탁을 받아들이기로 했습니다. 단, 실험 결과에 따르면 어느 정도의 위험은 감수해야 한다는 점을 명심하시기 바랍니다.

유인원의 혈청[25]이 더 효과가 좋을 수도 있지만 예전에 말씀드렸다시피 재료를 손에 넣기 어려워서 검은 얼굴 랑구르 원숭이의 혈청을 보냅니다. 물론 랑구르 원숭이는 지면을 기어 다니고 나무를 탑니다. 반면에 유인원은 인간처럼 서서 걷고 모든 점에서 인간과 비슷합니다.

이 요법은 아직 정식으로 허가를 받은 것이 아니니, 다른 사람이 알지 못하도록 세심한 주의를 기울여 주십시오. 치료를 받는 분이 영국에 한 분 더 계시는데 모두 도락이라는 사람이 대리인 역할을 하고 있습니다. 반드시 매주 보고해 주십시오.

커다란 존경을 담아서,

H. 로벤슈타인

로벤슈타인! 그 이름을 듣고 나는 짧은 기사 하나를 떠올렸다. 그 기사에 따르면 어떤 정체 모를 과학자가 불로장생의 비약을 연구하고 있다고 했다. 프라하의 로벤슈타인! 신비한 활력을 가져다주는 혈청을 공개했지만 그 원료를 밝히지 않아 학계에서 배척당한 사람이었다. 나는 그에 대해서 알고 있는 모든 사실을 간단히 들려주었다. 그러자 베넷 씨가 책장에서 동물학 입문서를 꺼내 책장을 넘겼다.

"랑구르 원숭이. 히말라야 기슭에 사는 얼굴이 검은 커다란 원숭이.

25) 혈액이 완전히 응고한 뒤, 혈병血餠이 수축하면서 그와 분리되어 생기는 담황색의 투명한 액체.

나무에 오르는 원숭이 중에서는 가장 크며 인간과 가깝다.' 아래에 자세한 내용이 조금 더 실려 있습니다. 홈즈 선생님, 정말 고맙습니다. 덕분에 악의 근원을 파헤쳤습니다."

"진짜 악의 근원은 때늦은 사랑입니다."

홈즈가 말을 이었다.

"다시 말해서 성격 급한 교수는 자기가 젊음을 되찾아야 젊은 앨리스 모피 양과 결혼할 수 있다고 생각한 겁니다. 하지만 사람이 자연의 법칙을 거스를 수는 없습니다. 그때는 반드시 그 대가를 치르게 되지요. 교수처럼 지성과 교양이 풍부한 사람이라도 운명을 거스르면 짐승이 되고 맙니다."

홈즈는 조그만 상자에서 약병을 꺼내 잠시 병 속의 투명한 액체를 바라보며 생각에 잠겼다.

"로벤슈타인에게 편지를 써서 이런 약을 판 것에 대해 법적 책임을 묻겠다고 하면 더 이상 문제가 일어나지 않을 겁니다. 물론 그런 일이 또 일어날지도 모르고 다른 사람이 더 좋은 약을 개발할 수도 있겠지요. 하지만 거기에는 위험이 따르기 마련입니다. 인류에 대한 참된 위험이 말입니다.

왓슨, 생각해 보게. 물욕으로 가득하고 난잡한 세속의 인간들 모두가 그 하찮은 목숨을 연장하게 되지 않겠나? 그렇지만 숭고한 사람들은 더 높은 것을 향한 부름을 마다하지 않을 걸세. 살아갈 가치가 없는 사람들만 살아남는다면 이 세상은 시궁창이 되고 말 거야. 안 그런가?"

갑자기 몽상가 같던 홈즈가 자취를 감추고 행동하는 홈즈가 나타났다. 그는 힘차게 의자에서 일어나 베넷 씨에게 말했다.

"베넷 씨, 더 이상은 할 말이 없습니다. 이제 와서 생각해 보면 전부 짐작 가는 일들뿐이었어요. 개는 당신보다 훨씬 더 먼저 교수의 변화를 눈치챘습니다. 아마 냄새로 알았겠지요. 로이가 공격한 것은 교수가 아니라 원숭이였어요. 로이를 괴롭힌 게 원숭이였던 것처럼. 원숭이는 나무에 오르기를 좋아하니 그저 재미로 프레스버리 양의 방을 들여다봤을 겁니다. 자, 왓슨. 그만 가세. 런던으로 가는 아침 열차가 있지만 그전에 체커스로 가서 맛있는 차 한잔 들 시간은 있을 걸세."

9. 사자 갈기

그건 오랜 세월 동안 내가 맡았던 여러 사건 못지않게 예를 찾아볼 수 없을 만큼 까다롭고 기이했다. 게다가 내가 은퇴한 뒤에 바로 내 집 앞에서 벌어졌으니 정말 기묘했다. 당시 나는 서식스에 작은 집을 마련해서 칩거하며 살고 있었는데 그처럼 자연에 파묻힌 전원생활이야말로 음울한 런던에서 오랫동안 늘 꿈꾸며 동경하던 삶이었다. 이때는 왓슨과 거의 만나지 못할 때였다. 왓슨은 주말에 가끔 찾아올 뿐이었고 그래서 내가 직접 펜을 들어 사건을 기록하는 역할을 하게 되었다. 아, 그 친구만 있었다면 이번 사건을 멋지게 기록해서 온갖 역경을 딛고 마침내 승리를 거두었다는 식으로 떠들어 댔을 텐데! 하지만 앞서 말한 사정 때문에 서툰 글 솜씨로 이야기할 수밖에 없다. 사자 갈기에 대한 비밀을 파헤치기 위해 앞에 놓인 어려운 길을 한 걸음씩 나아간 과정을 내가 직접 설명해야 하는 것이다.

내 집은 영국해협이 한눈에 내려다보이는 서식스 다운스의 남쪽 사면에 자리 잡고 있었다. 그 부근의 해안선은 전부 백악질의 깎아지른 듯한 절벽이었고, 바다로 내려가는 길은 아주 미끄럽고 험하며 경사가 심하고 구불거리는 좁은 길 하나뿐이었다. 그 길을 따라 내려가면 물이 들어와도 바닷물에 잠기지 않는 자갈로 이루어진 해변이 100미터 남짓 이어져 있었다. 그런데 그 해변에는 여기저기서 흘러드는 작은 강과 움푹 파인 곳이 있었기 때문에 물이 빠질 때마다 물이 새로 채워지는 이상적인 수영장이 되었다. 이 멋진 해안은 좌우로 각각 몇 킬로미터씩 이어져 있는데, 딱 한 군데에서만 작은 만을 이루었고 거기에 풀워스 마을이 자리 잡고 있었다.

내 집은 쓸쓸했다. 집에는 나, 나이 든 가정부, 내가 기르는 꿀벌이 가족의 전부였다. 그러나 집에서 800미터쯤 떨어진 곳에 유명한 교육원인 게이블스가 있었다. 제법 넓은 건물에서 여러 가지 직업을 준비하는 청년 수십 명이 교사 몇 명과 함께 생활하면서 교육을 받았다. 헤럴드 스택허스트는 젊을 적에 유명한 보트 선수로 이름을 날리기도 했을 만큼 다재다능하고 우수한 학자였다. 나는 이곳에 정착해 살면서 곧바로 그와 친해졌는데, 초대받지 않아도 저녁 때 불쑥 서로를 찾아갈 만큼 허물없는 사이였다.

1907년 7월 말, 전날 밤에 심한 폭풍이 불어와 바다를 뒤흔들어 놓았다. 깎아지른 듯한 절벽까지 파도가 밀려와 물이 빠지고 난 뒤에는 커다란 석호를 남겨 놓았을 정도였다. 아침이 되자 바람은 완전히 멎었고 모든 자연이 깨끗하게 정화되어 참으로 상쾌했다. 그처럼 상쾌한 날에는 일할 마음이 전혀 들지 않았다. 나는 아침 식사 전에 신선한 공기를 즐기기 위해 산책을 나섰고 해변으로 내려가는 길로 이어진 절벽 위 작은 길을 어슬렁어슬렁 걷고 있자니 뒤에서 누군가 말을 걸었다. 돌아보니 헤럴드 스택허스트가 반갑다는 듯이 손을 흔들고 있었다.

"멋진 아침입니다, 홈즈 선생님. 여기서 선생님을 만날 수 있을 거라 생각했습니다."

"수영하러 가십니까?"

"이번에도 당신의 추리에 당했군요."

스택허스트가 수영복으로 부풀어 오른 주머니를 두드리며 웃었다.

"맞습니다. 맥퍼슨이 저보다 먼저 출발했으니 지금쯤이면 거기에 있을 겁니다."

피츠로이 맥퍼슨은 교육원에서 과학을 가르치는 청년이었다. 늘씬한 몸매를 자랑했는데 류머티즘 열[26]을 앓은 이후 심장에 문제가 생겨서 삶에 어려움을 겪었다. 하지만 타고난 운동선수였던지라 심장에 무리를 주는 운동만 아니라면 무슨 경기든 잘 해냈고 여름과 겨울에는 수영을 하러 다녔는데 나도 수영을 좋아해서 자주 이 해변에서 만나고는 했다.

바로 그때, 맥퍼슨이 우리 앞에 나타났다. 절벽 위로 먼저 머리가 보이더니 곧 온몸이 드러났는데 어찌 된 일인지 술 취한 사람처럼 비틀거렸다. 그러고는 우리가 생각할 틈도 없이 두 손을 번쩍 들고 끔찍한 비명을 지르더니 앞으로 푹 고꾸라지고 말았다. 나와 스택허스트는 50미터가량을 뛰어 가서 쓰러져 있는 맥퍼슨을 안아 올렸다. 죽어 가는 것이 분명했다. 움푹 팬 흐릿한 눈동자와 시퍼런 뺨을 보니 다르게 생각할 수가 없었다. 맥퍼슨의 얼굴에 마지막 생명의 열기가 언뜻 돌았고, 그는 경고하듯이 필사적으로 몇 마디를 더 중얼거렸다. 발음이 또렷하지 않아서 잘 알아듣지는 못했지만 '사자 갈기'라는 마지막 말은 내 귀에 똑똑

---

26) 적혈구를 녹이는 용혈성 연쇄 구균에 감염될 때 나타나는 세균 알레르기 질환. 후유증으로 심장 판막의 기능에 이상이 생기는 심장판막증이 생기기도 한다.

히 들려왔다. 전혀 짐작도 가지 않고 영문 모를 말이었으나 아무리 생각해 봐도 그런 뜻으로밖에 들리지 않았다. 맥퍼슨은 이 마지막 말을 남기고 상반신을 반쯤 일으켜 허공에 손을 뻗더니 그대로 옆으로 쓰러진 채 숨을 거두었다.

내 친구 스택허스트는 너무나도 갑작스러운 일을 당하고 두려움에 질려 얼어붙고 말았지만 나는 당연히 온몸의 신경을 긴장시켰다. 그래야 했다. 누가 봐도 당황스러운 사건에 연루되었다는 증거가 곧바로 나타났기 때문이다. 맥퍼슨은 바지 위에 셔츠도 입지 않은 채 바바리코트를 걸치고 있었으며 운동화 끈은 묶지 않은 상태였다. 쓰러질 때 충격을 받아 어깨에 걸치고 있던 코트가 벗겨져서 아무것도 입지 않은 상반신이 그대로 드러났는데 우리는 그 등을 본 순간 기겁하며 펄쩍 뛰어올랐다. 이건 뭐지! 맥퍼슨의 등은 가느다란 철사 채찍으로 세게 얻어맞아 부어 오른 것처럼 검붉은 자국으로 가득했다. 그것도 부드럽게 휘어지는 채 찍에 맞았는지 어깨에서 옆구리까지 길게 이어져 있었다. 극심한 고통 을 이기지 못하고 아랫입술을 힘껏 깨문 모양인지 턱 아래로는 피가 뚝 뚝 떨어지고 있었다.

나는 한동안 시신 곁에 무릎을 꿇고 앉아 있었고 스택허스트는 어찌 할 바를 모른 채 서 있었다. 그때 문득 사람의 그림자가 다가와 고개를 들어 보니 이안 머독이 서 있었다. 머독은 교육원의 수학 선생으로, 거 뭇한 피부에 키 크고 마른 사내였는데 매우 과묵하고 사람 사귀기를 좋 아하지 않아서 친구라고 할 만한 사람도 없었다. 게다가 그는 평범한 삶 과 관계없는 무리수와 원뿔곡선처럼 매우 추상적인 고등수학의 세계에 서 사는 사람 같았다. 학생들은 그를 괴짜라고 여기며 걸핏하면 웃음거 리로 만들곤 했다. 그러나 그에게는 이상하고 괴이한 피가 흐르고 있었 다. 새까만 눈동자와 거뭇한 얼굴도 그렇지만 가끔 폭발하면 광기라고밖 에 할 수 없는 흥분된 모습을 보여 그런 생각이 들었다. 한번은 맥퍼슨이 기르던 강아지가 귀찮게 군다며 들어 올려서는 고급 유리를 끼운 창 너 머로 집어던진 적도 있다고 했다. 그가 실력 있는 선생이 아니었다면 스 택허스트 원장도 그를 해고해 버렸으리라. 그런데 지금 우리 곁에 그렇게 괴팍하고 성격 복잡한 사람이 나타난 것이다. 강아지 사건을 떠올리면 맥 퍼슨과 별로 사이가 좋을 것 같지 않지만 머독은 눈앞의 상황에 크게 놀란 듯했다.

"이게 어떻게 된 일입니까? 어제까지만 해도 그렇게 건강하던 맥퍼슨 이 이런 일을 당하다니요! 제가 할 수 있는 일이라면 뭐든 하겠습니다.

말씀해 주세요."

"당신이 맥퍼슨과 함께 있었나요? 어째서 이런 일이 벌어진 건지 설명해 줄 수 있습니까?"

내가 묻자 머독은 고개를 저었다.

"아닙니다. 저는 오늘 아침에 조금 늦어서 해변에는 가지도 못했습니다. 교육원에서 나오는 길입니다. 그것보다 무엇을 도와드릴까요?"

"그럼 당장 풀워스 경찰서로 가서 이 사실을 알려 주세요."

머독은 대답도 없이 굉장한 기세로 달려 나갔다. 나는 부근을 조사하기 시작했지만 스택허스트는 뜻밖의 사고에 넋이 빠져 멍하니 서 있기만 했다. 나는 제일 먼저 바닷가에 누가 있는지 확인했다. 절벽 위에서는 해안이 한눈에 들어왔지만 멀리 풀워스 마을 쪽으로 가는 두어 사람의 모습이 작게 보일 뿐, 바닷가에는 그림자 하나 보이지 않았다. 나는 여기까지 살펴본 뒤 천천히 절벽을 내려갔다. 백악질로 된 길에는 점토나 부드러운 탄산석회가 섞인 진흙이 많아서 같은 발자국이 오르내린 흔적이 뚜렷했다. 오늘 아침에는 맥퍼슨 말고 이 언덕의 오솔길을 지난 사람은 아무도 없는 듯했다. 딱 한 군데, 쫙 펼친 손바닥으로 짚은 곳이 있었지만 손가락 끝이 언덕 위쪽을 향한 것으로 봐서 가엾은 맥퍼슨이 언덕을 오르다가 쓰러져 손으로 짚은 모양이었다. 그것 말고도 비틀거리다가 힘을 잃고 중간에 무릎을 꿇은 듯 둥그스름한 자국도 찍혀 있었다. 언덕을 내려가 보니 물이 빠져나간 자리에 꽤 커다란 석호가 만들어져 있었다. 맥퍼슨은 그 옆에서 옷을 벗었는지 바위 위에 수건이 가지런히 접혀 있었다. 수건이 물에 젖지 않은 것을 보아 물 안에 들어가지는 않은 듯했다. 나는 주위에 빽빽하게 깔린 자갈 벌판을 여기저기 살펴보다가 모래가 살짝 드러난 곳에 맥퍼슨의 운동화 자국과 맨발 자국이 찍힌 것을 발견했다. 맨발 자국은 맥퍼슨이 물에 들어갈 준비를 마쳤다는 뜻이지만 마른 수건은 그가 결국 물에 들어가지 않았다는 사실을 말해 주었다.

이제 문제가 또렷해졌다. 내가 지금까지 맞닥뜨린 적이 없는 기괴한 사건이었다. 맥퍼슨이 해변에 머문 시간은 기껏해야 15분 남짓했을 것이다. 스택허스트가 교육원에서 뒤따라왔으니 틀림없는 사실이었다. 맥퍼슨은 수영을 하려고 해변으로 갔고, 맨발 자국에서 알 수 있듯이 옷을 벗었다. 그런데 어찌 된 일인지 갑자기 서둘러 옷을 몸에 걸쳤다. 아무렇게나 닥치는 대로 입었으며 단추도 채우지 않았고 운동화의 끈도 묶지 않았다. 다시 말해서 물에는 들어가지 않았거나 들어갔다 할지라도 몸을 닦지 않고 돌아가려 했다. 왜 목적을 바꾸었을까? 그 이유는 야만적이고 무자비하게 등에 채찍질을 당했기 때문이다. 맥퍼슨은 입술을 씹으며 고통을 참았고 마지막 힘을 다해 기어서 절벽 위까지 달아나다가 죽을 만큼 괴롭힘을 당한 것이다. 도대체 누가 이렇게 잔혹한 짓을 저질렀을까? 절벽 기슭에 크고 작은 동굴이 뚫려 있었으나 수평선 위로 떠오른 태양이 그 안을 비추었으므로 숨을 곳이 없었다.

저 멀리 해변에는 사람 모습이 어른거렸지만 범인이라 생각하기에는 현장에서 너무 멀리 떨어져 있었다. 게다가 맥퍼슨이 수영하려 했던 석호는 그 사이를 가로막은 채 절벽 아래까지 물이 가득 차 있었다. 바다에는 그리 멀지 않은 곳에 어선 두세 척이 떠 있었다. 나중에 시간이 날 때 그 어부들을 조사하면 될 것이다. 어쨌든 조사해야 할 길은 몇 가지 있었지만 확실한 성과를 거둘 만한 것은 없었다.

다시 시신이 있는 곳으로 가 보니 구경꾼들이 모여 웅성거리고 있었다. 마침 이안 머독이 마을 경찰 앤더슨을 데리고 온 참이었다. 앤더슨은 황갈색 콧수염을 기른 덩치 큰 사내였는데 서식스 출신답게 동작이 느리고 겉은 무뚝뚝해 보여도 예리한 분별력과 상식을 갖추고 있는 사람이었다. 앤더슨 순경은 우리 이야기에 귀를 기울이며 수첩에 메모하더니 나를 한쪽으로 끌고 갔다.

"홈즈 선생님, 지혜를 빌려 주십시오. 은혜는 잊지 않겠습니다. 제가 사건을 제대로 해결하지 못하면 루이스 경찰 본부에서 한소리 들을 겁니다."

나는 곧바로 상관과 의사를 부르게 하고 그들이 올 때까지 아무것도 옮기지 말고 함부로 발자국을 남겨서도 안 된다고 충고했다. 그러고 나서 다시 시신 위에 웅크리고 앉아 주머니를 뒤졌다. 주머니에서 나온 물건은 손수건, 커다란 칼, 접을 수 있는 명함첩뿐이었다. 그런데 그 명함첩 밖으로 작은 종잇조각이 비스듬하게 꽂혀 있기에 그것을 집어 순경에게 건네주었다. 그 종이에는 여자의 필체로 이렇게 적혀 있었다.

나도 갈 테니 당신도 꼭 오세요.

모드

시간과 장소는 적혀 있지 않았지만 연인들의 밀회 약속인 듯했다. 앤더슨 순경은 그것을 원래대로 명함첩에 꽂은 뒤 다른 물건과 함께 도로 바바리코트 주머니에 넣었다. 더 이상 도움이 될 만한 것은 없어 보여서 나는 절벽 아래쪽을 철저히 조사하라고 부탁한 뒤 아침을 먹으려고 일단 집으로 돌아왔다.

한두 시간 뒤에 스택허스트가 찾아와서는 맥퍼슨의 시신이 교육원으로 옮겨졌으며 거기에서 검시가 열릴 예정이라고 전해 주었다. 그것 말고도 구체적이고 중요한 소식을 가져왔는데 내가 예상한 대로 절벽 아래 작은 동굴에서는 아무것도 나오지 않았으나 맥퍼슨의 책상 서랍을 살펴보니 풀워스 마을에 사는 모드 벨라미 양과 주고받은 연애편지 몇 통이 나왔다고 했다. 그 덕분에 명함첩 안에 있던 편지를 누가 썼는지 알 수 있었다. 스택허스트가 말했다.

"서랍 속에 있던 편지는 경찰이 가져가서 여기로 가져오지 못했습니다. 어쨌든 두 사람이 진지하게 사귀고 있었던 것은 맞습니다. 하지만 그게 이 끔찍한 사건과 관계있다고 생각하지는 않아요. 실제로 그 숙녀가 먼저 만나자고 약속했다는 사실만 빼면 말이죠."

"하지만 그 수영장은 너나 할 것 없이 다 가는 곳이니 설마 그곳에서 만나자고 하지는 않았겠지요."

"맥퍼슨이 학생들 없이 혼자 거기에 있었던 건 우연일 따름입니다."

"정말 우연일까요?"

내가 묻자 스택허스트는 이마에 주름을 잡으며 생각에 잠겼다가 말했다.

"이안 머독이 학생들을 붙들고 있었습니다. 아침 식사를 하기 전에 대수를 공부해야 한다면서요. 가엾게도 머독은 그 사실 때문에 아주 괴로워하고 있습니다."

"하지만 그 두 사람은 사이가 별로 좋지 않았을 텐데요?"

"물론 한때는 그랬지요. 그래도 지난 1년 동안 머독은 맥퍼슨과 아주 친하게 지냈습니다. 원래 머독이 남들에게 다정하게 대하는 성격은 아니지요."

"나도 그렇게 생각합니다. 하지만 두 사람은 머독이 강아지를 괴롭힌 일 때문에 사이가 나빴다고 하지 않았나요?"

"그 일이라면 진작 해결됐습니다."

그래도 나는 다시 물었다.

"하지만 감정의 앙금이 남아 있지 않았을까요?"

"아니, 아닙니다. 완전히 화해했어요."

"그렇습니까. 그렇다면 그 아가씨를 조사해 봐야겠군요. 모드 양을 아십니까?"

"그 아가씨라면 모르는 사람이 없습니다. 이 근방에서 제일가는 미인이지요. 아니, 홈즈 선생님, 어디 가도 시선을 끌 만큼 대단한 미인입니다. 맥퍼슨이 마음에 두고 있다는 사실은 알았지만 그렇게 편지를 주고받는 사이일 줄은 몰랐습니다."

"그 아가씨는 대체 어떤 사람입니까?"

"풀워스 마을의 모든 보트와 탈의실을 갖고 있는 톰 벨라미의 딸입니다. 벨라미는 원래 가난한 어부였지만 열심히 돈을 모아서 지금은 상당한 거부가 되었죠. 아들인 윌리엄과 둘이서 사업을 하고 있습니다."

"지금부터 풀워스에 가서 그 집 사람들을 만나 봅시다."

"하지만 만나 달라고 할 구실이 없잖습니까?"

"구실이야 만들어 내면 되지요. 아무리 생각해도 그 가엾은 청년이 자기 자신을 그렇게 잔혹하게 때리지는 않았을 게 아닙니까. 채찍에 맞아 생긴 상처라면, 분명히 다른 사람이 채찍을 휘둘렀을 겁니다. 게다가 이 한적한 곳에서 맥퍼슨이 알고 지낸 사람이라고 해 봤자 그 숫자는 한정되어 있습니다. 모든 방향을 다 조사하면 반드시 동기가 드러날 테고 범인이 누구인지도 밝혀질 겁니다."

오늘 아침에 벌어진 사건 때문에 울적한 마음이 들지만 않았어도, 좋은 백리향 향기로 가득한 초원길을 걷는 일은 참으로 즐거웠을 것이다. 풀워스 마을은 해안선이 반원형으로 들어간 만을 따라서 자리 잡고 있었다. 낡고 조그만 집들 안쪽의 야트막한 언덕 위에 현대적인 집 몇 채가 서 있었다. 스택허스트는 그중 한 집으로 나를 안내했다.

"저기가 바로 헤이븐Haven관입니다. 벨라미 노인은 자기 집에 '안식처'라는 이름을 붙였죠. 구석에 탑이 있고 지붕에 슬레이트를 얹은 곳입니다. 가난한 어부로 시작해서 저런 집까지 갖게 되었으니 정말 대단하……, 아니, 저기 좀 보세요!"

헤이븐관 정원 문을 열고 어떤 남자가 나왔다. 키 크고 마른 데다 머리카락이 흐트러진 그 모습을 잘못 볼 리가 없었다. 수학 선생인 이안 머독이었다. 잠시 뒤, 우리는 길 한가운데에서 그와 얼굴을 마주하게 되었다.

"이보시오, 선생!"

스택허스트가 말을 걸었다. 그러자 머독은 가볍게 고개를 까닥였지만 곁눈질을 하며 그대로 스쳐 지나가려 했다. 원장이 당황해서 그를 불러 세웠다.

"대체 여기서 뭘 하고 있었소?"

그러자 머독이 분노로 얼굴을 붉히며 말했다.

"원장님, 제가 원장님의 지붕 아래에 사는 고용원이기는 하지만 제 사생활에 대해 일일이 설명해야 할 필요는 없다고 생각합니다."

지금까지 벌어진 일 때문에 스택허스트는 신경이 잔뜩 곤두서 있던 참이었다. 그렇지 않았더라면 좀 더 참았을 것을, 결국 그는 감정을 한꺼번에 폭발시키고 말았다.

"선생, 그런 대답이 어디 있소? 이런 상황에서 정말 무례한 대답이 아니오?"

"원장님의 질문이야말로 무례하지 않습니까?"

"뭐, 뭐라고! 지금까지는 그냥 참았지만 당신의 불손한 태도는 이번이 처음이 아니오. 더는 내버려 둘 수가 없소! 당장 나가라고는 하지 않을 테니 하루라도 빨리 다른 일자리를 알아보시오."

"그럴 생각이었습니다. 저는 오늘 교육원을 살 만한 곳으로 만들어 준 유일한 친구를 잃었으니까요."

머독은 획 하니 그곳을 떠났고 스택허스트는 그의 뒷모습을 매서운 눈으로 바라보며 소리쳤다.

"정말 무례하군! 가까이 둘 수가 없는 자입니다."

그 상황을 지켜보며 이안 머독이 범죄 현장에서 달아날 기회를 얻었다는 점이 퍼뜩 떠올랐다. 내 마음속에 어렴풋하게 존재하는 의심이 구체적인 것으로 바뀌고 있었다. 어쨌든 벨라미 가족을 만나면 무엇인가 알아낼 수 있을 것이다. 스택허스트도 마음을 가라앉힌 듯했다. 우리는 같이 그 집을 향해 걸었다.

벨라미 씨는 불타오르는 것처럼 빨간 턱수염을 기른 중년 남성이었다. 무슨 일 때문에 화가 났는지 뺨이 수염만큼이나 붉게 물들어 있었다.

"됐소. 자세한 이야기는 듣고 싶지 않소이다. 그건 우리 아들도 마찬가지요."

그러고는 거실 한구석에 있던 음침하고 기분이 나빠 보이는 다부진 체구의 젊은 남자를 가리키며 말을 이었다.

"맥퍼슨 씨가 우리 딸 모드에게 마음을 품었다니. 이보시오, 스택허스트 원장. '결혼'이라는 단어는 입에 담은 적도 없소. 저희들끼리 편지를 주고받기도 하고 서로 몰래 만나기도 했다지만 우리가 찬성할 리 없지 않소이까. 어미가 없으니 우리가 그 애의 유일한 보호자요. 우리는 무슨 일이 있어도……."

이때 모드 벨라미 양이 나타나자 아버지의 말은 끊어졌다. 실제로 어떤 모임에 참석하든 분위기를 밝게 만들어 줄 만한 미인이었다. 그처럼 아름다운 꽃이 이런 환경에 뿌리를 내리고 자랄 줄 누가 상상이나 했겠는가? 나는 언제나 이성이 감정을 지배하고 있기 때문에 여자에게 마음을 빼앗기는 일은 거의 없다. 하지만 그 완벽하게 조화를 이룬 이목구비와 초원지대에서만 볼 수 있는 신선하고 향기로우며 미묘하게 발그레한 볼을 보면 마음이 흔들리지 않을 청년이 없으리라. 바로 이러한 벨라미 양이 문을 열고 들어와 눈을 둥그렇게 뜨고 격앙된 얼굴로 헤럴드 스택허스트의 맞은편에 섰다.

"피츠로이가 세상을 떠났다는 사실은 이미 알고 있어요. 망설이지 마시고 자세한 내용을 들려주세요."

아버지 벨라미가 대신 설명했다.

"그쪽의 다른 신사가 알려 주고 갔소이다."

아들이 거친 목소리로 말을 보탰다.

"이런 문제에 동생을 끌어들일 필요는 없어요!"

"오빠, 이건 내 문제야. 내가 알아서 할 테니 그냥 내버려 둬. 누구한테 들어도 이건 살인 사건이 분명해. 하다못해 범인 찾는 일이라도 돕는 것이 세상을 떠난 그 사람에게 해 줄 수 있는 최소한의 일이야."

그러자 스택허스트는 지금까지의 일을 간단히 들려주었다. 벨라미 양은 그의 설명에 가만히 귀를 기울였는데 나는 그 모습을 보고 그녀가 미인일 뿐만 아니라 성격도 야무진 여자임을 알았다. 모드 벨라미는 가장 완벽하고 멋진 여성 중 하나로 내 기억에 남을 것이다. 벨라미 양은 예전부터 나를 알고 있었던 듯, 스택허스트의 이야기가 끝나자 이번에는 나를 바라보았다.

"홈즈 선생님, 범인들을 찾아서 벌을 내려 주세요. 부탁이에요. 그 범인들이 누구라 할지라도 저는 끝까지 선생님을 돕겠습니다."

벨라미 양은 그렇게 말하면서 아버지와 오빠 쪽을 힐끔 흘겨보았다. 그 모습이 어쩐지 반항하는 것 같았다. 내가 말했다.

"고맙습니다. 이런 사건의 경우, 여자의 직감은 커다란 도움이 됩니다. 그런데 벨라미 양은 지금 '범인들'이라고 했는데 범인이 둘 이상이라고 생각하나요?"

"전 맥퍼슨 씨를 잘 알고 있어요. 용감하고 강한 사람이에요. 그러니 어떻게 범인 하나가 그런 짓을 할 수 있겠어요?"

"우리 둘이서 잠깐 이야기를 나누고 싶은데, 괜찮습니까?"

아버지가 바로 화를 내며 야단쳤다.

"모드, 쓸데없는 일에 끼어들지 마라!"

벨라미 양은 난처해하면서 내 얼굴을 바라보았다.

"어떻게 할까요?"

"그래요, 어차피 모든 사실이 곧 세상에 알려질 테니 여기서 이야기해도 상관없겠죠. 가능하면 둘이서만 이야기하고 싶었는데 아버님이 허락하지 않으시니 어쩔 수가 없군요. 하지만 아버님도 다른 사람에게 말하면 안 됩니다."

그리고 나는 시신의 주머니에 들어 있던 그 종이쪽지에 대해 말했다.

"이 사실은 법정에서 분명히 문제가 될 겁니다. 그러니 여기서 미리 설명해 주시겠습니까?"

"그리 대단한 것도 아니고, 이제 와서 숨길 이유도 없어요. 피츠로이와 저는 결혼하기로 했어요. 그동안 아무에게도 말하지 않은 이유는 피츠로이의 숙부님 때문이었어요. 그분은 나이가 많아서 곧 돌아가실 거라고 하는데 만약 그 숙부님의 뜻에 맞지 않는 결혼을 하면 피츠로이는 유산을 받지 못하게 된다고 했어요. 그래서 비밀로 했을 뿐이지 다른 이유는 없어요."

아버지가 버럭 화를 냈다.

"그럼 그렇다고 말하지 그랬냐?"

"아버지가 조금만 더 이해해 주셨다면 결코 숨기지 않았을 거예요."

"당연한 일 아니냐. 신분이 다른 녀석이 내 딸과 사귈 수는 없어."

"아버지가 그렇게 편견을 갖고 사람을 보니까 우리가 솔직히 말하지 못했던 거예요."

이렇게 말한 뒤, 벨라미 양은 드레스 안에서 꼬깃꼬깃 접은 종이를 꺼냈다.

"피츠로이의 주머니에서 나온 제 편지는……, 이것에 대한 답장이었어요."

거기에는 이렇게 적혀 있었다.

사랑하는 그대에게

늘 만나던 해변 장소에서, 화요일 해가 지고 난 뒤. 그때밖에 나갈 기회가 없어요.

F. M.

"화요일은 오늘이에요. 저는 오늘 밤 그 사람과 만날 예정이었어요."

나는 그 편지를 뒤집어 보았다.

"이건 우편으로 온 게 아닙니다. 어떻게 아가씨에게 전달된 거죠?"

"그 질문에는 대답하고 싶지 않아요. 선생님이 조사하시는 문제와 관계가 없으니까요. 조금이라도 관계가 있다면 무엇이든 대답하겠어요."

그 말대로 벨라미 양은 내 질문에 무엇이든 술술 대답해 주었으나 크게 도움이 될 만한 것은 없었다. 약혼자에게 원한을 품을 만한 사람은 없지만, 자기와 결혼하고 싶어 하던 남자가 몇 명 있었다는 사실을 부정하지는 않았다. 그래서 내가 물었다.

"이안 머독도 그중 한 명인 가요?"

그녀는 새빨개진 얼굴로 우물쭈물했다.

"한때는 그렇지 않을까 생각했지만, 저와 피츠로이의 관계를 안 다음부터는 그런 모습을 전혀 보이지 않았어요."

의문의 사내인 머독을 둘러싼 의심스러운 안개가 한층 더 짙고 뚜렷해졌다. 그 남자를 좀 더 조사해 볼 필요가 있었다. 머독의 방을 몰래 뒤져 봐야겠다고 생각했다. 스택허스트도 그를 의심하는 듯하니 틀림없이 협력할 것이다. 우리는 이번 사건을 풀 실마리를 잡았기를 바라면서 헤이븐관에서 나왔다.

사건이 일어난 지 일주일이 지났다. 맥퍼슨의 죽음에 대한 검시 심문이 열렸으나 아무것도 밝혀지지 않아 사건은 여전히 오리무중이었고 새로운 증거가 나타날 때까지 연기되었다. 스택허스트는 머독 선생에 대해 슬그머니 조사를 시작했고 방도 몰래 살펴보았으나 이상한 점은 발

견하지 못했다. 나도 개인적으로 이것저것 추리하기도 하고 현장에도
다시 가 봤지만 결론을 내리지 못했다. 지금까지 나에 대한 기록을 전부
읽은 독자라면, 이번처럼 내가 능력의 한계에 맞닥뜨린 적이 없다는 사
실을 잘 알 것이다. 온갖 상상력을 발휘해 보았지만 이번 사건의 수수께
끼를 해결하지는 못했다. 그때 개 사건이 일어났다. 그 이야기를 처음으
로 전해 준 사람은 우리 집의 나이 든 가정부였다. 그런 사람들은 묘한
무선통신, 즉 입소문을 통해 시골 마을의 소식을 모아 왔다. 어느 날 저
녁, 가정부가 말했다.

"선생님, 죽은 맥퍼슨 씨의 개가 참 가엾게 됐어요."

나는 그런 잡담을 별로 좋아하지 않지만 이때는 그녀의 말이 아주 신
경 쓰여서 자세히 물어보았다.

"맥퍼슨 씨의 개가 어떻게 됐단 말인가요?"

"주인의 죽음을 슬퍼하다가 그만 그를 따라서 죽고 말았대요. 정말 가
엾지 않나요?"

"누구한테 들었습니까?"

"동네사람 모두가 떠들고 있어요. 그 사건이 벌어진 다음부터 완전히
풀이 죽어서 일주일 동안 아무것도 먹지를 않았대요. 오늘 그 개가, 맥퍼
슨 선생님이 돌아가신 그곳에서 죽어 있는 걸 교육원 학생 둘이 발견했
답니다."

'그곳'이라는 말이 내 기억 속에 분명히 떠올랐다. 이건 굉장히 중요
한 사실이라는 직감이 어렴풋하게 떠올랐다. 개가 주인을 따라 죽는 것
은 아름답고 충직한 성격 때문이다. 그런데 왜 하필이면 '그곳'일까? 또
어째서 그렇게 한적한 해변에서 죽었을까? 개까지 노릴 만큼 맥퍼슨을
미워한 자의 짓일까? 그것도 아니면 혹시……? 희미했지만 어떤 생각이

내 마음속에서 자리를 잡기 시작했다. 나는 곧바로 교육원으로 달려갔다. 스택허스트는 서재에 있었다. 나는 그에게 부탁해서 개를 발견했다는 두 학생, 서드버리와 블라운트를 불러 달라고 했다.

"네, 그 수영장 가장자리에 쓰러져 있었습니다. 아마도 주인의 냄새를 따라갔나 봅니다."

한 학생이 대답했다.

나는 홀의 매트 위에 눕혀져 있던 그 충직한 에어데일테리어종의 사체를 보았다. 몸은 이미 굳어 있었고 눈이 튀어나왔으며 네 다리는 뒤틀려 있었다. 온몸에 고통의 흔적이 뚜렷하게 남아 있었다.

나는 교육원에서 나와 해변 수영장까지 걸어갔다. 태양은 이미 기울었고 절벽 그림자가 수면으로 떨어져 납빛으로 둔하게 반짝였다. 사람의 모습은 물론이고 머리 위에서 원을 그리며 나는 바닷새 두 마리를 빼면 생명의 기척조차 느껴지지 않았다. 희미한 어둠 속을 돌아다니던 나는 마침내 모래 위에서 개 발자국을 발견했다. 그것은 맥퍼슨이 수건을 올려둔 그 바위 옆에 찍혀 있었다. 나는 점점 더 어두워지는 해변에 오랫동안 서서 가만히 생각에 잠겼다. 여러 가지 생각이 내 머릿속을 맴돌았다. 마치 악몽을 꾸는 느낌이었다. 내가 찾는 그 무언가가 분명히 여기 있음을 아는데 막상 그것을 잡아 낼 수 없을 때 느낄 수 있는 답답함이었다. 그날 밤, 죽음의 장소에 홀로 서서 그런 감정을 느꼈다. 나는 한껏 고민하다가 바위 곁을 떠나 터벅터벅 집으로 걷기 시작했다.

급한 언덕길을 절벽 위까지 막 올랐을 때, 마침내 그 어떤 사실이 떠올랐다. 그렇게 몸부림쳤으면서도 도저히 잡히지 않던 그것이 빛처럼 솟아오른 것이다. 독자들은 이미 알고 있을 테고 왓슨도 종종 이야기했겠지만 나는 머릿속에 잡다한 지식들을 아주 많이 담아 두고 있다. 과학적인 체계는 없으나 경우에 따라서는 그 지식들이 꽤나 큰 도움이 됐다. 내 머릿속은 여러 가지 물건들이 가득한 창고와 비슷한데 들어 있는 게 너무 많아서 안에 무엇이 있는지 나도 어렴풋하게만 아는 것들이 무수하다. 이번 사건과 관계있는 것도 분명히 그 창고에 있다는 사실을 알고 있었다. 그게 무엇인지는 아직 뚜렷하지 않았으나, 적어도 명확히 알아낼 방법은 알고 있었다. 거의 믿을 수 없이 터무니없는 것이었지만 가능성은 있었다. 어쨌든 꼭 확인해 볼 생각이었다.

아담한 나의 집에는 책으로 꽉 찬 다락방이 있었다. 나는 집에 돌아와서 곧장 다락방으로 들어가 한 시간 정도 책 더미를 샅샅이 뒤졌다. 그리고 마침내 표지가 초콜릿색과 은색으로 된 책 한 권을 찾아서 뛰어나왔다. 나는 흐릿한 기억을 더듬어 열심히 어떤 장을 찾았다. 솔직히 말해서 그것은 어림짐작에 지나지 않았으며 믿을 만한 생각도 아니었지만 분명히 확인하기 전까지는 마음을 진정시킬 수 없었다. 나는 내일 일을 기대하는 마음으로 늦은 밤이 되어서야 침실에 들어갔다.

하지만 뜻밖에도 그 일을 방해하는 자가 나타났다. 아침 일찍 일어나 차를 마시는 둥 마는 둥하고 서둘러 해변으로 나서려던 그 순간, 서식스 주 경찰대의 바들 경위가 찾아왔다. 그는 다부지고 차분하며 사려 깊은 눈망울을 가진, 황소 같은 사내였는데 그 눈에 참으로 난처한 기색을 띠고 내게 말했다.

"선생님이 여러 가지 사건에서 훌륭한 활약을 하셨다는 사실은 잘 알고 있습니다. 물론 저는 공무 때문에 온 것이 아니니 그리 오래 걸리진 않을 겁니다. 저는 이번 맥퍼슨 사건 때문에 꽤나 애를 먹고 있습니다. 문제는 체포해도 좋을까 하는 점입니다."

"체포하다니요? 이안 머독 씨 말인가요?"

"그렇습니다. 아무리 생각해 봐도 그 사람밖에 없습니다. 그게 이런 시골의 좋은 점입니다. 용의자를 아주 좁은 범위까지 제한할 수 있으니까요. 그 사람이 아니라면 또 누가 했겠습니까?"

"증거는?"

바들 경위가 자기 생각을 이야기했다. 그것은 내가 지금까지 생각한 것과 완전히 일치했다. 걸핏하면 화를 내는 머독의 성격이며 그자를 둘러싸고 있는 의심스러운 점들이 문제였다. 게다가 예전 강아지 사건에서 알 수 있듯이 머독은 폭발하는 성미를 가지고 있었다. 예전에 맥퍼슨과 다툰 적도 있었고 모드 벨라미를 사랑한다는 사실이 머독의 마음에 들지 않았을 것이다. 전부 내가 했던 추리와 일치했다. 단, 머독이 곧 이 지방을 떠나려 한다는 점은 아직 모르는 듯했다.

"이렇게 여러 가지 증거들이 있습니다. 만약 그를 놓친다면 제 입장이 뭐가 되겠습니까?"

우직하고 차분한 바들 경위는 그 점이 몹시 걱정스러운 모양이었다.

"하지만 잘 생각해 보세요. 그것만 가지고는 중요한 부분을 메울 수 없어요. 무엇보다 머독에게는 완벽한 알리바이가 있습니다. 그는 다른 선생들과 같이 있다가 맥퍼슨이 절벽 밑에서 모습을 드러낸 지 몇 분 뒤에 우리 뒤쪽에서, 그러니까 절벽 반대편에서 걸어왔어요. 또 한 가지, 자기와 비슷할 만큼 강한 상대에게 혼자서 그렇게 상처를 입힐 수는 없다는 점을 기억해야 합니다. 한 가지 더 있어요. 그런 상처를 입히는 데 어떤 흉기를 썼는지도 문제가 됩니다."

"부드러운 채찍일 수밖에 없습니다."

"상처를 잘 살펴봤나요?"

"물론입니다. 봤습니다. 의사도 봤고요."

"저는 돋보기로 자세히 살펴보았는데 좀 특이한 상처였어요."

"어떤 점이요?"

나는 말없이 책장 쪽으로 가서 확대 사진 한 장을 꺼내 경위에게 보여 주었다.

"이런 사건이 벌어지면 나는 이런 방법을 씁니다."

"그렇습니까? 모든 면에서 철저하십니다, 홈즈 선생님."

"이렇게 하지 않았다면 지금의 나도 없었을 테니까요. 그건 그렇고 오른쪽 어깨 끝까지 뻗어 있는 이 부어오른 상처 말인데, 뭔가 눈에 띄는 점 없나요?"

"글쎄요, 잘 모르겠습니다."

"부어오른 정도가 다 다르지 않습니까? 이 부분에서는 피가 나서 점이 맺혔고, 여기도 그렇습니다. 이 아래에 부어오른 자국도 마찬가지고요. 이게 무슨 뜻이겠습니까?"

"저는 전혀 모르겠습니다. 선생님은 아시겠습니까?"

"안다고 생각하지만 틀렸을지도 몰라요. 지금은 여기까지밖에 말할 수 없지만, 곧 이 상처가 어떻게 났는지 밝혀지기만 하면 범인을 찾을 수 있을 겁니다."

"이렇게 말씀드리면 웃으실지도 모르겠지만, 새빨갛게 달구어진 철망으로 등에 강하게 데인 건 아닐까요? 철사가 교차하는 부분은 쉽게 달구어지니 이렇게 심하게 부어오른 점 같은 상처가 남을지도 모릅니다."

"그렇군요. 아주 좋은 생각입니다. 아니면 작은 돌기가 있는 빳빳한 아홉 가닥 채찍이라고 생각할 수도 있겠죠."

"그렇습니다, 홈즈 선생님. 틀림없이 그겁니다."

"바들 경위, 아직은 다른 원인도 생각해 볼 수 있어요. 어쨌든 현재 가지고 있는 증거로는 머독 선생을 체포할 수 없습니다. 게다가 그의 마지막 말이 있어요. '사자 갈기Lion Mane'라는 것 말입니다."

"제 생각엔 '이안Ian'이라는 이름이 '라이언Lion'으로 들린 게 아닐까 하는데요……."

"맞아요, 나도 그렇게 생각해 봤습니다. 하지만 그 다음 단어가 머독이라는 말과 비슷했다면 몰라도 그렇지 않았어요. 그는 거의 외치듯이 말했어요. 내가 똑똑히 들었는데 분명히 '갈기Mane'였습니다."

"달리 생각할 수는 없겠습니까, 홈즈 선생님?"

"물론 그럴 수도 있지만 좀 더 확실한 증거를 잡을 때까지는 말할 수 없습니다."

"언제쯤이면 되겠습니까?"

"한 시간이나, 아니면 더 빠를 수도 있습니다."

경위는 턱을 쓰다듬으며 믿을 수 없다는 듯이 나를 바라보았다.

"선생님의 속내를 들여다볼 수 있다면 얼마나 좋을까요. 앗, 혹시 바다 위에 있던 어선을 의심하시는 겁니까?"

"아니에요. 그 배들은 너무 멀리 떨어져 있었으니까요."

"그럼 벨라미와 덩치 큰 그 아들인가요? 둘 다 맥퍼슨에게 좋은 감정은 없었으니까요. 그 두 사람이 저지른 범행이 아닐까요?"

나는 빙그레 미소 지었다.

"아닙니다. 경위가 뭐라 해도 모든 준비가 끝나기 전에는 말하지 않을 겁니다. 그것보다 우리는 서로 바쁜 몸이 아닙니까? 괜찮다면 점심 무렵에 여기로 다시 와 주십시오."

그때였다. 생각지도 못했던 끔찍한 일이 벌어졌는데 그것이 사건을 매듭짓는 계기가 되었다.

현관문이 벌컥 열리고 복도에서 휘청거리는 발소리가 들리더니 이안 머독이 비틀거리며 들어왔다. 그의 얼굴은 흙빛이었고 산발이 된 데다 옷매무새도 흐트러져 있었다. 그는 비쩍 마른 두 손으로 가구를 짚어 몸을 지탱하고 있었다.

"브랜디! 브랜디!"

그는 이렇게 외치는가 싶더니 그대로 소파에 쓰러져 버렸다.

머독 한 사람이 아니었다. 스택허스트가 모자도 쓰지 않은 채 숨을 헐떡이며 부하 직원만큼이나 당황한 얼굴로 뒤따라 들어왔다. 그도 외쳤다.

"그래, 맞아! 브랜디! 이 친구 목숨이 위험합니다. 여기까지 간신히 데려왔어요. 도중에 두 번이나 기절했다고요."

나는 서둘러 브랜디를 컵에 따라 머독에게 먹였다. 그는 절반 정도 마시더니 기운이 났는지 한 손으로 땅을 짚어 몸을 일으키고는 어깨에 걸치고 있던 웃옷을 벗어젖혔다.

"어떻게든 해 주세요! 기름을 발라 주든지 아편이나 모르핀을 주세요! 부탁입니다! 뭐든 좋으니 이 지옥 같은 아픔을 덜어 주세요!"

바들 경위와 나는 눈앞에 드러난 상처를 보자마자 무심결에 앗 하고 소리 질렀다. 어떻게 된 일이란 말인가? 그 어깨에도 피츠로이 맥퍼슨의 죽음의 징표와 똑같은 붉고 기묘한 그물 자국이 새겨져 있었다.

한 군데에서만 고통이 느껴지는 게 아닌 모양이었다. 온몸에서 아픔이 느껴지는 듯했고 한번은 숨이 막혔는지 얼굴이 자줏빛이 되기도 했다. 그러다가 가쁜 숨을 몰아쉬며 가슴을 쥐어뜯었고 이마에서 구슬 같은 땀이 떨어졌다. 너무 괴로워서 당장이라도 숨이 멎을 것 같은 머독의 입에 브랜디를 콸콸 쏟아 부었다. 브랜디가 목구멍을 지날 때마다 그는 죽음의 문턱에서 점점 되돌아오는 것 같았다. 나는 샐러드유에 솜을 적셔 대 주었다. 그러자 통증이 어느 정도 가라앉았는지 그는 마침내 머리를 쿠션에 댄 채 잠잠해졌다. 지칠 대로 지쳐 한계에 이른 자연이 마지막 생명의 보물창고에서 안식처를 찾은 모양이었다. 반은 기절하고 반은 잠든 상태였으나 아픔은 가라앉은 듯했다.

무슨 일이 일어났는지 머독에게 물을 수는 없었지만 한숨 돌리고 나자 스택허스트가 나를 돌아보며 외쳤다.

"세상에! 이게 어떻게 된 일입니까, 홈즈 선생님?"

"머독은 어디에 있었습니까?"

"해변입니다. 가엾은 맥퍼슨이 숨을 거둔 그 장소였죠. 이 사람도 맥퍼슨처럼 심장이 약했다면 여기까지 오지도 못했을 겁니다. 데리고 오면서 안 되겠다 싶었던 적이 한두 번이 아니니까요. 교육원은 너무 멀어서 일단 여기로 데려온 겁니다."

"해변에 있었다고요?"

"제가 절벽 위를 걷고 있었는데 비명이 들렸습니다. 아래를 내려다보니 이 친구가 술 취한 사람처럼 비틀거리며 해변을 걷고 있지 않겠습니까? 그래서 서둘러 내려가 옷을 어깨에 걸쳐 주고 데려온 겁니다. 홈즈 선생님, 부탁이니 온 힘을 다해서 우리 마을의 저주를 풀어 주세요. 그렇지 않으면 더는 여기서 못 살겠습니다. 세계적으로 이름을 떨친 선생님께서 뭔가를 해 주실 수 없겠습니까?"

"스택허스트 씨, 안심하세요. 내가 해결할 수 있으니까요. 같이 갑시다. 경위, 당신도요. 어쩌면 살인범을 당신의 손에 넘겨 줄 수 있을지도 모릅니다."

정신을 잃은 머독의 간호는 가정부에게 맡기고 우리 셋은 그 무시무시한 석호로 내려갔다. 모래밭 위에 머독의 옷가지며 수건이 흩어져 있었다. 나는 석호 가장자리를 천천히 걸었고 다른 두 사람도 한 줄로 서서 내 뒤를 따라왔다. 석호는 대개 아주 얕았으나 절벽 아랫부분은 움푹 파여서 깊이가 1미터에서 1.5미터 남짓했다. 물이 수정처럼 맑고 깨끗해서 모두들 그곳으로 수영하러 가는 것도 당연했다. 나는 바위 위를 걸으며 아래의 물웅덩이를 세심히 바라보았다. 가장 깊고 잔잔한 장소에 도착했을 때, 나는 마침내 찾고 있던 것을 발견했다. 나는 커다랗게 외쳤다.

"키아네아[27]! 키아네아다! 이게 '사자 갈기'의 정체입니다!"

내가 손가락으로 가리킨 것은 정말 사자 갈기에서 떼어 낸 엉킨 실타래 같았다. 그것은 수면에서 90센티미터 정도 아래에 있는 바위틈에 자

---

27) cyanea capillata. 맹독성의 해파리. 생긴 모습이 사자 갈기를 닮아 '사자 갈기 해파리'라고도 불리며 공식적인 이름은 '키아네아 카필라타 해파리'이다. 이 해파리에 쏘이면 작은 점이나 고름 주머니처럼 생긴 주황색 상처가 생기는데 독성이 매우 치명적이라고 한다.

리 잡고 있었는데, 하늘하늘 흔들리는 노란 털 사이로 은색 줄기가 섞여 있는 기묘한 털북숭이 생물이었다. 녀석은 느릿하게 부풀어 올랐다가 오그라들면서 천천히 움직였다.

"그 나쁜 짓을 저지른 범인은 바로 저 녀석입니다. 이젠 끝장이야! 스택허스트 씨, 나를 좀 도와주세요. 이 살인범을 영원히 해치웁시다."

마침 바로 위에 있던 바위에 크고 둥근 돌이 있었다. 우리 둘은 힘을 합쳐 그것을 떨어뜨렸다. 돌은 텀벙하고 엄청난 물보라를 일으키며 웅덩이에 잠겼다. 물결이 잔잔해진 다음에 살펴보니 바로 아래쪽에 돌이 떨어져 있었다. 그 아래에 노란색 막이 하늘거리는 것을 보니 괴물은 돌 밑에 깔린 모양이었다. 잠시 뒤 기름기 섞인 짙은 체액이 돌 밑에서 흘러나와 주변의 물을 더럽히며 점점 수면으로 떠올랐다. 말없이 바라보던 경위가 외쳤다.

"정말 놀랍습니다! 저건 뭡니까? 저는 이 지방에서 나고 자랐지만 저런 것은 본 적이 없습니다. 서식스 주에 저런 건 없었습니다."

"서식스를 위해서는 다행이지요. 틀림없이 남서풍을 타고 왔을 겁니다. 둘 다 우리 집까지 와 주세요. 바다에서 똑같은 재앙을 당한 어떤 남자의 끔찍한 체험담을 보여 줄 테니까요."

서재로 돌아가 보니 머독은 일어나 앉을 수 있을 만큼 기운을 차린 상태였다. 그렇지만 아직 정신이 멍하고 종종 격렬한 아픔이 닥칠 때마다 몸을 부르르 떨었다. 그가 더듬더듬 이야기하기를, 자기도 무슨 일이 일어났는지 모르고 그저 수영을 하다가 갑자기 격렬한 통증이 느껴져 간신히 바위 위로 올라왔다고 했다. 나는 얇은 책 한 권을 꺼내며 말했다.

"이 책 덕분에 영원히 풀지 못할 뻔했던 사건을 해결할 수 있는 단서를 잡았습니다. 유명한 생물학자인 J. G. 우드의 《야외 생활》이라는 책이에요. 우드도 그 괴물의 공격을 받아 하마터면 목숨을 잃을 뻔해서 그 일을 자세히 기록해 놓았습니다. 그 흉악한 놈의 학명은 '키아네아 카필라타'라고 하는데, 녀석에게 쏘이면 코브라에게 물린 것만큼 위험한 데다가 통증은 훨씬 더 심하다고 합니다. 조금 읽어 볼까요?"

나는 책을 읽었다.

만약 수영을 하다가 황갈색의 얇은 막과 가느다란 촉수가 있는 둥그스름한 덩어리를 발견했다면, 게다가 그것이 은빛 종이에 사자 갈기를 붙여 놓은 것처럼 생겼다면 아주 조심해야 한다. 그것이 바로 엄청난 독침을 자랑하는 키아네아 카필라타이기 때문이다.

"그 괴물을 아주 잘 표현하지 않았습니까? 이어서 우드는 켄트 주의 바다에서 수영할 때 이 괴물을 본 경험을 기록했습니다. 그 기록에 따르면 이 독해파리는 육안으로 거의 보이지 않는 아주 가느다란 실 같은 촉수를 15미터 거리까지 발사하기 때문에 그 반경 안에 들어갔다가는 목숨을 잃을 수도 있다고 합니다. 우드는 그렇게 접근하지도 않았는데 거의 죽을 뻔했다고 쓰여 있어요."

거기에 찔리면 피부에 새빨간 줄이 여럿 생기는데 자세히 살펴보면 조그만 점, 다시 말해서 자잘한 고름을 가진 혹이 나란히 늘어서 있는 것을 알게 된다. 이 조그만 혹 하나하나가 새빨갛게 달구어진 바늘에 찔린 것처럼 격렬한 통증을 수반한다.

"하지만 이런 통증은 몸의 다른 부위에서 느껴지는 격렬한 통증에 비하면 그나마 견딜 만했다고 합니다. 다음을 또 읽어 볼까요."

　가슴 부근에서 갑자기 느껴지는 격렬한 통증 때문에 나는 총알에 맞은 것처럼 픽 하고 쓰러졌다. 맥박은 멈췄고 뒤이어 심장이 예닐곱 번 크게 고동쳐 가슴에서 피가 뿜어져 나오는 것만 같았다.

　"우드는 좁고 잔잔한 호수가 아니라 물결이 거친 대양 한가운데에서 당했는데 그래도 하마터면 목숨을 잃을 뻔했어요. 그의 말에 따르면, 나중에 그의 얼굴은 창백해지고 쭈글쭈글한 주름투성이가 됐는데 그렇게까지 얼굴이 변한 건 처음이라고 합니다. 그 사람은 브랜디 한 병을 거의 숨도 쉬지 않고 마신 덕분에 목숨을 건진 것 같다고 하더군요. 경위, 이 책을 당신에게 빌려 줄 테니 잘 읽어 보세요. 맥퍼슨의 죽음에 관한 설명이 여기에 전부 기록되어 있습니다."

　내 설명이 끝나자 머독이 힘없이 쓴웃음을 지으며 말했다.

　"그리고 동시에 그 책이 제 혐의를 풀어 주겠지요. 홈즈 선생님이나 경위님이 저를 의심한 것도 당연하니 특별히 탓하지는 않습니다. 오늘 제가 맥퍼슨과 같은 일을 당하지 않았다면 내일쯤 체포되었겠지요?"

　"아니, 그렇지는 않아요, 머독 씨. 나는 이미 진상을 파악하고 있었으니까요. 내가 계획대로 오늘 아침에 일찍 해변으로 갔다면 당신이 이런 끔찍한 고통을 겪지 않아도 되었을 텐데 말입니다."

　그러자 머독이 다시 물었다.

　"홈즈 선생님, 대체 어떻게 진상을 알아내신 겁니까?"

　"난 무엇이든 닥치는 대로 읽어 대는 사람인데 이상하다 싶을 정도로 세세한 부분까지 잘 기억하는 편이지요. 그런데 '사자 갈기'라는 말이 머릿속에 들러붙어서 좀처럼 떨어지지 않았습니다. 뜻밖의 책에서 봤다는 사실은 기억하고 있었지만 어떤 책인지는 떠오르지 않았어요. 하지만 아까 봤듯이 그 말은 어떤 생물의 생김새를 묘사한 것이었습니다. 맥퍼슨은 아마도 수면에 떠 있는 녀석을 본 것 같아요. 그는 그것을 뭐라고 불러야 할지 몰라서 느낀 대로 이야기했을 겁니다."

머독이 천천히 일어서며 말했다.

"아무튼 제 혐의는 풀렸군요. 전 여러분이 수사하는 방향을 잘 알고 있었으니 한 말씀 드리겠습니다. 저는 벨라미 양을 사랑했습니다. 하지만 그녀가 제 친구 맥퍼슨을 선택했다는 사실을 알고 나서는 오로지 그녀가 행복해지기만을 바랐을 뿐입니다. 저는 한 걸음 물러나 두 사람의 좋은 중계자가 되는 일에 만족했습니다. 제가 그 둘의 편지를 전해 준 것도 한두 번이 아니었습니다. 그만큼 저는 신뢰받고 있었어요. 제가 벨라미 양에게 맥퍼슨의 죽음을 가장 먼저 알린 것도, 다른 사람이 배려하는 마음 없이 그녀에게 함부로 말을 던지는 일이 없도록 하기 위해서였습니다. 그리고 벨라미 양이 우리 관계를 말하지 않은 까닭은 홈즈 선생님이 저를 의심해서 제가 난처해질까 봐 걱정했기 때문입니다. 이제 괜찮으시다면 저는 게이블스로 돌아가겠습니다. 제 침대만큼 편안한 곳도 없으니까요."

스택허스트가 머독에게 손을 내밀며 말했다.

"이번 사건으로 우리 모두 신경이 너무 예민해져 있었던 모양이오. 지난 일은 용서해 주시구려. 머독 선생, 앞으로 우리가 서로를 잘 이해하기를 바랄 따름이오."

두 사람은 사이좋게 팔짱을 끼고 나갔다. 경위는 황소처럼 둥그런 눈으로 말없이 나를 바라보다가 마침내 입을 열어 외쳤다.

"정말 훌륭하십니다! 선생님의 소문은 많이 들었지만 이 정도일 줄은 몰랐습니다. 정말 훌륭하십니다."

나는 다급히 고개를 저었다. 이런 칭찬을 그대로 받아들이는 것은 내 자신의 값어치를 떨어뜨리는 꼴이었다.

"출발이 좋지 않았습니다. 스스로 용서하기 어려울 만큼 좋지 않았어요. 시신이 물속에서 발견되었다면 이렇게 시간을 허비하지는 않았을 겁니다. 게다가 물에도 젖지 않은 채 가지런히 접혀 있던 수건 때문에 잘못된 판단을 하고 말았습니다. 맥퍼슨은 몸을 닦지도 못하고 도망쳤는데 나는 그가 물에 들어가지 않았다고 착각해 버렸습니다. 그 바람에 물속에 사는 생물에게 당했을 것이라고는 생각지도 못한 거예요. 그게 내 착각의 원인입니다. 경위, 이거 참 부끄럽군요. 나는 지금까지 경찰들을 놀려 댔는데 이번에는 경찰국을 대신한 그 해파리에게 보기 좋게 한 방 먹을 뻔했습니다."

10. 베일 쓴 하숙인

셜록 홈즈가 탐정으로서 놀랍게 활약한 지도 벌써 23년이 지났다. 그 중 17년 동안 나는 그의 친구이자 조수 겸 사건의 기록자로서 홈즈의 활약을 보아 왔다. 당연히 우리 집에는 사건이 기록된 수첩이 산더미처럼 쌓여 있고 내가 써 먹을 수 있는 소재도 얼마든지 있다. 언제나 문제가 되는 것은 어떤 사건을 선택할 것인가였다. 내 방의 책장에는 한 해의 기록들이 나란히 늘어서 있고, 수많은 서류 상자에는 서류가 가득 들어차 있다. 그 서류에는 범죄 사건은 물론이고 빅토리아 왕조 후기의 사교계와 정계의 스캔들까지 빽빽하게 적혀 있으므로 그쪽을 연구하는 사람들에게는 보물 창고나 마찬가지다. 그 스캔들에 관해서 자기 가문의 명예나 유명한 조상의 이름에 누를 끼치지 않도록 해 달라는 편지도 자주 받았다. 그러나 안심하기 바란다. 홈즈는 관계자의 명예를 중시하는 사람으로, 발표할 사건을 고를 때마다 참으로 주의 깊고 신중하게 처신하기에 남의 비밀을 함부로 퍼뜨리는 일은 결코 없을 것이다. 하지만 최근에 이런 서류들을 손에 넣어 없애려는 시도가 몇 번 있었다. 나는 그 점에 대해 강하게 비판하고 있으며, 뒤에 누가 있는지 잘 알고 있으니 만약 그런 시도가 되풀이된다면 나는 셜록 홈즈를 대신하여 어떤 정치가, 등대, 훈련받은 가마우지에 관한 사건 기록을 공표할 것임을 밝힌다. 적어도 한 명은 지금 내가 한 말이 무슨 뜻인지 이해할 것이다.

어쨌든 나는 지금까지 발표한 이야기 속에서 홈즈의 직관력과 관찰력을 자세히 보여 주고자 노력했다. 하지만 개중에는 홈즈의 능력이 발휘될 기회가 없었던 사건도 있었다. 어떤 때는 문제를 해결하기 위해 커다란 노력을 기울이기도 했고, 때로는 사건이 싱겁게 끝나 버리기도 했다. 그런데 끔찍한 비극 중에는 그가 활약할 기회 없이 끝나 버린 것들도 많은데 여기서 이야기할 사건도 그렇다. 인명과 지명은 살짝 손을 보았지만 다른 내용은 실제 사실 그대로를 기록한 것이다.

1896년 말, 어느 아침에 시작된 일이었다. 나는 홈즈로부터 곧장 와 달라는 연락을 받고 서둘러 집을 나섰다. 베이커 가에 있는 하숙집으로 가 보니 홈즈는 평소와 마찬가지로 담배 연기가 자욱한 방 안에서 나이가 지긋하고 하숙집 여주인 같은 상냥한 여자와 마주앉아 있었다. 친구가 손짓을 하면서 그녀를 소개했다.

"왓슨, 이분은 사우스 브릭스턴 가에 사는 메릴로 부인일세. 부인에게 담배를 피워도 좋다고 허락받았다네. 담배를 좋아하는 자네에게는 정말 고마운 일 아닌가? 게다가 부인이 아주 흥미로운 이야기를 가지고 오셨어. 일이 진행되면 그 자리에 자네도 함께하는 편이 좋겠다는 생각이 들었네."

"내가 할 수 있는 일이라면 뭐든지……."

"메릴로 부인, 론더 부인을 만날 때 입회자가 한 명 있었으면 좋겠습니다. 우리가 가기 전에 그 사실을 론더 부인에게 전해 주세요."

그러자 메릴로 부인이 상냥하게 대답했다.

"네, 그야 상관없어요. 론더 부인은 무슨 일이 있어도 홈즈 선생님을 뵙고 싶어 해요. 그러니 교구 사람들을 몽땅 데리고 가도 될 거예요."

"그럼 오늘 오후 일찍 찾아가지요. 그전에 지금까지의 일을 좀 더 확실하게 파악해야겠습니다. 그렇게 하면 왓슨 박사도 사정을 잘 이해할 수 있을 테니까요. 방금 전에 부인이 한 말에 따르면 론더 부인이 7년 동안이나 하숙을 했는데 얼굴을 본 것은 딱 한 번뿐이란 거지요?"

"네, 하지만 그 얼굴은 두 번 다시 보고 싶지 않아요."

"얼굴이 많이 상했다고 하셨는데."

"네, 맞아요. 그건 사람 얼굴도 아니에요. 선생님도 보시면 그렇게 생각할 거예요. 한번은 론더 부인이 2층에서 밖을 내다보고 있었는데 우유 배달부가 그 얼굴을 슬쩍 보고는 그만 앞뜰에 우유 통을 엎어 버린 적도 있어요. 그만큼 끔찍한 얼굴이에요. 저는 우연히 론더 부인의 얼굴을 봤는데 그때 부인은 황급히 얼굴을 가리면서 '메릴로 부인, 이제 제가 왜 베일을 벗지 않는지 아셨겠지요?'라고 말했어요."

"그렇다면 론더 부인의 과거에 대해서 아는 건 없습니까?"

"저는 아무것도 몰라요."

"하지만 론더 부인은 누구한테 소개를 받고 처음 하숙집을 찾아온 게 아닌가요? 그리고 그녀에게 신분증명서를 받지 않았습니까?"

"아무것도 안 받았어요. 대신에 현금을 듬뿍 받았죠. 세 달치 하숙비를 선불이라면서 탁자 위에 턱 올려놓았어요. 계약 조건에 대해서 아무 불평도 하지 않았고요. 저처럼 근근이 먹고사는 사람이 그런 고마운 하숙인을 거절할 수는 없잖아요."

"그 부인이 댁의 하숙집을 택한 이유는 뭐라고 합니까?"

"우리 집은 큰길에서 안쪽으로 많이 들어와 있어서 다른 집보다 훨씬 조용하고 차분해요. 게다가 저는 독신인 사람만 받거든요. 저도 가족이 없고요. 아마 론더 부인도 다른 곳을 둘러보았겠지만 우리 집이 가장 마음에 들었을 거예요. 부인은 사람들의 눈에 띄지 않게 살고 싶었고 그러기 위해서 돈을 잔뜩 낸 게 아닐까요?"

"그런데 론더 부인은 우연히 얼굴을 한 번 내밀었을 때 말고는 언제나 베일을 쓴 채 얼굴을 보이지 않는단 말이죠. 흠, 이거 재미있군. 쉽게 들을 수 있는 이야기는 아니야. 부인이 그 이유를 알고 싶어 하는 것도 당연한 일입니다."

"아니요, 그게 아니에요! 저는 하숙비만 제때 내면 쓸데없이 참견할 생각은 없어요. 그렇게 조용하고 손이 가지 않는 하숙인이 세상 어디에 있겠어요?"

"그렇다면 문제가 대체 뭡니까?"

"론더 부인의 건강이 걱정돼요. 요즘 들어서 점점 수척해지고 쇠약해져 가는 데다가 큰 걱정거리가 마음에 들어앉았나 봐요. 한밤중에 가끔 '살인자! 살인자!'라거나 '이놈! 이 악마!' 하고 외치면서 헛소리를 해요. 그것도 집 전체가 울릴 만큼 크게요. 저는 그걸 들을 때마다 온몸이 부들부들 떨린답니다. 그래서 날이 밝기 무섭게 부인의 방으로 가서 한번 물어봤죠.

'론더 부인, 무슨 걱정거리라도 있으면 목사님이나 경찰한테 말해서 상의해 보면 어떻겠어요? 틀림없이 힘이 되어 줄 거예요.'

'아뇨, 절대로 경찰한테는 알리고 싶지 않아요. 게다가 목사님이라 해도 지나간 일을 되돌릴 수는 없잖아요. 아, 하지만 죽기 전에 딱 한 번만

이라도 누군가에게 진실을 털어놓으면 마음이 편해질 것 같아요.'

'그럼 이건 어때요? 경찰이나 목사님이 싫으시다면 탐정한테 부탁하는 거예요. 언젠가 셜록 홈즈라는 탐정 양반 이야기를 읽었는데……'

홈즈 선생님, 이런 표현은 너그럽게 이해해 주세요. 아무튼 부인은 그 이야기에 관심을 보였어요.

'그래요! 그분이 좋겠어요! 왜 지금까지 홈즈 선생님을 떠올리지 못했을까요? 메릴로 부인, 그분을 꼭 불러 주세요. 혹시라도 거절하시거든 제가 맹수 조련사였던 론더의 아내라고 말해 보세요. 아바스 파르바라는 이름도요.'

잠깐만요. 그 부인이 적어 준 종이에도 이렇게 쓰여 있어요. 아바스 파르바.

'제 생각과 같은 분이시라면 홈즈 선생님은 그 이름을 듣고 꼭 오실 거예요.'

여기까지가 저와 론더 부인의 대화랍니다."

"그렇군요. 그 이름은 효과가 있네요. 아주 좋아요, 메릴로 부인. 왓슨과 할 이야기가 있습니다. 점심 무렵에는 끝날 거예요. 오후 3시에 브릭스턴에 있는 댁으로 찾아가겠습니다."

메릴로 부인은 방에서 나갔다. 오리처럼 뒤뚱거리는 걸음이었는데 도저히 다른 표현은 찾을 수가 없었다. 부인이 사라지자마자 홈즈는 방구석에 산더미처럼 쌓여 있는 비망록을 무섭게 뒤지기 시작했다. 몇 분 동안 바스락바스락 페이지 넘기는 소리만 들려왔다. 마침내 찾던 것을 발견했는지 그가 만족스럽게 중얼거렸다. 상당히 흥분한 홈즈는 비망록이 어지럽게 흩어진 바닥에 털썩 주저앉아 불상처럼 다리를 꼬더니 무릎 위에 책 한 권을 펼쳐 놓고 열심히 읽었다.

"이 사건이라면 그때도 신경이 쓰였어. 여기에 적어 둔 내용이 그 증거 일세. 고백하자면 나도 사건의 진상을 밝혀 내지 못했지만 검시관의 말 이 틀렸다는 사실은 분명히 알고 있었네. 자네, 아바스 파르바의 비극을 모르나?"

"난 하나도 모르겠네."

"그래? 그때 자네는 나와 함께 살고 있었는데. 물론 내 기록도 명확하 지는 않아. 가진 자료도 별로 없었고, 아무도 내게 조사를 의뢰하지 않았 으니까. 기록을 읽어 보겠나?"

"아니, 요점만 짚어 주게."

"알겠네. 이야기를 듣다 보면 자네도 생각날 거야. 론더는 유명한 사람 이었네. 웜웰이나 생어와 함께 세상을 풍미하던 일류 서커스 흥행사였 지. 그런데 그자는 엄청난 술꾼이라 그 비극이 일어났을 무렵에는 그의 서커스단도 하향세를 타는 상태였네. 끔찍한 사건이 일어난 그날 밤, 론 더 서커스단은 버크셔의 아바스 파르바라는 마을에서 야영을 했어. 웜

블던으로 가다가 거기에서 하룻밤 묵었지만 공연을 하지는 않았네. 워낙 작은 마을이어서 판을 벌여도 수지가 안 맞았겠지. 그런데 그 서커스단에는 북아프리카에서 잡아온 '사하라의 왕'이라는 커다란 사자가 있었네. 론더 서커스단에서 가장 볼 만한 녀석이었어. 론더 부부가 우리 안으로 들어가 그 사자에게 여러 곡예를 시켰지. 이게 그 사진일세. 보면 알겠지만, 론더는 덩치가 커다란 돼지 같은 사람이고, 부인은 굉장한 미인이었네. 검시관의 진술에 따르면 이 사자는 사건이 일어나기 전부터 불안한 모습을 보였지만 사자에 익숙해져 있던 부부는 그러려니 하고 심각하게 여기지 않았다고 하네. 부부는 밤마다 사자에게 먹이를 주었다네. 둘이 같이 가기도 하고 한 사람만 가기도 했지만 다른 사람에게는 시키지 않았어. 왜냐하면 사자도 먹이를 주는 사람의 말을 가장 잘 들을 테니 그렇게 길들여 두면 공연할 때도 갑자기 물지는 않을 거라고 믿었으니까. 그런데 지금으로부터 7년 전 바로 그날 밤, 부부가 먹이를 주러 갔다가 끔찍한 일이 벌어진 걸세. 자세한 정황은 아직도 뚜렷이 밝혀지지 않았지만.

자정에 가까운 시간, 야영지에서 자고 있던 서커스 단원들은 사자가 울부짖는 소리와 여자 비명 소리를 듣고 눈을 떴어. 마부와 단원들이 램프를 들고 텐트에서 뛰쳐나와 현장으로 달려갔는데 거기에는 참으로 끔찍한 광경이 펼쳐져 있었네. 사자 우리의 문이 활짝 열려 있었고 거기에서 10미터쯤 떨어진 곳에 론더가 쓰러져 있었어. 그의 머리 뒷부분은 으스러졌고 머리 가죽에는 깊이 파고든 발톱 자국이 남아 있었네. 론더 부인은 문 옆에 쓰러져 있었고, 그 위에 사자가 몸을 웅크린 채 으르렁거리고 있었어. 부인의 얼굴은 갈가리 찢겨서 숨이 붙어 있을 것 같지가 않았네. 물론 사람들은 곧장 사태를 파악하고 부인을 구하러 나섰지. 레오나르도라는 힘 센 곡예사와 그릭스라는 광대가 앞장서서 막대기로 밀어내자 사자가 우리 안으로 휙 뛰어들었고 사람들은 즉시 우리 문을 닫아 버렸네. 왜 우리에 자물쇠가 채워져 있지 않았고 사자가 뛰어 나왔는지는 알 수가 없었어. 당시 추측하기로는, 부부가 우리 안으로 들어서는 순간 사자가 뛰쳐나왔을 거라고 했지. 눈길을 끌 만한 다른 증거로는 이것 딱 하나뿐이었네. 숙소로 쓰는 마차까지 론더 부인을 옮길 때 그녀가 엄청난 고통 속에서 '비겁해! 비겁해!'라고 헛소리를 질렀다는 거지. 여섯 달이 지나서야 론더 부인은 증언할 수 있을 만큼 회복되었어. 철저하게 심문했지만 사고였다는 판정이 났네."

"홈즈, 자네는 다른 가능성도 있다고 보나?"

"그래. 버크셔 경찰의 에드먼스라는 젊은 형사가 한두 가지 사실을 고민하다가 나를 찾아왔다네. 그래서 나도 이 사건을 알게 되었지. 아주 똑똑한 사람이었어. 나중에 인도의 알라하바드로 전근 가고 말았지만."

"그 노란 머리에 마른 사람을 말하는 건가?"

"맞아, 그 사람일세. 이제 조금씩 생각이 나는 모양이군."

"그런데 에드먼스는 어떤 사실을 고민한 건가?"

"아, 알려진 사실들을 조합해서 그 사건을 재구성하다 보니 아무래도 앞뒤가 맞지 않는다는 거였네. 나도 그렇게 생각했고. 잘 들어 보게, 왓슨. 사자의 입장에서 이번 사건을 잘 생각해 보자고. 사자는 우리에서 뛰쳐나와 자유의 몸이 되었네. 그런 다음 어떻게 했지? 10미터나 떨어져 있던 론더에게 달려갔네. 론더는 돌아서서 도망치려고 했지만 결국 뒤에서 달려온 사자에게 공격당했어. 발톱 자국이 후두부에 남아 있었으니까. 그런데 사자는 그대로 달아나지 않고 우리 곁에 있던 론더 부인에게 돌아가서 부인을 쓰러뜨리고 얼굴을 물어뜯었네. 그렇다면 그 부인

의 헛소리는 무슨 뜻일까? 남편이 그녀를 돕지 않았다는 뜻으로 해석할
수도 있어. 하지만 이미 죽은 론더가 어떻게 부인을 도울 수 있었겠나?
뭐가 이상한지 이해할 수 있겠지?"

"응."

"그것뿐만이 아니야. 나도 지금 곰곰이 생각하니 서서히 기억나는데
사자가 울부짖고 여자가 비명을 지른 그때, 공포에 질린 남자의 외침도
같이 들었다고 증언한 서커스 단원들이 있었네."

"그야 물론 론더의 비명이었겠지."

"머리가 그 지경으로 깨진 사람이 비명을 지를 수 있었을까? 그런데
분명히 여자의 비명과 함께 남자의 비명을 들었다고 증언한 사람이 적
어도 두 명은 있었단 말일세."

"하지만 그때는 야영지에 머물고 있던 사람들 모두가 일어나서 소란
을 피우지 않았을까? 그리고 조금 전에 말한 헛소리도 설명할 수 있다고
생각하는데."

"음, 어떻게? 자네 생각을 들려주지 않겠나?"

"사자가 우리에서 뛰쳐나왔을 때, 론더 부부는 거기서 10미터쯤 떨어
져 있었어. 론더는 사자가 무서워서 달아나려 했는데 그만 사자가 달려
들어 공격을 한 거야. 그 순간 론더 부인은 우리 안으로 달아나 안에서
문을 닫아야겠다고 생각했어. 거기가 가장 안전한 피신처였으니까. 그런
데 우리 옆까지 달려갔을 때 사자가 따라와 부인을 공격한 거지. 부인은
남편이 갑자기 등을 돌려 달아나 사자를 자극했다는 사실에 화가 난 거
야. 등을 보이지 않고 둘이서 사자를 상대했으면 어떻게든 달랠 수 있었
을 테니까. 그래서 '비겁해!'라고 외친 걸세."

"훌륭한 추리야! 다만 딱 하나 이치에 맞지 않는 부분이 있어."

"어떤 부분이지?"

"두 사람 모두 우리에서 10미터나 떨어져 있었는데 어떻게 사자가 바깥으로 나올 수 있었단 말인가?"

"누군가 그 둘에게 원한을 품고 우리 자물쇠를 열어 둔 게 아닐까?"

"그렇다면 평소에는 우리 안에서 론더 부부와 함께 장난치고 묘기를 부리던 사자가 왜 갑자기 난폭해졌을까?"

"우리 자물쇠를 풀어 놓은 사람이 사자를 건드려 화나게 했겠지."

홈즈는 한동안 말없이 생각에 잠겨 있다가 마침내 고개를 끄덕였다.

"자네는 론더가 누군가에게 원한을 샀다고 추리했지? 충분히 있을 법해. 론더는 많은 사람들에게 원한을 사고 있었거든. 에드먼스 형사가 말하기를, 그자는 술을 마시면 도저히 말릴 수 없는 망나니가 된다고 했어. 아주 거칠어져서 아무에게나 시비를 걸고 온갖 더러운 욕설을 내뱉었다지. 메릴로 부인이 말했던 론더 부인의 헛소리 말인데, '악마'란 죽은 남편을 가리킬지도 몰라. 론더에게 심하게 당했던 일이 떠오른 거지. 어쨌든 사실을 모르면서 머리만 굴려 봤자 소용이 없네. 그것보다 왓슨, 그 찬장에는 차가운 자고새 요리가 들어 있고 몽라셰 백포도주도 있다네. 그걸로 기운을 차리고 나서 론더 부인을 만나러 가세."

약속 시간이 되었을 때, 우리는 마차를 타고 메릴로 부인의 집 앞에 내렸다. 길에서 안쪽으로 들어가 있는 조용하고 아담한 집이었다. 우리가 마차에서 내리자 메릴로 부인이 마중을 나왔는데 안내하기 전에 부인이 부탁하기를, 론더 부인이 자기 집에서 나갈 만한 불미스러운 행동은 하지 말라고 했다. 부인은 좋은 하숙인을 놓칠까 봐 걱정이 가득한 모양이었다. 우리는 부인을 달래고 카펫이 대충 깔린 계단을 올라가 론더 부인의 방에 들어갔다.

언제나 문을 닫아놓는지 눅눅하고 곰팡내 나는 방이었다. 그곳에 사는 사람이 거의 외출하지 않기 때문이리라. 통풍도 나빴다. 론더 부인이 지금까지 동물을 우리에 가두었으니 그 벌로 이제 그녀 자신이 우리에 갇힌 짐승이 되어 버린 듯했다. 부인은 그 어둑한 방 한구석에 있는 부서진 팔걸이의자에 앉아 있었다. 오랫동안 몸을 움직이지 않아 몸매는 많이 망가졌지만 그래도 화려하던 옛날의 아름다움이 아직 남아 있어서 요염한 분위기를 풍기고 있었다. 얼굴은 두꺼운 검정 베일로 완전히 가려 두었다. 다만 베일이 윗입술 부근까지만 내려와서 그 아름다운 입술과 우아한 턱 선은 볼 수 있었다. 그것만 봐도 론더 부인이 굉장한 미인이었다는 사실을 충분히 짐작할 수 있었다.

"역시 홈즈 선생님은 제 이름을 기억하고 계셨군요. 와 주실 거라 믿었어요."

론더 부인이 아주 맑고 아름다운 목소리로 말했다.

"기억하고 있었습니다, 부인. 그런데 내가 그 사건에 흥미를 가졌다는 사실은 어떻게 알았습니까?"

"상처가 나아 건강을 회복한 뒤에 조사를 받았었지요. 그때 주 경찰인 에드먼스 형사님에게 들었어요. 당시에는 형사님에게 거짓말을 조금 했는데 지금은 그냥 진실을 말하는 편이 나았을 거라고 생각해요."

"대개 사실을 말하는 것이 옳은 법입니다. 부인은 왜 그렇게 하지 않았습니까?"

"그 사람의 운명이 제 증언에 달려 있었기 때문이에요. 감싸 줄 가치는 없는 사람이었지만 저는 그를 파멸시킬 수가 없었어요. 우리는 아주……, 아주 가까운 사이였으니까요."

"흠, 이제는 그렇지 않은 모양이군요."

"네, 그는 이미 세상을 떠났어요."

"그렇다면 어째서 경찰에 알리지 않는 거죠?"

"그건 제 증언에 따라서 운명이 바뀔 사람이 하나 더 있기 때문이에요. 저 자신이죠. 경찰에 조사를 의뢰하면 제 과거가 세상에 밝혀지고 신문에서도 떠들어 댈 거예요. 그건 견딜 수가 없어요. 전 앞으로 그리 오래 살지 못하겠지만 가능하다면 조용히 살다 가고 싶어요. 그렇지만 저를 이해해 주실 만한 분에게 진상을 알려서 제가 죽은 다음에 모든 진실이 밝혀질 수 있도록 하고 싶었어요."

"잘 알겠습니다, 론더 부인. 하지만 만약을 위해서 말씀드리지요. 저는 책임을 중시합니다. 부인의 이야기를 듣고 경찰에 알려야겠다는 생각이 든다면 그때는 어떻게 할지 모릅니다."

"역시 그렇군요. 홈즈 선생님이 다루신 사건 이야기는 전부 읽었어요. 덕분에 선생님의 생각과 성격도 아주 잘 알고 있지요. 그나마 독서는 제게 남은 단 하나의 즐거움이랍니다. 그래서 세상일은 훤하게 잘 알고 있어요. 아무튼 홈즈 선생님이 제 얘기를 듣고 어떻게 행동하실지는 운에 맡기겠어요. 선생님이 이 이야기를 들어주시기만 해도 제 마음이 편안해질 테니까요."

"친구와 함께 기꺼이 듣겠습니다."

론더 부인은 의자에서 일어서더니 책상 서랍을 열어 사진 한 장을 가지고 왔다. 곡예사의 사진이었다. 당당한 체격, 근육으로 부풀어 오른 널따란 가슴, 그 위로 힘차게 팔짱을 끼고 있는 다부진 팔, 굵은 콧수염, 그리고 입가에 머금은 자신감 넘치는 미소가 눈에 들어왔다. 론더 부인이 말했다.

"레오나르도예요."

"그 천하장사라던 사람인가요? 증언을 했지요?"

"네, 맞아요. 그리고 이 사람은 제 남편인 론더예요."

인간이라기보다는 돼지, 아니 멧돼지가 떠오르는 끔찍한 얼굴을 가진 사내였는데 그 얼굴에는 짐승 같은 포악함이 느껴졌다. 천박한 입가를 보자 이빨을 드러낸 채 거품을 물고 미친 듯이 날뛰는 모습이 떠올랐다. 작고 음험한 눈에서는 세상 모든 것을 증오하는 모습이 그려졌다. 악한, 난폭자, 짐승 같은 작자. 턱이 축 늘어지고 각진 그의 얼굴을 보면 누구나 그렇게 생각할 것이다.

"이 사진을 보면 상황이 더 잘 이해되실 거예요. 저는 가난한 서커스단 소녀였어요. 열 살이 되기도 전부터 이미 불붙은 링을 통과하는 재주를 배웠어요. 제가 어른이 되자 론더가 저에게 구애를 하더군요. 욕정을 사랑이라고 부를 수 있다면 그렇게도 말할 수 있겠죠. 어쨌든 불행하게도 저는 론더의 아내가 되고 말았어요. 그날부터 지옥이 시작된 거예요. 론더는 악마처럼 저를 괴롭혔어요. 그가 제게 얼마나 심한 짓을 했는지 단원들도 다 알고 있을 정도였어요. 그는 저를 다른 사람들에게서 떼어 놓았어요. 조금이라도 불평을 하면 저를 끈으로 칭칭 묶어서 승마용 채찍으로 때렸지요. 다들 저를 불쌍히 여기고 론더를 미워했지만 그들도 어쩔 수가 없었어요. 모두가 그자를 무서워했으니까요. 론더는 평소에도 무서운 사람이었는데 술을 마시면 사람이라도 죽일 것처럼 난폭해졌어요. 난폭하게 굴거나 동물을 학대했다는 죄로 몇 번이나 잡혀가기도 했는데 돈이 많아서 벌금 정도는 아무것도 아니었지요. 그렇게 뛰어난 단원들이 하나둘 떠나갔고 서커스단의 인기도 떨어졌어요. 그 사건이 일어났을 무렵에는 그나마 저와 레오나르도의 공연 덕분에 명맥을 잇고 있었어요. 아, 그리고 난쟁이 광대였던 지미 그릭스도 있었어요. 불쌍한 지미. 즐거울 것도 없었지만 어떻게든 서커스단을 살려 보려고 갖은 애를 썼답니다.

그러는 사이에 저는 점점 레오나르도에게 마음이 끌렸어요. 조금 전에 사진을 보셨죠? 그 멋진 체격 속에는 비겁한 마음이 숨어 있었지만 그때는 몰랐어요. 게다가 남편에 비하면 그는 천사 가브리엘처럼 보였지요. 그 사람은 저를 불쌍히 여겨서 이것저것 도와주었어요. 그러는 사이에 우리 마음속에 사랑이 싹트기 시작했어요. 깊고 깊은 열정적인 사랑. 동경하고 있었지만 그런 기회가 나를 찾아올 리 없다고 오래 전부터 포기하고 있었던 감정이었어요. 남편은 우리 사이를 의심했지만 레오나르도를 무서워했어요. 론더라는 사람은 난폭하면서도 한편으로는 겁쟁이였으니까요. 그 화풀이로 론더는 저를 더욱 괴롭혔어요. 어느 날 밤, 제 비명을 듣고 레오나르도가 우리 마차로 달려왔어요. 그때는 무사히 넘어갔지만 레오나르도와 저는 머지않아 끔찍한 사건이 벌어지리라는 사실을 깨달았어요. 론더는 살아 있을 가치도 없는 녀석이었어요. 그래서 레오나르도와 저는 론더를 죽일 계획을 세웠습니다.

레오나르도는 아주 영리했어요. 교묘하고 꾀가 많았죠. 그 사람이 그 계획을 세웠어요. 아니, 그 사람에게 죄를 뒤집어씌우려고 이런 말씀을 드리는 게 아니에요. 저도 그와 함께 남편을 죽일 생각이었으니까요. 다만 저라면 그렇게 교묘한 계획은 세우지 못했을 거예요. 레오나르도는 끝에 납을 넣은 몽둥이를 준비해서 거기에 구부러진 못 다섯 개를 박아 넣었어요. 그리고 그 못의 간격을 사자가 발톱을 펼쳤을 때와 똑같이 만들었어요. 그걸로 머리를 때리면 사자 앞발에 맞아 죽은 것처럼 보이도록 한 거예요. 그러고 나서 사자를 우리에서 풀어놓으면 아무도 눈치채지 못할 거라고 생각했어요. 마침내 그날 밤이 찾아왔어요. 저는 평소와 다름없이 사자에게 줄 생고기를 양동이에 담아서 론더와 함께 사자 우리로 갔어요.

그날은 한 치 앞도 보이지 않을 만큼 어두웠어요. 레오나르도는 우리가 지나는 길목에 있는 짐마차 뒤에 숨어 있었고 그곳을 지날 때 일격을 가해 론더를 죽일 생각이었어요. 그런데 레오나르도가 너무 느릿하게 움직이는 바람에 그가 론더를 치기 전에 우리가 그를 지나쳐 버렸죠. 하지만 그 사람은 곧 우리를 뒤쫓아 와 뒤에서 론더의 머리를 후려쳤어요. 몽둥이 휘두르는 소리를 들은 순간, 제 마음은 기쁨으로 가득했어요. 저는 얼른 사자 우리로 달려가 자물쇠를 열었어요. 그런데 그때 끔찍한 일이 벌어지고 말았어요. 아실지 모르지만 맹수는 피 냄새에 몹시 민감하고 그 냄새를 맡으면 아주 흥분하죠. 사자는 본능적으로 사람이 살해당했다는 사실을 알았나 봐요. 제가 걸쇠를 벗기자마자 사자는 우리에서

뛰쳐나와 그대로 저를 덮쳤어요. 레오나르도가 저를 구할 수도 있었어요. 바로 달려와서 그 몽둥이로 때렸다면 사자도 물러났을 거예요.

하지만 레오나르도는 잔뜩 겁을 먹고 두려움에 비명을 지르더니 정신 없이 달아나 버렸어요. 그 순간 사자가 제 얼굴을 물어뜯었습니다. 그 뜨겁고 기분 나쁜 숨결에 정신이 아득해져서 고통은 없었어요. 저는 뜨끈한 피가 떨어지는 사자 주둥이를 손바닥으로 밀치면서 필사적으로 소리 질렀어요. 야영지 쪽에서 사람들 소리가 들려오기 시작했어요. 그리고 어렴풋하게나마 레오나르도와 그릭스를 비롯한 다른 사람들이 달려와 저를 사자의 이빨에서 구해 주었다는 사실이 기억나요.

저는 그대로 정신을 잃었어요. 몇 달 동안이나 입원해 있다가 마침내 정신을 차리고 거울을 보았을 때, 전 사자를 저주했어요. 아, 얼마나 저주했는지 몰라요! 아니요, 제 아름다움을 앗아갔다고 저주한 게 아니었어요. 왜 제 목숨을 가져가지 않았는지, 그걸 저주했던 거예요. 그때부터 제 소망은 딱 하나였어요. 그리고 그 소망을 이룰 수 있는 돈도 있었죠. 저는 아무도 이 얼굴을 보지 못하도록 베일로 가리고, 저를 아는 사람들에게 들키지 않을 곳에 가서 몸을 숨긴 채 조용히 살기로 결심했어요. 제가 살아갈 길은 그것밖에 없었어요. 죽을 자리를 찾아 들어간 상처 받은 가련한 짐승, 그게 바로 저 유지니아 론더의 말로예요."

불행한 여성이 이야기를 마무리 지었지만 우리는 한동안 말없이 앉아 있었다. 잠시 뒤, 홈즈가 그 기다란 팔을 뻗어 론더 부인의 손을 잡았다. 그처럼 동정심이 묻어 있는 손길은 그에게서 보기 드문 것이었다. 마침내 홈즈가 입을 열었다.

"안타깝습니다! 운명의 신은 잔혹한 장난을 즐기는군요. 아무런 보상이 없다면 삶이란 너무나도 잔혹한 것이 되겠지요. 그런데 레오나르도는 어떻게 되었나요?"

"그 사건이 벌어진 다음에는 한 번도 못 봤고 연락도 없었어요. 그 사람을 원망하는 건 제 잘못일지도 몰라요. 아마 그 사람은, 사자가 물어뜯고 간 저를 사랑하느니 차라리 우리와 함께 온 나라를 누빈 괴상한 사람들 중 한 명과 사랑에 빠졌을 거예요. 하지만 여자의 사랑은 그리 쉽게 식지 않아요. 레오나르도는 저를 사자 발톱 아래에 두고 달아났고, 도와달라는 요청을 저버렸지만 그래도 그를 교수대로 보낼 수는 없었어요. 저야 어떻게 되든 상관없었죠. 이런 생활보다 더 끔찍한 것이 뭐가 있겠어요? 그래도 저는 레오나르도를 감싸 주고 싶었어요."

"그가 죽었다고 하셨죠?"

"지난 달 신문에 레오나르도가 마게이트 근처에서 수영하다가 물에 빠져 죽었다는 부고가 실렸어요."

"그렇군요. 그런데 레오나르도가 살인에 사용했던 그 몽둥이는 어떻게 했습니까? 그게 이번 사건에서 가장 흥미롭고 독창적인 부분인데요."

"모르겠어요. 하지만 야영지에서 그리 멀지 않은 곳에 백악질을 판 구멍이 있었어요. 아래에 물이 고여서 새파랬는데 어쩌면 그 속에……."

"그렇군요. 잘 알겠습니다. 이제는 중요하지도 않은 얘기지요. 사건은 끝났으니까요."

홈즈는 이렇게 말하더니 자리에서 일어났다.

"네, 다 끝났어요."

론더 부인이 중얼거렸다.

왠지 심상치 않게 들리는 목소리가 방에서 나오려던 홈즈의 발목을 잡았다. 그는 갑자기 몸을 돌렸다.

"부인의 목숨은 당신만의 것이 아닙니다. 거기서 손을 떼세요."

"저 같은 게 살아 봤자 무슨 도움이 되겠어요?"

"왜 그런 말씀을 하시는 겁니까? 꿋꿋하게 고통을 견디는 부인의 삶은 성급한 세상 사람들에게 소중한 교훈이 됩니다."

론더 부인의 대답은 끔찍했다. 그녀는 베일을 걷어 올리고 밝은 곳으로 걸어갔다.

"선생님은 이런 몰골을 참으실 수 있나요?"

온몸에 소름이 돋을 만큼 끔찍했다. 얼굴 자체가 없어졌으니 달리 설명할 길도 없었다. 그 참혹한 상처 속에서 슬프게 바깥을 내다보는 생생하고 아름다운 갈색 눈 때문에 그녀의 얼굴이 한층 더 참혹해 보였다. 홈즈는 깊은 연민을 나타내면서도 그런 짓을 해서는 안 된다는 뜻으로 한 손을 들어 올리더니 나를 재촉해 방에서 나왔다.

이틀 후에 나는 홈즈를 찾아갔다. 친구는 자랑스럽다는 듯이 난로 위 장식장에 있는 조그만 파란 병을 가리켰다. 병에는 독약이라는 표시로 빨간 딱지가 붙어 있었다. 뚜껑을 여니 아몬드처럼 향긋한 냄새가 풍겼다.

"청산가리?"

"맞아. 우편으로 보내 왔어. 편지에는 이렇게 적혀 있었다네. '저를 유혹하던 약을 보냅니다. 홈즈 선생님의 충고에 따르기로 했어요.' 여보게, 왓슨. 우린 이걸 보낸 용기 있는 여성의 이름을 맞힐 수 있을 걸세."

11. 쇼스콤 장원

셜록 홈즈는 구부정한 자세로 오랫동안 낮은 배율의 현미경을 들여다 보다가 이윽고 허리를 펴더니 의기양양한 표정으로 나를 돌아보았다.

"아교야, 왓슨. 틀림없이 아교일세. 현미경을 보라고."

나는 몸을 숙여 접안렌즈를 들여다보면서 초점을 맞췄다.

"털은 트위드 코트의 실이고 어지럽게 뒤엉킨 회색 뭉치는 먼지야. 왼쪽에 있는 건 벗겨져서 떨어진 상피조직[28]이지. 한가운데 있는 갈색 얼룩은 아교가 분명하고."

홈즈의 말에 내가 웃으면서 대꾸했다.

"그렇군. 자네 말이 맞는 것 같아. 그런데 그게 어쨌다는 거지?"

"훌륭한 증거가 될 거야. 세인트팽크러스 사건에서 죽은 경관 옆에 모자가 떨어져 있었다는 사실을 기억하고 있겠지? 피의자는 자기 모자가

---

28) 신체의 겉 부분과 기관의 내면 등을 둘러싼 막 모양의 조직으로 내부의 보호, 분비, 배설, 흡수 및 감각 작용을 한다.

아니라고 했네만 그는 아교를 사용해서 액자를 만드는 장인일세."

"자네가 그 사건을 맡았나?"

"아니, 런던경찰국의 메리베일이 조사해 달라고 해서. 내가 저번에 아연과 구리를 줄로 갈 때 생긴 부스러기가 커프스의 바늘땀에 들어가 있는 걸 보고 위폐범을 밝혀낸 다음부터 경찰들도 현미경이 얼마나 중요한지 인식하게 됐거든."

홈즈가 초조해하는 기색으로 시계를 보았다.

"새로운 의뢰인이 올 때가 됐는데 좀 늦는군. 그나저나, 왓슨. 자네 경마에 대해 아는 게 좀 있는가?"

"물론이지. 상이군인 앞으로 나오는 연금의 절반을 경마에 쏟아 붓고 있으니까."

"그럼 자네를 내 경마 입문서로 삼아야겠구먼. 로버트 노버턴 경이라는 이름을 들어 봤나?"

"들었다마다. 쇼스콤 장원에 사는 사람이 아닌가? 예전에 내가 여름에 머물던 집이 그 근처에 있어서 아주 잘 알고 있어. 노버턴은 하마터면 자네의 신세를 질 뻔한 적도 있었지."

"무슨 소린가?"

"커즌 가에 있는 샘 브루어라는 유명한 고리대금업자를 뉴마켓 힐에서 채찍으로 후려쳤거든. 자칫 그를 죽일 뻔했어."

"아하, 그거 재미있는데. 그런 일을 자주 저지르는 사람인가?"

"글쎄, 어쨌든 위험한 사람이라는 소문일세. 영국에서 가장 과격한 기수이기도 하지. 몇 년 전에도 그랜드 내셔널 경마 대회에서 2등을 차지했어. 그래, 예전 섭정 시대에 태어났다면 시대를 호령했을 거야. 권투 선수, 육상 선수, 게다가 경마에 큰돈을 거는 도박사에 숙녀들의 연인이기도 하지. 그렇지만 상당한 빚이 있어서 오도 가도 못하는 신세가 되었다는 소문도 있네."

"대단해, 왓슨! 멋진 묘사야. 덕분에 어떤 사람인지 알 것 같아. 이번에는 쇼스콤 장원에 대해 이야기해 주게."

"장원은 쇼스콤 파크의 중심에 있고, 그 유명한 쇼스콤 종마 사육장과 조교장도 거기에 있어."

"그곳의 주임 조교사가 존 메이슨이지? 왓슨, 그렇게 놀랄 필요는 없네. 그 사람이 여기에 있는 편지를 보냈거든. 쇼스콤에 대해서 더 말해 주게. 내가 지금 광맥을 제대로 파내고 있는 느낌이 들어."

"거기에는 쇼스콤 스패니얼이 있네. 애견 박람회가 열릴 때마다 나오는 녀석인데 영국 최고의 순수 혈통일세. 쇼스콤 장원 안주인의 자부심이 이만저만이 아니라더군."

"안주인이라면 로버트 노버턴 경의 부인인가?"

"로버트 경은 결혼하지 않았어. 그의 장래를 생각하면 독신인 게 다행이라고 할 수 있지. 그는 미망인이 된 누님, 비어트리스 폴더와 같이 살고 있네."

"폴더 부인이 로버트 경의 집에 얹혀사는 건가?"

"아닐세. 가옥과 부지는 부인의 남편이었던 제임스 경의 소유라서 노버턴 집안에게는 아무 권리도 없어. 부인의 소유권도 그녀가 살아 있을 때에만 인정되고 죽으면 남편의 동생에게 넘어갈 걸세. 그때까지는 그녀가 매년 소작료를 받지."

"그런데 그 소작료를 로버트 경이 쓰고 있는 건가?"

"그런 셈일세. 형편없는 사람이니 누나를 못살게 굴겠지. 그래도 부인은 로버트 경에게 아주 순종적이라더군. 그런데 쇼스콤에서 무슨 일이 있었나?"

"아, 나도 바로 그 점을 알고 싶다네. 마침 그 이야기를 해 줄 사람이 온 모양이군."

문이 열리자 키가 크고 수염을 깨끗하게 깎은 남자가 소년의 안내를 받아 들어왔다. 마구간에서 일하는 소년들과 말을 관리하는 사람에게 어울리는 위엄 있는 표정이었다. 한눈에 보기에도 그가 주임 조교사인 존 메이슨 씨라는 사실을 알 수 있었다. 그는 점잖게 인사를 하고 홈즈가 가리킨 의자에 앉았다.

"편지를 보셨겠지요, 홈즈 선생님?"

"네. 그렇지만 무슨 일인지는 전혀 모르겠습니다."

"너무 민감하고 복잡한 일이라 자세한 사정은 쓰지 못했습니다. 직접 만나서 말씀드릴 수밖에 없었거든요."

"그렇다면 이제 말씀해 주시죠."

"홈즈 선생님, 우선 제 생각에는 저의 고용주인 로버트 경의 정신이 이상해진 것 같습니다."

홈즈가 눈썹을 찌푸렸다.

"여기는 저명한 의사들이 모여 있는 할리 가가 아니라 베이커 가입니다. 그런데 왜 그런 말씀을 하시는 거죠?"

"누가 한두 가지 기묘한 행동을 보인다면 거기에 어떤 의미가 있을지도 모릅니다. 하지만 하는 행동마다 기묘하다면 그건 이상하다고 생각할 수밖에요. 로버트 경은 쇼스콤 프린스와 더비 경마 대회 때문에 머리가 이상해진 것 같습니다."

"쇼스콤 프린스는 당신이 돌보고 있는 말인가요?"

"영국 최고의 말이죠. 그 사실은 제가 가장 잘 알고 있습니다. 그럼 제가 왜 홈즈 선생님을 찾아왔는지 말씀드리겠습니다. 두 분 모두 훌륭한 신사이니 제 이야기가 방 밖으로 새어 나갈 염려는 없다고 믿습니다. 로버트 경은 무슨 일이 있어도 이번 더비 대회에서 우승을 거둬야 합니다. 경은 빚 때문에 옴짝달싹 못하게 되었는데 이번이 재기에 성공할 마지막 기회입니다. 긁어 모은 돈이며 빌린 돈까지 몽땅 그 말에 걸었습니다. 그런데 배당률이 상당합니다. 지금은 40배가 되었지만 로버트 경이 그 말에 처음 걸었을 때는 100배 가까이 됐으니까요."

"그토록 훌륭한 말이라면 다른 사람들도 다 알 텐데 어떻게 그렇게 배당률이 높은 겁니까?"

"아뇨, 선생님. 사람들은 그 말이 얼마나 훌륭한지 잘 모릅니다. 로버트 경이 머리를 써서 예상가들을 교묘히 속이고 있습니다. 프린스에게 배다른 형제가 있는데 예상가들에게 그 말을 보여 준 거죠. 그 두 마리는 그냥 보면 구분할 수 없을 만큼 닮았지만 둘을 전속력으로 달리게 하면 차이가 확 납니다. 200미터를 가는 동안 2마신馬身 정도가 벌어지거든요. 로버트 경의 머릿속은 그 경주마와 더비 대회로 가득합니다. 거기에 모든 인생을 걸었어요. 그때까지는 빚쟁이들을 막을 수 있을 겁니다. 하지만 만약 프린스가 그 기대에 부응하지 못하게 된다면 경은 파멸하고 맙니다."

"필사적인 도박이로군요. 그런데 왜 정신이 이상해졌다는 겁니까?"

"선생님도 직접 보시면 알 겁니다. 밤에도 잠을 안 자고 밤낮없이 마구간에만 있습니다. 눈빛도 정상이 아니고요. 온 신경을 곤두세우고 있습니다. 게다가 비어트리스 폴더 부인을 대하는 태도는 또 어떤지!"

"흠, 어떤데요?"

"지금까지 그 둘의 사이는 정말 좋았습니다. 마음도 아주 잘 맞았고요. 부인 역시 누구에게도 지지 않을 만큼 말을 좋아했습니다. 매일 같은 시간에 마차를 타고 말을 보러 오셨는데 특히나 프린스를 아주 좋아하셨지요. 프린스도 매일 아침 귀를 쫑긋 세우다가 자갈길을 달려오는 바퀴 소리를 들으면 마차 곁으로 달려가서 각설탕을 얻어먹었습니다. 하지만 이제는 그 모습도 볼 수 없습니다."

"왜죠?"

"부인이 말에 대한 흥미를 완전히 잃어버린 모양입니다. 지난 일주일 동안 마차를 타고 마구간 앞을 지나가도 인사 한마디 없으니까요."

"둘이 싸우기라도 했을까요?"

"싸움도 그냥 말다툼한 정도가 아니라 대판 싸웠나 봅니다. 그렇지 않다면 부인이 자식처럼 애지중지하던 애견 스패니얼을 다른 사람에게 줬을 리가 없으니까요. 며칠 전에 로버트 경이 그 개를 5킬로미터 떨어진 크렌달에서 그린 드래곤 호텔을 경영하는 반스 영감에게 줬습니다."

"정말 이상하군요."

"물론 부인은 심장이 약하고 부종이 있어서 로버트 경과 함께 활동할 수는 없을 겁니다. 그래도 그 사람은 매일 밤 부인의 방에서 두 시간 정도를 보냈지요. 더할 나위 없이 사이가 좋은 오누이였으니 당연한 일입니다. 하지만 지금은 그 모습도 찾아 볼 수가 없습니다. 이제 로버트 경은 부인 옆에 가려고 하지도 않고, 부인도 마음이 상했는지 풀 죽은 채 술만 드십니다. 정말 벌컥벌컥 들이키시지요."

"사이가 벌어지기 전에도 부인은 술을 마셨나요?"

"조금씩은 마셨지만, 집사인 스티븐스가 말하기를 요즘에는 한 병이나 비우는 날도 드물지 않다더군요. 모든 것이 바뀌어 버리고 말았습니다, 홈즈 선생님. 뭔가 이상한 기운이 감돌고 있어요. 게다가 로버트 경은 밤중에 낡은 교회 지하실에 들어갑니다. 대체 거기서 뭘 하고 있을까요? 그리고 거기서 그가 만나는 남자는 누구일까요?"

홈즈가 손을 마주 비볐다.

"이야기를 계속하세요, 메이슨 씨. 점점 더 재미있어집니다."

"집사가 로버트 경이 나가는 모습을 봤습니다. 세차게 비가 내리는 날 자정 무렵에 말입니다. 그래서 그 얘기를 들은 다음날 밤, 저는 잠을 자지 않고 저택 안을 지키고 있었는데 그때도 로버트 경은 어김없이 집을 빠져나가더군요. 전 스티븐스와 함께 뒤를 따라가 보았습니다. 만약 들키면 무사하지 못할 거라는 걸 알았기 때문에 무서워서 죽는 줄 알았습니다. 경은 화가 나면 가장 먼저 주먹이 올라가고, 상대에 따라서 적당히 봐 주는 일도 없는 사람이니까요. 그래서 아주 가까이 다가가지는 못했지만 그래도 똑똑히 봤습니다. 경은 유령이 나온다는 지하실로 갔는데 거기서 한 남자가 기다리고 있었습니다."

"그 유령이 나온다는 지하실은 어떤 곳입니까?"

"영지 안에 폐허가 된 낡은 교회당이 있습니다. 아주 낡아서 언제 지어졌는지도 모릅니다. 그 교회 밑에 유령이 나온다는 지하실이 있습니다. 낮에도 어둡고 눅눅해서 오싹한 기분이 드는 곳이지요. 그러니 밤에 다가갈 만한 용기 있는 사람은 이 일대에 거의 없습니다. 하지만 로버트 경은 무서워하지 않았습니다. 그 사람이야 태어나서 지금까지 무서운 것 없이 살아왔으니까요. 그런데 한밤중에 그런 곳에서 무엇을 하는 건지 도통 모르겠단 말이죠."

"잠깐만요. 거기에 남자가 기다리고 있었다고 했는데 마구간이나 저택에서 일하는 사람이었을지도 모르잖습니까? 아예 그 남자에게 물어보면 어떨까요?"

"그게……, 저도 모르는 사람입니다."

"그걸 어떻게 알죠?"

"홈즈 선생님, 제 눈으로 그를 직접 봤으니까요. 두 번째 날 밤이었습니다. 로버트 경이 집으로 돌아갈 때 우리 곁을 지나쳤는데, 그날은 달이 떠 있어서 스티븐스와 저는 들키지 않을까 걱정되어 수풀 속에서 두 마리 토끼처럼 부들부들 떨었습니다. 그런데 그 다음에 다른 사람이 움직이는 기척이 났습니다. 그 남자는 두려운 존재가 아니었으니 우리는 로버트 경이 보이지 않게 된 뒤 자리에서 일어나 달밤에 산책이라도 나온 사람들처럼 아무렇지도 않게 상대방을 향해 다가갔습니다. 그리고 제가 '아니? 당신은 누구시죠?'라고 말을 걸었습니다. 우리 발소리를 못 들었는지, 어깨 너머로 돌아본 그의 얼굴은 지옥에서 온 악마라도 본 듯한 표정이었습니다. 그자는 외마디 고함을 지르면서 순식간에 어둠 속으로

사라져 버렸습니다. 정말 굉장한 속도로 달렸어요! 눈 깜짝할 사이에 모습이며 발소리가 사라져서 이름이나 정체를 밝혀내지 못했습니다."

"하지만 달빛이 있었으니 상대방의 얼굴을 똑똑히 봤겠지요?"

"네, 분명히 얼굴이 노르스름했습니다. 남루한 개 같았지요. 녀석은 로버트 경과 어떤 관계일까요?"

홈즈는 한동안 생각에 잠겼다가 마침내 질문을 던졌다.

"비어트리스 폴더 부인의 시중을 드는 사람은?"

"하녀인 캐리 에번스입니다. 지난 5년 동안 시중을 들었습니다."

"그 하녀는 성실한 편입니까?"

그러자 메이슨 씨는 말하기 곤란하다는 듯 망설인 끝에 겨우 대답했다.

"그야 성실하게 시중을 들기는 합니다. 하지만 누구에게 성실한지는 말씀드릴 수 없군요."

"흠!"

"집안의 치욕을 드러낼 수는 없으니까요."

"그럼 됐습니다, 메이슨 씨. 말씀하시지 않아도 어떤 상황인지 알 것 같네요. 조금 전 왓슨 박사의 말을 듣고 여성이라면 로버트 경의 손에서 벗어날 수 없다는 사실을 알았으니까요. 그것이 남매가 싸운 원인이라고는 생각지 않습니까?"

"하지만 그 문제는 훨씬 전부터 알고 있었습니다."

"폴더 부인은 몰랐을 수도 있지요. 그러다가 그 사실을 갑자기 알게 됐다고 가정해 봅시다. 그녀는 하녀를 내보내고 싶어 했지만 로버트 경은 허락하지 않았어요. 심장이 약하고 마음대로 움직일 수도 없는 환자가 자신의 뜻을 밀어붙이기는 쉽지 않죠. 밉살맞은 하녀는 계속 곁에 머물게 되었고, 폴더 부인은 결국 대화를 거부한 채 우울함에 빠져서 술을 마시게 된 겁니다. 그러자 로버트 경은 화가 나서 스패니얼을 빼앗아 남에게 줘 버렸고요. 이렇게 생각하면 앞뒤가 맞지 않습니까?"

"그럴지도 모르겠습니다. 이야기가 그것뿐이라면요."

"맞아요! 이야기가 그것뿐이라면요. 내가 세운 가설로는 그 사실과 로버트 경이 매일 밤 낡은 교회 지하실로 가는 것을 연결할 수 없어요."

"그렇습니다. 이해할 수 없는 일은 또 있습니다. 로버트 경은 왜 시체를 파낸 걸까요?"

그 얘기가 나오자 홈즈가 갑자기 자세를 바로 했다.

"선생님, 저도 어제 막 그 사실을 알았습니다. 선생님에게 편지를 쓴 뒤였지요. 어제는 로버트 경이 런던에 와 있어서 스티븐스와 저는 그 지하실로 내려가 보았습니다. 특별히 이상한 점은 없었지만 한쪽 구석에 사람 시체의 일부가 있었습니다."

"경찰에 신고는 하셨나요?"

손님이 기분 나쁜 웃음을 지었다.

"경찰에서는 흥미를 느끼지 못할 겁니다. 미라의 머리와 뼛조각 두어 개가 있었을 뿐이니까요. 1,000년 전의 시체일지도 모릅니다. 하지만 예전에는 그런 것이 없었습니다. 그건 분명한 사실입니다. 스티븐스도 알고 있을 겁니다. 그 시체는 한쪽 구석에 쌓인 채 판자에 덮여 있었는데 원래 거기에는 아무것도 없었습니다."

"그 뼈는 어떻게 하셨나요?"

"그대로 두었습니다."

"잘하셨어요. 로버트 경이 어제 외출했다고 했는데 벌써 돌아왔나요?"

"오늘 돌아올 예정입니다."

"경이 부인의 개를 다른 사람에게 준 것은 언제입니까?"

"일주일 전입니다. 개가 낡은 우물이 있는 오두막 밖에서 짖었는데 그날 아침에도 로버트 경은 언제나 그랬듯이 화를 냈습니다. 그가 갑자기 개를 집어 올렸기에 죽이려는 건 줄 알았지요. 그런데 기수인 샌디 베인에게 개를 건네주면서 두 번 다시 보고 싶지 않으니 그린 드래곤의 반스 영감에게 갖다주라고 명령했습니다."

홈즈는 파이프 중에서도 가장 오래된 검은 파이프를 물고 있었다. 그는 한동안 말없이 생각에 잠겼다가 잠시 뒤에 이렇게 말했다.

"이번 사건에서 내게 뭘 바라는지 잘 모르겠는데요, 메이슨 씨. 좀 더 분명하게 알려 주세요."

"아마 이 말씀을 드리면 그렇게 될 겁니다."

손님은 말을 마치고 난 뒤 주머니에서 종이 꾸러미를 꺼내더니 조심스럽게 펼쳐 불에 탄 뼛조각을 내보였다. 홈즈가 흥미롭다는 듯 그것을 살펴보았다.

"어디에 있던 거죠?"

"폴더 부인의 방 아래에 지하실이 있는데 거기에는 난방을 하는 아궁이가 있습니다. 한동안 쓰지 않다가 로버트 경이 춥다고 해서 다시 사용하기 시작했습니다. 우리 마구간에서 일하는 하비가 아궁이를 관리하고 있습니다. 그런데 하비가 오늘 아침에 재를 긁어내다가 이걸 발견해서 제게 가지고 왔습니다. 녀석은 보기도 싫다고 하더군요."

"나도 같은 생각입니다. 왓슨, 이게 뭐라고 생각하나?"

비록 검게 타기는 했으나 그것의 해부학적 특징에는 의심의 여지가 없었다.

"사람의 대퇴골 상부 관절구일세."

홈즈는 아주 진지한 표정으로 내 의견에 동의했다.

"나도 그렇게 생각하네. 메이슨 씨, 하비가 아궁이에 불을 지피는 건 언제입니까?"

"그는 매일 밤 불을 피우고 나서 돌아옵니다."

"그렇다면 밤에는 누구든 그 지하실로 들어갈 수 있겠군요."

"네."

"밖에서 들어가는 입구는?"

"한 군데 있습니다. 또 하나는 계단을 통해서 폴더 부인의 방이 있는 복도로 이어져 있습니다."

"진흙탕 같은 상태로군요. 그것도 아주 깊고 더러운 진흙탕 말입니다. 로버트 경은 어젯밤 집에 없었다고 했지요?"

"그렇습니다."

"그렇다면 뼈를 태운 건 로버트 경이 아니겠군요."

"그런 셈입니다."

"그 호텔의 이름이 뭐였죠?"

"그린 드래곤이요."

"버크셔의 그 부근에 괜찮은 낚시터는 없습니까?"

정직한 조교사의 얼굴에 미친 사람이 하나 더 늘었다고 여기는 듯한 표정이 떠올랐다.

"글쎄요, 물레방아용 수로에서 송어가 잡히고 홀 호수에는 강꼬치가 있는 듯합니다."

"그거 잘 됐군요. 왓슨과 나는 소문난 낚시꾼이거든요. 안 그런가, 왓슨? 우리는 오늘 밤에 거기로 갈 예정이니 앞으로는 그린 드래곤으로 연락하세요. 메이슨 씨, 말할 필요도 없지만 이제 우리는 직접 마주치면 안 됩니다. 편지는 보내도 상관없지만 용건이 있으면 내가 당신에게 먼저 연락하겠습니다. 그리고 전체적인 내 의견은 사건을 좀 더 파헤친 뒤에 전하도록 하겠습니다."

이렇게 해서 5월의 어느 맑은 저녁, 홈즈와 나는 다른 승객이 없는 일등 객차에 올라 쇼스콤으로 향했다. 그 역은 승객이 요청할 때만 정차하는 조그만 역이었다. 머리 위 선반에는 낚싯대, 릴, 어롱 등이 어지럽게 흩어져 있었다. 역에 도착하자마자 마차에 올라 조금 달리자 우리의 목적지인 낡은 호텔이 나타났다. 호텔 주인인 조사이어 반스도 낚시광이었는데 그 부근의 물고기를 한 마리도 남기지 않고 전부 낚겠다는 우리 계획에 뜨거운 관심을 보였다.

"홀 호수에서 강꼬치가 잡힐 가능성은 얼마나 됩니까?"

홈즈가 묻자 호텔 주인이 얼굴을 흐렸다.

"그건 안 됩니다. 물고기를 낚기도 전에 손님들이 먼저 호수에 잠기게 될지도 모릅니다."

"어째서죠?"

"로버트 경 때문입니다, 손님. 조련하는 말의 정보를 캐러 오는 사람들을 매우 경계하고 있거든요. 손님들처럼 타지에서 오신 분들이 조교장에 그렇게 가까이 다가갔다간 절대로 그냥 보고 있지 않을 겁니다. 로버트 경은 무슨 짓을 할지 모르는 사람이에요."

"그의 말이 더비 대회에 출전한다고 하던데요."

"그렇지요. 좋은 말입니다. 자기 돈은 물론이고 우리 돈까지 전부 빌려서 레이스에 쏟아 부었습니다."

주인은 여기까지 말하더니 우리를 탐색하는 눈빛으로 말을 이었다.

"그런데 손님, 혹시 경마 관계자는 아니시겠지요?"

"전혀 상관없는 사람들입니다. 우린 세파에 찌들어 버크셔의 신선한 공기를 들이마시려고 온 런던 시민들이에요."

"그렇다면 여기는 최고의 장소입니다. 신선한 공기라면 얼마든지 있어요. 하지만 방금 전에 제가 로버트 경에 대해서 말씀드린 것을 절대 잊지 마세요. 말보다 주먹이 앞서는 사람이니까요. 영지 근처에는 얼씬도 하지 마십시오."

"알았어요, 반스 씨! 조심하지요. 그런데 홀에서 컹컹 짖어 대던 스패니얼은 정말 멋진 개더군요."

"그렇습니다. 녀석은 진짜 순수 혈통의 쇼스콤 종입니다. 영국에 녀석보다 좋은 족보를 가진 개는 없을 거예요."

"나도 개를 아주 좋아합니다. 혹시 괜찮다면 그런 개는 가격이 어느 정도 나가는지 물어봐도 될까요?"

"저 같은 사람은 감당할 수 없는 가격입니다. 다름 아닌 로버트 경이 그 개를 주셨죠. 그래서 끈으로 묶어 뒀습니다. 그냥 풀어 놓으면 눈 깜짝할 사이에 저택으로 달려갈 테니까요."

호텔 주인이 나가자 홈즈가 말했다.

"슬슬 패가 갖춰져 가는군, 왓슨. 낙승을 거둘지는 모르겠지만 하루나 이틀쯤 지나면 결과를 예측할 수 있을 거야. 그런데 로버트 경은 아직 런던에 있는 모양이야. 오늘 밤이라면 그 지하실에 들어가도 상관없겠어. 확인하고 싶은 것이 한두 가지 있거든."

"뭐 짚이는 것이라도 있나?"

"왓슨, 일주일쯤 전에 쇼스콤 저택의 생활을 갈가리 찢어 놓은 어떤 일이 일어난 걸세. 그게 대체 뭘까? 우리는 그 결과를 보고 추측할 수밖에 없어. 기묘할 정도로 복잡하고 어지럽게 얽혀 있는 듯하지만 바로 그래서 단서가 되기도 해. 오히려 아무 특징도 없는 단조로운 사건일수록 손을 대기 어려운 법이야. 자, 우리가 가지고 있는 자료에 대해서 곰곰이 생각해 보세. 로버트 경은 누구보다도 사랑하던 병든 누이의 방에 발길을 끊었고, 그녀가 소중히 기르던 개를 다른 사람에게 주었어. 누이의 개를 말일세, 왓슨! 여기서 뭐 떠오르는 게 없나?"

"글쎄, 로버트 경의 증오심밖에 없는데."

"그럴지도 모르지. 아니……, 맞아, 다른 가능성도 생각해 볼 수 있어. 그 둘이 싸웠다고 가정한다면, 싸움이 시작된 그 시점부터 다시 한 번 검토해 보세. 폴더 부인은 방 안에서만 지내면서 습관을 완전히 바꾸어 버렸어. 하녀와 마차로 외출할 때 말고는 모습을 보이지 않아. 마구간 앞에 멈춰 서서 좋아하는 말에게 말을 걸지도 않지. 그리고 술만 마시고 있다는 거야. 대충 이렇게 된 거였지?"

"교회 지하실의 일만 뺀다면."

"그건 따로 생각해야 할 문제일세. 두 가지 문제가 있으니 서로 뒤얽히지 않게 하자고. 첫 번째는 비어트리스 폴더 부인에 관한 거야. 왓슨, 여기서 뭔가 불길한 냄새가 나지 않나?"

"난 잘 모르겠는데."

"알겠네. 그럼 두 번째 문제를 생각해 보세. 이쪽은 로버트 경에 관한 문제야. 그의 머릿속에는 더비 대회에서 이겨야겠다는 생각밖에 없어. 빚쟁이들에게 시달리고 있어서 재산이 언제 경매에 넘어갈지, 경주마의 마구간이 언제 채권자들에게 차압당할지 모르는 상황이야. 그는 뻔뻔하고 물불 가리지 않는 사람인 데다가 수입은 전부 누나인 폴더 부인에게 의존하고 있어. 그리고 부인의 하녀는 그의 생각대로 움직일 수 있는 상황이고. 여기까지는 분명한 사실이라고 생각하네."

"그렇다면 지하실에 관한 일은?"

"맞아, 지하실이 있었지! 왓슨, 이건 정말 좋지 않은 추측이고 단지 논의를 진행시키기 위한 가설에 지나지 않지만, 만약 로버트 경이 부인을 살해했다면……."

"이보게, 홈즈. 그건 말도 안 돼."

"물론 그렇겠지. 로버트 경은 고귀한 집안 출신이니까. 하지만 독수리 무리 속에 썩은 고기를 먹는 까마귀가 섞이는 경우도 있지 않은가? 어쨌든 이 가설을 논의해 보세. 로버트 경이 외국으로 도망치려 해도 큰돈이 들어오기 전에는 움직일 수가 없어. 그 돈은 쇼스콤 프린스로 단번에 벌어들이는 수밖에 없네. 그때까지는 예전과 같은 생활을 계속해야만 해. 그러기 위해서는 희생자의 시신을 처리할 필요가 있었겠지. 또 부인의 역할을 대신할 사람도 필요했을 거야. 하녀가 그의 심복이라면 그것도 불가능하지는 않을 걸세. 폴더 부인의 시신은 우선 사람들의 발길이 뜸한 교회 지하실로 옮겨졌다가 밤에 몰래 아궁이에서 처리되었네. 하지만 우리가 본 증거를 남기고 말았지. 어떤가, 왓슨?"

"글쎄, 그 가설의 앞부분이 성립된다면 있을 법한 이야기야."

"내일 간단한 실험을 할 생각일세. 이번 사건에 희미한 빛이나마 던지기 위한 실험이야. 그리고 동시에 낚시꾼 연기를 계속하기 위해서라도 호텔 주인을 우리 동료로 만들어 이 지역의 포도주를 마시면서 뱀장어나 황어에 대한 이야기꽃을 피워 보세나. 주인장 환심을 사는 데는 그것만한 게 없을 거야. 도움이 될 만한 이 지방 소문을 들을지도 모르고."

이튿날 아침, 홈즈가 강꼬치를 잡을 때 쓰는 바늘을 가져오지 않았다는 사실을 깨달았기에 그날은 낚시를 할 수 없었다. 11시 무렵에 우리는 산책에 나섰다. 홈즈는 호텔 주인에게 검은 스패니얼을 데리고 가도 좋다는 허락을 받았다. 영지의 입구에 이르렀을 때 홈즈가 말했다.

"여기로군."

두 개의 높다란 문기둥 위에 가문의 문장인 그리핀[29]이 서 있었다.

"밴스 씨 말에 따르면 폴더 부인은 점심 무렵에 마차를 타고 외출한다더군. 문이 열리는 사이에 마차는 속도를 줄일 거야. 왓슨, 마차가 문을 지나 다시 속도를 내기 전에 뭐든 좋으니 마부에게 질문해서 마차를 멈춰 주게. 난 신경 쓰지 않아도 돼. 이 호랑가시나무 수풀 뒤에서 전부 지켜보고 있을 테니까."

오래 기다릴 필요는 없었다. 15분도 지나지 않아서 덮개 없는 노란색

---

29) griffin. 그리스 신화에 등장하는 괴조怪鳥의 일종으로, 독수리의 머리와 날개, 앞다리를 가졌으며 몸통과 뒷다리는 사자의 모습이다.

대형 사륜마차가 기다란 가로수 길을 따라 이쪽으로 달려오는 모습이
보였다. 수레에 묶인 훌륭한 말 두 마리가 다리를 높이 올리며 달려오고
있었다. 홈즈는 개를 데리고 수풀 뒤에 웅크려 앉았고 나는 태연한 척하
면서 지팡이를 휘두르며 도로 위에 서 있었다. 문지기가 달려 나왔고 뒤
이어 문이 힘차게 열렸다. 마차가 속도를 줄이자 타고 있는 사람의 모습
이 잘 보였다. 황갈색 머리카락에 눈은 건방져 보이고 화장이 짙은 젊은
여자가 왼쪽 자리에 앉아 있었다. 그 오른편에는 등을 둥그렇게 구부린
중년 여성이 앉아 있었다. 누가 봐도 환자임을 알아볼 만큼 얼굴과 어깨
를 숄로 완전히 감싼 채였다. 말이 도로로 나선 순간, 내가 한껏 근엄한
자세로 손을 들었다. 마부가 고삐를 당겨 마차를 세우자 나는 로버트 경

이 쇼스콤 장원 안에 계시느냐고 물어보았다.

바로 그 순간, 홈즈가 나와서 개를 풀어 놓았다. 스패니얼은 신 난다는 듯이 짖으며 마차 쪽으로 달려가 발받이 위로 뛰어올랐다. 그 다음 순간, 기쁨의 인사가 격렬한 분노로 바뀌어 개는 부인의 검은 치마를 물고 늘어졌다.

"출발시켜! 마차를 출발시켜!"

부인은 갈라지는 목소리로 외쳤다. 마부가 말에 채찍을 가했고 길에는 우리만 남았다. 홈즈가 흥분한 개의 목에 목걸이를 씌우며 말했다.

"왓슨, 우리 뜻대로 됐어. 이 녀석은 주인인 줄 알았던 사람이 실은 전혀 다른 인물이라는 사실을 알아차린 거야. 개가 주인을 잘못 알아보는 경우는 없어."

"홈즈, 그건 남자의 목소리였네!"

내가 커다란 소리로 말했다.

"맞아. 손 안의 패가 한 장 더 늘었어, 왓슨. 그래도 승부에는 신중을 기해야겠지."

이후 내 친구에게 특별히 예정된 일은 없는 모양이었다. 우리는 물레방아용 수로에 낚싯줄을 담갔고 송어를 낚아 저녁에 송어 요리를 맛보았다. 홈즈는 식사를 마친 뒤에 다시 행동할 준비를 시작했다. 우리는 이번에도 아침에 걸었던 것과 같은, 영지 정문으로 향하는 길을 걸었다. 문 근처에서 키 크고 피부가 검은 사람의 그림자가 우리를 기다리고 있었다. 런던에서 보았던 조교사 존 메이슨 씨였다.

"안녕하세요. 편지를 봤습니다, 홈즈 선생님. 로버트 경은 아직 돌아오지 않았지만 오늘 밤에는 돌아오신답니다."

"그 교회는 저택에서 얼마나 떨어져 있지요?"

"400미터 정도 됩니다."

"그렇다면 로버트 경을 걱정할 필요는 없겠네요."

"저는 그렇지 않습니다. 경은 돌아오자마자 제게 쇼스콤 프린스가 어땠는지 물어볼 테니까요."

"그렇군요. 그럼 당신과 함께할 수는 없겠습니다. 메이슨 씨, 교회까지만 안내해 주세요."

달도 없는 어두운 밤이었으나 메이슨이 안내하는 대로 초원을 따라가니 앞쪽에 검은 덩어리가 흐릿하게 보이기 시작했다. 낡은 교회였다. 현관문 위의 지붕이 무너져서 보기 흉하게 변해 버렸지만 우리는 그곳을 통해서 안으로 들어갔다. 메이슨 씨는 무너진 돌 더미 사이를 비틀거리면서도 조심스럽게 나아가 우리를 건물의 어떤 곳으로 데리고 갔다. 거

기에 지하실로 내려가는 가파른 계단이 있었다. 그가 성냥을 켜서 그 음울한 곳을 비췄다. 섬뜩하고 불길한 냄새가 감돌았으며, 먼 옛날 거칠게 깎아 쌓은 돌 벽은 군데군데 무너져 있었다. 한쪽에 납으로 만든 관과 석관이 산더미처럼 쌓여 있었는데 머리 위의 어두운 그림자 속으로 녹아든 아치형 둥근 천장에까지 닿을 지경이었다. 홈즈가 손에 들고 있던 랜턴에 불을 붙이자 노란 불빛이 어둠 속으로 선명한 터널을 만들어 그 음울한 광경을 비추었다. 때때로 관에 붙은 명판이 빛을 반사하여 번쩍였다. 명판 대부분에 이 유서 깊은 가문을 상징하는 그리핀과 보관 장식이 새겨져 있었다.

"메이슨 씨, 뼈가 있었다고 했지요? 돌아가기 전에 보여 주세요."

"이쪽 구석에 있습니다."

조교사는 성큼성큼 다가가다가 빛이 그곳을 비추자 놀라 멈춰 섰다.

"이럴 수가! 없어졌습니다!"

"그럴 줄 알았어요."

홈즈가 입 안에서 후후 하는 웃음소리를 냈다.

"그 뼈를 태운 재는, 예전에 그 일부를 태웠던 아궁이 안에 아직 있을지도 몰라요."

"하지만 무엇 때문에 1,000년도 전에 죽은 사람의 뼈를 태운 겁니까?"

"그것을 밝히고자 여기에 온 겁니다. 조사하는 데 꽤나 시간이 걸릴지도 모르겠지만 당신을 더 붙들어 두지는 않겠습니다. 아마 새벽녘쯤에는 사건을 해결할 수 있을 거예요."

존 메이슨이 나가자 홈즈는 곧바로 일을 시작했다. 그는 신중에 신중을 기해서 관들을 살펴보았다. 조사는 중앙에 있는 색슨 시대의 유물 같은 아주 낡은 관에서부터 시작됐다. 그것은 수없이 늘어서 있는 노르만 정복 시대의 '위고'나 '오도와' 같은 이름의 혈통으로 이어졌고, 마침내 18세기의 '윌리엄 경'과 '데니스 포더 경'의 관에 이르렀다.

한 시간쯤 지나자 홈즈는 지하실 입구 바로 앞에 세워져 있던 납관에 주목했다. 그가 만족한 듯이 작게 환호성을 올렸다. 홈즈는 무엇인가 목적이 있는 듯 갑자기 서두르기 시작했는데 나는 그것을 보고 그가 드디어 찾고 있던 것을 발견했구나 하는 생각이 들었다. 홈즈가 돋보기를 꺼내 관의 묵직한 뚜껑을 열심히 살펴보았다. 뒤이어 주머니에서 상자를 여는 짧은 쇠 지렛대를 꺼내 좁은 틈으로 밀어 넣고 못 두 개로만 고정해 둔 관 뚜껑을 열기 시작했다. 부서지고 깨지는 소리가 나더니 뚜껑이 조금씩 열렸다. 그런데 안의 일부가 막 모습을 드러내려는 순간, 뜻밖의 일이 벌어지고 말았다.

위쪽 교회당 안에서 누군가가 걷고 있었다. 뚜렷한 목적이 있고 교회당 안을 잘 아는 자가 서둘러 걷는 소리였다. 한 줄기 빛이 계단에 드리우는가 싶더니 곧 불을 든 사내의 그림자가 고딕 양식의 둥근 길에 나타났다. 체격이 크고 몸놀림이 거칠어서 언뜻 보기에도 두려움이 느껴지는 사내였다. 그는 마구간용 대형 랜턴을 앞으로 내밀었는데, 그 빛이 짙은 콧수염을 기른 강해 보이는 얼굴을 아래에서 비추어 주었다. 노여움으로 번뜩이는 눈이 지하실을 구석구석까지 둘러보고 나서 마침내 우리에게 향했다. 그가 벼락같은 목소리로 외쳤다.

"너희는 뭐하는 놈들이냐? 내 소유지 안에서 무슨 짓을 하는 거야?"

홈즈가 아무 대답도 하지 않자 그가 두어 걸음 앞으로 다가오며 들고 있던 굵직한 지팡이를 치켜들었다.

"못 들었나? 뭐하는 놈들이야? 여기서 무슨 짓을 하고 있었지?"

굵다란 지팡이가 허공에서 희미하게 떨렸으나 홈즈는 움츠러들지 않

고 당당하게 남자를 향해 걸어갔다. 친구는 더없이 엄숙한 투로 물었다.

"나도 물어볼 것이 있습니다, 로버트 경. 이건 누군가요? 왜 이런 곳에 있는 겁니까?"

홈즈는 뒤로 돌자마자 뒤에 있던 관의 뚜껑을 휙 열어젖혔다. 랜턴의 밝은 빛에 전신을 시트로 감싸고 있는 시신이 드러났다. 섬뜩한 마녀처럼 코와 턱 부분이 튀어나와 있었고 얼굴은 변색되어 짓무르기 시작했으며 흐릿한 눈이 우리를 바라보고 있었다. 로버트 경은 외마디 비명을 지르며 뒤로 비틀거리다가 석관에 기대 몸을 지탱했다.

"어떻게 알았지?"

그는 커다란 목소리로 외쳤다. 잠시 뒤, 경은 타고 난 거친 성격을 얼마간 되찾은 모양이었다.

"네놈들과는 상관없는 일이야."

"나는 셜록 홈즈라고 합니다. 몇 번 들어 본 이름 아닌가요? 어쨌든 다른 선량한 시민들과 마찬가지로 법을 지키는 것이 내 임무입니다. 당신이 털어놓아야 할 이야기가 제법 있는 것 같은데요."

로버트 경은 한동안 우리를 노려보았으나 홈즈의 조용한 목소리와 차분한 태도가 커다란 효과를 발휘했다.

"홈즈 선생, 신 앞에 맹세코 양심에 가책을 받을 만한 짓은 하지 않았소. 형세가 내게 불리하다는 사실은 알고 있지만 이렇게 할 수밖에 없었소이다."

"나도 그 말을 믿고 싶지만 경은 경찰서에 가서 확실히 해명해야 할 겁니다."

로버트 경이 널따란 어깨를 으쓱였다.

"그렇게 해야 한다면 어쩔 수 없지. 어쨌든 저택으로 가서 이번 사건의 진상을 듣고 당신 스스로 판단해 줬으면 좋겠소."

15분 뒤, 우리는 그 오래된 저택의 총기실로 안내되었다. 번쩍번쩍 빛나게 닦아 놓은 총이 유리 진열장 안에 나란히 놓여 있었고 가구들도 편안하게 잘 갖춰져 있었다. 로버트 경은 방에 우리 둘을 남겨 놓고 잠시 자리를 비웠다가 두 사람을 데리고 다시 돌아왔다. 한 사람은 마차에 타고 있던 요란하게 꾸민 여자였고 다른 한 사람은 쥐 같은 얼굴에 아주 소심하고 안절부절못하는 작은 사내였다. 그들이 어리둥절한 표정을 짓고 있는 것으로 봐서 로버트 경에게 사정이 바뀌었다는 말을 듣지 못한 모양이었다. 로버트 경이 두 사람을 가리키며 말했다.

"이들은 놀렛 부부요. 놀렛 부인이 결혼하기 전에 쓰던 성은 에번스고. 몇 년 전부터 폴더 부인의 하녀로 있으면서 사랑을 많이 받았지. 두 사람을 데려온 이유는 내 입장을 한 치의 거짓도 없이 설명하는 것이 가장 좋겠다고 생각했기 때문이오. 내 말이 참임을 증명할 수 있는 사람들은 이 부부밖에 없소."

"이렇게까지 할 필요가 있나요, 주인님? 지금 무슨 일을 하고 계신 건지는 알고 계시겠죠?"

"저는 아무 책임도 없습니다요."

여자가 소리를 질렀고 뒤를 이어 그 남편도 말했다. 로버트 경은 경멸하는 눈으로 남자를 힐끗 쳐다봤다.

"모든 책임은 내가 질 걸세. 그럼 홈즈 선생, 모든 사실을 있는 그대로 털어놓을 테니 들어 보시오. 당신은 우리 집의 문제를 아주 잘 알고 있는 모양이오. 그렇지 않다면 그런 곳에서 당신을 만났을 리가 없으니까. 그렇다면 내가 더비 대회에 다크호스를 출주시킬 생각이라는 사실도, 모든 것이 그 승패에 달렸다는 사실도 이미 알고 있겠지? 이기면 모든 일이 순조롭게 풀릴 거요. 만약 지기라도 하면……, 아니 그건 생각하고 싶지도 않소!"

"로버트 경, 현재 상황은 잘 알고 있습니다."

"나는 모든 것을 누님 되시는 비어트리스 폴더 부인에게 의지하고 있었소. 그런데 누님이 갖고 있는 토지에 대한 권리는 그녀가 살아 있을 때로 한정되어 있소. 누구나 알고 있는 사실이오. 그런데 나는 빚쟁이들에게 묶여 손가락 하나 까딱할 수 없는 상황이오. 만약 누님이 죽기라도 한다면 채권자들이 대머리 독수리처럼 내 재산을 노리고 달려들 거요. 마구간이며 말까지 죄다 차압당하는 건 물론이오. 그런데 홈즈 선생, 누님이 정확히 일주일 전에 세상을 떠나고 말았다오."

"경은 그 사실을 아무에게도 알리지 않았군요!"

"어쩔 수 없었소! 그랬다간 나는 파멸하고 말 테니까. 하지만 만약 3주일만 누님의 죽음을 숨길 수 있다면 모든 일이 뜻대로 될 거라고 생각한 거요. 그 하녀의 남편, 그러니까 여기 있는 이 남자는 배우요. 그래서 이런 계획을 세우게 되었소. 그 정도의 기간이라면 이 남자가 누님 역할을 할 수 있을 것 같았거든. 게다가 하녀 말고는 아무도 누님의 방에 드나들지 않으니 마차로 매일 외출할 때만 변장하면 됐소. 곧 이야기가 마무리 지어졌소. 누님이 죽은 건 오랫동안 앓던 부종 때문이었소."

"그건 검시관이 결정할 일입니다."

"지난 몇 달 동안, 누님의 건강 상태로 봐서는 이렇게 될 가능성이 충분히 있었소. 그건 주치의가 증명해 줄 거요."

"그래서 어떻게 하셨죠?"

"시신을 그냥 내버려 둘 수는 없었소. 첫째 날 밤에 놀렛과 둘이서 지금 쓰지 않는 우물의 오두막으로 옮겼소. 그런데 우리 누님의 애완견인 스패니얼이 따라와서는 우물 앞에서 자꾸 짖어 대기에 좀 더 안전한 장소를 찾아야겠다고 생각했소. 그래서 개를 다른 사람에게 주고 시신을 교회의 지하실로 옮긴 거요. 결코 죽은 사람에게 무례하게 굴거나 불경한 짓을 하지 않았소이다. 홈즈 선생, 난 죽은 자를 소홀히 다뤘다고는 생각지 않소."

"로버트 경, 경의 행위에는 변명의 여지가 없습니다."

로버트 경이 답답하다는 듯 고개를 내저었다.

"비난하기는 쉽소. 만약 당신이 내 입장에 있었다면 아마도 다른 방법을 택했겠지. 누구나 자신의 모든 소망과 계획이 이루어지기 직전에 엉망이 되려 한다면 어떻게든 그것을 지키기 위해 노력하지 그저 말없이 바라보고 있지는 않을 거요. 어쨌든 누님의 시신을 아직도 성지라 여겨지는 장소, 그녀 남편의 조상들이 들어 있던 관에 넣어 두더라도 결코 부당한 처사는 아니라고 생각했소. 그래서 관 하나를 열어서 그 안을 비우고 아까 보았다시피 누님의 시신을 그 안에 넣어 둔 거요. 관에서 꺼낸 오래된 유해를 지하실 바닥에 그냥 내버려 둘 수는 없어서 놀렛과 함께 옮겼소. 그리고 밤중에 놀렛이 지하실로 갖고 내려가 난로용 아궁이에서 불태운 거요. 이제 이야기는 다 끝났소, 홈즈 선생. 물론 당신이 도대체 어떻게 손을 써서 내가 이런 이야기를 털어놓게끔 만들었는지는 모르겠지만."

홈즈는 한동안 생각에 잠겨 있다가 마침내 입을 열었다.

"로버트 경, 당신의 이야기에는 딱 한 가지 결점이 있습니다. 설령 채권자들에게 재산을 빼앗긴다 하더라도 당신은 경마에 모든 것을 걸 수 있습니다. 다시 말해서 미래에 대한 당신의 소망은 이미 실현된 게 아닙니까?"

"그 말조차도 재산의 일부로 여겨질 거요. 녀석들에게 내 소망 따위는 안중에도 없소. 그리고 무엇보다 그들은 절대로 그 말을 출전시키지 않을 거요. 주채권자가 마침 나와 마음이 가장 맞지 않는, 거의 원수라고 해도 좋을 샘 브루어니까. 예전에 뉴마켓 힐에서 녀석을 때려 준 적도 있는데 그런 놈이 내 사정을 봐 줄 것 같소?"

홈즈는 자리에서 일어났다.

"어쨌든, 로버트 경. 이번 사건은 경찰에 맡길 수밖에 없습니다. 사실을 밝히는 것이 내 임무니까요. 경의 행동에 도덕적 문제가 있는지 따지는 건 내 일이 아닙니다. 왓슨, 거의 자정이 다 됐군. 이제 그만 우리 숙소로 돌아가세.”

　모든 사람들이 다 알고 있듯이, 이 기괴한 사건은 로버트 경에게 무척 다행스러운 방향으로 행복하게 끝을 맺었다. 쇼스콤 프린스가 더비 대회에서 우승을 차지했고 도박을 좋아하는 마주는 8만 파운드의 순이익을 손에 넣었다. 레이스가 끝날 때까지 강경 수단을 자제했던 채권자들은 곧 빌려 준 돈을 전부 돌려받았다. 빚을 다 갚은 뒤에도 로버트 경의 손에는 자기 지위를 회복하기에 충분한 금액이 남아 있었다. 경찰과 검시관도 매우 관대한 태도를 취해서 비어트리스 폴더 부인의 사망 신고가 늦게 접수된 것에 대해 가벼운 질책이 뒤따랐을 뿐이었다. 이렇게 해서 운 좋은 마주는 아무 비난도 듣지 않고 이 기괴한 사건에서 벗어날 수 있었다. 이미 사건의 그림자는 사라졌고, 로버트 경에게는 명예로운 말년이 약속되어 있다.

12. 은퇴한 물감 제조업자

그날 아침, 셜록 홈즈는 유난히 우울해했고 철학적인 기분에 빠져 있었다. 평소의 예민하고 실제적인 성격은 종종 이러한 반작용을 일으키고는 했다. 홈즈가 내게 물었다.

"왓슨, 그를 봤나?"

"지금 나간 노인 말인가?"

"맞아."

"그 사람이라면 문가에서 봤어."

"어떻게 생각하나?"

"불쌍하고 허망한 패잔병 같은 느낌이었네."

"맞아, 왓슨. 불쌍하고 허망해 보이는 사람이야. 하지만 인생 자체가 원래 가련하고 무익한 것이 아닐까? 그 남자의 이야기는 온갖 인생의 축소판이 아닐까? 우리는 목표를 이루기 위해서 닥치는 대로 손을 뻗어 원하는 것을 손에 넣지. 그렇지만 결국 우리 손에 남는 것은 무엇이지? 환영일세. 아니, 환영보다 더 좋지 않은 불행이야."

"그 사람이 일을 의뢰했나?"

"그런 셈일세. 런던경찰국에서 내게 보낸 거야. 의사가 감당하기 어려운 불치병 환자를 무면허 돌팔이에게 보낸 것이나 마찬가지일세. 그 사람들의 핑계는, 자기들은 더 이상 손 쓸 수가 없고 환자가 어떻게 되든 지금보다 더 나빠질 수는 없다는 거지."

"어떤 의뢰인데 그러나?"

홈즈가 탁자에서 아주 더러워진 명함을 집었다.

"조사이어 앰벌리. 미술용품 제조 회사인 브릭폴 앤 앰벌리의 공동 경영자였다고 하네. 물감 통에서 흔히 볼 수 있는 회사의 이름이야. 그는 약간의 재산을 모아서 61세에 퇴직하고, 지금껏 일에만 빠져 살던 삶에서 벗어나 여생을 한가로이 보내기 위해 루이셤에 집을 사서 자리 잡았지. 다들 그의 미래는 보장된 것이나 다를 바 없다고 생각했을 거야."

"듣고 보니 그렇군."

홈즈가 봉투 뒷면에 흘려 쓴 메모를 흘낏 바라봤다.

"그는 1896년에 퇴직해서 이듬해 초에 스무 살이나 어린 여자와 결혼했어. 실제 사진에 찍힌 대로라면 상당한 미인이야. 재산도 있고 아내도 있고 여유도 있었으니 그의 앞날은 매우 편안해 보였지. 그런데 2년도 채 지나지 않아서, 아까 봤다시피 땅바닥을 기어 다니는 벌레처럼 비참하게 몰락하고 말았네."

"대체 무슨 일이 있었던 거지?"

"옛날부터 흔히 볼 수 있는 일이야, 왓슨. 친구의 배신과 아내의 바람이지. 앰벌리에게는 평생 딱 하나의 취미가 있었어. 바로 체스일세. 루이셤의 집에서 그리 멀지 않은 곳에 그와 마찬가지로 체스를 좋아하는 젊은 의사가 살고 있었네. 내 메모에 따르면 레이 어니스트라는 이름이군. 어니스트는 앰벌리의 집에 뻔질나게 드나들었고 당연한 결과로 앰벌리 부인과 친해졌지. 왜냐하면 불행한 우리 의뢰인은 아무리 봐도 멋진 남자라고는 할 수 없으니까 말이야. 그 둘은 지난주에 사랑의 도피를 저질렀네. 어디로 갔는지는 아직 몰라. 게다가 불성실한 아내는 노인이 평생 동안 모은 돈의 대부분이 들어 있는 서류 금고를 가지고 달아났어. 과연 그 부인을 찾고 돈을 되찾을 수 있을까? 참으로 흔한 사건이네만 조사이어 앰벌리에게는 생사가 걸린 매우 중요한 문제일세."

"어떻게 할 생각이지?"

"왓슨, 사실 그 질문은 '자네라면 어떻게 할 생각인가?'라는 문제일세. 자네가 내 대역을 맡아 줄 마음이 있을 때의 이야기지만 말이야. 자네도 알다시피 나는 지금 두 명의 콥트교 주교 사건으로 바쁜데 그게 오늘쯤 절정을 맞이할 걸세. 도저히 루이셤까지 갈 여유가 없어. 하지만 현장에서 얻을 수 있는 증거에는 특별한 가치가 있지. 노인은 내가 아니면 안 된다고 몇 번이나 말했지만 그럴 수 없다는 점은 설명해 두었네. 그러니 대리인을 맞을 마음의 준비는 돼 있을 거야."

"꼭 가겠어. 솔직히 말해서 내가 큰 도움이 되지는 않겠지만 기꺼이 최선을 다하겠네."

이렇게 해서 어느 여름날의 오후에 나는 루이셤으로 가게 되었다. 그런데 일주일도 지나지 않아서 이 사건이 영국 전체를 뜨겁게 달구는 화제가 될 것이라고는 미처 알지 못했다.

나는 그날 밤이 꽤 깊어서야 베이커 가로 돌아와서 홈즈에게 무엇을 했는지 보고했다. 그는 평소 즐겨 앉는 의자에 마른 몸을 길게 뻗어 편안히 기대고 있었다. 코를 강하게 찌르는 담배 연기가 파이프에서 소용

돌이를 일으키며 천천히 피어올랐다. 눈꺼풀은 참으로 무겁게, 한껏 내려앉아 있었다. 잠든 것처럼 보였으나 그렇지는 않았다. 내 이야기가 끊기거나 이상한 부분에 접어들면 그 눈꺼풀이 반쯤 올라갔고 가늘고 작은 검처럼 반짝 빛나는 회색 눈이 나를 찌를 듯이 쳐다봤다.

"홈즈, 사람들이 조사이어 앰벌리 씨가 사는 집을 '안식처'라고 부른다네. 아마도 자네가 그 집을 보면 상당한 흥미를 느낄 거야. 몰락한 빈털터리 귀족이 자기보다 신분이 낮은 사람들 속으로 섞여 들어간 것 같은 느낌이었네. 자네도 알지 않은가? 벽돌로 지어진 단조로운 집들과 추레한 교외의 도로가 있는 그 부근이야. 그 한가운데에 옛 문화와 안식의 섬이라도 되는 양, 오래된 집이 서 있다네. 햇빛에 그을려 빛바랜 주변의 높다란 담은 지의류 때문에 얼룩덜룩하고 그 꼭대기는 이끼로 뒤덮여서 뭐라고 해야 할지……."

내 설명을 듣던 홈즈가 가차 없이 말했다.

"왓슨, 시적 표현은 생략해 주게나. 그건 다시 말해서 높은 벽돌담이라는 말이지?"

"맞아. 담배를 피우며 거리를 걷고 있던 남자에게 묻지 않았다면 어디가 그 집인지 몰랐을 걸세. 굳이 그 남자 이야기를 하는 데는 이유가 있어. 키가 크고 피부가 거뭇했는데 짙은 콧수염을 길러서 어딘가 군인 냄새가 나는 남자였어. 내가 묻자 턱으로 그 집을 가리키며 의심스러워하는 눈빛으로 나를 보더군. 그땐 몰랐는데 시간이 조금 지나자 그 눈빛이 떠올랐네. 내가 문으로 들어서기 직전에 앰벌리 씨가 현관에서 정문까지 난 길을 걸어서 내 쪽으로 다가오는 걸 봤네. 오늘 아침에 얼핏 보기만 해도 특이한 사람이라는 인상을 받았는데 밝은 곳에서 보니 더욱 이상한 느낌이 들었어."

"물론 나도 그 노인의 얼굴을 관찰했지만 자네가 받은 인상은 어땠는지 들려주게."

"그야말로 마음고생이 심해서 풀 죽은 사람처럼 보였어. 등은 마치 무거운 짐이라도 지고 있는 사람처럼 굽었더군. 하지만 처음에 생각했던 것처럼 병약한 사람은 아니야. 어깨와 가슴 골격은 건장한 사내만큼이나 다부졌으니까. 하지만 아래로 갈수록 말라서 다리는 이상할 만큼 야위어 있었네."

"왼쪽 구두에는 주름이 잡혀 있었지만 오른쪽 구두는 만질만질하지 않던가?"

"거기까지는 보지 못했는데."

"그랬겠지. 난 그게 의족이라는 사실을 알고 있었네. 그 점은 됐으니 이야기를 계속하게."

"낡은 밀짚모자 밑으로 뱀처럼 엉켜서 삐져나온 희끗희끗한 머리카락, 격한 성격이 드러나는 얼굴, 그 얼굴에 새겨진 깊은 주름이 특히나 내 시선을 끌었네."

"잘 관찰했군, 왓슨. 그가 무슨 말을 하던가?"

"불평불만을 쏟아내기 시작했어. 같이 길을 걸어서 주변의 모습은 아주 잘 보였네. 그렇게 손질이 안 된 집은 처음 봤어. 정원의 식물들을 하나도 손질하지 않아서 모두 제멋대로 자라 잡초가 무성하더군. 제대로 된 여자라면 그런 상태를 견디지 못했을 거야. 집 안도 눈 뜨고 볼 수 없을 만큼 지저분했어. 앰벌리 씨도 그것이 마음에 걸렸던 모양일세. 초록색 페인트가 든 커다란 단지가 홀 한가운데에 놓여 있었고 그는 왼손에 커다란 붓을 들고 있었어. 목조 부분에 페인트를 바르고 있었나 봐. 난 지저분한 방으로 안내되어 그곳에서 길고 긴 이야기를 들었다네. 앰벌리 씨는 자네가 오지 않았다면서 크게 실망했어.

'저처럼 비천한 데다가 재산까지 잃은 사람이 셜록 홈즈 선생님처럼 유명한 분에게 사건을 맡아 달라고 해 봤자 어차피 안 될 것 같다고 생각하고 있었습니다.'

난 자네가 돈 때문에 안 온 것이 아니라고 분명하게 말했네. 그랬더니 그자가 이렇게 말하더군.

'물론 그렇겠지요. 홈즈 선생님은 예술지상주의자니까요. 하지만 예술적인 범죄라면, 이번 사건도 조사할 만한 가치가 있다고 생각합니다. 게다가 인간의 심리 문제도 있고요. 왓슨 박사님, 이렇게 배은망덕한 사람이 또 있을까요? 저는 아내의 말이라면 다 들어줬습니다. 그 사람처럼 자기 하고 싶은 대로 한 여자는 어디에도 없을 겁니다. 게다가 그 젊은 의사 놈도 아들처럼 대해 주었는데 말입니다. 집에도 마음대로 드나들

게 해 주었고요. 그런데 이런 짓을 하다니! 왓슨 박사님, 정말 끔찍한, 끔찍한 세상입니다!'

앰벌리 씨는 한 시간 가까이 그 이야기를 되풀이했다네. 아무래도 그는 두 사람의 부정을 눈치채지 못했었나 봐. 낮에 왔다가 저녁 6시에 퇴근하는 가정부를 빼면 부부 둘이서만 생활했다더군. 그 일이 벌어진 날 밤, 앰벌리 씨는 아내를 기쁘게 해 주려고 헤이마켓 극장 3층의 고급석 표를 두 장 샀다네. 그런데 외출하기 직전에 아내가 머리가 아프다며 가지 않겠다고 하는 바람에 그는 혼자서 갔지. 그 말은 사실인 것 같아. 아내를 위해서 산 새 표를 보여 주었으니까."

아무래도 홈즈는 이 사건에 흥미를 느끼기 시작한 모양이었다.

"재미있군. 정말 재미있어. 이야기를 계속하게, 왓슨. 자네 이야기는 아주 재미있단 말이야. 자네는 그 입장권을 직접 손에 들고 봤나? 혹시 좌석 번호도 기억하나?"

내가 약간 자랑스럽게 대답했다.

"물론 기억하고 있지. 우연히도 내 학창시절의 번호인 31번과 똑같아서 머릿속에 분명히 들어왔네."

"대단하군, 왓슨! 그렇다면 그의 좌석 번호는 30번이나 32번이 되는 셈이야."

나는 조금 거들먹거렸다.

"맞아. 그리고 B열일세."

"왓슨, 정말 훌륭해. 그것 말고 또 어떤 이야기를 나눴지?"

"금고실이라는 곳을 보여 주었네. 정말 그 이름에 어울리는 방이었어. 은행 금고와 마찬가지로 철제문과 셔터가 달려 있었으니까. 앰벌리 씨의 말에 따르면 도난을 방지하기 위해서라고 하더군. 그런데 아내도 열

쇠를 가지고 있었나 봐. 남자와 함께 약 7,000파운드 상당의 현금과 유가
증권을 가지고 도망갔으니까."

"유가증권! 그런 걸 어떻게 처분할 생각일까?"

"앰벌리 씨는 경찰에 목록을 건네줬으니 돈으로 바꾸지는 못할 거라
고 하더군. 그는 한밤중에 극장에서 돌아왔고 그 다음에 도둑맞았다는
사실을 알아차렸어. 문이며 창문도 다 열려 있었고 두 사람의 모습은 이
미 사라졌다고 했네. 편지나 메모도 없었고 더 이상의 소식도 없었지.
경찰에는 바로 신고했다고 하더군."

홈즈는 잠시 생각에 잠겼다.

"왓슨, 앰벌리 씨가 페인트칠을 하고 있었다고 했지? 어디에 칠하고
있었나?"

"복도였어. 하지만 지금 이야기
한 금고실의 문과 목조 부분은
이미 칠을 마쳤네."

"이럴 때 페인트칠을 하다니
좀 이상하다는 생각은 안 들
었나?"

"앰벌리 씨는 '마음의 상처
를 달래기 위해서 무슨 일이
든 해야 했습니다.'라고 설명했
네. 이상하게 여겨질 법도 하
네만 워낙 사람 자체가 특이하니
까. 그는 내 눈앞에서 자기 아내의 사
진을 찢었어. 몹시 격렬한 분노에 휩싸여

서 박박 찢더군. '그런 계집의 얼굴은 두 번 다시 보고 싶지 않아!'라고 외치면서 말이야."

"또 무슨 일이 있었나?"

"내가 무척 놀랐던 일이 한 가지 있었네. 마차로 블랙히스 역까지 가서 기차를 탔는데 막 출발하려는 순간에 옆 차량으로 어떤 남자가 뛰어들었어. 홈즈, 자네도 내가 사람의 얼굴을 금방 알아본다는 점을 알고 있겠지? 그는 길에서 내가 말을 걸었던, 키가 크고 피부가 거뭇한 그 사내였네. 런던 브리지에서도 한 번 더 보았지만 인파 속에서 놓쳐 버렸어. 하지만 녀석은 내 뒤를 미행했던 게 분명하네."

"맞아! 틀림없어! 키가 크고 피부가 거뭇하고 수염이 짙은 남자라고 했지? 회색 선글라스를 끼고 있지는 않았나?"

"홈즈, 마치 마법사 같군. 내가 말하지 않았지만 그 사람은 회색 선글라스를 끼고 있었다네."

"그리고 프리메이슨의 넥타이핀을 꽂고 있었지?"

"홈즈!"

"아주 간단한 일이야, 왓슨. 하지만 지금은 실제적인 문제에만 집중하세. 이번 사건은 무척 단순해서 내가 관여할 필요도 없겠다 싶었는데 갑자기 전혀 다른 양상으로 발전한 것 같아. 자네는 중요한 점을 전부 놓쳐 버렸지만 자네가 눈에 담은 것만으로도 이번 사건은 심각하게 접근할 필요가 있을 것 같네."

"내가 놓친 게 대체 뭔가?"

"너무 기분 나빠하지 말게. 내가 정에 휘둘리지 않는 사람이라는 점은 자네도 잘 알고 있겠지? 다른 사람이 갔더라도 그 이상은 보지 못했을 거야. 아니, 자네만큼도 보지 못했을 걸세. 그렇다 해도 자네가 몇몇 중요한 점을 놓쳤다는 사실은 부정할 수 없어. 그 앰벌리라는 사람과 아내에 대한 동네 사람들의 평판은 어떤가? 이건 분명히 중요한 문제야. 그리고 어니스트 의사에 대해서는 뭐라고들 하지? 거기에 앰벌리 부인은 우리가 상상한 대로 헤픈 여자였을까? 자네의 호감 가는 성격을 이용했다면 모든 여성이 자네 편이 돼서 도와주었을 거야. 우체국의 여자 직원, 채소 가게의 아주머니, 블루 앵커 호텔의 젊은 아가씨와 잡담을 나눴다면 그에 대한 보답으로 뭔가 가치 있는 이야기를 들었을 걸세. 지금 그 모습이 내 눈앞에 생생하게 떠오르는구먼. 그렇지만 자네는 이런 걸 하나도 하지 않았어.”

“지금부터라도 할 수 있네.”

“아니, 이미 끝났네. 전화와 경찰국이 도와준 덕분에 나는 이 방을 떠나지 않고도 중요한 정보를 얻었거든. 그 정보에 따르면 앰벌리 씨가 자네에게 들려준 이야기는 사실일세. 그런데 그 사람은 동네에서 난폭하고 엄격한 남편에 구두쇠로도 유명한가 봐. 금고실이라는 곳에 돈을 잔뜩 쌓아 두었던 것도 사실이고. 젊은 독신 남자인 어니스트 의사와 체스를 둔 것도, 또 그가 앰벌리 부인과 친하게 지낸 것도 전부 사실일세. 모든 것이 명백해 보이고 더 이상은 할 말도 없어 보여. 하지만! 하지만, 어떻게 된 일이지!”

“뭐가 이상하다는 말인가?”

“내 상상에 지나지 않을지도 몰라. 일단은 여기까지만 해 두겠네. 음악이라도 들으면서 이 무미건조한 세상을 잠시 잊어 보세. 오늘 밤에는 앨버트 홀에서 카리나가 노래를 부를 거야. 이제라도 정장을 입고 식사를 마친 뒤 콘서트를 들으러 갈 시간은 충분하네.”

나는 이튿날 아침 일찍 일어났다. 그런데 탁자 위에 토스트 가루와 달 걀 껍데기 두 개가 있는 것을 보고 홈즈는 더 일찍 일어났다는 사실을 알 수 있었다. 탁자에 급히 흘려 쓴 메모가 놓여 있었다.

> 왓슨
> 조사이어 앰벌리 씨에 대해서 꼭 알아 두어야 할 점이 한두 가지 있다 네. 그것이 분명해지면 이번 사건을 어떻게 처리해야 할지도 결정할 수 있을 거야. 자네의 힘이 필요할 것 같으니 3시쯤에 집에 있어 주게.
>
> S. H.

홈즈는 하루 종일 안 보이다가 자기가 말한 시간이 되어서야 모습을 나타냈다. 어디에 정신이 팔렸는지 데면데면하고 진지한 표정이었다. 경험상 그럴 때는 말을 걸지 않는 편이 좋았다.

"왓슨, 앰벌리는 아직 안 왔나?"

"아직일세."

"흠! 사람을 조급하게 만드는군."

그러나 약속이 바람맞은 것은 아니었다. 잠시 뒤 그 노인이 딱딱한 얼굴에 걱정스러운 기색을 띠운 채 찾아왔기 때문이다.

"홈즈 선생님, 전보가 왔습니다. 어찌 된 영문인지 모르겠습니다."

노인이 건네준 전보를 홈즈가 소리 내서 읽었다.

> 곧바로 오기 바람. 귀하의 도난에 대한 정보 있음. ― 목사관의 엘먼

"2시 10분, 리틀 펄링턴에서 보낸 것이네요. 리틀 펄링턴은 에식스 주

의 프린턴에서 그리 멀지 않은 곳입니다. 물론 바로 출발할 생각이시겠죠? 이건 누가 뭐래도 교구 목사라는 믿을 만한 사람이 보낸 것이니까요.《크록퍼드 목사 인명록》이 어디에 있었더라? 아, 여기 있군요. 'J. C. 엘먼, 문학박사. 모스무어 및 리틀 펄링턴의 성직자.' 왓슨, 기차 시간을 살펴봐 주게."

"리버풀 스트리트에서 5시 20분에 출발하는 기차가 있어."

"그거 잘됐군. 왓슨, 자네도 함께 가 주게. 앰벌리 씨에게 도움과 조언이 필요할지도 모르니까. 이번 사건에서 중대한 국면에 이른 것만은 틀림없어."

하지만 우리의 의뢰인은 도통 내키지 않는 모양이었다.

"조금 이상합니다, 홈즈 선생님. 이런 사람이 어떻게 제 일을 알고 있단 말입니까? 이건 시간과 돈을 길바닥에 뿌리는 일입니다."

"뭔가 알지 못한다면 일부러 전보를 쳤을 리가 없습니다. 바로 가겠다고 답장을 보내세요."

"저는 가지 않겠습니다."

그러자 홈즈가 딱딱한 표정을 지었다.

"앰벌리 씨, 그럼 경찰과 내게 가장 나쁜 인상을 남기게 될 겁니다. 이렇게 명백한 단서가 생겼는데 그것을 확인하지 않겠다는 말인가요? 그렇다면 당신은 이번 사건을 조사하는 데 신중하게 임하지 않는다고 생각할 수밖에 없겠네요."

우리 의뢰인은 이 말을 듣고 충격을 받은 듯했다.

"홈즈 선생님 눈에 정 그렇게 보인다면 가겠습니다. 아무리 생각해도 이 사람이 뭔가 알고 있다는 건 터무니없는 소리 같지만 홈즈 선생님이 그렇게 생각하신다면⋯⋯."

"그렇게 생각합니다."

홈즈가 힘 주어 말했다.

이렇게 해서 우리는 리틀 펄링턴으로 출발했다. 방을 나서려 할 때, 홈즈가 나를 구석으로 끌고 가 짧게 주의를 주었다. 그것으로 봐서 홈즈가 이번 여행을 매우 중요하게 생각하고 있음을 알 수 있었다.

"무슨 일이 있어도 저 남자를 반드시 데려가게. 만약 달아나거나 되돌아오려 한다면 근처 전화국으로 가서 달아났다고만 알려 주게. 내가 어디에 있든 소식을 들을 수 있도록 해 놓을 테니까."

리틀 펄링턴 역은 본선이 아니라 지선에 위치하고 있었기에 쉽게 갈 만한 곳이 아니었다. 다시 떠올려도 불쾌한 여행이었다. 날씨는 무척 더웠고 기차는 한없이 느렸다. 게다가 앰벌리 씨는 가끔씩 자조적으로 웃으며 가 봐야 아무 소용없다는 말만 던질 뿐, 다른 말은 거의 하지 않고 입을 꾹 다물고 있었다. 간신히 그 작은 역에 도착한 다음에도 목사관까지 가려면 마차로 3킬로미터 넘게 달려야 했다. 목사관에 이르니 몸집이 크고 점잖으며 위엄 있는 목사가 서재에서 우리를 맞아 주었다. 우리가 보낸 전보가 그 앞에 놓여 있었다. 먼저 목사가 우리에게 물었다.

"그런데 두 분은 대체 무슨 일로 오셨습니까?"

내가 설명했다.

"목사님에게 전보를 받고 왔는데요."

"제가 전보를요? 전 전보를 보낸 기억이 없습니다."

"목사님이 조사이어 앰벌리 씨에게 부인과 돈에 관한 정보를 가지고 있다는 전보를 보내지 않았습니까?"

마침내 목사가 화난 목소리로 말했다.

"농담하실 생각이라면 이쯤에서 그만두시지요. 그런 성함을 가진 신

사 얘기는 처음 들었고, 전보는 보낸 적도 없습니다."

의뢰인인 앰벌리와 나는 깜짝 놀라서 서로의 얼굴을 마주보았다. 내가 물었다.

"뭔가 착각했나 봅니다. 혹시 목사관이 두 군데 있습니까? 이것이 그 전보입니다. 발신인은 엘먼, 장소도 목사관으로 되어 있습니다."

"목사관은 하나뿐이고 목사도 저 한 사람뿐입니다. 이건 불경한 가짜 전보입니다. 누가 보냈는지 경찰을 통해 반드시 밝혀내겠습니다. 어쨌든 더 이상 이런 얘기를 하고 있을 이유가 없군요."

이렇게 해서 앰벌리 씨와 나는 목사관에서 나왔다. 그곳은 영국에서도 가장 원시적인 마을이었다. 전보국에 가 보았으나 이미 문을 닫은 뒤였다. 하지만 역 앞의 작은 호텔에 전화가 있어서 마침내 홈즈와 연락할 수 있었다. 멀리까지 찾아와서 이런 일을 당했다고 했더니 홈즈도 깜짝 놀란 모양이었다. 친구의 목소리가 아득하게 들렸다.

"정말 이해할 수 없는 일이군! 정말 놀라운 일이야! 그런데 왓슨, 오늘은 이미 기차가 끊기지 않았나? 아무래도 자네를 시골의 허름한 호텔에서 묵게 할 것 같구먼. 하지만 왓슨, 시골에는 대자연이 있지 않나. 그러니 대자연과 앰벌리, 그 둘과 친하게 지내보게."

쿡쿡거리는 웃음소리를 남기고 전화는 끊어졌다.

잠시 뒤, 구두쇠라던 앰벌리 씨의 평판이 결코 거짓이 아님을 확인할 수 있었다. 여기까지 올 때도 여행 때문에 투덜투덜 불평을 늘어놓으면서 삼등석에 타겠다고 고집을 부렸는데 이번에는 숙박비를 지불해야 한다는 것 때문에 듣기 싫을 만큼 불평을 해 댔다. 이튿날 아침, 마침내 런던에 도착했을 때는 우리 둘 다 마음이 편치 않았다.

"앰벌리 씨, 베이커 가에 들렀다 가시지요. 홈즈가 새로운 지시를 내릴지도 모릅니다."

"이번 같은 지시라면 어차피 이렇다 할 도움은 되지 않을 겁니다."

앰벌리는 심술궂은 표정으로 얼굴을 찡그리면서도 내 뒤를 따라왔다. 홈즈에게는 전보를 쳐서 돌아오는 시간을 알려 두었으나 베이커 가에 도착하니 그가 남기고 간 메모만 우리를 기다리고 있었다. 홈즈는 루이섬으로 갔으며 거기서 우리를 기다리겠다는 것이었다. 그것만 해도 놀라웠는데 의뢰인인 앰벌리의 집에 가 보니 거실에 홈즈와 함께 또 다른 사람이 있어서 더욱 놀라고 말았다. 홈즈 옆에 앉은 사람은 근엄한 얼굴에 차가운 느낌이 드는 남자였다. 바로 회색 선글라스를 끼고 커다란 프리메이슨 넥타이핀을 꽂은, 피부가 거뭇한 사내였다.

홈즈가 그를 소개했다.

"내 친구인 바커 씨입니다. 앰벌리 씨, 지금까지는 각자 따로 조사했지만 이 사람도 당신 사건에 흥미를 가지고 있어요. 그런데 우리 둘 다 당신에게 똑같은 걸 묻고 싶어 합니다."

앰벌리 씨는 털썩 자리에 주저앉았다. 긴장한 눈빛과 굳어 버린 얼굴을 보니 자기 신변에 위험이 닥쳤음을 깨달은 모양이었다.

"묻고 싶은 게 뭡니까?"

"딱 하나요. 도대체 두 사람의 시신은 어디에 있습니까?"

앰벌리 씨가 귀에 거슬리는 카랑카랑한 목소리를 지르며 튀어 오르듯 자리에서 벌떡 일어났다. 그는 앙상한 손으로 허공을 긁었다. 입을 벌린 그 얼굴을 보는 순간, 무시무시한 맹금류가 떠올랐다. 우리는 그때 조사이어 앰벌리의 참모습을 보았다. 그것은 육체와 마찬가지로 영혼까지 일그러진 추한 악마의 모습이었다. 그는 다시 자리에 앉아 터져 나오는 기침을 틀어막는 듯이 손을 입으로 가져갔다. 그것을 보자마자 홈즈는 호랑이처럼 맹렬하게 앰벌리의 목으로 달려들더니 그의 고개를 비틀어 얼굴을 바닥 쪽으로 향하게 했다. 헐떡이는 입에서 작고 하얀 알약 하나가 떨어졌다.

"서두를 것 없어, 조사이어 앰벌리. 성경에도 적혀 있듯이 모든 일에는 질서라는 게 있으니까. 바커, 어떻게 할까?"

홈즈가 묻자 과묵한 상대방이 대답했다.

"현관 앞에 마차를 대기시켜 놨네."

"경찰서까지는 겨우 수백 미터밖에 안 돼. 바커, 같이 가세나. 그리고 왓슨, 자네는 여기에 있어도 돼. 30분 안으로 돌아올 테니까."

나이 든 물감 제조업자는 체격도 다부졌고 사자처럼 힘이 강했으나 이런 일에 익숙한 두 사람의 손에 걸렸으니 달리 방법이 없었다. 그는 몸부림을 치기도 하고 발버둥치기도 했지만 결국에는 기다리고 있던 마차로 끌려가고 말았다. 그리고 나는 그 섬뜩한 집에 혼자 남아 자리를 지키게 되었다. 홈즈는 그가 말한 것보다 이른 시간에 영리한 젊은 경위와 함께 돌아왔다. 홈즈가 말했다.

"수속을 밟기 위해서 바커는 그냥 남겨 두고 왔네. 자네는 아직 바커를 모르지? 내가 별로 좋아하지 않는 서리 주의 라이벌일세. 키가 크고 피부가 거뭇한 사내라는 자네의 말을 들으니 곧바로 그가 떠오르더군.

몇몇 사건에서 눈부시게 활약한 사람이야. 그렇지 않습니까, 경위?"

"틀림없이 몇 번 방해를 하긴 했지요."

경위는 신중하게 대답했다.

"그가 쓰는 방법도 나와 마찬가지로 변칙적인 것인데 때로는 도움이 되지요. 예를 들어서 이번 경우에도 형식대로 심문했다면 그 악당이 자백하게 만들지는 못했을 겁니다."

"그럴지도 모르지요. 하지만 우리도 결국에는 같은 결론에 도달했을 겁니다, 홈즈 선생님. 이번 사건에 대해서 우리 나름대로의 견해가 없었다고는 생각하지 마십시오. 그 사람을 체포하지 못했을 것이라고 생각하시면 안 됩니다. 당신들이 우리가 쓸 수 없는 수단을 이용해서 갑자기 튀어나와 사건을 해결하고 실적을 낚아채면 우리로서는 화가 나지 않을 수 없습니다."

"낚아채지는 않아요, 매키넌 경위. 이제 나는 이번 사건에서 손을 뗄 생각입니다. 바커도 내가 지시한 일 말고는 아무 것도 하지 않았어요."

그제야 경위는 마음이 놓이는 모양이었다.

"그거 참 고마운 말씀이네요, 홈즈 선생님. 칭찬을 받든 비난을 듣든 선생님에게는 대수롭지 않은 문제일 테지만 우리에게는 큰 차이가 있으니까요. 기자들이 귀찮을 정도로 이것저것 질문을 해 대면 정신을 차릴 수가 없거든요."

"그렇겠지요. 어쨌거나 기자들이 질문을 퍼부을 테니 대답은 준비해 두는 편이 좋을 겁니다. 예를 들어서 똑똑한 기자가 이렇게 질문한다고 칩시다. '경찰에서 의심을 품게 된 원인은요? 그리고 무엇을 단서로 진상을 파악할 수 있었나요?' 그러면 뭐라 답하실 겁니까?"

경위가 난처해하는 표정을 지었다.

"우리는 진상에 대해서 아직 아무것도 파악하지 못했습니다. 홈즈 선생님은 범인이 세 명의 목격자 앞에서 자살을 시도했고, 그것은 곧 아내와 그 정부情夫를 살해했다는 사실에 대한 자백이나 다름없다고 말씀하셨습니다. 그것 말고 또 어떤 사실을 알고 계십니까?"

"가택 수색은 하고 있습니까?"

"경찰관 셋이 수색하고 있습니다."

"그렇다면 곧 진실을 알게 될 겁니다. 시신은 그렇게 멀지 않은 곳에 있을 테니까요. 지하실이나 정원을 찾아보세요. 시신을 숨길 만한 장소를 찾는 데 그리 시간이 걸리지는 않을 겁니다. 이 집은 수도관이 설치되기 전에 지어졌으니 지금은 쓰지 않는 우물이 있을 거예요. 그곳을 찾아보면 어떻겠습니까?"

"홈즈 선생님, 대체 어떻게 진상을 파악하셨습니까? 그리고 범행은 어떤 식으로 행해진 거죠?"

"우선 범행이 어떤 식으로 행해졌는지 이야기해 보겠습니다. 그런 다음 설명해야 할 것들을 말하지요. 그건 당신뿐만 아니라 여기에 있는 인내심 강한 친구 왓슨에 대한 당연한 의무이기도 하니까요. 왓슨은 처음부터 끝까지 아주 중요한 역할을 맡아 주었어요.

어쨌든, 무엇보다 먼저 앰벌리라는 사람의 정신 상태에 대해서 말하고 싶습니다. 아주 이상했어요. 교수대가 아니라 브로드무어 정신병원으로 보내는 게 더 좋을 정도로 이상했습니다. 게다가 그는 굉장한 구두쇠예요. 너무 지독하게 아낀 나머지 넌덜머리가 난 아내가 다른 남자와 바람을 피우게 됐다 해도 이상할 게 없습니다. 그때 등장한 것이 체스를 좋아하는 의사입니다. 앰벌리의 체스 실력은 상당했어요. 거기에 구두쇠 대부분이 그렇듯이 앰벌리는 질투심도 강했죠. 그 질투심이 이상할 정도로 커져서 급기야 두 사람이 바람을 피우고 있다고 의심하게 됐습니다. 실제로는 어땠는지 모르겠지만요. 그래서 앰벌리는 복수하기로 결심하고 악마처럼 교묘하게 계획을 세운 겁니다. 이리 와 보세요!"

홈즈는 마치 그 집에 살던 사람처럼 익숙한 발걸음으로 앞장서서 복도를 걸었다. 그리고 열려 있는 금고실의 문 앞에 섰다.

"아앗! 정말 지독한 페인트 냄새로군!"

경위가 소리치자 홈즈가 이어 말했다.

"이것이 첫 번째 단서였어요. 이걸 알아차린 왓슨 박사에게 감사해야 합니다. 물론 박사는 거기서 단서를 이끌어 내지는 못했지만. 나는 이 단서에서 출발했어요. 도대체 왜 이럴 때 집 안을 지독한 냄새로 채우려는 것일까? 그것은 바로 숨겨야 할 다른 냄새를 지우기 위해서였습니다. 의심받게 될지도 모를 어떤 미심쩍은 냄새를 말입니다. 그래서 떠오른 것이 철제문과 셔터가 달린, 즉 밀폐된 이 방이었어요. 위의 두 가지 사실을 이어 보면 어떤 결론이 나올까? 그건 내가 이 집을 살펴보면 뚜렷이 알 수 있겠다 싶었어요. 난 애초부터 이번 사건이 심상치 않다고 확신하고 있었습니다.

이것도 왓슨 박사가 활약한 덕분이지만, 나는 헤이마켓 극장 매표소의 기록을 살펴보러 가서 그날 밤에 3층의 B열 30번과 32번에 손님이 없었다는 사실을 확인했습니다. 다시 말해서 앰벌리는 극장에 가지 않았고, 그의 알리바이도 무너져 버렸습니다. 그는 관찰력이 뛰어난 내 친구에게 아내를 위한답시고 사 두었던 표를 보여 주는 실수를 저지른 거예요. 하지만 어떻게 집 안을 살펴볼 수 있을지가 문제였어요. 그래서 아주 외진 마을로 사람을 보내서, 앰벌리를 그 마을로 가게 했습니다. 도저히 하루 만에 돌아올 수 없는 시간을 택해서요. 그가 도중에 돌아오는 일이 없도록 왓슨 박사를 함께 딸려 보냈지요. 목사의 이름은 물론《크록퍼드 목사 인명록》에서 골랐고요. 이제 아셨나요?"

"정말 생각지도 못했던 방법입니다."

홈즈의 설명을 듣고 경위가 놀랍다는 듯이 외쳤다.

"방해받을 염려도 없어졌으니 나는 집 안에 들어오기로 했습니다. 몰래 들어오는 거야 마음만 먹으면 언제든 본업으로 삼을 수 있을 만큼 자신 있는 일이니까요. 만약 내가 그 길로 접어들었다면 틀림없이 최고가 되었을 겁니다. 자, 내가 발견한 걸 알려 드리죠. 이 벽 가장자리 판자를 따라서 가스관이 지나고 있지요? 맞아요, 그겁니다. 가스관은 벽 구석에서 위로 휘어져 있는데 그 각진 부분에 밸브가 달려 있어요. 그리고 보시다시피 관은 금고실 안으로 들어가 천장 중앙에 있는 둥근 원형 석고 꽃 장식 부분에서 끝나는데 그 부분은 장식에 가려서 보이지 않아요. 관의 끝 부분은 그냥 열려 있고요. 언제라도 바깥의 밸브를 열면 방 안에 가스가 가득 차게 돼 있습니다. 문과 셔터를 잠그고 밸브를 활짝 열면 이 작은 방에 갇힌 사람은 2분도 버티지 못하고 의식을 잃을 거예요. 앰벌리가 어떤 악마 같은 책략을 써서 두 사람을 끌어들였는지는 몰라도 아무튼 피해자들은 범인의 생각대로 방 안에 들어갔습니다."

경위가 가스관을 흥미로운 눈초리로 살펴보았다.

"경관 한 명이 가스 냄새가 난다고 했는데 그때는 이미 창문과 문이 열려 있었고 페인트 냄새도 상당히 강했습니다. 앰벌리의 말에 따르면 페인트칠은 그 전날부터 시작했다고 하더군요. 그건 그렇고 그 뒤의 이야기는 어떻게 됩니까, 홈즈 선생님?"

"그 뒤에 생각지도 못했던 일이 일어났어요. 이른 새벽에 주방의 창을 빠져나오는데 누가 내 목깃을 잡지 뭡니까. '이봐, 여기서 뭐하는 거지?'

라고 하면서요. 얼굴을 뒤로 돌렸더니 눈앞에 친구이자 라이벌인 바커 씨의 선글라스가 보였어요. 참으로 기묘한 만남이라 우리 둘 다 무심결에 빙그레 웃고 말았죠. 바커 씨는 의사인 레이 어니스트의 가족들에게 조사를 의뢰받는데 나처럼 이건 살인 사건이라는 결론에 도달해 있었습니다. 며칠 동안 이 집을 감시하고 있다가 어느 날 찾아온 왓슨 박사를 보고 의심스러운 인물이라고 점찍어 둔 거예요. 하지만 왓슨 박사를 무턱대고 잡을 수도 없어서 망설이는 동안, 마침내 주방의 창에서 나오는 남자까지 발견했고 더는 참지 못한 거죠. 물론 나는 사정을 설명했고 우리 둘이 함께 수사를 계속했어요."

"선생님, 왜 하필이면 바커 씨와 함께하신 겁니까? 우리 경찰을 놔두고요."

"작은 시험을 해 보고 싶어서요. 결과적으로는 그게 대성공을 거두었지요. 경찰이라면 그렇게까지 하지 못했을 겁니다."

경위가 미소 지었다.

"아마도 그랬을 겁니다. 그런데 홈즈 선생님은 이번 사건에서 손을 떼고 모든 성과를 우리 경찰에게 넘겨주신다고 약속하셨지요?"

"맞아요. 그건 내가 늘 하던 방식입니다."

"경찰을 대표해서 감사의 말씀을 드립니다. 선생님의 설명대로 사건은 명백해 보이고, 시신 수색도 그리 어렵지는 않을 겁니다."

"경위, 놀라운 증거를 한 가지 더 보여 주겠습니다. 앰벌리 자신조차 깨닫지 못했을 겁니다. 어떤 경우에라도 타인과 같은 입장에 서서 나라면 어떻게 했을지 생각해 볼 필요가 있어요. 그렇게 하면 성과를 얻을 수 있습니다. 약간의 상상력이 필요하지만 그에 대한 보답은 충분히 얻을 수 있는 방식이에요. 당신이 이 조그만 방에 갇혔다고 가정해 보세요. 앞으로 남은 시간은 2분도 채 되지 않지만 문 너머에서 당신을 비웃고 있을 악마 같은 녀석에게 복수하고 싶지 않겠습니까? 그럴 때 경위라면 어떻게 하겠습니까?"

"뭐라도 한마디 남기겠습니다."

"맞아요. 자신이 어떻게 죽게 되었는지 사람들에게 알려야겠다고 생각했을 거예요. 종이에 썼다가는 범인에게 발견될 테니 의미가 없어요. 벽에 써도 누구의 눈에 띌지 알 수 없고요. 자, 여기를 보세요! 판자 바로 위에 보라색 연필로 지워지지 않게 쓴 것이 있습니다. '우리는We we', 여기서 끝나고 말았지만."

"어떻게 해석하셨습니까?"

"바닥에서 겨우 30센티미터 떨어진 곳에 있습니다. 가엾게도 이것을 쓴 사람은 이미 바닥에 쓰러져 숨이 끊어지기 직전이었지요. 그래서 끝까지 쓰지 못하고 의식을 잃은 겁니다."

"'우리는 살해당했다We were murdered.'라고 쓸 생각이었나 봅니다."

"나도 그렇게 해석했어요. 만약 시신과 함께 지워지지 않는 연필이 발견된다면······."

"반드시 찾아내고 말겠습니다. 그렇다면 유가증권은 어떻게 되었을까요? 도둑맞지는 않았을 테지만 그가 가지고 있었던 채권이 사라진 것은 사실이니까요. 그 점은 우리도 확인했습니다."

"아마도 안전한 장소에 숨겨 두었겠지요. 이번 사건이 사람들의 기억속에서 잊힐 무렵이 되면 갑자기 찾았다면서 죄를 저지른 두 사람이 후회를 하고 도난품을 보냈다는 둥, 도중에 떨어뜨렸다는 둥 그런 핑계를 대서 속일 생각이었을 겁니다."

"선생님, 아무리 어려운 문제가 나와도 답을 전부 준비해 두신 것 같군요. 앰벌리가 경찰에 신고한 것은 당연하지만 어째서 홈즈 선생님에게 찾아갔는지 그 점을 이해할 수 없습니다."

"쓸데없는 자만심 때문입니다! 자기 머릿속에 지나친 자신감을 가지고 있어서 아무한테도 잡히지 않을 거라고 생각했겠지요. 동네 사람들이 의심을 품으면 '나도 최선을 다하고 있고 경찰뿐만 아니라 셜록 홈즈 선생한테도 의뢰했다.'고 떠벌릴 수 있으니까요."

경위가 소리 내어 웃었다.

"'경찰뿐만 아니라 셜록 홈즈 선생한테도'라고요? 그 말은 못 들은 걸로 하겠습니다. 이렇게 명쾌하게 사건을 해결하는 숙련된 장인匠人의 솜씨는 처음 보았으니까요."

이틀 후, 친구 홈즈가 격주간지인 〈노스 서리 옵저버〉를 던져 주었다. '안식처 저택의 공포'로 시작해서 '명쾌한 경찰 조사'로 끝나는 과장스러운 표제어 밑에 사건의 전모를 최초로 정리한 기사가 실려 있었다. 그중 마지막 한 구절은 전체적인 분위기를 잘 드러내고 있었는데 내용은 다음과 같았다.

매키넌 경위는 비범한 통찰력으로 페인트 냄새 속에 다른 무엇, 예를 들어서 가스 냄새가 숨어 있을지도 모른다고 추리해 냈다. 또한 대담한 추리를 펼쳐 금고실이 죽음의 방이 될 수도 있음을 알아차렸으며, 그 후에도 조사를 계속하여 개집으로 교묘하게 가려놓은 우물에서 시신을 발견했다. 이 모든 것은 진정한 형사의 뛰어난 두뇌를 보여 주는 표본으로서 범죄사에 영원토록 기록될 것이다.

홈즈는 관대하게 웃었다.

"누가 뭐래도 매키넌 경위는 좋은 사람이지. 왓슨, 이 기사를 우리 사건 기록에 철해 두면 좋을 걸세. 언젠가 진실이 밝혀질 날이 올지도 모르니까."